웹진 시인광장 선정

2009 올해의 좋은시 300選

웹진 시인광장 선정

2009 올해의 좋은시 300選

초판 1쇄 인쇄 2009년 11월 20일
초판 1쇄 발행 2009년 11월 25일

지은이 ┃ 박형준 외 299인
펴낸곳 ┃ 아인북스
펴낸이 ┃ 윤영진
등록번호 ┃ 제305-2008-00019호
주소 ┃ 서울시 종로구 내수동 72 경희궁의아침 3단지 오피스텔 1104호
전화 ┃ 02-926-3018　　팩스 ┃ 02-926-3019
메일 ┃ 365book@hanmail.net
블로그 ┃ naver.com/bookpd

ISBN ┃ 978 - 89 - 91042 - 30 - 8　　03810
정가 ┃ 15,000원

웹진
시인광장
선정

2009

올해의 좋은 시 300選

아인북스

차례

웹진『시인광장』은 포에지(poesie) 실현의 광장이다

김백겸(시인, 웹진 시인광장 편집主幹)

———————— 어느 영화를 보니 인공지능의 자동차가 있어서 환경에 따라 자신의 몸과 색상을 바꾸는 재주가 있었다. 이와 비슷한 생물이 카멜레온이나 나뭇가지와 비슷한 대벌레등이 있다. 개체에게는 생존전략이지만 제 3자인 나의 눈에는 환경과 하모니를 이룬 아름다운 풍경으로 보였던 적이 있다. 역사와 문화는 변화하는 숲이고 예술가는 자신의 정신을 구미호처럼 변화시켜 공간의 조형과 시간의 행동을 수놓는 자이다.

예술이 인간생존에 왜 필요한지 많은 연구가 있으나 진화심리학에서는 역시 생존전략으로 본다. 혹독한 현실에 환상을 덧칠하는 기능으로 의미의 부가가치를 만들어 이 세상을 정 붙이고 살만한 곳으로 인식한다는 견해이다. 또 하나는 수컷공작의 꼬리처럼 개체의 건강미와 낭비를 할 수 있는 에너지의 富를 입증함으로써 性선택에서 유리한 고지를 취한다는 견해이다.(예술은 물질사회의 영양속에서 자라며 예술가의 소외와 고독은 물질에너지를 정신에너지로 승화하는 장치에서 발생한다. 대중이 누리는 물질의 쾌락을 대체하는 예술의 정신쾌락을 작가와 독자들이 받아들여야 예술이 성립한다.)

여자들이 남자들의 현실권력과 富에 매료되는 것처럼 예술가들의 감정과 인식의 풍부함에도 매료되는 이유는 자식의 유전자에 세상을 풍부하게 인식하는 기능을 물려주어 생존전략에 역시 유리한 고지를 차지하기 위함이라고 한다.(성별을 뒤집어도 욕망은 같다. 남자들이 젊은 여자의 섹시함에 매료되는 이유는 다산의 약속이기 때문이고 여자의 문화예술 능력에도 같은 이유로 매료된다.)

예술의 하나인 文學은 동양에서는 天文에서 유래했다. 검은 하늘(玄)을 배경으로 무늬(이미지)로 떠있는 별은 하늘의 기호였고 보이지 않는 하늘의 질서가 보이는 질서로 드러난 현상이었다. 문학은 전체질서와 계시를 드러내는 학문이었다. 보이지 않는 세계를 보이는 세계로 표현하는 일이니 상징과 은유였고 詩歌란 리듬과 운율에 얹은 무늬로서의 뜻이었다.

'詩란 性情을 드러내는 일이다'라는 명제는 性의 뜻을 귀하게 여긴 宋시대의 시풍과 精의 드러냄을 중요시한 唐시대의 시풍을 불러왔지만 性情이란 전체질서의 부분으로서 인간언행과 표현이라는 뜻이 숨어 있다.

서양문학은 그리스의 로마문학이 시발점인데 당시의 글들은 모두 운문으로 쓰여졌다. 시의 황금기였다고 할 수 있다. 아리스토텔레스가 시의 형식론, 본질론, 비극론과 서사시론을 다룬 『시학』이 있지만 산문시대가 오자 문학론, 시론, 문예비평론으로 전문화되었다. 우리가 배운 문예사조의 고전주의와 낭만주의, 사실주의, 초현실주의, 아방가르드와 포스모더니즘까지 시학의 갈래가 다양하지만 詩 -'검은 하늘의 무늬'라는 관점에서는 詩란 여전히 인간의 해석그물을 벗어난다.

웹진 『시인광장』(Webzine Poets Plaza)은 시인과 시가 모이는 광장이다. 民會와 재판과 상업과 사교가 이루어졌던 그리스의 아고라(Agora)처럼 시인광장은 시인들이 모여 자신의 목소리를 내는 장소이며, 독자들은 시민으로 참여하고 시인들의 다양한 발언을 청취하고 투표해서 시의 직접민주주의가 이루어지는 장소이다. 그리스의 폴리스(Polis)가 개인의 개성과 자유를 표방하였지만 그 근본정신은 윤리적 공동체로서의 개인의 最高善을 실현하는 것이었다. 이곳 시인광장에서 시인과 시는 개성의 목소리를 자유롭게 드러낼 수 있다. 그러나 그 시들은 포에지(poesie)라는 드러나지 않은 미학의 최고 아름다움을 실현하는 것이어야 한다고 믿는다. 포에지가 무엇이냐고? 그 답을 무의식의 어두운 미로에서 쟁취했을 때 그는 정말 시인이 된다.

웹진 『시인광장』은 바로 포에지(poesie) 실현의 광장이다.

─────────── 웹진 시인광장(Webzine Poetsplaza)은 지난해(제 1회 수상자 김선우 시인)에 이어 올해에도 2008년 겨울호부터 2009년 가을호까지 홈페이지(http://www.seeingwangjang.com)를 통해 올해의 좋은 시 1000편을 선정해서 소개했다. 2009 올해의 좋은 시 1000편 가운데 1차로 선정된 300편은 대표와 주간을 비롯한 편집위원 10명이 100편씩을 선정 多 득표 順으로 선정했다.

또한 웹진 시인광장에서는 올해의 좋은 시 賞을 공정하게 선정하기 위해 본심에 오를 10편에 대한 2차 선정은 300편에 선정된 시인들이 참여하는 방법으로 진행했다. 1차에 선정된 300편의 시 텍스트중 자신의 작품을 제외한 10편의 시를 추천토록 하였으며 역시 多 득표 順으로 최종 본심에 올릴 10편을 선정했다.

그리고 지난 9월 27일 오후 4시 서울 인사동의 '歸川'에서 웹진 시인광장 선정 2009 올해의 좋은 시 賞 본심에 오른 10편에 대한 심사를 진행하였는데 김백겸 主幹과 이경수 평론가와 김석준 평론가가 문학경력 그리고 수상경력 등을 공정과 균형의 원칙에 의해 마지막 1편의 시 박형준 시인의 '무덤 사이에서'를 '웹진 시인광정 선정 2009 올해의 좋은 시' 수상시로 선정했다.

시인광장은 시의 직접민주주의가 이루어지는 장소이다. 참여시인들의 명단은 공개되지만 시인들이 추천한 작품명은 철저하게 비공개로 진행했다. 또한 시인들에 의해 추천된 시들을 대상으로 多 득표 順으로 선정된 웹진 시인광장 선정 올해의 좋은 시는 한국시단의 동향을 파악하는데 일정부분 나침반의 역할을 하리라고 생각한다.

참고로 최종 본심에 오른 11편의 시인들의 명단과 선정시를 소개한다.

강성은 「세헤라자데」 (월간 『현대시』 2009년 6월호)

권혁웅 「네거리의 불가지론」 (계간 『시인세계』 2008년 겨울호)

김경주 「주저흔踌躇痕」 (시집 『기담』 문학과지성사, 2008)

김백겸 「왕궁의 불꽃놀이」 (계간 『미네르바』 2009년 여름호)

김 언 「유령산책」 (계간 『시현실』 2009년 여름호)

김이듬 「문학적인 선언문」 (격월간 『시를 사랑하는 사람들』 2009년 7~8월호)

류인서 「처녀들의 램프」 (시집 『여우』 문학동네, 2009)

박형준 「무덤 사이에서」 (월간 『문학사상』 2009년 2월호)

송재학 「만복사 저포기」 (웹진 『시인광장』 2009년 가을호)

송찬호 「만년필」 (시집 『고양이가 돌아오는 저녁』 문학과지성사, 2009)

안도현 「직소폭포」 (계간 『시안』 2009년 봄호)

● 올해의 좋은 시 본심 2차 선정 10편 추천에 참여한 시인 85名

강기원 / 강인한 / 강해림 / 강희안 / 고경숙 / 고 영 / 고은강 / 권정일
길상호 / 김경수 / 김경인 / 김명원 / 김백겸 / 김 산 / 김상미 / 김선호
김소연 / 김연아 / 김영찬 / 김영희 / 김예강 / 김왕노 / 김인육 / 김정임
김지순 / 김지유 / 김충규 / 김현서 / 김현식 / 김혜영 / 김희업 / 문정영
박미산 / 박서영 / 박유라 / 박이화 / 박일만 / 박제영 / 박해람 / 서안나
서영처 / 서효인 / 손진은 / 손현숙 / 송승환 / 송재학 / 송종규 / 송찬호
안수아 / 안효희 / 오 은 / 우원호 / 위선환 / 유미애 / 윤예영 / 이규리
이성렬 / 이수익 / 이용임 / 이윤학 / 이이체 / 이인주 / 이재무 / 이정란
장석원 / 장이엽 / 전기철 / 정대구 / 정수경 / 정원숙 / 정일남 / 정진경
조 명 / 조유리 / 조정숙 / 진은영 / 천수호 / 최서림 / 최정란 / 최호일
한석호 / 허의행 / 허청미 / 허형만 / 황정산

제2회 웹진 시인광장 선정 '올해의 좋은 시' 賞 수상자 박형준(朴瑩浚) 시인

박형준의 「무덤 사이에서」는 무덤 사이를 거닐며 생과 사를 돌아보고 지나온 삶의 흔적을 더듬는 화자의 시선이 따뜻하고 믿음직스럽다. 좋은 시는 많은 시론서들에서 말하는 방법과 이론을 뛰어넘는 힘을 가지고 있다. 박형준의 시가 그러하다. 본심 심사위원들은 절차를 거쳐 박형준의 「무덤 사이에서」를 〈2009 올해의 좋은 시〉로 선정하였다.

■ 선정 이유

잘 알려진 시인들의 프리미엄과 좋은 시 선정의 괴로움

'2009 올해의 좋은 시' 賞을 진행하면서 심사위원 몇 사람의 주관으로 결정하는 방법보다는 많은 시인들이 참여하는 방법이 좋겠다는 편집회의 의견이 있었다. 좋은 아이디어라 생각하고 진행했으나 그 노고가 보통이 아니었다. 편집위원들이 1000편을 읽고 각자 100편을 추천해서 多득표로 300편을 선정했다. 《시인광장》은 300편에 선정된 시인들에게 다시 10편을 추천해 달라고 메일을 보냈고 워낙 시간이 촉박해서 그런지 85명이 참가했다. 작품 과정을 진행하면서 느낀 점은 '작가는 자신이 아는 만큼 쓰는 존재'이고 독자는 '자신이 아는 만큼 보는 존재'라는 점이었다. 시인들의 시관과 취향이 매우 다르다는 점을 확인했다. 이런 점에서 多 득표가 꼭 우수한 작품이라고는 할 수 없겠으나 시인들이 관심을 보여준 작품 11편이 동점자를 포함해서 선정되었다. (기 선정내용 참조)

중견시인이 5명, 젊은 시인群이 6명이었는데 답을 준 시인들의 분포와 비슷한 경향을 보여서 시사점이 있었다. 졸시「왕궁의 불꽃놀이」는 심사에서 제외하고 나머지 작품들을 살펴보니 모두 문단에서 알려진 시인들이 선정되었다. 나는 사실 이 제도를 통해 가려진 시인의 좋은 작품이 치고 올라오기를 바랐다. 그러나 잘 알려진 시인들의 프리미엄과 이미 지면에서 많이 본 작품들이 유리했던 것이 아닌가 생각했다. 여기에 올라온 시인들의 시중 일부는 내 생각에 다른 작품이 더 좋았다. 그러나 1차 선정에서의 多 득표결과로 현재의 시가 선정되었고 내 주관이지만 그 시인은 그 만큼 손해를 보았다.

심사과정에서 시집에서 올라온 시들 김경주의「주저흔躊躇痕」(시집『기담』문학과지성사, 2008), 류인서의「처녀들의 램프」와 (시집『여우』문학동네, 2009), 송찬호의「만년필」(시집『고양이가 돌아오는 저녁』문학과지성사, 2009)이 문제가 되었다. 웹진《시인광장》은 당해연도(2008년도 봄호 - 2009년도 가을호 부근)에 발표된 시와 시집을 모두 대상으로 해서「올해의 좋은 시 1000」을 선정했으나 시집에 발표된 시들은 대부분 그 이전에 발표되어 문단에서 주목을 받은 시들이었다. 웹진 시인광장의 취지와 정신에 어긋난다는 의견이 제시되었다. 논의 결과 이 의견을 수용하고 나머지 시들을 살펴보았다.

권혁웅의「네거리의 불가지론」은 현실경험에 철학적 사유를 접목한 방식이 언어의 기지로 이루진 점이 특이 했다. 김언의「유령산책」도 현실과 저승상황을 도치로 바라본 시선이 좋은 착상이었다. 강성은의「세헤라자데」와 김이듬의「문학적인 선언문」도 언어를 자유롭게 구사하는 활달한 시상과 재미가 강점이었다. 젊은 시인들의 지지표가 많았다. 그러나 나는 중견시인인 안도현의 「직소폭포」, 송재학의 「만복사 저포기」, 박형준의 「무덤 사이에서」가 보여준 시상의 크기와 사유의 깊이를 젊은 시인들의 시보다 상대적으로 더 주목했다. 심사위원들의 토론과 투표결과 송재학의 「만복사 저포기」, 박형준의 「무덤 사이에서」가 남았다. 모두 괜찮은 작품이었으나 나는 박형준이 작년의 김선우에 이어 같은 「시힘」 동인이란 점이 다소나마 부담이 되었다. 그래서 송재학을 지지했다. 그러나 다른 두 심사위원의 의견은 달랐고 결국 박형준의 「무덤 사이에서」로 정리가 되었다.

나는 사물의 인과운동과 드러나지 않는 질서와 힘을 믿는 운명론자다. 여러 어려운 과정을 거쳐 박형준이 선정이 되었다면 그만한 이유가 있을 것이다. 내 생각에 박형준은 과거의 화려한 작품활동에 비해 근래에 다소 부진하였으나 이 작품으로 부진을 만회했다. 더 좋은 작품을 쓰는 계기가 되길 빈다.

김백겸(웹진 시인광장 主幹) 시인

선정 이유

좋은 시는 많은 시론서들에서 말하는 방법과 이론을 뛰어넘는 힘을 가지고 있다

단 한 편의 가장 좋은 시를 고르는 일은 언제나 쉽지 않다. 아니, 단 한 편의 가장 좋은 시에 합의를 이끌어내는 일이 어렵다고 하는 편이 좀 더 정확할 것이다. 다채로워진 우리 시를 읽으며 언젠가부터 나는 결국 마지막 선택은 취향이 가름하는 문제이며 취향을 합의하는 게 어렵듯이 단 한 편에 동의하는 일 역시 쉽지 않을 거라 생

각해 왔다. 올해의 좋은 시 심사를 수락하고 나서 바로 후회한 이유도 어쩌면 거기에 있었을 것이다.

여러 차례의 과정을 거쳐서 본심에 올라온 시는 강성은의 「세헤라자데」, 권혁웅의 「네거리의 불가지론」, 김경주의 「주저흔」, 김백겸의 「왕궁의 불꽃놀이」, 김언의 「유령산책」, 김이듬의 「문학적인 선언문」, 류인서의 「처녀들의 램프」, 박형준의 「무덤 사이에서」, 송재학의 「만복사 저포기」, 송찬호의 「만년필」, 안도현의 「직소폭포」 등 모두 11편이었다. 심사를 위해 모였을 때 다득점한 작품 중 올해의 다른 문학상을 수상한 작품을 빼고 선정하는 건 어떻겠냐는 의견이 나왔다. 심사위원이 모두 동의한다면 별도의 심사 과정 없이 작품이 결정되는 상황이었다.

나는 기왕에 심사를 위해 모였으니 작품을 보고 논의해 본 후 결정하는 게 낫겠다고 생각했다. 다른 두 분의 선생님도 동의해 주셔서 그렇게 하기로 했다. 먼저 각자 세 편씩을 고르고 후보작에 올라온 작품을 가지고 논의를 진행하기로 했다. 그런데 세 편씩 골라놓고 보니 또 다른 문제가 생겼다. 유력한 작품들 중엔 이미 2008년에 좋은 시로 선정된 작품들이 들어 있었다. 2009년에 잡지에 발표된 시를 대상으로 했어야 하는데 올해에 나온 시집까지 포함하다 보니 작년에 발표된 작품 상당수가 추천되어 올라온 것이다.

우리는 다시 고민에 빠졌다. 무시하고 갈 수도 있겠으나, 애초에 선정 기준에 문제가 있었다는 생각을 지울 수 없었다. 더구나 실시간으로 방문자수가 상당수에 이르는 웹진 『시인광장』에서 진행하는 〈2009 올해의 좋은 시〉인데 작년에 발표되어 이미 충분히 화제가 된 작품을 뒤늦게 선정하는 것은 이치에 맞지 않는다는 생각이 들었다. 결국 우리는 올라온 작품들 중 작년에 발표된 작품들을 제외하는 선택을 할 수밖에 없었다. 그리고 나니 남는 작품이 김이듬의 「문학적 선언문」, 박형준의 「무덤 사이에서」, 송재학의 「만복사 저포기」 세 편이었다. 약간의 논의가 있었지만 박형준의 「무덤 사이에서」를 〈2009 올해의 좋은 시〉로 선정하는 데 어렵지 않게 합의할 수 있었다.

박형준의 「무덤 사이에서」는 무덤 사이를 거닐며 생과 사를 돌아보고 지나온 삶의 흔적을 더듬는 화자의 시선이 따뜻하고 믿음직스럽다. 좋은 시는 많은 시론서들에서 말하는 방법과 이론을 뛰어넘는 힘을 가지고 있다. 박형준의 시도 그랬다. 시인 스스로도 이 시를 통해 이미 위안을 얻고 희망을 보지 않았을까 생각해 본다.

본심에 올라온 시들 모두 감사히 읽었다. 본심에 오르지는 않았어도 잡지에서 문득 눈을 밝혀 주었던 시들에도 감사의 말을 건네고 싶다. 요즘 시를 읽으며 부쩍 고맙다는 생각을 한다. 시와 함께 살 수 있어서 아프고 감사하다.

이경수(문학평론가, 중앙대학교 국어국문학과 교수)

▨ 선정 이유

웹진『시인광장』선정 2009 '올해의 좋은 시'를 심사하며

웹진『시인광장』선정 2009 '올해의 좋은 시'의 선정방식은 특이했다. 시인 300명에게 1차 선정된 시 300편을 보내 각각 10편을 추천하여 득표수를 집계하는 방식이었다. 대개의 경우에는 문단에서 많이 알려진 시인들에게 대체로 표가 집중이 되는 경향이 많다.

그와는 반대로 유명세를 타지 못한 시 잘 쓰는 시인들이 사장될 우려 또한 있기도 하다. 그럼에도 불구하고 나는 어느 시문학상 수상에서 이제까지 시도했던 적이 없는 참신한 선정방식이라고 생각했다. 왜냐하면 이 선정방식은 시인들의 의견을 최대한 반영할 수 있는 방식이자 엄정한 객관성을 유지할 수 있는 장점 또한 가지고 있기 때문이다.

다수 득표자가 11명이 올라왔다. 먼저 웹진 시인광장의 主幹이

자 심사위원장인 김백겸 시인의 〈왕궁의 불꽃놀이〉를 논의에서 제외시키기로 결정했다. 작품 가운데 송찬호의 〈만년필〉과 김경주의 〈주저흔〉은 심사위원 공히 좋은 작품이라는 데는 이의가 없었다. 그러나 이 두 작품은 시집에서 올라온 시여서 올해 잡지에 발표한 시가 아니었다. "올해의 좋은 시"라는 기준과 현장성과 시간성이라는 새로움을 지향하는 웹진 《시인광장》의 성격을 살리기 위해 심사대상에 제외하기로 결정했다. 그리고 두 작품 다 이미 다른 지면에서 수상 또는 조명을 받는 이유로 인해 선정대상에서 제외되었다.
  매우 아쉬웠다.

  그래서 나머지 여덟 작품을 놓고 심사를 하기로 의논을 모았다. 류인서 시인만의 독특한 개성이면서도 그 시말의 결들이 부드럽고 대상을 바라보는 신선한 시선에 강점이 있는 〈처녀들의 램프-성(性)〉도 매우 좋은 작품이라고 생각하였지만, 여러 가지 논의 끝에 최종적으로 추천된 작품은 박형준 시인의 〈무덤 사이에서〉와 송재학 시인의 〈만복사 저포기〉였다.

  심사를 주관한 김백겸 시인은 송재학의 시를 추천했고, 나와 이경수 평론가는 박형준을 추천했다. 그러나, 박형준은 단지 전년도 수상자인 김선우에 이어 김백겸 시인과 같은 〈시힘〉 동인이란 이유 때문에 그러한 관계가 올해의 좋은 시 선정 후에 여론의 쟁점이 될 수 있다는 문제로 박형준 시인의 작품을 일단 유보하는 것이 어떻냐는 의견이 나오기도 했다.

  그런 우려에도 불구하고 심사위원 전원은 박형준 시인의 많은 작품중에 어느 시와 비교해도 결코 손색없는 매우 훌륭한 작품이란 점에 의견이 일치했다. 때문에 공히 두 작품을 그 자리에서 두 번 더 읽고 각자의 의견을 개진하기로 했다. 송재학 시인의 〈만복사 저포기〉도 흠잡을 데 없이 좋은 작품이다. 김시습의 〈만복사 저포기〉의 주인공 양생을 송생으로 치환시켜 시적 상상력을 전개하고 있는데, 그것은 바로 삶 - 시간 - 세계에 대한 고고학적 고찰에 다름 아니다. "파묘" 모티브를 통해서 생을 통찰하는 능력, 즉 "악연과 의심투성이"로 가득 찬 생에의 형식을 죽음본능으로 이접시켜 생에의 본질을 응시하고 있다. 삶의 이쪽과 저쪽을 동시에 아우르는 "개안술"을 "너덜너덜한 방법론"이라고 인식하면서, 시인은 저 절대의 지점에 이르고 있다. 〈만복사 저포기〉가 발상이나 시적 전개 면에서 특이하고 좋은 시임에 틀림없지만, 박형준 시인의 〈무덤 사이에서〉쪽으로 의견이 좁혀졌다. 왜냐하면 이 작품은 삶과 죽음에 대한 의식을 스케일 크게 노래하면서 영혼의 심연을 깊이 있게 드려다 보고 있다. 웅혼했고, 무엇인가 앞도 하는 기운이 있었다. 송재학의 그것이 섬세한 시선이었다면, 박형준의 그것은 생에의 거대한 서사를 유려하게 그려내면서 이 땅 위에 가벼운 몸짓들을 하나하나 소멸시키는 것 같았다. 박형준은 "무덤"을 매개로 하여 "언어와 영혼의 풍경과 삶의 정신 그리고 신성함" 사이사이를 무거운 필치로 건너가면서 "별빛과 은하수"에 이르고 있다.

요즘 시들이 너무 가볍고 경박하지 않은가. 더 나아가 가볍고 경박한 시들이 문학상을 도배하고 있지 않은가. 그런 의미에서 볼 때, 박형준의 이 시는 무겁고 장중해서 좋았다. 김백겸 시인의 우려에도 불구하고 "올해의 좋은 시"로 선정하는데 거리낌이 없다. 물론 김백겸 시인이 송재학을 고집했으나 나와 이경수 평론가는 박형준 시인의 〈무덤 사이에서〉를 추천해 다수결로 2009년 올해의 좋은 시로 선정하기로 결정했다. 축하드린다. 다음 기회에 또 좋은 시로 만나기를 기대한다.

김석준(시인, 평론가)

변하지 않는 그 무엇을 줄곧 향해 있는 시

무엇보다 시인들의 우애에 바탕한 상을 받게 되어 기쁨을 감출 수 없습니다. 그러한 감정만큼 저는 송구스러움과 부끄러움을 느낍니다. 세계는 하늘의 별만큼이나 많은 좋은 시들로 가득차 있습니다. 보이지 않는 자리가 별들의 바탕이듯 지금 이 순간에도 세계의 어느 귀퉁이에서 좋은 시가 태어나고 있습니다. 그런 진리를 아는 순간이 오면 저는 한없이 우매한 시인임을 깨닫게 됩니다.

그러나 한편으로 인생의 황량한 들판에서 시의 빛이 없었다면 저에게 어떤 희망과 열정도 싹트지 않았으리라는 것을 압니다. 저에게는 동시대의 시들이 저의 등대입니다. 저는 보잘것없지만, 제 시는 캄캄한 들판 저쪽에서 불빛을 깜빡이는 그 삶을 향해 있습니다. 오로지 믿음과 희망을 가지고 무언가를 줄곧 향하여 있습니다.

저는 제 삶을 조금이나마 삶답게 하는 방편으로 시를 선택했다고 할 수 있습니다. 그러나 돌이켜보면 제가 시를 선택했다기보다는 시가 저를 선택해주었는지 모르겠습니다. 시의 렌즈를 통해서라면, 그 순간에만은 세계가 지극합니다. 저는 행복한 기억보다 불행한 기억을 더 많이 갖고 있고 제 미래 역시 불행을 더 많이 닮아 있으리라는 생각을 하지만, 시를 통해서라면 사물과 저 사이에는 아무런 의미없이 몸과 몸으로 만나는 상응의 순간이 생겨납니다. 저에게는 시가 불행한 기억을 행복 쪽으로 끌어주는 중매자처럼 여겨집니다.

그래서 저는 제 삶이 언어로 이루어져 있기를 희망합니다. 저는 변하지만, 시의 시간은 변하지 않는 그 무엇을 줄곧 향해 있기 때문입니다. 저는 제 삶이 다 드러난 시를 쓰고 싶지는 않습니다. 저는 변하지 않는 그 무엇을 찾기 위해서 삶을 단련해야 한다는 사실을 압니다. 오로지 단련하는 과정 속에서 완벽에 도달하지 못한 채, 결코 삶이 드러나지 못한 실패한 시가 진실임을 믿습니다. 저는 제 시가 그런 실패한 자국이기를 열망합니다. 앞으로 더더욱 섣불리 말하지 않고 느끼지 않고 느린 시간 속에서 저 자신을 단련해나가겠습니다.

또한 저는 우리 주변에 시를 좋아하는 것에 그치지 않고 시를 사랑하는 많은 분들이 있음을 압니다. 그분들은 자신과는 상관없이 교양이라든지 하는 단순한 애정에서 시를 좋아하는 것이 아니라 그야말로 이성으로는 설명할 수 없는 자신의 감정과 견딜 수 없는 동요로 시와 관계맺고 사랑하는 분들입니다. 그런 분들과 함께 일상의 시간에 길들여진 자아를 뛰어넘어 등대와도 같은 시의 빛을 향해 걸어갈 수 있는 이 자리가 저에게는 더없이 행복하고 시적인 시간입니다.

고맙습니다.

박형준(朴瑩浚) 시인

무덤 사이에서

박 형 준

내가 들판의 꽃을 찾으러 나갔을 때는
첫서리가 내렸고, 아직 인간의 언어를 몰랐을 때였다.
추수 끝난 들녘의 목울음이
하늘에서 먼 기러기의 항해로 이어지고 있었고
서리에 얼어붙은 이삭들 그늘 밑에서
별 가득한 하늘 풍경보다 더 반짝이는 경이가
상처에 찔리며 부드러운 잠을 자고 있었다.
나는 거기서 내가 날려 보낸 생의 화살들을 줍곤 했었다.
내가 인간의 언어를 몰랐을 때
영혼의 풍경들은 심연조차도 푸르게 살아서
우물의 지하수에 떠 있는 별빛 같았다.
청춘의 불빛들로 이루어진 은하수를 건지러
자주 우물 밑바닥으로 내려가곤 하였다.
겨울이 되면, 얼어붙은 우물의 얼음 속으로 내려갈수록 피는 뜨거
워졌다.
땅 속 깊은 어둠 속에서 뿌리들이
잠에서 깨어나듯이, 얼음 속의 피는

신성함의 꽃다발을 엮을 정신의 꽃씨들로 실핏줄과 같이 흘렀다.
지금 나는 그 징표를 찾기 위해
벌거벗은 들판을 걷고 있다.
논과 밭 사이에 있는 우리나라 무덤들은 매혹적이다.
죽음을 격리시키지 않고 삶을 껴안고 있기에,

둥글고 따스하게 노동에 지친 사람들의 영혼을 껴안고 있다.

그렇기에 우리나라 봉분들은 밥그릇을 닮았다.

조상들은 죽어서 산사람들을 먹여 살릴 밥을 한상 차려놓은 것인가.

내가 찾아 헤매다니는 꽃과 같이 무덤이 있는 들녘,

산 자와 죽은 자가 연결되어 있는

밥공기와 같은 삶의 정신,

푸르고 푸른 무덤이 저 들판에 나 있다.

찬 서리가 내릴수록 그 속에서 잎사귀들이 더 푸르듯이,

내가 아직 인간의 언어를 몰랐을 때 나를 감싸던 신성함이

밭 가운데 숨 쉬고 있다.

어린아이들 부산을 떨며 물가와 같은 기슭에서 놀고

농부들이 밭에서 일하다가 새참을 먹으며

죽은 조상들과 후손의 이야기를 나누던 저 무덤,

그들과 같이 노래하고 탄식하던 그 자취를 따라

내 생이 제 스스로를 삼키는 이 심연 속으로 천천히 걸어 내려간다.

겨울이 되면, 저 밭가의 무덤 사이에 누워

봉분들 사이로 얼마나 밝은 잠이 흘러가는지

아늑한 그 추위들을 엮어 정신의 꽃다발을

무한한 죽음에 바치리라.

나는 심연들을 환하게 밝히는 한순간의 정적 속에서

수많은 영혼들로 이루어진 은하수를 보게 될 것이다.

내가 아직 어린아이였을 때 내려다보던 지하수의 푸른빛을,

추위 속에서 딴딴해진 그 꽃을 캐서

나는 집으로 돌아가리라.

월간 『문학사상』 2009년 2월호

박형준
1966년 전북 정읍에서 출생. 1991년 《한국일보》 신춘문예로 등단. 시집으로 『물
속까지 잎사귀가 피어 있다』 외 다수 있음. 2009년 소월시문학상 대상 등을 수상.

들판의 꽃을 찾으러 나갔을 때는

아그배꽃 같은 달빛이었다. 시월 접어들어 한결 쌀랑해진 바람 감싸는 플라타너스. 잔잔한 흔들림 그 아래 그가 있었다. 연한 미색 티셔츠에 포플린 수트를 걸친 모습으로. 꼭 지금 읽고 싶은 그의 시처럼.

연희문학창작촌에 입주해 있다는 시인은 약속시간에 늦은 나를 배려해 오래 기다리지 않았다며 웃어보였다. 내가 준비한 것이라고는 시를 베낀 노트 한 권처럼 평소 시인의 시를 늘 보아왔다는 것. 그 이상의 어떤 질문이나 전문적인 인터뷰를 준비하지 않은 상태에서 나는 혹 실수하지 않을까 긴장하고 있었다. 하지만 나의 이런 생각이 기우였음이니.

■**김윤이**: 무엇보다 먼저, 웹진 시인광장 선정 2009 '올해의 좋은 시' 수상자로 선정되신 것 축하드려요.

□**박형준**: 아, 고마워요.

■**김윤이**: 느낌, 소감 부탁드려도 될까요.

□**박형준**: 그런데… 저는 참 의외였어요. 많은 시가 생산되는 시기, 매우 잘 쓴 시가 많은 때에 올해의 시라고 상을 주신 것이 영광스럽긴 하지만 부담감도 느껴지네요. 일 년 동안 발표 작품 중 10편 안에 들어간 것은 매우 놀라운 일이었어요. 정말 깜짝 놀랐어요. 그런데 뽑히기까지 해서 기분 좋고 한편으로는 두려운 생각입니다.

■**김윤이**: 소월시문학상도 받으셨는데, 그런데도 많이 놀라고 여전

히 상에 대한 부담감이 느껴지시나 봐요.

■ **박형준**: 소월시문학상과는 성격이 다른 상이고. 상은 시세계의 연장선상에서 오는 것이고, 시의 수준에서 평가되는 것이기에 영광인 거죠. 어느 정도는 여태까지 시를 써온 시간, 노력, 시세계의 보상적인 면이 따르는데, 그런 것이 없는 상태에서(그러니까 다만 일 년 동안의 발표작이라는 동등한 상태에서) 뽑혔다는 것. 그 점이 고무적이고 시를 더 성실히 써야겠다는 생각이 드네요. 여전히 시를 쓰는 것에 대한 격려를 받았다고 생각합니다.

요즘은 젊은 시인에게로 이목이 집중되는 바 그들과 견주어졌고, 잘 쓴 시 사이에서 넓든 좁든 하나의 자리를 차지했다는 것이 기쁜 일이죠. 써나가야 할, 쓰고 있는 시가 늙은 느낌이 아닌 듯해 좋아요. 더불어 수많은 시편을 선정하고 간추린다는 것이 보통 힘든 일이 아닌데 그 수많은 시들에서 선택되었다는 점에 감사드리고, 그 수고에도 감사드리고요.

■ **김윤이**: 시상의 크기와 사유의 깊이라고 심사평을 받으셨는데요, 이것에 대한 시인으로서의 생각은 어떠신지. 수상작「무덤 사이에서」가 '언어', '영혼', '죽음', '정신' 등 스케일이 장대한 어떤 면을 보여주기는 하지만 시인 자신이 느끼실 때는 그런 평이 적합하게 본인의 시에 대한 평가를 내린 것이라 보시는지.

■ **박형준**: 시상의 크기와 사유의 깊이라는 심사평에 대해서요. 음, 시상의 크기와 깊이는 나의 시 뿐 아니라 시 자체의 사유, 시상을 생각하는 부분이 있는 듯해요. 수상작품은 단숨에 써내려간 시인데 어떤 사유의 크기가 엿보였다면 시를 써내려가는 과정에서 인력처럼 자연스럽게 끌어올려지는 무엇을 심사위원 분들이 느끼고 그렇게 표현해주신 것 같네요.

■ **김윤이**: 수상작 「무덤 사이에서」를 보면 의지의 어떤 면. 그러니까 '내 생이 제 스스로를 삼키는 이 심연 속으로 천천히 걸어 내려간다', '아늑한 추위들을 엮어 정신의 꽃다발을 / 무한한 꽃다발에 바치리라.', '추위 속에서 딴딴해진 그 꽃을 캐서 / 나는 집으로 돌아가리라.'의 구절에서 느껴지는 결단, 의지가 있는데요. 이것은 그전의 시작품에서와는 다른 새로운 측면이라 생각되어져요.

□ **박형준**: 그것은 생각, 꿈꾸는 것에 대해 책임을 질 수 있는 내 시 중 무거운 느낌의 시이기 때문이에요. 아버지의 죽음이 밑바탕에 있기 때문이죠. 네 번째 시집 『춤』을 받아보는 날 즈음해서 아버지가 돌아가셨습니다. 그래서 아버지 관에(하관할 때) 시집을 같이 놓아드렸어요. 책 속지에 짧은 편지를 써넣었죠. 영정 모실 때도 하루 곁에 놓았어요. 나는 모계적, 여성적인 것에 관심 가지고 시를 써왔으나 아버지의 죽음 이후 아비 父에 대한 시인으로서의 생각이 깊어졌어요.

■ **김윤이**: 「무덤 사이에서」 말고도 「꼬리조팝나무」라는 시가 떠오르는데요.

□ **박형준**: 「꼬리조팝나무」 맞아요. 그것도 아버지에 관한 시죠. 아버지의 부재가 아비 父를 생각하게 만들었어요. 아버지는 돌아가실 때 아무 말씀이 없으셨죠. 그 이전 제 시가 어머니와 누이들로 채워졌다면 아버지가 침묵의 공간, 부재의 공간으로 옮겨질 때 많은 것을 느꼈어요. 아버지에 대해 생각해보기 그것이었어요. 그 후 아버지에 대한 시를 쓰게 되었습니다. 한 편만이 아니라 연작시를 염두에 두고 썼습니다. 수상작은 그 연장선상에서 아버지에 대한 마지막 성격 정도이고. 그런데 열맷 편 정도의 그 시편들이 다 잘 써진 것 같지는 않네요. 아버지의 침묵을 감상적으로 받아들인 면이 있는 것도 같습니다.

■ 김윤이: 「무덤 사이에서」와 관련해 감상이라는 것에 대해 더 듣고 싶은데요.

□ 박형준: 일례로 조선대 출근 때, 호남선 기차를 타고 가면서 동구밖 아버지 무덤을 보았어요. 얼핏 아버지 무덤자리를 스치면서 귀향에 대한 생각을 했습니다. 뚜렷하게 보는 것이 아니라 차창에서 보는 찰나 속에서의 귀향 말입니다. 묘들이 스쳐 지나는 속에서 '성스러움'이라는 것이 뭔지, '귀향'이라는 것이 뭔지를 많이 생각했어요. 아버지의 침묵이 귀향이라는 것을 사유, 생각하게 만들었습니다. 예전의 어머니가 고향 모티브로 회귀 가능한 공간이었다면 아버지는, 아버지의 부재는 돌아가지 못하는 귀향으로 다가왔어요. 찰나적으로 내재되어 있는 성스러움을 많이 생각하게 되었습니다. 이 시의 흐름이 현대시의 흐름과 무관할 수 있지만 나에게는 시를 쓰게 하는 추동, 힘이 된 듯합니다.

그리고 감상과 감정은요 … 음. 감상과 감정의 차이는 정확히 모르겠으나, 감정을 중요시 한다고 볼 수 있겠네요. 요즘은 이미지를 많이 분석하는 평을 보게 되는데 나는 감정을 많이 봐요.

어찌되었든 감상과 감정 사이에서 아버지의 죽음을 보게 되었고, 나의 시편 중에서 「무덤 사이에서」는 간신히 감정에 도달한 시라는 생각입니다. 「무덤 사이에서」를 심사위원들이 긍정적으로 본 것은 아마도 단숨에 써내려간 힘에 있지 않았을까, 하는. 그나마 간신히 감정에 걸쳐있는 건 아버지의 죽음이 무덤으로 갈 때 뚜렷하지는 않으나, 나름의 질서를 가지고 별자리를 놓으려는 인력 때문이 아닌가 하는데요.

■ 김윤이: 「무덤 사이에서」를 보면 겨울인 것 같지만 단지 그 계절로만 느껴지지는 않아요.

□ **박형준**: 맞아요. 그 길은 겨울들판을 지나서 무덤으로 가는 길인데 겨울이라는 계절에만 한정된 것은 아니고 무덤이 가지고 있는 메타포와 동일한 듯해요. 실지로 우리나라 논과 밭 사이에는 무덤이 있죠. 농부들이 일하러 가고 죽은 조상(아비)무덤에서 쉬고, 아이들이 놀 수 있는 놀이공간이고 …. 흔히 옛말로 밥공기와 닮았다, 라는 것인데 이 말이 나에게는 삶을 생각해보는 것으로 다가왔기에 그 정도의 시라 볼 수 있겠네요. 아버지에만 국한시키는 것은 아니고, 사이라는 것의 의미에는 아버지, 할머니, 어머니의 묘일수도 있고… 그 정도로 놓아두는 시라 할 수 있겠네요.

■ **김윤이**: (웃음) 그러니 계절, 시간대도 국한 되어지는 것은 아니겠네요. 개인적으로 '내 생이 제 스스로를 삼키는 이 심연 속으로 천천히 걸어 내려간다'는 부분이 참 인상적이에요. 「춤」에서의 '절해고도' 처럼 자연스러움 속에 느닷없이 역동적으로 멎는 어떤 부분이 시마다 있는 듯해요. 독자의 입장으로서 그런 구절을 만났을 때 감탄을 하게 되는데 시인 본인은 어떤 부분이 마음에 드는지…

□ **박형준**: 첫 구절이 잘 떠올랐을 때 자연스럽게 돼요.

■ **김윤이**: (나는 여기서 저절로 고개가 끄덕여졌다. 소월시문학상 「가슴의 환한 고동 외에는」이 생각났기 때문이었다.) '가슴의 환한 고동 외에는 들려줄 게 없는' 첫 행, 참 좋아해요.

□ **박형준**: (웃음)「무덤 사이에서」의 첫 구절이 맘에 들어요.

■ **김윤이**: 그러시군요. 첫 구절이 '내가 들판의 꽃을 찾으러 나갔을 때는 / 첫서리가 내렸고, 아직 인간의 언어를 몰랐을 때였다.' 예요.

□ **박형준**: 자연스럽게 될 때 감상을 벗어나게 되는 것 같아요. 머리

에 떠오르는 것. 그것은 감상이 아니고 감정이며, 억지로 지적인 통제로 된 시가 오히려 감상이 된 시가 많다고 생각해요. 자연스럽게 꺾이거나 흘러가거나 하는 것이 시 같아요. 억지로 넣는 기교, 이미지의 충돌이 감상을 벗어난 이미지가 된 것 같으나 그것이 오히려 감상인 거죠. 아마 그건 독자들이 가장 예민하게 안다고 봐요. 시인 자신도 깨닫는 부분이고요.

감정이라는 측면을 보면 최근에는 시인들이 자기감정을 건축할 수 있는 것에 매우 서투른 듯해요. 꽃나무에 비유하자면 겨울과 봄 사이에 아무 변화가 없는 듯하지만 어려 있는 것이 있는데 이것이 감정 같은 것은 아닌지 싶네요. 그런데 요즘은 핀 것, 뻗은 것, 주변과 어울리는 것에 너무 치중한 것은 아닌가 합니다.

그러니까 감정을 회복하는 것, 그런 느낌을 시인이 공유하고자 하는 것. 그것이야말로 가장 겸손한 창이라고 할 수 있겠네요. 창에 어리는 그림자가 간단한 사유의 두께라면 정작 시에는 이미지라는 것은 없다고 볼 수 있는 것이고, 있다고 생각하는 것은 우리의 착각일 수 있겠습니다. 다만 창에 어리는 그림자. 즉, 울고 있는 얼굴, 눈물. 그게 이미지 아닐까요. 그걸 너무 봉해 버린 채 창만을 주시하면서 그게 단단한 무엇이라 생각해서 수사적으로 늘리는 건 진정한 시가 아니라고 볼 수 있겠네요. 비단 타인의 시가 아니라 내 시에도 해당되는 얘기예요.

■ **김윤이**: 그럼, 마지막으로 「무덤 사이에서」를 바탕으로 앞으로 시인의 시가 나아갈 방향을 조금만 말씀해 주시면 감사하겠습니다.

□ **박형준**: 봉분에서 아버지를 느꼈고, 성스러움에서 감정으로 옮겨 갈 때 아버지의 침묵을 그려낼 수 있는 잠깐의 행운을 누린 것이라고 봐요.

나를 투영시키는 행위로 아버지를 백지에 묻어버린다, 라고 할 수 있겠는데요. 지나간 시간, 고통, 기쁨, 잡념, 감상을 언어가 무덤이 되어서 세워주기 때문에 나의 흉측스러운 시신을, 뼈와 살을 보여주지 않는 것. 그 안을 보여주지 않는 것. 그것이 나의 시라고 봅니다. 그 앞에 서면 언어가 우물이고, 언어가 보이지 않는 곳으로 내려가는 사다리인 거죠. 모든 걸 보여주는 시는 쓰고 싶지 않아요. 들켜지지 않는 어떤 것은 남기고 싶습니다. 독자에게 잠깐이라도 머물 수 있고 읽게 만드는 그런 매혹으로써 말이죠.

매혹은 행복한 상태로의 이행을 말하는데, 내가 느끼는 매혹이 무덤의 푸른빛으로 이동한 것이라 할 수 있겠습니다. 나는 도시에도 매혹을 많이 느껴요. 혼자 걸을 때나 군중 사이에 있을 때 그 틈바구니에서 무덤 사이 같은 묘한 시간대를 느낍니다. 묘하게 분리된 느낌 말이죠. 그래서 동네 골목 등의 산책을 즐겨요. 고독한 산책자의 몽상처럼(웃음). 자전거를 타는 느낌 같은. 그런 것과 만나는 느낌이 좋아요. 내 감각이 풍경을 보거나, 못 보거나 가끔씩 미세하게 느껴지는 떨림, 그것 자체로 느껴지는 것. 그것이 좋아요.

그리고 앞으로는 더 많이 수련이 된다면 시를 짧게 쓰고 싶어요. 시는 찰나 그걸 담아내는 것이므로 길 필요는 없지 않나 하는 생각입니다. 감각이 더해지면 짧아질 수 있지 않을까 하는데… 아직은 그렇게 표현하기엔 부족한 것 같아요. 지금은 그런 행복한 생각을 여백으로 남겨두는 게 맞는 것 같고. 어쨌든 지금 당대의 시(인)들을 빛나는 무엇에 비유한다면 그런 불빛들이 내가 가는 항해를 꿈꾸게 하는 것은 아닐지 … (웃음) 싶은데요.

'가슴의 환한 고동 외에는 들려줄 게 없는'

새벽, 이 구절을 읽고 가슴 뛰었던 적이 있다. 단 한 행이 한 사람의 귀를 말쑥하게 씻기고 마음을 고동치게 할 수 있구나. 라는 감탄. 지금 시인의 바닻가에는 무슨 소리가 들릴지…

계절 따라 그렇게 변해가는 들판과 꽃과 달과 바람, 조차(潮差)의 자연스러움. 꼭 그 풍경으로 그가 있었다. 인터뷰를 마치고, 아직 인간의 언어를 몰랐을 때처럼 아무 말하지 않고 뒤돌아서는 시인의 등을 지켜보았다. 시인 −고독한 산책의 몽상가에게는 바람의 목울음이 들리는 듯도 하리라 믿으며. 포플라 있는 거리가 미세하게, 그러나 끊임없이 흔들리고 있었다.

김윤이 시인
1976년 서울에서 출생. 2007년 〈조선일보〉 신춘문예에 시 〈트레이싱페이퍼〉가 당선되어 등단. 현재 〈시힘〉 동인으로 활동 中.

박형준의 「무덤 사이에서」

변의수 (시인, 웹진 시인광장 편집위원)

> *땅 속 깊은 어둠 속에서 뿌리들이*
> *잠에서 깨어나듯이,*
> *– 「무덤 사이에서」 중*

　산 자들에게 죽은 자의 영혼이 얼마나 영향을 미치겠느냐마는 그만큼 생은 아픈 것이다. 거대한 우주의 움직임 속에서 그 움직임을 실현하기 위하여 우리는 아파야 하는 것이다. 그래서 우리는 행복해야 한다. 거대한 정신의 실현을 위해서 미소한 우리들 영혼이 겪어야 하는 고통을 우리의 움직임 어느 순간에선가 찰나적이지만 받아야 하지 않겠는가. 그래서 서로는 위로하고 사랑해야 하지만, 우주의 정신은 너무나 거대하여 우리의 사랑을 갈가리 찢어놓는다. 그것이 우주의 정신이다. 그래서 사랑은 다가왔을 때 가장 사랑해야 한다. 다가오는 인연의 기운을 느낄 수 있어야 한다. 순간적이지만 진정으로 사랑하고 그 사랑은 그래서 불꽃처럼 타오를 수 있어야 한다. 다음 순간에 인연은 갈라지고 흐려질 것이므로, 검은 우주 공간의 어디론가 바람처럼 구름처럼 흘러 한 줄기 사라지는 흔적을 남기지 않을 것이므로.

지금 나는 그 징표를 찾기 위해
벌거벗은 들판을 걷고 있다.

그러나, 영혼은 사라지지 않는다. 영혼은 형상을 바꿀 뿐 소멸하지 않는다. 우리는 너무 많은 것을 알려고 하므로 영혼이 존재하지 않는다고 생각한다. 우리는 우주에서 소멸하지 않는다. 우리의 영혼이 버리는 건 불필요한 욕망이다. 우리의 욕망은 우주에서 순간의 움직임을 위해 필요로 한다. 욕망은 움직임을 위한 에너지이다. 만나고 헤어지기 위해서 욕망은 필요한 것이다. 욕망이 사라지고 난 뒤의 영혼은 순수하다. 무색무취의 영혼은 존재하지 않는 것으로 여겨진다. 영혼과 영혼은 산 자와 죽은 자들 속에서 함께 호흡한다. 시인의 깨달음의 힘은 우주의 것이다. 앎의 힘은 자연의 것이다. 시인의 깨달음과 영혼은 자연의 그것이다.

영혼의 풍경들은 심연조차도 푸르게 살아서
우물의 지하수에 떠 있는 별빛 같았다.

박형준 시인은 블혹을 지나 밥과 무덤, 산 자와 죽은 자의 연결 끈을 이해할 시력(詩歷)에 이르렀다. 오래 전 나는 박형준 시인은 시를 과학적 보고서로 작성한다는 인상을 받은 적이 있다. 그에게서 은유는 감성을 짜 맞추는 측량자의 도구였으며 시인의 젊은 감성의 영혼은 처음 보는 구조와 미학의 건축물을 서정적 언어로써 축조하여 보여주고 있었다. 그의 등단작 「家具의 힘」은 나의 내부에서 현재 진행형의 회상으로 자리하고 있다.

그의 영혼의 축조술은 우리로 하여금 그 어떤 특정한 방향의 지향성으로 호흡하게 한다. 그것은 박형준 시인의 남다른 시힘이다. 그의 시힘은 한 그루의 나무로서 가지를 뻗어 그가 자리한 숲을 어떤 특정한 색채로 물들인다. 그리하여 그곳을 찾는 사람들에게 신선한 기운으로 작용하여 삶을 새롭게 환기시켜 준다. 시인의 혼은 한 그루의 나무처럼 그렇게 우리들 영혼과 함께 호흡하고 생장한다.

> *나는 거기서 내가 날려 보낸 생의 화살들을 줍곤 했었다.*
> *내가 인간의 언어를 몰랐을 때*

박형준 시인은 언어를 사용하지만 언어로써 시를 짓지 않는다. 박형준은 「무덤 사이에서」의 초입에서 "인간의 언어를 몰랐을 때"라며 과거형으로 언어 너머의 세계를 암시한다. 그런 시인은 시편의 중반을 넘어서서 다시 "내가 아직 인간의 언어를 몰랐을 때"라며 언어 이전의 세계를 환기시킨다. 우리는 언어를 사용하지만 언어는 '산 자' 혹은 '인간'의 눈의 것이다. 자연은 인간의 눈으로 관측되는 그 너머의 세계이자 존재계이다. 시인의 「무덤 사이에서」는 언어 너머의 세계에서 산 자들과 죽은 자들이 하나의 세계를 이루어 존재함을 보여준다.

> 논과 밭 사이에 있는 우리나라 무덤들은 매혹적이다.
> 죽음을 격리시키지 않고 삶을 껴안고 있기에,
> 둥글고 따스하게 노동에 지친 사람들의 영혼을 껴안고 있다.
> (중략)
> 산 자와 죽은 자가 연결되어 있는
> 밥공기와 같은 삶의 정신,
> 푸르고 푸른 무덤이 저 들판에 나 있다.

언어는 시인이 달을 가리키기 위해 내뻗는 손가락이다. 물론 시인은 달을 가리키는 언어기호를 수학자 이상으로 이미지의 색채와 파장을 정밀하고도 엄격하게 계측한다. 그러나 보다 본질적으로 시인은 달을 가리키는 자이기에 앞서 달을 보는 자이다. 여기서는 시인이란 다른 예술가와 철학자 건축가, 사회학자나 다를 바 없다. 박형준 시인은 아마 시인이 아니었다면 건축가나 사회학자가 되었을지 모른다. 혹은 흙의 기운을 다스리는 농부나 묵언행의 스님이 되었을지도 모른다.

시인은 달을 가리키는 도구로서, 수식이나 사회규범을 제시하는 대신 '존재기호'를 사용한다. 존재기호는 자연언어이지만 시인의 영혼이 깃든 영적인 도구이다. 그런 시인의 언어는 '도구'가 아니라 시인의 분신이자 영혼이다. 하이데거는 시인이 '존재기호'를 사용한다는 것을 알았던 것이다. 시어의 건축술을 보여주는 박형준 시인은 달을 가리키는 언어기호 사용자이기 이전에 달을 바라보는 직관자이다. 그 직관의 투명함과 빛이 산 자와 죽은 자들의 관계를 '산자'의 육안으로 투시할 수 있는 것이다.

> 내가 들판의 꽃을 찾으러 나갔을 때는
> 첫서리가 내렸고, 아직 인간의 언어를 몰랐을 때였다.
> 추수 끝난 들녘의 목울음이
> 하늘에서 먼 기러기의 항해로 이어지고 있었고
> 서리에 얼어붙은 이삭들 그늘 밑에서
> 별 가득한 하늘 풍경보다 더 반짝이는 경이가
> 상처에 찔리며 부드러운 잠을 자고 있었다.

박형준은 사물의 관계에 대한 투시력을 지닌 시인이다. '사물'이 아닌 '사물의 관계'를 투시하는 눈은 영적인 세계를 보게 된다. 사물과 사물 사이, 사물 간에 흐르는 미시계의 은유를 볼 수 있는 시인에게 이미 사물과 사물은 하나이며 시인과 사물과 세계가 하나의 동조성의 기운과 리듬에 휩싸여 있음을 인지한다. 그곳에서 시인의 언어는 감각계의 사물을 드러내는 것이 아니라 사물의 영성을 드러낸다.

시인은 사물을 사랑하는 것이 아니다. 시인이 사물을 사랑하는 것은 사물 내부의 영혼을 사랑하는 것이다. 시인은 풀 한 포기 밟음에도 죄스러워 한다. 시인은 풀잎의 영혼을 느끼기 때문이다. 사물의 세계를 정령처럼 투과하는 박형준 시인은 들녘의 무덤에서 한 송이 꽃을 바라본다. 죽은 자의 봉분은 농토 옆에서 쓰러져 잠든 어린 시인의 따뜻한 밥이 되기도, "노동에 지친 사람들"의 "영혼을 껴안"는 지붕이 되기도 한다.

> 내가 찾아 헤매다니는 꽃과 같이 무덤이 있는 들녘,
> 산 자와 죽은 자가 연결되어 있는
> 밤공기와 같은 삶의 정신,
> 푸르고 푸른 무덤이 저 들판에 나 있다.

라고 말하는 시인은 감각과 욕망의 고통을 넘어 푸른 정신의 세계로 나아간다. 추위와 허기, 생과 사를 벗어나 푸른 정신만으로 호흡하는 절대의 정신을 시인은 체화시켜 나간다. 욕망과 애증과 분노를 벗어나 초극의 정신으로 살아 빛나는 "밤공기와 같은 삶의 정신"이고자 한다. 시인은 물질계에서의 '소유' 대신에 미시계인 영혼의 세계를 찾는다. 보디사트바(Bodhisattva)행이다! 선의 업으로 육신의 욕망을 금한다면 그만큼 정신은 투명하게 빛날 것이다. 온 몸으로 종소리를 내는 일이다.

> 찬 서리가 내릴수록 그 속에서 잎사귀들이 더 푸르듯이,
> 내가 아직 인간의 언어를 몰랐을 때 나를 감싸던 신성함이
> 밭 가운데 숨 쉬고 있다.

눈에 보이는 세계는 더 이상 시인의 세계가 아니다. 시인은 감각된 것들의 행간에서 숨 쉬는 기운들의 세계를 바라본다. 이미 그러한 곳에 이른 시인은 물리적 역학의 세계에는 관심 갖지 않는다. 물

리적 역학의 세계를 지배하는 "제 스스로를 삼키는" 그 어떤 '심연'의 세계를 감지하여 시인은 "걸어 내려간다". 시인은 그러므로 언어를 지운다.

감각이 지배하던 언어로는 비감각의 세계를 기술하지 못한다. 비감각의 세계는 평이한 우리의 감각이 닿지 않는 거대 우주계 또는 미세한 기운들의 세계이다. 영들의 세계는 물결처럼 일렁인다. 감각의 세계에선 비어 있던 공간들이 영혼들의 세계에선 투명하게 드러나 보인다. 영혼과 영혼들은 공기처럼 교류한다. 시인의 눈에 "산 자와 죽은 자"는 연결되어 있다.

> 그렇기에 우리나라 봉분들은 밥그릇을 닮았다.
> 조상들은 죽어서 산사람들을 먹여 살릴 밥을 한상 차려놓은 것인가.
> 내가 찾아 헤매다니는 꽃과 같이 무덤이 있는 들녘,

시인이 언어를 지우는 것은 언어는 또한 소리를 내기 때문이다. 언어는 "둥글고 따스하게 노동에 지친 사람들의 영혼"의 잠을 방해할지도 모르기 때문이다. 시인의 「무덤 사이에서」 시편은 우리를 한 차원 다른 세계로 안내한다. 욕망과 격정에 들뜬 산 자들의 어깨에 시인은 따스한 손을 올린다. 「무덤 사이에서」 한 편을 읽는 동안 우리는 많은 곳을 여행하게 된다.

> 내가 들판의 꽃을 찾으러 나갔을 때는
> 첫서리가 내렸고, 아직 인간의 언어를 몰랐을 때였다.
> (중략)
> 내가 인간의 언어를 몰랐을 때
> 영혼의 풍경들은 심연조차도 푸르게 살아서
> 우물의 지하수에 떠 있는 별빛 같았다.
> (중략)

찬 서리가 내릴수록 그 속에서 잎사귀들이 더 푸르듯이,
내가 아직 인간의 언어를 몰랐을 때 나를 감싸던 신성함이
밭 가운데 숨 쉬고 있다.

언어를 버림은 '소유'를 떨치는 일이다. "내가 인간의 언어를 몰
랐을 때/ 영혼의 풍경들은 심연조차도 푸르게 살아서/ 우물의 지하
수에 떠 있는 별빛 같았다." 시인은 「무덤 사이에서」의 시편에서
세 번 언어를 부정한다. 그의 시편에서 평소와 달리 있지 않은 강한
반복은 강한 암시성을 갖기 마련이다. 숫자 3은 완전함을 의미한다.

3으로 인해 인간은 사물을 볼 수 있다. 기하학적 역학의 세계는 3
에서부터 시작된다. 3은 신성한 숫자이다. 세 번의 부정은 완전한
부정을 의미하며, 세 번의 부정은 신성(Numinose)에 의한 부정을
의미한다. 세 번의 언어에 대한 부정은 불완전한 감각의 세계로부
터 완전한 존재계인 영들의 세계로의 이행을 함축한다. 언어에 대
한 시인의 완전한 부정은 "산 자와 죽은 자가 연결되어 있는" "내가
아직 인간의 언어를 몰랐을 때 나를 감싸던 신성함"에 기인한다.

박형준은 우리 시단에서 몇 안 되는 정신과 눈을 갖고 있는 시인
이다. 박형준 시인에게 수사학은 언어의 문제가 아니라 정신의 문
제이다. 그에게 리얼리즘의 정신은 무소유의 정신으로 표상된다.
고독과 무구한 정신은 "서리에 얼어붙은 이삭들 그늘 밑에서/ 가득
한 하늘 풍경보다 더 반짝이는 경이"로움 그것이다. 그러한 시인의
영혼은 "심연조차도 푸르게 살아서 / 우물의 지하수에 떠 있는 별
빛" 그것이다.

언어기호는 인간이 자연을 소유하는 수단이다. 소유를 위한 언어
는 분절적이다. 소유를 위해선 분할되어야 하는 것이다. 하지만 비
의식의 자연은 분할되지 않는다. 영혼과 물질 또한 분리되지 않는다.

하지만 '의식계'에서는 모든 것이 나누어지고 분리된다. 측정가능하며 셈을 할 수 있게 된다. 그리고 소유된다.

물질은 소유를 위한 의식의 구성물이다. 하지만 사실은, 사물은 호흡하는 영들의 세계이다. 사물들은 호흡과 호흡으로 이어져 있다. 소유하려는 산 자들의 욕망이 사물의 호흡을 단절시킨다. 하지만 단절은 이어져 있는 것이다. 시인은 "그 징표를 찾기 위해 / 벌거벗은 들판을 걷고 있다." 시인은 언어를 벗어던진 '자연'이 되어 걸어가고 있다. 산 자와 죽은 자가 하나로 함께하는 언어 너머 저쪽의 세계를 박형준 시인은 걸어가고 있는 것이다.

변의수 시인

1955년 부산에서 출생. 1996년 《현대시학》으로 등단. 시집으로 『먼 나라 추억의 도시』 『달이 뜨면 나무는 오르가슴이다』 제3시집으로(장시) 『비의식의 상징: 자연·정령·기호』 제3시집으로(단시) 『비의식의 상징』이 있고, 시론으로 『비의식의 상징: 상징과 기호학』 등과 비평집 『비의식의 상징』이 있음. 현재 웹진 『시인광장』 편집위원으로 활동 中.

장기원생미성상정는
강하한강 정강러림
은고은강 고재종 고현
영곽채구석본권정
호김경미김경선기경
김기백김두안김 록
민정김백검림 산김
규김소연김수영 김수
김언김언희김연숙
영희김예강김노
으숙김이든김의육

001

↓

100

굴

강 기 원

딱딱하고 어두운 동굴 속에서
이제 막 나온 동굴주의자
욕을 모르는 혀처럼 부드러운 너를
오래 다문 내 혓바닥 위에 올려본다
나 또한 고집스러운 동굴주의자이니
나를 맛보듯 너를 맛보련다
달큰하고 비린 젖내
태곳적 양수의 맛
더 거슬러 아비의 깊은 체취
너는 메마른 나의 미뢰를 섬세히 건드린다
바다의 살점을 입에 물고
바늘 돋친 내 혀를 가만히 대는 동안
씹을 것도 없는 너는
목젖을 타고 미끄러져 들어간다
칙칙하던 내가 바다 향기로 환해진다
너와 나는 닮기도 다르기도 하다
뼈를 밖으로 살을 안으로 한 너와
물컹한 살 속에 딱딱한 뼈를 감춘 나는
누가 더 수줍은 것이냐
너의 타액처럼 끈적이며 산뜻하기란
쉽지 않은 일
말 없는 바다의 혓바닥 같은
너를 삼키고 나는 대양을 품는다

아가미로 숨 쉬는 바다의 계집이 된다
감은 속눈썹 끝에
긴 수평선이 걸린다

계간 『시평』 2008년 봄호

강 기 원
1958년 서울에서 출생. 1997년 《작가세계》로 등단. 시집으로 『바다로 가득한 책』
등이 있음. 2006년 제25회 김수영문학상 수상.

침묵을 버리다

강 미 정

난 폭풍우 몰아치는 바다가 좋더라
욕설 같은 바람이 얇은 옷을 벗기려고 안간힘을 쓰는
그 앞쪽은 젖은 옷처럼 찰싹 붙고 그 뒤쪽은 불룩하게 헐렁한,
마음이 바람의 날을 벼리고 있잖아
절규하며 날뛰는 힘을 견디며 파랗고 날 샌 노래를 부르잖아
봐, 깊게 사랑했던 마음이 들끓을 때
당신은 울음소리에 몰두할 수 있지
당신이기에 어느 한 가슴이 가장 먼저 을 수도 있지
내가 알았던 세상의 모든 길을 지우고
다시 당신이라고 불렀던 사람이여,
저기 망망대해를 펼쳐두고 출렁임을 그치지 않는
당신의 침묵이 폭풍우가 되는 바다가 참 좋더라
폭풍우에 스민 울음소리가 들리잖아
나를 부르는 웃음소리가 들리잖아
마음이 바람의 날을 세워 밀며 밀리며 견디는
저 애증의 극단 중간에 침묵을 두고
세상이 되고 길이 되었던 당신이 가슴으로 와서
폭풍이 될 때 나는 휘몰아치는 바다가 좋더라

계간 『문학마당』 2007년 여름호 발표

강 미 정
경남 김해에서 출생. 1994년 《시문학》으로 등단. 시집으로 『상처가 스민다는 것』
이 있음.

세헤라자데

강성은

옛날이야기 들려줄까 악몽처럼 가볍고 공기처럼 무겁고 움켜잡으면 모래처럼 빠져나가 버리는 이야기 조용한 비명 같은 이야기 천년 동안 짠 레이스처럼 거미줄처럼 툭 끊어져 바람에 날아가버릴 것 같은 이야기 지난밤에 본 영화 같고 어제 꿈에서 본 장면 같고 어제 낮에 걸었던 바람 부는 길 같은 흔해빠진 낯선 이야기 당신 피부처럼 맑고 당신 눈동자처럼 검고 당신 입술처럼 붉고 당신처럼 한번도 본 적 없는 이야기 포르말린처럼 매혹적이고 젖처럼 비릿하고 연탄가스처럼 죽여주는 이야기 마지막 키스처럼 짜릿하고 올이 풀린 스웨터처럼 줄줄 새는 이야기 집 나간 개처럼 비를 맞고 쫓겨난 개처럼 빗자루로 맞고 그래도 결국에는 집으로 돌아오는 개 같은 이야기 당신이 마지막으로 했던 이야기 매일 당신이 하는 이야기 내가 죽을 때까지 죽은 당신이 매일 하는 그 이야기 끝이 없는 이야기 흔들리는 구름처럼 불안하고 물고기의 피처럼 뜨겁고 애인의 수염처럼 아름답고 귀를 막아도 들리는 이야기 실험은 없고 실험정신도 없고 실험이란 실험은 모두 거부하는 실험적인 이야기 어느 날 문득 무언가 떠올린 당신이 노트에 적어 내려가는 이야기 어젯밤에 내가 들려준 이야기인줄도 모르고 내일 밤 내가 당신귀에 속삭일 이야기인줄도 모르고.

월간 『현대시』 2009년 6월호

강성은
1973년 경북 의성에서 출생. 2005년 《문학동네》로 등단. 시집으로 『구두를 신고 잠이 들었다』가 있음.

그 집

강은교

그 집은 아마 우리를 기억하지 못하겠지
신혼 시절 제일 처음 얻었던 언덕빼기 집
빛을 찾아 우리는 기어오르곤 했어

손에는 무거운 가방을 들고
나는 두드렸어
그러면 문은 대답하곤 했지
삐걱 삐걱 삐걱
세상에서 가장 빛나는 빛이 거기서 솟아나고 있었어,
씽크 대 위엔 미처 씻어주지 못한 그릇들이 쌓여 있었지만
마치 씻어주지 못한 우리의 젊은 날처럼 쌓여 있었지만

그 창문도 아마 우리를 기억하지 못할 거야
싸구려 커튼이 밤낮 출렁거리던 그 집
자기들이 얼마나 멀리 아랫동네를 바라보았는지를
그 자물쇠도 우리를 기억하지 못할 거야
자기들이 얼마나 단단히 사랑을 잠글 수 있었는가를
그 못자국도 우리를 기억하지 못할 거야
자기들이 얼마나 무거운 삶의 옷가지들을 거기 걸었는지를
어느 날 못의 팔은 부러지고 말았었지

새벽은 천천히 오곤 했어
그러나 가장 따뜻한 등불을 들고
그대를 기다리곤 하던 그 나무계단을 잊을 순 없어

가장 깊이 숨어 빛을 뿜던 그 어둠을 잊을 순 없어
어두울수록 등불의 살은 은빛으로 빛나더니

아, 그 벽도 우리를 기억하지 못하겠지
저녁이면 기대 앉아 커피를 들던
그 따스한 벽
순간도 영원인 환상의 거미 날아오르던 곳
자기가 얼마나 튼튼했는지를
사랑의 잠 같았는지를

계간 『신생』 2008년 가을호 발표

강은교
1945년 함남 홍원에서 출생. 1968년 《사상계》로 등단. 시집으로 『허무집』 외 다수
있음. 1975년 제2회 한국문학작가상, 1992년 제37회 현대문학상 수상.

바람의 정거장

강 연 호

이 정거장에는 푯말과 이정표가 없고
레일은 방향을 가리키지 않는다
그저 바람의 뒤를 따를 뿐
뒤를 따랐던 흔적일 뿐이다
이 정거장에서 바람은 사방에서 팔방으로 분다
세상의 모든 방향에 눈길을 두면
결국 아무데도 갈 곳이 없다는 말이기도 하지만
떠나든 도착하든 이 정거장은
영원인지 잠시인지 머문 바람의 다른 이름이다
이름이란, 일체의 수식을 무정차 통과시킨
앙금 아닌가, 문장과 구절과 행간과
행간의 여백마저, 여백의 침묵조차
스르르 모래알처럼 손가락 사이로 흘려보낸 뒤
겨우 남은 지시어나 구두점 같은 것
그나마 문지르면 깨끗이 지워질 거다
그러니 눈으로 보려 하지 말고
귀를 기우려라, 바람의 언어는 고요인가 소요인가
이 정거장은 지금
종착이자 시발이며 경유이기도 한데
다만 바람의 처분에 맡기려 대죄하고 있다

계간 『시와 사람』 2008년 봄호 발표

강연호
1962년 대전에서 출생. 1991년 《문예중앙》으로 등단. 시집으로 『비단길』 등이 있음. 1995년 제1회 현대시동인상 수상.

트롬세탁기에 관한 보고서

강 영 은

비가 억수처럼 쏟아지고 우레·번개가 칠 때
벼락과 함께 땅에 떨어져 수목을 찢어놓고 사람과 가축을 해친다는
뇌수 한 마리, 우리 집 세탁실로 들어왔다 들어온 날부터 외눈박이
눈을 부라리더니
남편을 삼키고 나를 삼키고 아이들을 집어 삼킨다
소용돌이치는 220볼트, 쇠 이빨이
뒤따라온 골목길과 먼지 묻은 발자국을 지워나간다
열대성 호우 쏟아지는 내장 속에서
술 취한 바지와 가리지날 꽃무늬 원피스가 엉켜 붙는다
시너지효과만 주절대는 팬티와 브라자, 쌍방울표
메리야스는 멀티 오르가즘을 탐색하다 빈혈을 일으킨다
게임기에 빠진 모자와 양말이 게임 속도를 높인다
천상의 속도와 지상의 속도가 맞붙자
괄약근을 조이는 세상이 쿨럭거리며 구정물을 쏟아낸다
잃어버린 낙원이 물기 하나 없이 탈수 된다
우리 아직 살아 있지?
햇빛 좋은 베란다에 환골탈태한 감색 바지와 꽃무늬 원피스
눈높이가 다른 모자와 양말이 나란히 널린다
거꾸로 보는 하늘이 파랗다
하느님도 가끔은 지구라는 통을 통째로 돌리신다

계간 『시에』 2009년 여름호 발표

강영은
1956년 제주에서 출생. 2000년 《미네르바》로 등단. 시집으로 『녹색비단구렁이』
등이 있음.

발다로의 연인들

강 인 한

독화살이 심장을 파고들어 마침내 숨을 끊은
콸콸 더운 피를 끄집어낸 곳, 여기쯤인가 부러진 뼈 한 도막
몇 날 몇 밤의 증오를 순순히 받아들인 곳
피는 굳고, 벌들이 찾던 꽃향기는 언제 희미해진 것일까

부릅뜬 눈으로 빨아들인 마지막 빛은
사랑하는 이여 당신의 눈, 햇빛보다 부신 웃음이었다
껴안은 팔에서 부서져 내리는 허무한 흙덩이
잘 가라, 우리들 포옹 아래로 흘러가는 시간이여
눈보다 희고 부드러운 시간들이여

꿀처럼 달고 보드라운 당신의 입술은
아름다운 노래를 버리고 어디로 갔나 만토바의 하늘을 스치는
한 덩이 구름, 한 줄기 놀빛으로 산을 넘어
서늘한 밤의 대기가 되고
내 온몸을 거울처럼 담아 빛나던 당신의 눈은
벌써 여름밤 별자리로 찾아가 맑게 빛나고 있거니

부패라는 것, 오 망각이란
가시 많은 사람살이에 얼마나 고마운 벗일 것인지
오랜 망설임 끝에 다가가서
한 점 한 점 불타는 기쁨으로 땀흘리던 육체는
기꺼이 벌레의 밥이 되고 다시 흩어져 희미한 슬픔으로

흐르다 올리브나무 수액이 되고, 더러는 바람에
무심한 바람에 팔랑이는 올리브나무 잎새가 되었다

잠도 천 년, 다시 또 몇 천 년이 꿈결 같았다
무서운 살육의 전설도 기억에서 지워지고
수많은 파란이 지나가고 난 뒤
문득 깨어난 아침이 웬일인가 조금도 낯설지 않았다

침묵으로 말하노니
손대지 마라, 우리들 기나긴 사랑의 포옹을
비가 오고 눈이 오는 곳, 빗발치는 편견을 법으로 세우는 곳이라면
우리 이대로 다시 몇 천 년이라도 견디고 견딜 것이니.

격월간 『유심』 2009년 3~4월호

강인한
1944년 전북 정읍에서 출생. 1967년 《조선일보》 신춘문예로 등단. 시집으로 『이
상기후』 외 다수 있음.

노래

강 정

숨을 뱉다 말고 오래 쉬다보면 몸 안의 푸른 공기가 보여요
가끔씩 죽음이 물컹하게 씹힐 때도 있어요
술 담배를 끊으려고 마세요
오염투성이 삶을 그대로 뱉으면 전깃줄과 대화할 수도 있어요
당신이 뜯어먹은 책들이 통째로 나무로 변해
한 호흡에 하늘까지 뻗어갈지도 몰라요
아, 사랑에 빠지셨다구요?
그렇다면 더더욱 살려고 하지 마세요
숨이 턱턱 막히고 괄약근이 딴딴해지는 건
당신의 사랑이 몸 안에서 늙은 기생충을 잡아먹고 있기 때문
에요
그저 깃발처럼
바람 없이도 저 혼자 춤추는 무국적의 백기처럼, 그럼요 그저 쉬세
요 즐거워 죽을 수 있도록

시집 『키스』 (문학과지성사, 2008)

강정
1971년 부산에서 출생. 1992년 《현대시세계》로 등단. 시집으로 『처형극장』 등
이 있음.

의문들

강 해 림

아무도 모르고, 아무도 모를 수밖에 없는 것들의 치정을

내시경으로 들여다보는 내 자의식의 횡설수설을

너 죽은 지 이레째, 이제 수취불명인 네 영혼의 주소를

내 전생의 마흔 아홉 댓귀의 이야기들을

저 높은 곳을 향하여 흘러가는 미혹과 망상의 흰 구름떼를

일곱 빛깔 쌍무지개의 편의적 가설을

소크라테스도 피론도 한 권의 저서도 남기지 않았다는데 말짱 헛
소리뿐인 내가 쓴 문장들을

붉은 여우는 보름달이 뜨면 북쪽이 그립고 발정기가 되는가를

유통기한이 끝난 내 사랑의 부패속도를

결국 한 마리의 물고기도 못 잡아 올리는 언어의 매트릭스를

혁명은 왜 꽃처럼 아름답지 않고 치명적인가를

신기루는 사막의 혼이 아닐까 하는 따위의 내 빈궁한 상상력의 진
지를

오류와 불편뿐인 내 영혼을

격월간 『시를 사랑하는 사람들 』 2009년 9~10월호

강 해 림
1954년 대구에서 출생. 1991년 《현대시》와 《민족과 문학》으로 등단. 시집으로
『구름사원』 등이 있음.

菊花池*

고 경 숙

화선지에 살짝 낚싯대를 드리워
농담濃淡을 조절해보세요
저녁이 느리게 번져와요
바람이 대숲을 건드려 붓질을 하면
한 송이 국화로 피는 수상좌대
목뼈가 저리도록
물속에 코를 빠뜨리고 있는 저 남자

먹물방울로 맺힙니다
고개 돌려 술 한 잔 건넬
벗 하나 없는 저녁,
고인 저수지의 울음은 슬픈 여자를 닮았어요
국화꽃잎 하나씩 떼어내 물에 떨궈요
갈기갈기 부숴지는 물을 보세요
물고기로 化한 꽃잎의 기억들이 요동치네요
조사釣師들은 원래 곁눈질을 안 하지만
수작 부리는 건 결코 아니지만,
저 남자, 월척은 그른 것 같네요
어둠이 저수지에 덧칠을 하면

어쩔 수 없이 그녀와 동침하는 꽃방엔
국화향 가득 물안개로 피어오르는걸요.

*국화지: 강화도 강화읍 국화리에 있는 저수지

반년간 『시산맥』 2009년 창간(상반기)호

고경숙
1961년 서울에서 출생. 2001년 《시현실》로 등단. 시집으로 『모텔 캘리포니아』
등이 있음.

달 속에 달이 기울 때

고 영

꿈, 창, 그리고 당신
문득 그리워져서, 모든 게 속절없이 그리워져서
왜 간혹 그럴 때가 있잖아요?
미친 바람 앞에서, 내 한 몸 건사하기도 힘든 상황에서도
별안간 누군가의 안녕이 몹시 염려되는 거
그걸 사랑이라고 하면 당신,
그 마음 보여줄래요?

창문 속에서만 존재하는 당신
유리성에 사는 당신
잔이나 비울까요, 그래야 술병 속에서나마 함께 할 수 있잖아요,
큭큭
큭큭거리며 웃는 당신, 당신의 붉은 혓바닥
혓바닥에도 마음이 있다고
그 마음이 또 마음과 마음을 낳아서
지금 우리가 아픈 거라고…

그래도 당신
하현달처럼 저물어가는, 그래도 당신
얼마나 더 나를 비워야 당신을 채울 수 있을까요?
큭큭거리며

술잔을 비워도 차오르는 거, 이 몹쓸 집착!
이 몹쓸 사랑, 사람아 —

내 차디찬 기억에 젖어 있는 당신을
검불 같은 흐느낌이라고 하면
당신이 너무 가여워서
새벽안개 피어오르는 술잔과 마주앉아 그래도 당신,
술잔 속에 마음을 빠뜨리며 또 당신
큭큭거리며
술잔이 술잔을 낳다가 큭큭!

계간 『시작』 2008년 겨울호

고 영
1966년 경기도 안양에서 출생. 2003년 《현대시》로 등단. 시집으로 『산복도로에
쪽배가 떴다』 등이 있음.

꽃눈이 번져

고 영 민

잠이 오지 않을 때면
누군가 이 시간, 눈 빠알갛게
나를 골똘히 생각하고 있다는 생각이 든다
자꾸만 나를 흔들어 깨운다는 생각이 든다
당신을 만나기 위해
눈 부비고 일어나 차분히 옷 챙겨입고
나도 잠깐, 어제의 그대에게 멀리 다니러 간다는 생각이 든다
다녀올 동안의 설렘으로 잠 못 이루고
소식을 가져올 나를 위해
돌을 괸 채
뭉툭한 내가 나를 한없이 기다려준다는 생각이 든다
그러다 순간, 비 쏟아지는 소리
깜박 잠이 들 때면
밤은 더 어둡고 깊어져
당신이 그제야
무른 나를 순순히 놓아줬다는 생각이 든다
당신도 지극한 잠 속에 고여 자박자박 숨어든다는 생각이 든다
그대에게 다니러 간 내가
사뭇 간소하게 한 소식을 들고 와

눈 씻고 가만히 몸을 누이는
이 어두워 환한 밤에는

시집 『공손한 손』 (창비, 2009)

고영민
1968년 충남 서산에서 출생. 2002년 《문학사상》으로 등단. 시집으로 『악어』 등
이 있음.

허공

고 은

누구 때려죽이고 싶거든 때려죽여 살점 뜯어먹고 싶거든
그 징그러운 미움 다하여
한자락 구름이다가
자취없어진
거기
허공 하나 둘
보게
어느날 죽은 아기로 호젓하거든
또 어느날
남의 잔치에서 돌아오는 길
괜히 서럽거든
보게
뒤란에 가 소리 죽여 울던 어린시절의 누나
내내 그립거든
보게
저 지긋지긋한 시대의 거리 지나왔거든
보게
찬물 한모금 마시고 나서
보게
그대 오늘 막장떨이 장사 엔간히 손해보았거든
보게
백년 미만 도道 따위 통하지 말고

그냥 바라보게

거기 그 허공만한 데 어디 있을까보냐

시집 『허공』 (창비, 2008)

고은
1933년 전북 군산에서 출생. 《현대문학》으로 등단. 시집으로 『피안감성』 외 다
수 있음. 만해문학상 등을 수상.

애리조나에서 온 소년

고은강

추워요,
소년은 자꾸만 옷깃을 여몄다
재채기를 할 때마다
검은 눈동자에서는 탁탁
불씨가 튀어 올랐다
나는 소년의 눈동자가 꺼질까 봐
자꾸만 입김을 불어주었다
소년의 머리 위로
벙어리장갑 같은 구름들이 피어올랐다 사라졌다
형들이 아버지를 속기하는 동안
생선이 늘고
언니들이 어머니를 표절하는 동안
고양이는 코끼리처럼 뚱뚱해져
추워요, 소년은 자꾸만
검은 병病 속으로 파고들었다
보고 싶어
병을 흔들면 발기하는 욕처럼
음악들이 쏟아져 나와
귀의 예언대로
눈에도 해발고도가 그어지고
춥다,
밤사이 서리가 유골처럼 쌓여

나도 모르게
너를 꼬옥 끌어안고 잠이 들었지

계간 『시인시각』 2009년 봄호

고은강
1971년 대전에서 출생. 2006년 제6회 《창비 신인시인상》으로 등단.

천개의 고원들 위로 빛나는 고유한 연애

고 재 종

흔하디 흔한 술자리에서 넌 내게 포착되었다
간간 푸르게 사라졌다가 붉게 되돌아오곤 하는
네 눈빛을 누가 견디랴 싶었다 난 너를 그 자리에서
끄집어냈다 지체 없던 너와의 연애는
밤의 야생을 생생하게 달구는 들짐승의
부드럽고도 앙칼진 감창소리였다
그 소리는 축포처럼 터지는 각양각색의
너나들이였다 아니 너는 나의 씨를 받아먹고
나의 또 다른 나의 씨도 잠식해버리고는 낳은 것이
홍색 자색 연분홍으로 마구 저미고 번지는,
너 자신도 미처 식별하지 못하고 있던 찬연한 빛
그것이었다, 그것에의 들림이었다. 푸른 징소리처럼
사라졌다가 붉은 말발굽소리처럼
되돌아오는, 천개의 고원들 위로 빛나는
마주보는 하나의, 고유한 연애는 가령
지구의 땅끝 폰타아레나스의 마젤란펭귄들, 그들처럼
지상에선 짧은 두 다리로 뒤뚱거리지만
바다로 나가면 물속을 유탄처럼 나는 자유를 위해
우리는 거리에서나 섹스에서나 늘 서로 나포되곤 했다
내 몸이 너에 대해 느끼는 이 매력과 신뢰감은

도대체 어디에서 나오는 것이냐고 서로 묻기도 했다

계간 『서시』 2008년 여름호

고 재 종
1957년 전남 담양에서 출생. 1984년 실천문학사의 신작시집으로 《시여 무기여》
로 작품활동 시작. 시집으로 『새벽 들』 외 다수 있음.

압생트, 랭보의 에메랄드빛 하늘

고 현 정

두 개의 압생트 잔과 물병이 모서리가 떨어져 나간 탁자 위에 놓여
있다
막연한 시간

아르튀르 랭보는
푸른빛 도는 술이 가져다주는 취기야말로 가장 우아하고 하늘하늘
한 하늘이라 중얼거린다
압생트 한 잔을 마시는 일은
마취 없이 현실을 수술하는 것
내겐 악마의 술, 향쑥 냄새가 탁자를 뒤흔든다

나는 압생트에 취해 가끔 황홀하게
마네의 〈압생트를 마시는 남자〉라는 그림을 밤이면 들여다본다

1910년 파리에서 3,600만 리터의 압생트가 사라졌다
입은 때론 거짓된 기관
파편화된 가난을 변명한다
자기 이야기의 재구성이 흘러다니며
사소한 규칙을 만든다
잠을 박탈당하는 일
때론 음식을 먹을 수 없는 일
의식의 자각 너머에서 발생하는 해리의 신호가 울린다

그에게 유일하게 안정감을 제공해주는 것은
값싼, 알코올 도수가 70도에 달해 취기를 빨리
느끼게 해주는 사고뭉치 압생트가 있는
특정한 공간이다 내겐 그러한 특정한 공간이 없다

1910년을 전후해 제조를 금지당하는 압생트

얼어붙은 경계, 랭보의 잔과 나의 잔 사이
모든 것이 납작하게 보이고
모든 것이 차갑게 느껴진다

계간 『서정시학』 2008년 겨울호

고현정
서울에서 출생. 2001년 《문화일보》 신춘문예로 등단. 시집으로 『공기의 아이』가
있음.

鵬새

고 형 렬

보라, 남쪽 하늘 위 만월이 빛나는 달빛 속, 등뼈 위로 검은 날개를 삼각 형상으로 접어올리고, 머리를 가슴 밑으로 수그려뜨려 태허의 힘을 끌어모아, 금강 발톱으로 꿈을 움켜 차고 날아오르는, 광휘 속 천공의 장대한 붕새를

그 옛날 한 남자가 노래하기를,

北冥有魚 其名爲鯤 鯤之大 不知其幾千里也 化而爲鳥 其名爲鵬 鵬之背 不知其幾千里也 怒而飛 其翼若垂天之雲…

한 무명시인이 동쪽 산속에서 달을 쳐다보며 노래하기를,
붕새가 달을 부수면 지구는 유실될 것이다 오늘 저녁까지 저 달이 작아지고 커지고 만월이 되는 것 나는 天氣의 가장 아래층 대기로 날숨과 들숨을 얻을 뿐 오직 그것이 나에게 허락된 바 그것만이 온당하다

제1부 북명의 바다에 때가 오다

1. 태허에 들다

1
한 남자의 꿈은, 수묵색 北冥의 바다에서 南冥의 천지로 향하게 되었다
이것은, 지상의 모든 지혜를 초월하는 은유의 은유로서, 새로운 지혜를 찾게 하였으나,

그 뒤 모든 지혜의 노래는, 절대숙명이 파괴된 세상의, 길 안에 있
을 수밖에 없게 되었다
　그것은 하나의 '구멍'으로부터 비롯되었나니, 그 일곱 구멍이 착
규된 후*
　다만, 한 비조가 하늘로 날아올라간 비상을 상상할 뿐,

　* 장자 응제왕 제7 '일착일규(日鑿一竅), 칠일이혼돈사(七日而混沌死)'

　2
　한 영토에 비견할, 거대한 한 마리 붕새가 날개를 퍼덕이며, 온 하
늘을 가득 메우고,
　천공 속으로 훨훨 날아가버린, 그 지극한 高飛는, 대해의 물결이
이루는
　무차별의 진공 그 외계로 향하는 것
　비록 요적한 가운데, 음양의 대변으로 한 마리 고기가 새가 되었으
나
　이것은, 이 우주 속의, 그 어떤 생명의 출생의 인연에도 없는 일
　화생이라 할지라도 모체를 찢는, 아픔과 몸부림과 울음이 없을 수
없어라
　어찌 母가 고기〔鯤〕가 되며 새〔鵬〕가 子가 되는가,
　이것은 생사를 거치는 윤회가 아니므로 기이한 대변이다, 남자여

　3
　구멍이 뚫려 출구가 열린 순간, 신은 죽고
　붕새는 바다에 비상한 울음을 터트리고 하늘로 날아올랐으며
　미래로 나갈수록 인간의 기억 속에선, 그 울음소리 가장 먼, 깊고

아득한 곳으로 광속처럼 달려갈 때

한 남자, 우주와 인간 뇌와 저 북명의 남과 북 경계에서, 그 첫 비명을 듣는다 그러므로 그 괴이한 새의 울음소리는, 온 천지에 붉고 검고 희고, 푸른빛만 남기고 자취를 감추었으니, 그는 이 지상에 있지 않아라

아 영영 지워지지 않는, 희원의 꿈이며 상처여라

4

한 지평선 너머 너머까지의, 가이없는 한 마리 큰새가, 다시 실상으로 나타나거나 상상하기엔

그 어떤 고난으로도 만나기는, 심히 어려운 일이 되고 말았다

그러나 칠규의 파멸을 아는 자가 없었고, 그 후 어떤 기호와 형상으로도 나타나지 않았다

5

그날 하늘을 한 자락 의상처럼 휘감고 회오리쳐, 천공의 광풍을 일으키며

붕새가 날아간 북명의 바다는, 광폭한 산도를 닫고, 영원히 본성을 잃어버렸을 것이니,

황폐한 바닷가는 한 남자의 절대절명의, 그리움의 마지막 냉절의 순간이 되어 잊을 수 없는 영원한 心傷인 채,

불타버린 우주의, 대도의 흔적으로 남아, 그곳에 버려졌다

6

그러므로 저 북명의 바다, 그 혼돈의 기억은 어느 염색체 속에 숨

어 있는 것인가 그것은 왜 아직도, 꼼짝하지 않고 현현치 않는가
　아니 불타버린 것인가? 아니 바다를 허공으로 감싼 궁륭, 바다가
머리에 이고 있는 저 창공만이, 붕정만리의 시원을 증명하리

2. 지구의 북쪽

1

　태허에 한 도가 있었고, 태허의 북명에 곤이란 한 어린 물고기가
살고 있었다
　그 곤이 대곤이 되어, 어찌 그 북명의 바다를 뚫고 나와, 붕새가 되
어 태공을 날아올랐겠는가

2

　처음 보는 형상, 처음 보는 얼굴, 처음 듣는 날갯소리, 울음소리
　어느 현재의 '나'도 볼 수 없는, 수백만 년이 흘러 지나간 어느 날
이었을 것, 쾌청한 하루 낮이 흔들리기 시작했다,

3

　태허부터 모든 색을 담아온 고고한 수묵빛 바다의 온화한 수평선
　파르르, 어떤 시야가 가닿는 잔물결의 파랑이, 북명의 바다 한가운
데로 찾아왔듯
　알길 없는 대자연의 분노가 펼쳐지듯, 다른 새벽의 시간을 침략하
듯
　한 자연은 다른 한 자연의 대변에 의해 색다른 자연으로 태어나기
시작했다

4

예정된 시각에, 거대한 고기 형상의 한 신체가, 처음 이 북명의 해상을 솟구쳐오를 것이니, 그 형상을 감히 상상할 수 있으리

하지만 또, 새의 영혼과 인간의 영혼을 함께 잉태한, 옛 바다의 역사를 감히 누가 노래할 수 있으리

알 길 없는 물의 유전의 언어로만 떠돌 뿐, 實과 眞의 비의는 전수되지 않는 것,

진인의 노래는 저 대창공에서, 날개 퍼덕일 것인가, 승천입지한 겨울산처럼 고독한 남자여

5

다시 그 익숙한 과육의 대륙풍이 불어오는 수만 년이 지난 어느 유월, 어느 날 꿈속에서 그 일대 광경을, 처절하게 바라보게 될 것이다

그러나 보라, 그 옛날, 대붕새가 떠나던 황량한 바닷가엔, 아무도 없었고

아득한 하늘의 절벽길로 태양 빛이 내려오다, 다시 자신의 몸으로 되돌아가 빛 속에

자신의 눈을 감추고, 그곳에서 영원히 불타버렸는가

6

사위가 캄캄한, 반사광의 은은함으로, 하늘의 빛이 으슬트리며 고치처럼 몸을 감을 때

한 미지적 존재의 탄생을 기다리며, 침묵한 채 하늘에 걸려 있었다

그 모습은 마치, 흘러간 억년의 세월이, 하늘에 빗살무늬햇살로 걸려 있는 것 같았고

체가, 허공에서 흔들흔들 흔들리며, 티끌을 날리는 바람 같았다

7

북명의 바다는, 물 분자 하나하나 안에서 들끓기 시작해, 하나의 성운의 띠를 이루기 시작했다
　기억하지 못하는 물질계, 그 까마득한 천공에, 어느 북명의 바다가 대체 있었단 말인가
　내가 아닌 나는 대체 또 어디서, 으스러져 스러지는 자신의 육체를, 두 눈알로 바라보게 되었으며

8

천지의 비밀을 알 길 없는 치어는, 수많은 이 지구의 주야의 순환을, 알 리 없고
　이 지구가 또, 자신의 모태란 걸 알 리 없다
　저 숭한, 송곳 같은 한 구멍이 꼭 있을 건 없는, 저 북명의 바다가
　자신의 출생지란 걸 또 알지 못함으로 숨겨야 할, 무지의 세계 자체가 아니겠는가
　찌하여, 저 바다의 구멍에서 태어나게 됐는지, 오 구멍은 대체 무엇이란 말인가
　저 북명의 바다 어디에 물구멍이 뚫리며, 물거품이 일어났다 무사로이 꺼진단 말인가

9

아득한 세월 뒤, 혼돈의 태허가 폐쇄된, 구멍 없는 것*의 구멍이 열리고 만,

저 허망한 구멍이 언제, 다시 열릴지는 알 수 없는 일
오늘이 언제길래 그날이 오늘이었으랴,
바람이, 대륙의 스텝과 거대한 구릉에 도착하고, 수증기가 일어나
고 해가 가리고 다시 하늘이 밝아지면, 바다가 조용한 가운데 전율
하고 흔들리며, 내륙의 무성한 원시의 나무들이 무사로이 찢어지고
쓰러졌다
먼 산속 하늘에서 치던, 흰자위 속의 마른번개가 멎고

* 구멍 없음은 '無竅 混沌'.

10
靑苔 바위의 침묵이, 청하늘의 갈증이, 남자의 안색과 마음의 밑바
닥처럼 적막한,
숲과 하늘에 잠시 머무르는 듯
차갑고 부드러운 바람이, 끝이 없는 지구의 남방 숲을 빠져나간 뒤,
이슬의 선들거림으로 남아
대체 이 북명의 바다에, 지금 무슨 일이 일어나려 하는 것인가,
천 년씩 수천 년 묶음이, 반복하며 뒤집히며, 그들 곁을 지나 사라
져갔다
그리고, 다시 돌아오지 않았다, 영원히 문을 닫았다

11
하나의 그릇 같은 캄캄한 우주의 한 대기 속, 한 남자의 비닐막 같
은 뇌피질 속의 검은 흙의 숲속과 이어진,
그곳에서, 천공을 아수라장으로 뒤덮은, 빗방울의 언어들이 고꾸
라지듯, 무한 수직으로 달려 내려왔다,

그리고 그것들은, 남자의 뇌 속에, 그의 모든 세포마다에, 한없이
부드러운 금강의 유전 인자로 박혔다
알알이, 마치 그의 은빛 치아가 밀고 나오듯, 허무 속으로 꽃이 터
지듯

12
무미건조한 세월 속에, 수많은 大化와 小化가 지나갔으리, 하지만
아무것도 남아 있는 것은 없었다, 빈 살의 손바닥 하나만 수없이
나타났다 사라진 셈
리고, 그 모든 존재의 이름들은, 저 허공에 존재하지 않았다, 어떤
性도 命도 꼬리도
그들에게서, 언어와 기억의 물방울을 지운다면,
풀 한 포기 없는 산과 들, 황폐한 돌과 바람과 태양, 쓰레기와 침묵
그리고
생명의 기척이 없는 주야의 해변이 있을 뿐
그것이 지금은, 그대들 탯줄의 물결인 양, 철썩인다

3. 회귀의 소리

1
모든 것은 제자리에 떨어져, 만다라의 씨를 남기고 사라져갔다, 그
때부터
자고로, 그리고, 더 아득한 시간의 무한대로 이어진 태허의 上古가
저 수억만의 허공의 궤도를 따라, 무궁히 사라지고 밝아지고 스러
지고 어두워졌다

기이한 씨들은, 어딘가에 가서 첩첩이 싸여, 단단한 속을 형성하고 속에 자기 형상을 숨겨두었다
　화강암의 무늬 같은, 나이테 속의 시간처럼, 개구리 울음소리처럼, 새털구름의 무늬 같은, 마음과 천공 속의 바람결 같은 씨들,

2

　그 세월과 파편을 계산할 수학자는, 이 지상에 존재하지 않는다, 그는 그 수와 함께, 저 우주 속으로 사라질 것이 분명하기에
　오직 황폐된 북명의 바다와 하늘 산, 그 沿邊의 해안만이 알고 있을 뿐이다
　그러나 그 영봉들이 사처로 뻗어간 능선들만, 그 선사와 未生前史를 알고 있을까 우주만이 그 자신의 시간을 축적할 뿐이다

3

　바닷가에 버려진 지 오래인, 불타버린 돌들만이, 그날의 怪變의 비상을 안고 있다
　인간이 없는, 캄캄한 불명의 태초가 열리던, 북명의 신성한 바닷가의 무정처럼
　오직 말이 없는, 동녘을 향한 대륙의 산봉우리들, 검고 붉은 연봉들과 바위들
　모든 생명들이 돌아오고 있는, 겁의 시간 저 너머의, 미래 속에선, 검은 태허의
　시간이 붉게 푸르게 피어나고 있었으니

4

이미 미래가 과거가 되어 다른 미래로 사라져가고 있었고,

아무도 모르게 다시 한번, 과거가 미래가 되어 질주해오고 있었다

다만, 먼 수평선 너머 태산 같은 파도와 바람, 그리고 먼 산맥에 어
둠의 폭우가 쏟아질 뿐

우리는 이미 다 지나간 생을 기억하는 존재들, 기억의 암흑, 전생
의 복습, 한번도 산 적 없는 유기체들

하늘을 찢어발기는 혹한의 세월만, 무진장 무진장 흘러가고, 흘러
왔을 것이다

5

흙과 암석이, 얼어 터져 부스러기가 되었고, 그 사이에서

태허의 이끼 같은 녹색꿈의 언어들이, 왔다 갔다 다시 돌아오지 않
았다,

아니 다시 돌아올 도가 없었을 것이다 두절의 세월이 흘렀다

격월간 『유심』 2009년 1~2월호

고형렬
1954년 전남 해남에서 출생. 1979년 《현대문학》에 〈장자〉 등이 추천되어 작품활
동 시작. 시집으로 『대청봉 수박밭』 외 다수 있음.

부부론

공 광 규

오늘은 아내가 없이 밥을 먹네
된장을 끓이고 오래된 반찬을 내놓고
아이들과 둘러앉아 삼겹살을 굽네
집나간 아내를 욕하면서 걱정하면서

결혼은 삼겹살을 굽는 것이네
타지 않게 골고루 잘 익혀야 하는 것이네
너무 높지도 낮지도 않게 불꽃을 조절하고
알맞게 익도록 방심하지 않는 것이네

결혼은 된장국을 끓이는 것이네
알맞은 양을 물에 풀고
양념을 넣고 자꾸자꾸 간을 보는 것이네
된장과 양념의 조화를 맞추는 것이네
그걸 몰라서 아내가 없이 밥을 먹네
된장을 끓이고 오래된 반찬을 내놓고
아이들과 둘러앉아 삼겹살을 굽네
집나간 아내를 욕하면서 걱정하면서.

계간 『시와 정신』 2008 가을호

공광규
1960년 충남 청양에서 출생. 1986년 《동서문학》으로 등단. 시집으로 『대학일기』
외 다수 있음.

달콤쌉쌀한 어둠

곽은영

어둡고 축축한 물 같은 나의 짝패
춥지 않으면 겨울이 아니듯
나는 나의 웃음을 의심했다

당신을 위해 그렸던 워킹셔츠의 밤
갓 태어난 이파리 같은 싱싱하고 비밀스런 눈의 언어
치장할 줄 모르는 혀가 당신,
이라고 불렀을 때 입을 벌려 혀끝으로 음미하게 하는
당신의 파동,

우리는 세상에서 더러운 관계가 되었다
누가 먼저랄 것도 없이 그냥 정직하게, 더러운 관계

나는 당신의 엄마이고 누이이고 연인이자 친구
당신은 그러므로 나의 사랑스러운 검정
보라와 핑크와 블루의 벽을 핥아 뱉어낸 순도 높은 감정
그러나 엉망인 관계, 항문 속까지 알만큼 우리는 정직했으나

잔혹하고 슬픈 나의 짝패
어둡지 않으면 옷을 벗지 않듯
나는 나의 침묵을 의심했다

넓은 잎에 두껍게 포개진 먼지 같은 감정
당신이 콧수염을 붙이고 아버지 놀이를 했다면
이마를 깨는 돌멩이 같은 비웃음을 받진 않았겠지
그러나 깨끗한 관계, 그런 것이 있기나 할까

오래된 법전을 뒤적여도 페이지를 넘기는 것은 우리의 손
우리의 그림자는 한 덩어리 절름발이
같은 피를 발자국 도장으로 찍으며 걸어가는 중
누가 먼저랄 것도 없이 그냥 정직하게

시집 『검은 고양이 흰 개』 (랜덤하우스코리아, 2008)

곽은영

1975년 전남 광주에서 출생. 2006년 《동아일보》 신춘문에 〈개기월식〉으로 등단.
시집으로 『검은 고양이 흰 개』가 있음.

사랑이 없는 날

곽 재 구

생각한다
봄과 겨울 사이에
무슨 계절의 숨소리가 스며 있는지

내가 좋아하는 것과
싫어하는 것 사이에
벌교 장터 수수팥떡과
산 채로 보리새우를 먹는 사람들 사이에
무슨 상어의 이빨이 박혀 있는지

생각한다
눈 오는 섬진강과 지리산 사이에
南과 北 사이에
은서네 피아노 가게와 종점 세탁소 사이에
홍매화와 목련꽃 사이에
너와 나 사이에

또 무슨
病은 없는지

생각한다
꽃이 진 뒤에도
나무를 흔드는 바람과
손님이 다 내린 뒤에도
저 홀로 가는 자정의 마을버스와

눈 쌓인 언덕길
홀로 빛나는 초승달 하나

또 무슨
病은 깊은지

웹진 『문장』 2008년 4월호

 곽재구 1954년 전남 광주에서 출생. 1982년 《중앙일보》 신춘문예에 〈사평역에서〉로 등단. 시집으로 『사평역에서』 외 다수 있음. 1992년 신동엽 창작기금과 1996년 동서문학상을 수상.

거울

구 석 본

그가 거울을 본다
거울 속에 한 남자가 죽어 있다
죽은 남자가 웃는다 '웃음,이 죽었다
'좋은 아침,이라고 죽는 남자가 말하자
'좋은 아침,이 죽었다
남자는 '웃음,과 '좋은 아침,의 죽음을 보지 못한 채
붉은색 넥타이를 매고 향수를 뿌리고
로션을 가볍게 바르고는 다시 웃는다
웃음이 두 번 죽지만 남자는 여전히 보지 못한다
이번에는 휘파람을 분다
휘파람이 핑그르 돌다가 죽어버린다
남자는 쌓이고 쌓인
그들의 죽음을, 남자의 죽음을, 오늘의 죽음을,
끝내 보지 못한채 떠난다
남자가 떠난 후,
시취尸臭가 향수처럼 한동안 맴돌다가 사라지자
비로소 거울 속에는 복제된 어제의 풍경들이
속속 살아나기 시작했다

계간 『애지』 2009년 봄호

구석본
경북 칠곡에서 출생. 1975년 《시문학》으로 등단. 시집으로 『지상의 그리운 섬』
외 다수 있음. 1985년 대한민국문학상 수상.

자본주의 혹은 종이

짐승의 가죽을 부드럽게 하여 만든 양피지,
대나무나 무를 얇게 깎아서 만든 것과 같은
것들은 모양과 용도가 같아도 종이라 할 수
없다. 네이버 백과사전에서는 정의하고 있다.
종이의 정의는 어디까지나 '순수한 식물의
섬유를 원료로 한 것'으로 결정하였다

권 정 일

어떤 사람은 동물성이 아닌 그 순수한 식물성으로

코를 풀고
뒤를 닦고
글을 쓰고
집을 짓고

어떤 사람은 잡종이 아닌 그 순수한 유전자로

그림을 그리고
인형을 만들고
수의를 짓고
기도문을 쓰고

어떤 사람은 순수한 그 순수한 종이로

협약이 되고 총칼이 되고
서약이 되고 유서가 되고
신분이 되고 수갑이 되고
법률이 되고 벌레가 되고

어떤 사람은 모든 종이를 주워 모아 최소한의 밥을 만들고

시집 『수상한 비행법』 (북인, 2008)

권정일
1961년 충남 서천에서 출생. 1999년 《국제신문》 신춘문예에 〈어머니는 수묵화였
다〉로 등단. 시집으로 『마지막 주유소』가 있음.

네거리의 불가지론

권 혁 웅

건널목을 첫 경험이라 부를 수 있을까
아를 닦다 불쑥 치미는 욕지기처럼
넘어오는 행인 가운데 아는 얼굴이 있을까
이 땅이 부용국附庸國임을 모르는
늙은 개들만 함부로 건너오다 2차원이 되지
납작해진 두 발과 평평해진 내장을
무심한 바퀴가 피안네 건네주지
번뇌에 사로잡힌 사람을 유루有漏라 불러요
누전이거나 누수가 있는 곳, 그곳이 차안이야
이를테면 욕을 하며 물을 끼었으며
핏자국을 벅벅 닦아내는
저 청소부는 네거리의 외연을 넓히는 중이지
하나는 내가 온 길, 둘은 내가 선택한 길,
그리고 나머지 하나가 그 사람이 올 길인데
그게 어느 쪽인지 모르겠어
지금은 비보호 좌회전이야, 시대가 그래
왼쪽으로 틀어도 좋지만 그건 불법이지
고개를 따라 도는 몸처럼 신호는 서서히 바뀌고
이쪽 건널목은 처음이 아니야,
내 말 무슨 뜻인지, 이해해?
목적한 곳에 도달하는 걸 득달得達이라 불러요
나는 득달같아서, 거의 이르렀어

거의는 거기가 아니어서
네거리는 골목과 골목을 숨긴다 마침내
눕기 위해 나는 집으로
그 아래 눕기 위해 그는 건널목으로

계간 『시인세계』 2008년 겨울호

권혁웅
1967년 충북 충주에서 출생. 1997년 《문예중앙 신인문학상》으로 등단. 시집으로
『황금나무 아래서』 등이 있음. 2000년 제6회 현대시 동인상 수상.

잉크빛 그늘

권 현 형

문이 닫혀 있었다, 다섯 시 반
저녁이 다가오는데도 유월 볕은 환했다
양양, 볕볕, 볕이 많은 오산리에서
선사시대 얼굴, 흙으로 빚은 얼굴이 발견되었다는데

닫힌 박물관 앞 너른 갈대 습지만 들여다보았다
습기의, 물기의 발원을 오래 생각했다
경포호처럼 바닷물과 민물이 만났을 것이고
물기를 따라 사람들이 흘러와 살았을 것이고 그때도

오월이면 물고기 꼬리에서 아카시아 향이 났을까
누군가 빼앗긴 애인을 되찾기 위해
신문지에 비수를 싸들고 가 구들장에 꽂았다는
내력이, 마음의 낭자한 지도를 따라
습지에서 흘러내려왔다면

짐승처럼 수렵만 한 게 아니라면
잉크빛을 토해내듯 짙은 그늘이
분명 흙으로 빚은 이마에도 스며들어 있을 텐데

그늘은 유물이 되어 안쪽에 보관되어 있다
문이 닫혀 있다면, 다섯 시 반이라면
오랜 시간이 흐르고, 지질학적 시간으로는
내일 누군가 잉크빛 그늘에 새겨진 물기를
햇볕 아래서 오래 생각하게 될 것이다

계간 『미네르바』 2009년 여름호

권현형
강원도 주문진에서 출생. 시집으로 『중독성 슬픔』 등이 있음.

그 밤에 내린 눈은

길 상 호

유리에 닿아도 지문 남지 않는 손가락이었어, 무슨 말인지 단서가
없는 수화를 읽어낼 수 없었어, 밤이 이불 끌어 덮으며 더 깊이 잠들
때 너도 답답해져서는, 수없는 문장들을 한꺼번에 쏟아놓기도 했어,
영하의 눈금보다 추워질까 창은 열지 못했지, 말을 걸면 뿌옇게 김
이 서리는 대화, 서로 다른 온도의 이야기가 유리를 사이에 두고 한
동안 계속되었어, 말들이 성에로 꽃필 때까지 방과 밖의 수은주 그
래프는 간격을 벌렸어, 더는 좁힐 수 없는 거리에서 너는 너대로 나
는 나대로 바닥에 누웠지, 따뜻한 바닥에서 내 심장에 살얼음 끼는
동안 너의 심장은 차가운 바닥에 녹아버렸을까, 바람벽 뚫고 들어
온 바람이 전하는 안부 속에도 이제는 네가 사라졌어

『시, 사랑에 빠지다』(현대문학) 2009년 1월

길상호 1973년 충남 논산에서 출생. 2001년《한국일보》신춘문예에〈그 노인
이 지은 집〉으로 등단. 시집으로 『오동나무 안에 잠들다』가 있음. 2004년 현대시
동인상 수상.

야채사 野菜史

김 경 미

고구마, 가지 같은 야채들도 애초에는
꽃이었다 한다
잎이나 줄기가 유독 인간 입에 달디단 바람에
꽃에서 야채가 되었다 한다
달지 않았으면 오늘날 호박이며 양파들도
장미꽃처럼 꽃가게를 채우고 세레나데가 되고
검은 영정 앞 국화꽃 대신 감자 수북했겠다
사막도 애초에는 오아시스였다고 한다
아니 오아시스가 원래 사막이었던가
그게 아니라 낙타가 원래는 사람이었다고 한다
사람이 원래 낙타였는데 팔다리가 워낙 맛있다보니
사람이 되었다는 학설도 있다
여하튼 당신도 애초에는 나였다
내가 원래 당신에게서 갈라져나왔든가

시집 『고통을 달래는 순서』 (창비, 2008)

김 경 미
1959년 서울에서 출생. 1983년 《중앙일보》 신춘문예에 〈비망록〉으로 등단. 시집
으로 『쓰다만 편지인들 다시 못쓰랴』 외 다수 있음.

새들의 본적

김 경 선

새들의 자유는 과장되었다
평생 허공을 날다가
죽어서 귀가 열리는 새들
죽음으로
비로소 자유를 얻는다

자유로운 날개는 속박이었다
허공의 길,
한 번도 그 길을 벗어난 적이 없는

새들의 무덤은 하늘이다
그 아래 우리의 무덤이 있다
땅에 닿지 못하는
새들의 자유는 얼마나 허망한 것인가

바람을 등에 업고 바람이 되어 살다가
비로소 허공이 된

새를 받아 안은 하늘무덤을 바라본다
그들의 마지막 유언도
그들을 따라 날아갈 날개도 나에겐 없다
무덤의 문고리를 잡아당기던

한 무리의 새 떼가
서쪽하늘로 사라진다

월간 『우리詩』 2009년 3월호

김경선
인천광역시 옹진에서 출생. 2005년 《시인정신》으로 등단.

달리의 추억3
- 도시인의 축제

김 경 수

바다에 와서 비로소 날 수 있었다. 나는 작은 날개를 최대한 넓게 펼치고 바다 위의 긴 활주로 위를 쾌속 질주하여 날아오르는 단풍 잎이었다. 혁명을 꿈꾸던 시인 마리네티의 빛나던 이마 위로 더운 여름의 햇살에 시들어 떨어져 눕는 날카로운 외로움이었다. 바다 위로 햇살은 수직으로 떨어지며 혀처럼 부드러워진 금속성 음의 파편을 날린다. 총알이 비 오듯 쏟아지던 전선을 넘어와 혁명에 지친 종소리가 가늘게 울리자 먼 길을 절뚝이며 걸어온 하얀 부리를 빛내던 하얀 꽁지의 새가 저물어가는 도시의 아스팔트를 힘차게 밟고 향기로운 혁명의 빛이 되어 하늘로 올라간다. 바다가 아름다운 피로감으로 곤히 잠이 든다. 그렇게 혁명의 나팔을 불던 20세기가 지나가고 피카소의 고독한 눈이 하늘의 별이 되어 빛난다. 그리고 새로운 세기의 바다가 하얀 이빨의 파도를 물고 올 때마다 이전에 없던 하나의 별이 하늘에 또 생겼다. 바다…그 긴 음절 속에 모텔이 들어선다. 바다 모텔 속에 지느러미를 달고 아가미를 벌렁거리던 한 남자가 한 여자의 유두乳頭를 물고 잠이 든다. 지금 잠든 자는 더 이상 깨지 않는다. 그는 영원히 함께 있기 때문이다.

격월간 『시를 사랑하는 사람들』 2009년 3~4월호

김경수
1957년 대구에서 출생. 1993년 《현대시》로 등단. 시집으로 『하얀 욕망이 눈부시다』 등이 있음.

평일의 독서

김 경 인

오늘 저녁은 한 권의 책과 함께,
핏줄과 신경다발로 단단히 봉인된
숨 쉬는 종이와 함께.
조금도 독창적이고 싶지 않은 하루야.
오늘의 어둠은 어제의 어둠처럼, 혹은
백년 후의 어둠처럼 펼쳐지고
나는 다만 읽는 자로서 당신을 바라보네.
맥주는 정말 달력 속 맥주처럼 시원하고
꼬치에 꿰인 양은 한 번도 매애매애 울지 않는데.
고백 없는 고백록의 황금장정처럼,
내용이 사라진 중세의 신비한 금서처럼,
당신의 페이지는 당신을 기록하지 않지.
당신이 내게 밑줄을 긋는다면
온순한 낱장처럼 활짝 벌어져
끓어오르는 사막의 한 가운데를 펼칠 수도.
오늘 나를 돌아가는 피는 제밥 피처럼 붉고
당신은. 나는.
오늘의 양고기와 내일의 후회에 대해
새벽 한 시를 무심히 지나치는 울음에 대해
서로 다른 길 위에서.
정말이지, 오늘은 한 치의 오차도 없는 평행선의 날.
무수한 페이지를 감춘 한 권의 책이 스르르 쓰러지듯
내 눈동자 밖의 당신이

잠시, 흔들렸을 뿐.
몸 안을 가득 채운 글자들이 쏟아지려다 말았을 뿐.
만년필에서 실수로 떨어진 한 방울 잉크처럼
당신은. 나는.

월간 『현대시』 2009년 6월호

김경인
1972년 서울에서 출생. 2001년 계간 《문예중앙》으로 등단. 시집으로 『한밤의 퀼트』가 있음.

주저흔 躊躇痕

김 경 주

몇 세기 전 지층이 발견되었다

그는 지층에 묻혀 있던 짐승의 울음소리를 조심히 벗겨내기 시작했다

사람들은 발굴한 화석의 연대기를 물었고 다투어서 생몰 연대를 찾았다
그는 다시 몇 세기 전 돌 속으로 스민 빗방울을 조금씩 긁어내면서
자꾸만 캄캄한 동굴 속에서 자신이 흐느끼고 있는 것처럼 느껴졌다

동굴 밖에서 횃불이 마구 날아들었고 눈과 비가 내리고 있었다
시간을 오래 가진 돌들은 역한 냄새를 풍기는 법인데 그것은 돌 속으로
들어간 몇 세기 전 바람과 빛 덩이들이 곤죽을 이루고 있기 때문이다
그것들은 썩지 못하고 땅이 뒤집어져야 모습을 드러내는 것이다
동일 시간에 귀속되지 못한다는 점에서 그들은 서로 전이를 일으키기도 한다

화석의 내부에서 빗방울과 햇빛과 바람을 다 빼내면
이 화석은 죽을 것이다

그는 새로운 연구결과를 타이핑하기 시작했다

'바람은 죽으려 한 적이 있다'
어머니와 나는 같은 피를 나누어 가진 것이 아니라
똑같은 울음소리를 가진 것 같다고 생각한 적이 있다

시집 『기담』 (문학과지성사, 2008)

김경주
2003년 《대한매일》 신춘문예로 등단. 시집으로 『나는 이 세상에 없는 계절이다』
등이 있음.

빨강 빨강

김근

피를 다 소진한 누리끼리한 염통이 저 혼자 바싹 마른 혈관을 흔들어대면서 골목 뒤편으로 사라진다 고통이 짜르르 따라간다 새까만 정거장에서 사내는 무당개구리처럼 배를 뒤집는다 배가 빨갛다 빨갛게 사내는 그대로 움직이지 않는다 여기까지 오는 길에는 돌기가 너무 많았다 빨갛게 말라간다 그는 곧 푸석푸석, 보이지 않게 될 것이다 설령 제 색깔을 잃어버린 염통이 다시 돌아온대도 그를 찾지는 못할 것이다 다만 고통도 없이 빨강 빨강들이, 새까만 주변을 팔짝팔짝 뛰어다닐지 맴맴 돌지 어쩔지 모를 일은, 모를 일이다

시집 『구름극장에서 만나요 』 (창비, 2008)

김근
1973년 전북 고창에서 출생. 1998년 《문학동네》로 등단. 시집으로 『뱀소년의 외출』이 있음.

목을 조르는 스타킹에게 애원함

김 기 택

눈빛으로
입이 테이프로 꽁꽁 묶여 눈빛으로
손발이 테이프로 꽁꽁 묶여 눈빛으로
말할 수 없는 건 눈 하나밖에 없어 눈빛으로
스타킹이 꽉 조르고 있는 모가지 신음으로
막힌 목구멍 대신 눈동자를 뚫고 나올 것 같은 비명으로
눈구덩이로 튀어나온 심장 같은 벌건 눈알로
살갗을 울퉁불퉁 튀틀며 찢고 나올 것 같은 근육으로
숨 막힌 공기를 들여마시려고 한껏 벌여져 있는 입으로
공기 한 방울이라도 맛보려고 입 밖으로 길게 빠져나온 혀로
그입에서 눈물처럼 뚝뚝 흘러나오는 침으로
빨간 루주를 칠했어도 점점 새파래지는 입술로
방금 성폭행 당한 尿道에서 나오는 뜨거운 오줌으로
팬티와 치마와 에쿠스 씨트가 다 젖는 줄도 모르는 떨림으로
목조르는 팔뚝 속으로 스며드는 월척 같은 파닥거림으로
그 꿈틀거림으로 더욱 짜릿해져가고 있을 손맛으로
그 손맛 때문에 더욱 단단하게 조여지고 있을 모가지로
아무리 격렬하게 발버둥 쳐도 고요하기만 한 모가지로
빨간 스타킹 자국을 감싸고 있는 새하얀 모가지로

월간 『현대시학』 2009년 7월호

김 기 택 1957년 경기도 안양에서 출생. 1989년 《한국일보》 신춘문예로 등단. 시집으로 『태아의 잠』 외 다수 있음. 김수영문학상, 현대문학상, 이수문학상, 미당문학상 수상.

검은 나무들

김 두 안

달린다
검은 강둑 위, 검은 버드나무들

말이다 곰이다 낙타다 꿈틀거리는 거대한 애벌레다
휘어졌다 휘어오른다

앞발을 던졌다
온몸을 던진다

바람보다 빨리 달려가는 나무들 발목이 보인다
어둠이 뿌리째 뽑힌다

제 몸을 뿌리치고 미칠 듯 달려가는
저 나무들
나무 속에 갇힌 짐승이다

(밤마다 나무들 뿌리 박힌 동물로 변하는 것 같다)
봄부터 봄까지 달려가 더 무성히 자라 있는
나무들
나 아닌 나로부터의 침입자다
무늬 옷을 입고
나무처럼 서서
강둑 철책선 지키는 경계병들 눈빛 틈타
고요히 울부짖고 달려가는
나무들
나로부터 끝없이 도망치는 탈영자다

(자동차 불빛에 들켜, 헛바닥 헐떡거리는 그림자)

벼랑에 별빛도 흔들리는
밤,
이면裏面

저 검은 나무들
우주 끝 어둠의 언더까지 순식간에 다녀온다
(휘어진 가지가 쏘아 올린 수많은 별, 그림자가 지나간 환한 구멍
이다)

어젯밤 뿌리 깊이 잠 든
내 꿈속 벗어나려
악착같이 제자리 뛰어가는 나를, 보았다

계간 『현대시』 2009년 5월호

김두안
1965년 전남 신안에서 출생. 2006년 《한국일보》로 등단.

알 수 없는 음악가

김 록

매미들은 다른 매미를 맴돌며 울고 있는데
소리틀도 없고 울림통도 없는 매미는 어찌 우나
울음을 품고 있는 매미가 가여운데
나는 어찌 우나

더 이상 치지 않는 피아노의 뚜껑은 늘 열려 있었고
건반의 소리들은 먼지가 되었는데
건반은 어찌 우나

다른 매미를 부르지 않아 '매미들'이 될 수 없는
매미에게, 바닥에 놓인 물 한 사발 같은 울음은 없으리

소리가 있지도 않고 없지도 않은
악기가, 아무리 신들려 울었어도
고물상에 가면 다 고물이 된다

먼지는 온 세상을 누르는, 소리 없는 건반이다
당신은 어찌 우나

계간 『시현실』 2009년 봄호

김 록
1968년 서울에서 출생. 1998년 《작가세계》로 등단. 시집으로 『광기의 다이아몬
드』가 있음.

키스의 기원

김 룡

시뻘겋게 달아오른 불판 위에 딱, 한 점이 남았다 지글지글
　입은 죽어도 잠들지 않는다 그러므로 심중보다 물증을 남겨야 한
다
　몸을 피우던 죽음이 질겅거리다 딴전 피듯 뱉어낸
　꽃술 저, 입술
　까맣게 파리 떼처럼 새까맣게 삼겹살 한 점으로 달라붙었던
　사람들 눈치껏 젓가락 내려놓고 내 것이 아니라고 우기는
　저, 저 문을 열어
　혀를 눕히지 못한다면 키스는 완성할 수 없다
　그러니까 사랑은, 사랑한다는 것은 누군가의 입을 빌려
　까무룩 몸을 닫았다 가는 것이다 사는 게 미안해 너무 미안해서
　죽음에게 잠시 혀를 빌려주는 것이다

계간 『문학마당』 2008년 가을호

김 룡
1961년 경남 진주에서 출생. 2007년 《강원일보》 신춘문예 동시와 2007년 《문화
일보》 신춘문예로 등단.

거짓말 사탕

김 명 원

어느 날 오래된 거지가 나타나 이야기를 들려주었다. 심심야곡 사월 태양은 정오일 때 사악한 뱀에게 물려 죽은 적이 있었단다. 뇌수는 터지고 독 때문이었는지 사지 선혈 붉게 철쭉빛 물드는데 비비몽사사몽 하늘에 짓눌려 구름에게 겁탈 당하고 신음의 번개 내질러 달려, 노래는 라벨의 죽은 왕녀를 위한 파반느, 넘치는 건 오니샤 강물 둔덕, 뼛속까지 드러내는 우레 바늘, 스러진 무덤 속은 구겨지는 셀로판지 소리거나 질겅 씹어 삼켜도 좋을 가래 점액 같은 것이었단다.

왜 이런 이야길 들려주시죠? 나는 물었지.

이백 년쯤 뱀에게 물려 사사몽비비몽 비명의 울음 계곡에 처박혀 있을 때 뱀의 여자에게 송두리째 뺏긴 동정이 오늘 나를 보는 순간 화들짝 기억나는 것이었다는, 내게서 추악한 발정 냄새가 나고, 몇 겹을 돌아 이윽고 도달한 허무의 발톱이 보이고, 질질 끌어당기는, 일순 낯익은 초경 핏자국 사위가 감지되었다는 것, 다시 죽을 듯 내 몸 그림자 살점에 감전되었다는 것.

웃겨서, 그러나 그의 전생 해몽을 듣고 나도 모르게 거지 곁에 나란히 누웠단다.

먼지 낀 사내는 어둔 눈을 들어 깊숙한 내 구멍을 찾고, 처음이라서… 더듬거리는 나의 숨결 위로, 어쩌나, 어찌 빠른 갈참나무, 상수리나무 사탕들이 일제히 흔들려 미친 듯 폭포방울로 떨어지던 것은, 맛, 있, 어, 라, 바람이 감기고 숲이 울고 그토록 오래 오래 빨고 나자

아파라, 혀 끝 단 침이 미라 속으로 출렁 녹아내리는, 그 때 내 손위
에 놓여 진 해골 백발 한 줌이란

계간 『시선』 2009년 여름호

김 명 원
1959년 충남 천안에서 출생. 1996년 《詩文學》으로 등단. 시집으로 『슬픔이 익어,
투명한 핏줄이 보일 때까지』 등이 있음.

곤핍 困乏

김 명 인

열어둔 창밖 그 눈높이로
게으른 구름 한 폭
벌써 몇 시간 째 허공을 베고 누웠다
좀더 자자 좀더 졸자 *
나도 베개를 고르고 다시 머리를 파묻는데
슬며시 감기는 시야 속
하필 혼신을 다한 새 한 마리
한 점 까마득하게 하늘을
뚫고 있다

* 게으른 자여 네가 어느 때까지 눕겠느냐. 네가 어느 때에 잠 깨어 일어나겠느냐.
좀더 자자 좀더 졸자 손을 모으고 좀더 눕자하면, 네 빈궁이 강도 같이 오며, 네 곤핍
이 군사같이 이르리라.(잠언 6장 9~10절)

계간 『시안』 2009년 여름호

김 명 인
1946년 경북 울진에서 출생. 1973년 《중앙일보》 신춘문예로 등단. 시집으로 『동
두천』 외 다수 있음.

음모陰毛라는 이름의 음모陰謀

김 민 정

　머리털 나 처음으로 돈 내고 다리 벌린 날, 소중한당신산부인과에
는 다행히 여의사만 둘이었다. 어디 한번 볼까요? 자궁경부암 진단
용 초음파 화면 가득 잘 익은 토마토의 속살이 비릿한 붉음으로 클
로즈업되어 있었다. 깨끗하네요, 그런데 자궁 모양이 좀 특이해요,
뾰족하다고나 할까. 거웃 나 처음으로 내 아기집을 구경한 날, 어쩌
다 뾰족한 자궁이 된 나는 콘헤드conehead의 아이 하나 고깔 쓴 제 머
리 꼭지로 내 배를 콕콕 찌르는 상상만으로도 아 따가워 가시를 영
빼버릴 참이었는데 제모 어떠세요? 내 아랫도리를 헤집다 말고 얼
굴을 쳐든 여의사아가 코끝까지 밀려내려온 안경테를 걷어올리며
묻는 것이었다. 레이저 기계 새로 들여 행사중이에요, 겨드랑이 털
과 패키지로 하세요, 휴가철인데 비키니라인 신경쓰셔야지요. 머리
털 나 처음으로 거창까지 상가에 조문가는 날, 안성휴게소 화장실
에 쪼그려 오줌이나 누는데 문짝에 덕지덕지 이 많은 스티커는 누
가 다 붙여놓은 것일까. 여성 희소식 당신도 아름다워질 수 있다!
02 - 969 - 6688 여성 무모증 빈모증 수술하지 않고 완전 해결! 마르
크스도 이런 불평등은 미처 예상치 못했을 거다.

계간 『문학동네』 2008년 가을호

김민정
1976년 인천에서 출생. 1999년 《문예중앙》으로 등단. 시집으로 『날으는 고슴도치
아가씨』가 있음. 2007년 박인환문학상 수상.

왕궁의 불꽃놀이

김 백 겸

 자목련 가지에서 꽃과 이파리들은 날아가려는 박새처럼 피었습니다. 자목련 꽃잎이 떨어지면서 꽃의 기운은 다른 세계로 날아갔습니다. 아스팔트에 죽은 지렁이 시체가 검은 빛을 내자 개미떼들이 저승사자처럼 몰려왔는데, 나는 갑자기 깨달았습니다. 삼십 억 년 동안 긴 꿈을 꾸는 유전자들의 놀이세상에서 잠깐 꾼 내 꿈은 촛불에서 날아오르는 불티였습니다.

 검은 구름이 박쥐떼처럼 몰려왔습니다. 허공을 수술칼로 그어버리는 번개 불이 쳤습니다. 천둥이 공기를 태운 역한 냄새가 벌판의 소나무 숲으로 몰려왔습니다. 하늘을 태우는 불소리가 시간의 강에 흐르는 물살처럼 반짝이고 있었습니다. 내 목숨은 태양아래 숲을 돌아다니는 호랑나비였지만 불꽃이 꺼지면 계곡의 어둠으로 돌아가는 자목련 꽃잎이기도 했습니다.

 소나무 그늘 아래 조릿대 숲으로 자란 침묵이 말했습니다. "너는 눈의 음악을 듣고 고해苦海와 화택火宅에서 마야의 악몽을 슬퍼한다. 언덕너머에서 교향악을 연주하는 지휘자는 화성和聲과 대위법代位法으로 생명음악을 연주한다. 무지개 색깔처럼 음계를 달리하여 연주하는 「왕궁의 불꽃놀이」는 이 세상에서는 죽음이지만 다른 세상에서는 생명의 서곡이다."

 하늘의 은하수에서는 별들이 블랙홀 속에 사라지는 불꽃놀이가 한창이었습니다. 별들의 검은 에너지가 내 심장을 물들이고 붉은 맥박으로 흘러나갔습니다. 바위에서는 침묵이 샘물로 솟아나와 벌판을 지쳐 돌아갔습니다. 자목련 꽃 속에서 밤하늘의 별 같은 빛

음악이 흘러나왔고, 나는 음악이 꿈결처럼 사라지는 영원의 한 순
간 속에 있었습니다.

계간 『미네르바』 2009년 여름호

김 백 겸
1953년 대전에서 출생. 1983년 《서울신문》 신춘문예에 〈기상예보〉로 등단. 시집
으로 『비밀정원』 외 다수 있음.

연노랑 물방울 오리지널 사운드트랙

김 산

연노랑연노랑은 音이 아니지. 연노랑연노랑은 色이 아니지. 연노랑연노랑 부르면 흩어진 물의 방울들이 하나하나 모여들지. 모여들어서 추적추적 민중가요 식으로 행군을 하지. 개별적인 연노랑은 조그맣고 둥근 소리의 작은 균열 혹은 촌스러운 집합체. 우리의 이름은 연노랑 촛불이 되고, 우리의 이름은 연노랑 플래카드에 무심히 기록되지. 연노랑 운동화가 반 발 뒤로 전진하고 우리는 반 발 앞으로 후퇴하지. 후후 연노랑 물방울은 딱 그 중간에서 어깨 움츠리고 잠복해 있지. 어정쩡하게 서서 멀뚱멀뚱 쳐다보고 있을 때 밀고 밀리던 연노랑들이 하하 우리는 연노랑이다 연노랑이다 외치지. 방패에 죽봉에 연노랑연노랑은 또르르 차르르 샤샤샤 흐르지. 그때 남은 연노랑의 연대를 연노랑의 발자국이라고 해야 하나, 발자욱이라고 해야 하나. 어차피 광장은 많고 버스는 더 많고 연노랑연노랑은 안전해서 더욱 불안전하다는 기사는 넘치고 넘치지. 연노랑은 열노랑의 오타였습니다, 라고 정정보도를 내는 기타리스트는 없지. 소리굽쇠를 들고 연노랑 장화를 신은 아이들이 태어나는 물방울의 나라. 물과 방울이 연노락 막 사이에 끼여 꿈틀거리는 나라. 연노랑 물방울 기타를 들고 나는 音色을 조율하지. 조-율 조-율 도무지 섞이지 않는 당신과 나의 음색.

계간 『창작과 비평』 2009년 가을호

김산
1976년에서 출생. 2006년 제9회 《시인세계》로 등단. 2006년 문장 공모마당 연간 최우수상 시 부문 수상.

세상에서 가장 친절한 사람

김상미

세상 도처에 널려 있는 불친절과 비틀림 너무너무 지긋지긋 징글징글해
나 혼자서라도 세상에서 가장 친절한 사람이 되기로 했어요.

만나는 사람마다 방긋방긋 인사하고, 마치 친절나무인 양 그 열매 뚝뚝 따먹게 하고 싶어요.

더 이상 못 견디겠어요. 불평, 불만투성이 모든 어두운 것들. 정말 지긋지긋 징글징글해요. 누구에게든 나눠주고 싶어요. 반짝반짝 웃는 사랑과 행복.

친절이 별 건가요? 사랑이 별 건가요? 무한정 뿜어내어 듬뿍듬뿍 주고 싶어요. 원하는 대로 골고루 나눠주고 싶어요.

우는 소리 제발 그만 둬요. 세상에서 가장 친절한 마음으로 王처럼 女王처럼 숨쉬게 해줄게요.

태어날 때부터 갖고 나온 친절한 마음, 光도 한 번 못 내보고 녹슬어버리면 뭐하나요? 모두에게 골고루 다 나눠줄게요.

친절과 사랑이 무슨 몹쓸 狂氣나 되는 듯, 입 꽉 다문 쇠창살 같은 표정들. 이젠 정말 지긋지긋해요. 해바라기처럼 웃으며 한세상 건너간다 하여 人品이 인생에서 줄줄 새는 건 아니잖아요?

나 혼자서라도 그렇게 살래요. 세상에서 가장 친절한 사람.

[젊은시인들] 동인지 제5집 『낭만을 철회한다』 (천년의 시작, 2009)

김상미
1957년 부산에서 출생. 1990년 《작가세계》로 등단. 시집으로 『모자는 인간을 만든다』 외 다수 있음. 2003년 박인환 문학상 수상.

반짝임에 대하여

김 선 우

순천만 겨울 갈대숲 바람 속에 웅성거린다
가녀린 몸집의 도요새떼
갈대숲 가장자리 차가운 진펄에 내려서서
바람의 정면을 응시하고 있다

뼁대처럼 펼쳐진 북풍의 정면,
사소한 신음 한 줄기 새나오지 않는
민물도요 고요한 얼굴들
조그만 한 뼘 키에 三生을 눌러 앉힌
면벽 나한들 같다

바람의 마음을 읽기 위해 오래 기다려온
立禪의 새떼 마침내 날아오른다
모든 각도에서 낱낱이 다르게 반짝이는
정면을 기억하는 측면의 날갯짓들,
순천만 한 허공이 갈꽃무리처럼 반짝인다

저마다 다른 음역으로 바람을 허밍 하는
갈대의 꿈을 부리에 물고
모두 다 다르게 읽은 바람의 마음속으로
비상!

웹진 『시인광장』 2009년 여름호

김선우
1970년 강원도 강릉에서 출생. 1996년 《창작과비평》으로 등단. 시집으로 『내 몸
속에 잠든이 누구신가』 외 다수 있음. 현대문학상, 제9회 천상병시상 수상.

말들의 후광

김 선 태

세상 모든 것들은 서로의 관심 속에서 빛이 나는 것인가.

오랜만에 뿌옇게 흐려진 거실 유리창 청소를 하다 문득 닦다. 문지르다. 쓰다듬다 같은 말들이 거느린 후광을 생각한다.

유리창을 닦으면 바깥 풍경이 잘 보이고, 마음을 닦으면 세상 이치가 환해지고, 너의 얼룩을 닦아주면 내가 빛나듯이

책받침도 문지르면 머리칼을 일으켜 세우고, 녹슨 쇠붙이도 문지르면 빛이 나고, 아무리 퇴색한 기억도 오래 문지르면 생생하게 되살아나듯이

아이의 머리를 쓰다듬으면 얼굴빛이 밝아지고, 아픈 마음을 쓰다듬으면 환하게 상처가 아물고, 돌멩이라도 쓰다듬으면 마음 열어 반짝반짝 대화를 걸어오듯이

닦다, 문지르다, 쓰다듬다 같은 말들 속에는
탁하고, 추하고, 어두운 기억의 저편을 걸어 나오는 환한 누군가가 있다.

많이 쓸수록 빛이 나는 이 말들은
세상을 다시 한번 태어나게 하는 아름다운 힘을 갖고 있다.

월간 『현대시학』 2008년 11월호

김 선 태
1960년 전남 강진에서 출생. 1996년 《현대문학》으로 등단. 시집으로 『간이역』 외 다수 있음.

검은 구름 흰 날개

김성규

검은 구름이 마을을 향해 몰려왔어요 가까이서 보니 흰나비들이었어요 나비들이 배추밭을 날아다녔어요 작은 날개에서 떨어진 은가루들이 내 얼굴 위로 쏟아졌어요 어지러웠어요 배춧잎이 반짝였어요 팔을 벌리고 하늘을 보았어요

아삭아삭하는 소리에 놀라 사방을 둘러보았습니다

손톱만한 벌레들이 배춧잎에 달라붙어 있었어요 배춧잎이 금속가루처럼 부서져내렸어요 뿌리까지 갉아먹는 벌레들, 고랑을 가득 채우며 밭둑을 넘어갔어요 손가락만한 것들이 내 몸으로 기어오르기 시작했어요 달아났어요 발밑에서 벌레들이 흩어졌어요

벌레들이 길을 덮으며 몰려갔어요 검은 구름처럼 구불거리며 몰려갔어요 도로를 가로지르는 벌레들, 자동차가 미끌어졌어요 원유를 가득채운 트럭이 뒤집혔어요 가드레일이 구부러졌지요 불길이 솟았어요 검은 연기가 하늘을 덮었어요 진폐증을 앓듯 하늘이 기침을 했습니다 울음소리가 끊이지 않고 이어지듯, 경적소리, 경적소리,

누구나 고통스러울 때는 소리를 지를 거예요

나비들이 무리지어 산을 넘고 있었습니다 쓰러진 나무 위로 은가루들이 날렸습니다 은가루를 덮으며 검은 재가 지붕에 내려앉았습니다 숨을 참으며 눈을 감았습니다 먹을 것을 찾아가는 벌레들의

행렬이 강물처럼 출렁였습니다 식욕은 또 다른 식욕을 덮으며 밀려
왔습니다 사람들이 꿈틀거리며 짐을 쌌습니다

계간 『문학수첩』 2009년 봄호

김성규
1977년 충북 옥천에서 출생. 2004년 《동아일보》로 등단. 시집으로 『너는 잘못 날
아왔다』가 있음.

계곡의 병원

김 성 대

망상이 치유를 불러오는 이 계곡의 진실
이 경계를 넘어가 본 적이 없다
몸이 아닌
몸에 없는 기억들이
몸을 깁는
거울 앞에서 나는 묻지 않아도 대답하고 만다

죽음일지 모를 환한 잠과
핏속에 이끼가 돋을 때까지
내 몸에 뿌려지는 빛들
빛으로 밀폐된 방에서
나의 몸은 배양되고

너희 식대로
내 병의 근거지를 남몰래 다녀오는
짧은 독대
나의 극지가 너희에겐 나무랄 데 없는 타지
나의 극지에 백야가 계속된다

착각이 고통을 줄이는 이 계곡의 진실
착각이 배급되는 동안에도 빈틈이란 없다
앉아야 할 의자나
누워야 할 침대에서

착각은 나의 몸서리를 다듬고
치료는 치욕처럼 뒤에서 껴안는다

계간 『시현실』 2009년 여름호

김성대
1972년 강원도 인제에서 출생. 2005년 《창작과 비평》으로 등단.

투명해지는 육체

김 소 연

月,
당신은 장을 보러 나갔다
잘게 썰린 해파리를 사와서 찬물로 씻었다
베란다에선 파꽃이 피었고
달팽이는 그 위에 둥글게 앉아 있었다

火,
당신은 나를
차마 깨우지 못했다
똬리를 틀고 잠든 나의 테두리를
동그랗게 에워싸며
조용히 다가와 다시 누웠다

水,
당신은 기차를 탔다 덜컹이기 위해서
창문에 이마를 대고 매몰차게 지나가는 바깥풍경을
바라보기 위해서
나는 옥상에 의자를 내놓고 앉아 있었다
눈을 감고 귀를 깃발처럼 높이 매달았다
여린 기차 소리가 들렸다

木,
사랑을 호명할 때 우리는 거기에 없었다
서로가 서로에게 사나운 짐승이 되어 있었다 동시에
서로가 서로에게 초식동물이 되어 있었다

두려움에 떨었다
당신의 떨림과 나의 떨림 사이에서
시뻘건 피가 흘렀다
우리가 나누었던 대화들이 응혈처럼
물컹 만져졌다

金,
내가 집을 나간 사이 당신은
혼자 힘으로 여러 번 죽고 여러 번 다시 태어났다
꽃들도 여러 번 피었다 졌다
당신이 서성인 발자국들이 보였다
무수히 겹쳐 있어 수많은 사람이
다녀간 흔적과도 같았다
밥 냄새 꽃 냄새 빨래 냄새가
지독하게 흥건했다
치르치르와 미치르가 돌아온 집도 그랬을 거야
당신은 빨래를 개며 말했다

土,
우리라는 자명한 실패를 당신은 사랑이라 호명했고
나는 고개를 끄덕였고 돌아서서 모독이라 다시 불렀다
모든 몹쓸 것들이 쓸모를 다해 다감함을 부른다
당신의 다정함은 귓바퀴를 돌다 몸 안으로 흘러들고

파먹히기를 바란다고 일기에 쓴다 파먹히는 통증
따윈 없을 거라 적는다 일기장을 펼칠 때마다
동안 지었던 죄들이 책상 위에
수
북
하
게
쏟아져 내렸다

日,
우리는 주고받은 편지들을 접어 종이비행기를 날렸다
양 날개에 빼곡했던 글자들이 첫눈처럼 흩날려 떨어졌다

다시 月,
당신은 장을 보러 나간다
당신이 돌아오지 않을 수도 있다
현관문 바깥쪽에 등을 기댄 채
입을 틀어막고 한참을 울다 들어올 수도 있다
어쨌거나 파꽃은 피고
달팽이도 제 눈물로 점액질을 만들어
따갑고 둥근 파꽃의 표면을
일보 일보 가고 있다
냉장고처럼 나는 단정하게 서서

속엣것들이 환해지고 서늘해지길
기다리는 중이다

『시, 사랑에 빠지다』 (현대문학) 2008년 12월

김소연
1967년 경북 경주에서 출생. 1993년 『현대시사상』으로 등단. 시집으로 『극에 달하
다』 외 다수 있음.

11월이 지나갈 때

김수영

온몸을 바람에 비비며 울고 있는 나뭇잎들
마지막 순간까지 혼자서 흔들리는 것
너무 쓸쓸하지 않는가
지상에 내려앉는 그 순간까지 당신과 나
한 번만이라도 손금을 마주 대며 손잡아 본 적 있는가
잡은 손 놓지 않을 수는 없는가
마른 손 잡고 싶은 저녁,
오늘도 수많은 이별이 생을 완성해 가고 있다

무수한 떨림이 무수한 간절함이었고,
무수한 흔들림이었고,
잎사귀 한장만한 무게였다

당신과 나, 다만 마른 잎처럼 같이 흔들릴 뿐
어느 순간 잠깐 석양을 배경으로
설핏 눈부신 뒷모습을 바라보았을 뿐
연애라는 것도 이렇게 잠깐
쓸쓸하게 뒷모습을 바라보는 것일 뿐
침묵이 이렇게 큰 울음을 숨기고 사는지 몰랐다
이제 고요해지는 일만 남았을 뿐이다

웹진 『문장』 2009년 4월호

김수영
1967년 경남 마산에서 출생. 1992년 《조선일보》 신춘문예로 등단. 시집으로 『로빈슨 크루소를 생각하며, 술을』이 있음.

봉쇄수도원

김수우

찔레꽃, 흰 지느러미로 조용조용 마당을 짓습니다.

닫힌 채 떠 있는 저 창문, 지상에 맨처음 떠오른 산소처럼 원시미 생물의 촉수처럼 캄캄합니다.

감춰둔 기도 방들 애초 먼별처럼 각을 키웁니다 오래 전에 죽은 신들이 매일 죽는 자리, 날카로운 공포로 흔들리지만

비루하거나 찬란하거나
제 슬픔이 전깃줄 엉킨 묵시인 것 같아 역사인 것 같아

우는 어머니를 버린 우는 어머니들, 그립습니다, 위태합니다 몸을 굳게 잠그고 그림자 속으로 고스란히 살진 절망, 그 절망으로 지구는 오늘 안전한가요

흰옷자락, 자꾸 심해를 저어갑니다 멀고 멉니다.

격월간 『정신과표현』 2008년 9~10월호

김수우
1959년 부산에서 출생. 1995년 《시와시학》으로 등단. 시집으로 『길의길』 외 다수 있음.

서울의 우울 1

김 승 희

쇼팽은 쇼팽이 무거워 고개를 숙이고 있고
조르쥬 상드는 조르쥬 상드가 무거워
고개를 숙이고 있고
환자는 환자가 무거워
도둑은 도둑이 무거워
노동자는 노동자 무거워
의사는 의사가 무거워 고개를 숙이고 있고
아버지는 아버지가 무거워
어머니는 어머니가 무거워
딸은 딸이 무거워 고개를 숙이고 있고
해바라기는 해바라기가 무거워
달개비는 달개비가 무거워
민들레는 민들레가
자운영은 자운영이
칸나는 칸나가 무거워 고개를 숙이고 있는데

힘들어라
내가 내 이름으로 사는 것이 힘들어라
달빛으로 햇빛으로 고발장을 두르고
마음에 들지 않어라
마음 앞에서 고개를 숙이고 숙이고 사는 것은

계간 『시안』 2009년 여름호

김승희
1952년 전남 광주에서 출생. 1973년 《경향신문》 신춘문예로 등단. 시집으로 『태양 미사』 외 다수 있음.

포란 抱卵

김 신 용

한 여름 내내 마당을 밝히던 꽃나무도 꽃들을 떨구고 난 뒤,
잎들도 기진한 듯 축 늘어져 있어
다가가 보니, 잎들마다 고치처럼 말려 말라가고 있다
저것도 마름의 형식? 꽃나무 아래 떨어진 잎을 주워 펴보니
그 속에도 마른 잎인 듯, 羽化가 벗어두고 간 허물이 후줄그레 놓
여 있다
그리고 보니, 저 말린 잎들은 벌레의 산실이었던 것
알들의 방이었던 것
자신을 고치처럼 도르르 만 것은, 나뭇잎의 포란의 몸짓이었던 것

그것은 바구니에 담겨 강물을 떠내려가는 아기를 안아올리는
손길 같은 것이어서 건너편 폐가도 잠시 환해 보인다.
저 빈집은 어떤 우화가 벗어두고 간것인지

벌써 가을이 와, 자신의 떨어질 때를 알아
그 잎으로 한 생의 집이 되어 준다면
배추나방 같은, 보잘 것 없는 것의 비가림막이라도 되어 준다면
얼마나 뿌듯했을까, 그 마름이-
落下가-
허물이-

그 말라가는 힘으로, 알의 침실이 되어 주기 위해 잎주먹을 꼬옥
쥐었다면
물결주름 도르르 말린 잎으로, 촛불의 심지라도 돋우었다면

이 가을을 潤落의 계절이 아니라 포란의 계절로 만들었다면

계간 『시작』 2008년 겨울호

김신용
1945년 부산에서 출생. 1988년 시 전문 무크지 《현대시사상》으로 작품 활동 시작.
시집으로 『버려진 사람들』 외 다수 있음. 2005년 제7회 천상병 문학상 수상.

雪國

\- 灰

김 안

고향집이 어디인지 생각한 적 없습니다.
기억조차 없습니다.
맞아요, 콜타르 냄새 가득한 거리에서
아마도 엄마인 듯한 사람을 기다린 것
아름다운 추억이었습니다.
이해할 수 없다고요?
아마도 난 고향을 기억하지 못하니
태어난 적이 없던 것일 수도 있겠죠.
당신이 고향 마을의 지명과
어머니와 함께 외출하는 이장이나 목사를 향해 돌을 던지던
작은 개천과 수풀을 이야기할 때,
나는 그저 아내 같은 애인과 파경 직전일 따름이었습니다.
창밖을 보세요.
누가 저렇게 많은 사람들을 가둬놓은 것인지 알 수 없습니다.
겨울이 되면 나뭇가지와 뿌리를 구분하지 못합니다.
회색 눈에 뒤덮힌 광장과
광장 가득 결질러 놓은 회색 깃발들, 펄럭이는 채로
얼어버린 회색 나무들 온통 회색이기 때문이죠.
회색이어야 살아남는 계절이니까요.
그런데 애인은 전화를 받지 않습니다.
어깨에 쌓인 눈 좀 털어드리지요.
어지간한 부조리가 아니면 이 눈은 녹지 않습니다.
나는 겨울이 되면 집에 들어가지 않습니다.

녹아, 사라질 것만 같아서죠.
녹지 않고 회색으로라도 살아야겠기에 이렇게 당신 앞에 앉아 있는,
그런데 이제 난 그 집의 가족이 아닐까요?
애인은 전화가 없고,
당신은 여전히 고향집에서 키우던 가축들을 셈하고 있습니다.
맞습니다. 가축 같은 사랑이었습니다.
이 잔을 비우면 당신은 고향으로 가나요?
나는 저 밖으로 나가 갇혀야 합니다.
온통 눈을 뒤집어 써야 합니다.
그러지 말고 一甁만 더 하죠.

맞아요. 당신은 부농의 자식이고
고향이라는 구심력은 부끄럽기 그지 없습니다.
그래요, 나는 이제 고향 같은 걸 만들어야겠습니다.
눈을 뜨고 내 태몽부터 다시 꾸어야겠습니다.
아, 저기 엄마인듯 사람이 건널목을 건너고 있군요.
애인처럼 웃으며 손을 흔들어요.
이건 혹시 나쁜 기적인가요?
먼저 일어나겠습니다.
다음번엔 술에라도 벌게질 수 있는 사람으로 만납시다.

격월간 『시를 사랑하는 사람들』 2009년 3~4월호

김 안
1977년 서울에서 출생. 2004년 《현대시》로 등단.

유령산책

김 언

이 시간이면 그 도시도 전혀 다른 새벽을 보여준다.
나의 발걸음도 수상하다. 아무도 없을 때
멀리서 걸어오는 사람이 보였다.
그의 눈에 띄면서 나는 드디어 사람이 되었다.

직전의 영혼은 모두 유령이었다.
누가 발견하기 전 나의 걸음은 어디서도 발견되지 않았다.
나의 보행과 나의 생각과 나의 입김이 그의 눈에서 순간 빛나고
나는 놀란다. 사람이 된 것이다. 아무도 없을 때

나는 어디에도 없었다.
어디에도 없는 나의 보행이 걸어가면서
그를 본다. 멀리서 걸어오는 그를.
한 사람의 윤곽과 어렴풋한 입김을
그 생각을.

멀리서 나를 발견한 그는 가까스로 유령에서 빠져나왔다.
터벅터벅 걸음을 옮기고 있다. 직전의 나처럼.

계간 『시현실』 2009년 여름호

김언
1973년 부산에서 출생. 1998년 《시와사상》에 〈해바라기〉 외 6편을 발표하며 등단.
시집으로 『숨쉬는 무덤』 등이 있음. 2009년 제9회 미당 문학상 수상.

아이스 바

김 언 희

누군가의 무릎 위에 앉아 있는 것 같아
아이스 바 하나를 나눠 핥고 있는 것 같아
누군가의 팔베개를 하고 있는 것 같아
차디찬 팔뚝이 한낮에도 뒤통수를 고이는 것 같아
누군가와 오래오래 입을 맞추고 있는 것 같아
입천장에 주렁주렁 고드름이 열리는 것 같아
누군가와 얼음 살을 섞고 있는 것 같아 얼음 아이가
들어서는 것 같아 서걱서걱 얼음 뜬 자궁 속에
살얼음 눈꺼풀 살얼음 귓바퀴 투명한 얼음
손가락을 얼음 입에 물고 있는 것 같아

계간 『딩하돌하』 2009 봄호

김언희
경남 진주에서 출생. 1989년 《현대시학》으로 등단. 시집으로 『뜻밖의 대답』 외 다
수 있음. 2004년 박인환 문학상 특별상 수상.

내 창문의 역사

나는 도망친다, 나는 모든 창에 매달려 삶에
게 등을 돌리고 싶다. - 말라르메

김 연 숙

어느 나라였을까 목조 다락방, 겹겹의 지붕들이 내려다 뵈고 완두
콩 연두 이파리 창가에서 살랑대던 그 작은 방, 나는 긴 옷을 입고
누워 있는 아이였다 나무 계단 오르는 나지막한 발소리가 오트밀
한 그릇을 놓아두고 멀어져 가면 다시 캄캄한 꿈길, 미열에 뜬 흰 발
이 긴 복도를 더듬어 갈 때 눈이 말간 씨앗들은 제각기 먼 곳으로 튕
겨나는 꿈을 꾸며 깍지 속에 여물어가던

노을빛이 감청으로 시시각각 깊어져 갈 때 저 멀리 떠오르는 신기
루 먼 바다를 향해 대지의 눈꺼풀들 환하게 열려오는 해안 마을 언
덕 위 까마득한 망루에서 천만 번의 밤과 낮을 보낸 적도 있었다 축
축한 대기 속에 푸르게 녹슬어 가는 청동의 종을 울려 내 안부를 풀
어 보내면 멀리서 응답처럼 불어오던 그 바다의 훈풍이 그을린 내
살갗에 잔솜털을 소슬하게 세우고

야광의 파도들이 밀려와 부서지던, 꽁꽁 언 화면에 박혀 있던 별
몇 개와 새벽까지 교신하던, 화창한 아침 새들 나뭇가지 뒤흔들던,
모래폭풍 불어오면 빗살 덧문 닫아걸던 먼 나라 먼 기후의 창문 창
문 곁을 지나고 지금 여기, 그림자만 스쳐가고 스쳐가는 이 옹색한
창가에서 나는 내 하루에 등을 돌린 채 한 번도 신발을 신어보지 않
은 어린애로 한 세기의 밤을 다시 지난다

월간 『현대시』 2009년 2월호

김연숙
2002년 《문학사상》으로 등단.

태양의 도서관

김 연 아

누가 말(言)의 감염에서 벗어날 수 있을까?
나는 태어나기 전에 하나의 말 속에 잠겨있었다
어두운 길을 걷지 않아도 죽음에 닿을 수 있는 세상이 있다
당신은 지평선에 눈을 얹고 소리 없이 나를 읽고 간다

나는 아직도 당신이 나를 데려갔던
그 새벽의 도서관을 기억해
그곳은 고해성사를 하듯, 빛을 토해내는
신비의 책들로 가득 차 있었지
책 속의 문장은 별과 고사리, 작은 여우,
부드러운 이끼, 늪지대의 안개로 넘쳐났어

여기는 당신의 빛으로 길러낸 책들의 사원
귀머거리의 말들이 웅성거리고
책들은 매 순간 자라나지
나는 저 무한의 도서관에 있는
의미를 종잡을 수 없는 이상한 책
나는 바람에 뒤척거리는 페이지
햇볕과 그늘 속을 시계추처럼 진동하는 사람
바람과 함께 사막을 배회하고 돌아온 말은
내 몸의 페이지마다 스며들었다

나는 쉼표가 많이 들어간 문장처럼
천천히 읽혀지기를 희망하지만
이 책을 손에 들고 읽어 내려가기는 불가능해
내 몸은 대답을 찾을 수 없는 질문으로 가득 차 있고
나는 질문을 당신의 거울 너머로 보냈다
그리고 몇 개의 글자를 받아 적었다
질문을 멈추면 세계가 사라지는 거라고

이제 우리는 술어의 한계에 도달했으니
그 너머로 나아가는 것은
생각에 머물지 않는 자들,
나를 버릴 각오가 된 자들의 몫이다
그러니 난 여기서 멈출 거야, 내 몸에서 휘발하는 이 말에서

한 귀머거리가 말(言)과 함께 떠났고, 장님이 그 뒤를 따라갔다

월간 『현대문학』 2009년 7월호

김 연 아
경남 함양에서 출생. 2008년 《현대시학》으로 등단.

할미꽃

김 영 남

봄 잔디가 생각났으리라, 고양이 한 마리
할머니도 그리워하다가
고운 입술 내려놓고 저렇게 졸고 있으리라

미워하면 안 되느니라
해코지 하느니라, 하는 말씀
흰 수염들은 아직까지 기억하고 있으리라

깰까, 놀랄까, 야옹하며 발톱 치켜들까
살금살금 다가가 입술 살며시 포개 보는데
좋은 듯 싫은 듯 움찔움찔하여라

  새끼 두 마리 중 한 마리는 마을에 분양하고 또 한 마리는 산 너머
에 분양했는데, 마을 고양이 어미 몰라보고 앙칼지게 대들어 집 나
가 돌아오지 않고 있는데,
  그 어미 고양이 아닌가 싶어라

  바람 부니 고개 떨구고 흐느끼는 듯싶어라

  노루귀도 분홍 눈으로 바라보고 있고, 어머니 어머니 부르는 소리
어디선가 희미하게 들려오고 있고

웹진 『문장』 2009년 5월호

김영남
1957년 전남 장흥에서 출생. 1997년 《세계일보》 신춘문예로 등단. 시집으로 『푸른 밤의 여로』 외 다수 있음.

투투섬에 안 간 이유

김 영 찬

나 투투섬에 안 간 것을 후회하지 않아요

투투섬 망가로브 숲에 일렁이는 바람
거기서 후투티 어린 새의 울음소릴 못 들은 걸
후회하지 않아요
처녀애들은 해변에서 하이힐을 벗어던지겠죠
물살 거센 파도에 뛰어들어 미장원에서 만진 머리를
풀어 제킨다죠
수평선을 끌어당긴 비키니 수영복 끈은
자꾸만 풀어져
슴새들의 공짜 장난감이 된다는
투투섬에

나 그 섬으로 가는 티켓을 반환해버린 걸 결코
후회하지 않아요
쓰리 당한 핸드백처럼 볼품없이 행인들 틈에 섞이다가
보도블록에 넘어진 사람 부축한 일 없지만
옛날 종로서적 해묵은 책먼지 생각이 떠올라서
풍선껌이나 사서 씹죠

─나 투투섬에 안 간 것 정말 잘한 결정이죠
발자국 수북이 쌓인 안국역 지나 박인환을 꼭 만날
예정은 아니더라도

마음속에 마리서사* 헌책방이나 하나 차리고
멀뚱멀뚱 토요일의 난간에 기대어
낡디낡은 태엽에 감긴 시간을 풀어주기도 하며
후투티 둥지 안에 투숙할까 그런 계획이죠

* 마리서사: 시인 吳章煥이 운영하던 책방을 박인환이 인수, 새롭게 운영하던 서점.
한국 모더니즘 시운동의 산실인 마리서사는 당대의 문인들이 응접실처럼 드나들던
곳. 서점 이름은 안자이 후유에(安船衛)라는 일본시인의 시집 "군함마리(軍艦茉莉)"
에서 따왔거나 화가이자 시인인 마리 로랑생(기욤 아폴리네르의 戀人이기도 한)의
이름에서 빌려왔을 것이라는 설.

월간 『현대시학』 2008년 12월호

김영찬
충남 연기에서 출생. 2002년 계간 『문학마당』으로 등단. 시집으로 『불멸을 힐끗
쳐다보다』가 있음.

춘화春化, 혹은 춘화春畵

김영희

그녀 이름은 춘화. 꽃다지처럼 작고 이쁜 여자. 춘설 분분하던 밤 어미 치마꼬리 묻어간 여자.

우리 엄니 안산에다 보따리 풀었지. 그 웬수 같은 것 만날 때 내 나이 열여덟이었지. 그 눔, 아들 둘 딸 하나 알까듯 내질러놓고 야반도주 하더라. 새 새끼 같은 새끼들 굶길 수 없어 공사판 함바집 목숨줄처럼 쫓아댕겼지. 다른 생각 비집고 들어올 틈이 어딨어. 근데 새끼들 여나문 살 넘어가니 내 사는 게 뭔지. 함바집 끝내면 술 몇 잔 같이 하던 댓살 아래 총각 취중에 농담처럼 우리 한 번 사는 거맨치 살아나 보자고, 사글세방 두 칸 얻어 애덜이랑 제비새끼맨치 한 일이 년 새새거렸나. 열두 층 아파트 공사장 벽돌지고 올라가다 지가 무슨 낙화암 삼천궁녀라고, 벌건 꽃이파리 낭자한 자리 몇 푼 나온 위로금도 내 차지는 오덜 않더라. 보도 듣도 못하던 시누이 나타나 하나 밖에 없는 핏줄이라고, 그 눔 남긴 거라군 보증금 까먹은 밀린 사글세하고 구멍 난 난닝구 빤쓰더라.

끈질긴 게 목숨이라고, 한숨 몇 번 쉬고 술 몇잔 털어 넣고 몇 번 울다보니, 정강이 아래 오던 새끼덜 고갤 젖혀야 콧구멍 보이고, 내 말은 멕히지도 않아. 즈덜 끼리 컸다고 천지사방 제가끔 가고, 내 혼자 굴러 댕기다, 느즈막 만낸 게 가진 건 불알 두 쪽 서너 살 아래 호래비라 둘이 애쓰면 산 입에 거미줄 치겠냐, 식당 설걷이는 기본 함바집 밥쟁이야 워낙 이력이 분분, 건물 소제도 빽이 있어야 허겄드라. 유원지 쫓아댕기며 들병이는 안해 봤나. 그 눔 게으름이 오뉴월 염천에 개 셋바닥맨치로 늘어지고, 술 처먹으면 눈깔이 돌아 여편네 장작 패듯 하니, 이삼 년 견디다 못해 도망치듯 나와 참새 목심만도 못한 거 살아 뭘 할까. 칵, 목이나 매야지. 소주 한 병 마시고 산에 올라가다 산길에서 만난 사내 길 옆 묏등에 앉아, 이런 저런 얘기 하며 이 묏등이 죽은 마누라 뫼라. 죽은 마누라 잊자고 마지막 온 거라. 집도 한 채 있고 도라꾸도 한 대 있으니 죽을 결심이면 나랑 한 번 살아보자 두 손 덥석 잡기에, 목 매러가던 치마끈 집어던지고 그 남정네 뒤따라 나섰지. 알콩달콩 별 세상 다보며 사람대접 받으며 이게 사는 거구나. 내 살아생전 그 때만큼 살 맛 나던 세상 없었는기라. 대여섯 달 꿈같은 세월 보냈나. 일 생겼다고 한 동안 못 들어온다던 사내, 온다기에 육곡간 댕겨 쇠괴기 한 칼 끊어 대문 들어서 마루 끝에 막 신을 벗는데, 느닷없이 들이닥친 새파란 여자 머리끄댕이 잡고 조리돌림 하면서, 낫살이나 쳐먹어 허구 많은 사내 중에 하필이면 여편네 있는 사내냐.

그 길로 나와 버린 게 여그꺼정 왔구먼. 나 우리 엄니 눈에 선혀. 아직 잊지 않고 있구먼. 구 시장 순댓국집 손님 끊어진 밤, 소주 한 잔 털어 넣고 첫 사내 씹고, 두 잔 털어 넣고 담 사내 뱉아내고, 어느 사내앤지 냉이꽃처럼 해끄므레한 지지배 연신 에미 술잔 빼앗고.

계간 『리토피아』 2009년 가을호 발표

김 영 희
1954년 강원도 홍천에서 출생. 2009년 《리토피아》로 등단. 2004년 강원작가 신인상 수상.

민들레에 관한 수줍은 고백

김 예 강

1
풍요로운 흰 젖의 긴 오후는 일주일째 계속 된다
나는 두려움의 조건에 풍요를 넣는다
두렵다 9시뉴스앵커는 사라져 가는 습지에
관하여 연일 보도한다 불임의 땅이 되려한다
콩팥처럼 지구의 나쁜 피를 걸러내는 습지
그 아이는 생각보다 훨씬 가뭄이 깊었다
아이는 먼지처럼 사라졌다 다시
뭉쳐서 제자리로 돌아오곤 했다
허공에서 길을 찾아다닌 것인가

2
그 사이
여러 겹의 외투를 내려놓은 나날은
흘렀다 민들레 피고 지는 들길에서
조용하고 아늑한 저 편

밤사이 10센티씩 자라나는 잎사귀들
이상한 기후의 날들은 계속 된다
아침을 닮은 저녁과 저녁을 닮지 않은 아침이
반복 된다
보도 위를 걷는 일도 어제의 슬픔의
반복이다

내 눈을 똑바로 바라 봐
너의 눈과 나의 눈이
여기 여기서 만나는 거야

나는 매번 여기 여기에 악센트를 주며
허공에 그의 눈을 심는다
그럴 때마다 그는 조금씩 움찔했다 마치
태양의 그림자가 바닥에서 너울대듯
이내 허공에 그려졌던 손가락그림이 사라진다

나의 두 팔로 품어지지 않는 커다란 지구의 솜털
언어가 덮어줄 수 있는 온기는 몇도?

3
그가 울며 눈물을 흘리는 것을 본 적이 있다

눈물은 저녁밥처럼 슬퍼지 않았고 그때 햇살과 꽃잎이
무슨 말을 하며 서로 바라보고 있는지? 이런 어리석은
말은 입 밖에도 내지 않았다

젖은 삶의 까만 눈동자가
늪지의 수풀을 헤치고
먹이감을 찾는다
애원하듯 애절하다

결핍의 충족이 절대적이다
9시뉴스 앵커는 사라져 가는 습지
기사를 연일 보도한다

4
사계 중 건기와 우기로만 나누어진 계절에
봄과 가을의 이름을 잊는다
입 속 잎사귀들이 줄줄 녹아
바람에 너덜너덜 욕처럼 튄다
바닥까지 내려간 울음은
뿌리가 생겼다 슬프다

계간 『시와 반시』 2009년 여름호

김예강
2005년 《시와 사상》으로 등단.

사마귀와의 교미 혹 사랑론

김 왕 노

사마귀의 교미 알지. 잡아 먹힐까봐 가까스로 다가간 수놈의 치열한 사랑, 교미가 끝나고 잽싸게 달아나지 못하면, 그대로 암사마귀의 먹이가 되는, 머리가 아삭아삭 씹혀 먹히면서도 생명의 씨앗을 아득하게 쏟아 붓던 기억이, 오르가슴으로 전율로 남아, 꼬리가 다 먹힐 때까지 바르르 떨던, 사마귀 그 사랑을

우리도 도시와 교미 중이지, 도시란 암사마귀, 교미가 끝나고 달아나지 못해 그 대가로 머리가 밑천이 아삭 아삭 씹혀 먹히는 중이지, 어쩌면 자학의 일종일지 몰라도 난 즐기지, 의식이 육신이 도시의 밥이 되는 과정을, 이 엽기적 생활 방식을

우주인 같이 생긴 사마귀에게도 사랑이 있을까 여겼지만 그 절절한 사랑 앞에 염치없이 꼴리던 내 정신도 이제는 알지, 밥이 되는 이 지루하고 몬도가네식 도시의 먹성을, 날마다 죽고 다시 태어나 날마다 도시와 교미하는 이 노복의 짧은 여정을, 이것이 사랑이라면 사랑이라고, 현대인이 살아가는 방식이라고

내 의식이 어떤 맛일까, 도시에 찌든 내 육신은, 종일 도시와 교미하다 허기진 옆구리에 갈비대가 들어난 내 건강상태는, 건강을 증진한다고 보양식이라고 TV 홈쇼핑에서 본 그 음식물은, 내 이 긴 섹스를 보장해 줄 수 있을까, 난 도시와 교미하며 해체 중, 도시의 몸 속으로 아득하게 쏟아져간 내 하얀 정충들이, 또 다시 나를 복제하여, 내 지루한 이 생활패턴을 반복하며 세월의 긴 낭간을 먼 후일에도 지나가고 있을까, 생각하기 나름이지만 사랑은 사랑하는 사람으로부터 한 번쯤 자신이 아삭 아삭 잡아먹히는, 극적인 순간을 한번

쯤 거쳐야 하는 것을, 그것이 사랑이 향기를 머금는 계기라는 것을

　하지만 이 도시와의 사랑, 일방적이고 공격적인 섹스로 온몸이 짓

이겨지는 그러나 끝까지

　소신으로 펼쳐보는 사마귀와 교미 혹 사랑론, 섹스론

계간 『시와 반시』 2008년 봄호

김왕노 1957년 포항에서 출생. 1992년 《매일신문》 신춘문예로 등단. 시집으로
『말달리자 아버지』 등이 있음. 2003년 한국해양문학대상, 2006년 제7회 박인환 문
학상 수상.

비문非文의 날

김 원 경

외로운 날에는 빛을 반사하던 천정이 꽃잎을
떨어뜨리며 손을 내밀어
그러면 향기의 입자들이 눈처럼 내리곤 하지
난 숨을 쉴 때마다
선명해지는 깃털의 무늬를 봐
저것 좀 봐
졸린 백조처럼 겨드랑이에 얼굴 비비는 스탠드 조명
그 창백한 광경 속으로
각기 다른 계절로 공기의 입자들이 자라나
그건 음표를 새기기 전 벌거벗은 호수가 되기도 하고
검은 안경테를 쓰고 노을 속으로 걸어 들어가는
숲이 되기도 해
창밖은 온통 어두운 육성의 스피커를 매달고 있지
그 속에서 백야의 악기들이 촛농처럼 떨어지곤 해
그럴 때마다 난 비문非文으로 흔들리곤 해
도대체 누구일까?
외로움의 질량을 느끼자 영하의 잠을 청하는 자는,
외로움에 질식한다는 것은 빛이 묻은 부분만으로도
슬픈 마디의 음표가 될 수 있는 건가 봐
책상 위에는
두꺼운 외투를 입은 국어대사전이 있어
하지만 어디에도 입을 막고 울고 있는
물음들의 표정을 읽어내지는 못해
세상에 없는 빛의 터널을 지나가려는 자는

비명소리 때문에 항상 이름부터 차가워지지
살아서 묘비명을 세워야 하잖아?
그래, 어쩌면 나는 물질이 아니라 절망 그 자체일지도 몰라

웹진 『시인광장』 2009년 가을호

김원경
1980년 울산에서 출생. 2004년 《중앙 신인문학상》으로 등단.

사랑

김 요 일

내 안의 당신이
당신 안의 나를 알게 되었지

소문을 버리고, 병을 잊고
피를 씻는 저녁
창을 때리는 저 음악은 당신이 작곡한 슬픈 노래구나

버릴 수 없다면 아무 것도 낳을 수 없는 법
붉은 비에 떨고 있는
당신을, 버린 나는
당신을 가진 나는

밥 짓는 냄새에도 울컥,
입덧을 한다

계간 『시인세계』 2008년 여름호

김요일
1965년 서울에서 출생. 1990년 《세계의 문학》으로 등단. 시집으로 『붉은 기호등』
이 있음.

언어학개론

김 윤 선

발화되는 순간의 의미가 대상과 합쳐지는 순간이
언어라고 소쉬르*는 말했다
랑그와 빠롤의 관계
사과는 사막이 아니므로 붉은 껍질 속 흰 몸
사막은 사과가 아니므로 모래바람 속이지만

사과도 사막이고 싶고
사막도 사과이고 싶고
사람도 사람이고 싶을 때가 있지
출근 길 전동차 문을 박차고 나와
황홀한 가젤사슴의 무리를 따르고 싶어질 때가 있겠지

공원벤치도 사형실 전기의자도 되고 싶고
여자도 남자이고 싶고 남자도 여자이고 싶고
태양도 새벽 세 시의 달이 되고 싶어질 때 있겠지
진공의 어느 한 순간
로뎅의 그이처럼 턱 괴고 돌아 앉은
우주의 푸른 등을 볼 때면,

날마다 불멸의 태양을 밀어내던 태양의 여신도 그만
자궁을 닫고 싶을 때가 있겠지
누가 다가와 바다여 라고 목 놓아 부를 때
바닥을 들어내며 물이 되고 싶었을지도 모를 바다

'너'이고 싶은 '나'
'나'이고 싶니?'너'
즐거워라 랑그와 빠롤의
아이러니
왜이러니

* 소쉬르: 프랑스의 언어학자

계간 『현대시』 2009년 6월호 발표

김윤선
서울에서 출생. 2006년 미주 《중앙일보》 신춘문예로 등단.

화엄
― 클림트의 '키스'

김 은 숙

황금빛 숨결, 숨
막히게 아득하게

발치에서 살아나는 풀꽃까지
그 아래 벼랑의 목덜미까지 숨막힌 황홀
마냥 까마득하게

시간마저 묻은 가파른 현기에
등뼈 깊숙이엔 한 줄 연금술 새기며
몸속 수많은 꽃을 피우다 그대로 죽어도
순간이 영원이어라

그대, 오! 사랑이라는 화석
끝 모르게 모든 숨 스미는
위험한 생의 관통

웹진 『문장』 2009년 2월호

김은숙
1961년 충북 청주에서 출생. 시집 『그대에게 가는 길』로 등단. 시집으로 『창밖에 그가 있네』 외 다수 있음.

문학적인 선언문

김 이 듬

'사랑스러워'를 '사랑해'로 고쳐 말하라고 소리 질렀다
밥 먹다가 그는 떠났다
사랑스러운 거나 사랑하는 거나
남자는 남자다워야 하나

죽은 친구를 묻기 전에
민첩하게 그 슬픔과 분노를 시로 쓰던 친구의 친구를 본 적 있다
그 정신에 립스틱을 바르고
난 멍하니 서서 아무 것도 할 수 없었다
그렇게 시인은 시인다워야 하나

오늘 나는 문학적인 선언문을 고민한다
내 친구들 대부분은 이미 써서 카페에 올렸다
주저 말고 서둘러야 한다
적이 문제다

'-적的'은 '-다운, -스러운'의 의미를 가진 접사인데
'문학적文學的'이라는 말
문학적 죽음, 문학적 행동, 문학적 선언, 시적 인식, 시적인 소설
나는 지금 시적으로 시를 쓸 수 없구나

문학적인 선언문을 쓰자는 말은
왕에게 속한 신성한 것을 그냥 불러서는 안 되는 폴리네시아인처럼

은유로 도피하거나
수사적 비유를 쓰라는 말은 아닐 텐데
나는 한 줄 쓰는 데 좌절하고 애통함에 무기력하다

그리하여 난 또다시 적的의 문제로 적敵을 만들게 될 것이다
나는 내가 시적이지 않은 시를 쓰며
시인답지 못하게 살다
문학적이지 않은 죽음을 맞게 되길 빈다

격월간 『시를 사랑하는 사람들』 2009년 7~8월호

김이듬
1969년 부산 출생. 2001년 『포에지』로 등단. 시집으로 『명랑하라 팜 파탈』 등이
있음.

잘 가라, 여우

김인육

바람 속으로 긴 꼬리 가오리연을 띄운다
여름이 가고 있다
폭풍 속
영혼을 탕진한 나의 여름은 컹컹 울부짖으며 가고 있다

꼬리가 긴, 그녀는 틀림없는 여우
나의 간을 빼내어 호호 갖고 놀던 여우
바람이 부는 저녁
긴 머릿결의 여우가 날아오른다
살랑대며 바람을 타는 유연한 꼬리
나, 홀딱 홀리어서 죽음도 두렵지 않던 마법의 긴 꼬리
빙글빙글 바람을 굴리며 재주를 넘는다

붉게 울음 우는, 미친 꽃아
두 눈 숭숭 불타버린, 청맹과니 꽃아!
너도 더듬더듬 허공을 짚으며 길 떠나는구나
거친 바람 속 선혈의 낙화송이 흩날리는 해거름
내 간을 빼내, 호호 갖고 놀던
홀린 사랑을 날려보낸다

깊은 어둠이
어둠보다 더 깊은 절망이 야수처럼 오기 전에
손목의 동맥을 끊듯 이제 연줄을 끊어야 할 시간

빙글, 재주를 넘으며 내 넋 달뜨게 호리던
긴 머릿결의 여우를
푸드득, 새처럼 날려 보내야 할 시간

계간 『시에』 2009년 가을호

김인육
1963년 울산에서 출생. 2000년 《시와생명》으로 등단. 시집으로 『다시 부르는 제
망매가』가 있음.

먼레이 바이얼린

김 정 임

할로겐 조명을 받으며 그녀가 앉아 있다

뒷모습이 바이얼린의 잘록한 몸통을 닮았다

맨살이 드러난 등허리에 火印 같이 선명하게 찍힌 f홀

바이얼린 선율이 흘러나올 것 같아 귀를 기울이자

바흐의 샤콘느가 낮은 음계로 새어나왔다

그녀의 몸 깊숙이 숨겨놓았던 가장 낮은 음표를 끄집어냈나 보다

g마이너 현의 느린 선율이 전시장 대리석 바닥에 닿아

반주도 없이 생음으로 뒹굴고 있다

고통이 다른 고통을 만나 칸나빛으로 폭발하는 샤콘느,

　심장에서 붉은 피톨들이 꽃잎처럼 흔들렸다

　G메이저 절정을 향해 뒹굴며 전율하던 몸이 어느새 호흡을 고르며 등뼈를 편다

　花印 자국 같은 그녀의 f홀

그녀의 흰 몸이 침묵의 음계 아래로 가라앉고 있다

월간 『현대시학』 2008년 6월호

김정임
1953년 대구에서 출생. 2002년 《미네르바》로 등단. 2008년 《강원일보》시 부문
당선. 시집으로 『달빛 문장을 읽다』 등이 있음.

매화꽃나무 아래 매화꽃

김 종 미

매화꽃나무 아래
여인 하나가 쪼그리고 앉아 오줌을 눈다
매화꽃나무 밑둥치에 뽀얀 매화꽃 피었다
아찔한 매화꽃향기를 질펀하게 덮어가는
뜨겁고 습한 향기 중년이다
생살을 찢어대는 것이 꽃피는 것 아니더냐
이 추위에 덜컥덜컥 꽃을 피워대는 철없는 이것들아
너무 일찍 가랑이를 찢어
나의 청춘은 시퍼런 열매를 매단 채 시퍼런 잎사귀에 가려진 아우
성이었다
여인의 스카프는 조잡한 삶의 무늬를 감추고
세차게 펄럭인다
끌끌끌 몇 번이나 혀를 차듯 매화나무 밑둥치를 치는
초승달 엉덩이가 부풀어 오른다
매화꽃 살 냄새를 풍기던 그 얼굴은 가물거리지만 아무렴
두 손 털어버린 중년은 다시 시작하는 청춘이라고
여인 하나가 탱글탱글한 엉덩이를 걷어 올린다
바람 한 대가 끼익 브레이크를 걸고 멈추더니
그녀를 태우고 달린다
스카프의 무늬가 하늘에 확 펼쳐졌다

웹진 『시인광장』 2008년 겨울호

김 종 미
1957년 부산에서 출생. 1997년 《현대시학》으로 등단. 시집으로 『새로운 취미』
가 있음.

구름의 곁

김 중 일

1. 오답 노트

갸륵하게도 여전히 지구는 구름에 얽매여 있습니다. 지구는 얼마나 더 오랫동안이나 구름에 붙들려 있어야 할까요?

얼마나 더 아교풀 같은 구름에 들러붙어 우주에 고정되어 있어야 하는 걸까요?

검은 시험지에 인쇄된 지문 옆에는 푸른 눈물처럼 지구가 그려져 있고

시험지가 나붙어 있는 어둑한 교실 뒤에는 둥근 압정처럼 낮달이 떠 있다.

소년은 집으로 돌아와 기운 햇볕이 오려 놓는 처마 아래 기우뚱한 툇마루에 앉아, 지난 기말고사 시험지에 머리를 파묻고 틀린 문제 풀이에 몰입하고 있다.

소년은 어두워져도 아빠를 기다리며, 틀린 문제를 마저 풀고, 내일까지 오답 노트에 정답을 백 번씩 써 가야 한다.

소년은 대문 밖 키 작은 나무 길게 자란 우듬지 그림자를 발끝으로 툭툭 걷어차며 저녁이 가까웠음을 알아챈다.

2. 세 번째 수수께끼

유진— 아직 듣고 있나, 달나라 불법 노점상 루나 프로스펙터에서 구입한 구름무늬 면류관冕旒冠을 쓰고 이 촌 동네 최초로 구름의 곁에 묻힌 사람. 당신이 깊이 잠든 구름의 곁으로 푸른 눈알 같은 두 개의 운석이 낙하한다. 구름은 아무리 여러 번 몸을 뒤척여도 불편해 보이는 특유의 자세로 누워 있다. 코앞에서 본 당신의 얼굴에

는 커다랗게 부릅뜬 두 개의 크레이터가 있고, 당신의 텅 빈 눈 속에
는 구름의 파고가 높다. 우리는 이제 고철이 된 니어 슈메이커NEAR
Shoemaker호를 당신의 눈 속으로 밀어 보지만 당신의 눈 속은 요즘
무척 거칠고, 유진, 그래도 우리는 믿다. 다시, 우리는 오늘 밤 일생
일대로 구름의 가장 가까운 곁으로 근접할 예정에 있다. 날씨는 좀
어떤가. 구름을 폐종양처럼 키우며 참을 수 없는 고통 속에 몸부림
치는 세상 모든 저녁 허공의 자세. 우리는 다 늘어진 북을 찢듯, 그
허공을 찢었고, 유진— 아직도 구름에 얽매여 둥글게 자전만 반복하
는 네 눈물 속의 서울에서 난 전혀 잘 지내지 못하고 있다. 나는 결
국 아들에게 수수께끼에 가까운 숙제만을 남겨 주고 말았다. 대상
없는 절망, 구름에 대한 막연한 증오 따위들, 오늘 밤은 땀복같이 척
척한 중력을 벗어 버리고, 진공의 링을 빠른 스텝으로 떠돌고 있을
마지막 세 번째 수수께끼처럼, 누구도 내 기분을 풀지 못한다.

3. 진공

하얀 천에 둘러싸인 채 들것에 실려 나오는 구름의 잔해들
우주의 진공 속으로 썩지 않고 영원히 부유하는 정답

4. 청동 레테를 돌리는 밤

쉼 없이 북쪽으로 걷는다고 해서 구름에 가까이 이르는 것은 결코
아니다. 녹청이 잔뜩 낀 아스트롤라베가 그렇게 말하고 있다.
서울 한가운데의 폐건물 옥상 위로 점거 농성 중인 불길들, 열기구
처럼 서서히 부풀어 오르는 한 꽃송이 검은 구름도 보인다.

물대포처럼 커다란 구렁이가 사람들의 허리를 으스러뜨릴 듯 휘감고, 탈출을 위해 그들은 열기구 위로 오르려고 안간힘을 쓰고 있다.

그들 속에는 소년의 아버지도 있다.

헌신적인 아버지는 소년의 시험 문제를 온몸으로 풀고 있는 중이다. 팽창할 대로 팽창한 열기구가 서서히 이륙한다.

폐건물 옥상은 불길에 휩싸인 함선

그들이 항해할 방향을 지시해 주는 아스트롤라베의 레테는 긴박하게 돌고, 적도의 자표선과 특정 위도의 지평선, 회귀선 등이 공중의 전깃줄처럼 뒤엉킨 채 표기되어 있다.

지상도 천상도 아닌 옥상은 끓는 피죽처럼 뜨겁게 용솟음치고, 소년의 아버지를 마지막으로 태운 열기구가 구름의 가장 근접한 곁으로 멀어져 갈 시각,

늦게 엄마도 황급히 어딜 가고 없는 빈집, 소년은 아직 비정형의 고독과 싸우며 틀린 정답을 아흔아홉 번 썼고, 한 번을 마저 쓰다가 잠들어 버렸다. 잠에서 깨면 바야흐로 점성술의 시대가 도래할 것이다.

웹진 『문장』 2009년 6월호

김중일
1977년 서울에서 출생. 2002년 《동아일보》 신춘문예로 등단. 시집으로 『국경꽃집』이 있음.

지구의 속도

김 지 녀

천공天空이 아치처럼 휘어지고 있다
빽빽한 어둠 속에서
땅과 바람과 물과 불의 별자리가 조금씩 움직이면
새들의 기낭氣囊은 깊어진다
거대한 중력을 끌며 날아가 시간의 날카로운 부리를 땅에 박고
영원한 날개를 접는 저 새들처럼,
우리가 더 이상 살아갈 수 없는 일들에 대해 생각할 때
교신이 끊긴 위성처럼 궤도를 이탈할 때
우리는 지구의 밤을 횡단해
잠시 머물게 된 이불 속에서 기침을 하고
다정한 눈빛을 보내지만, 묵음의 이야기만이 눈동자를 맴돌다 흘
러나와
문득 창문에 비친 얼굴을 바라보며
서로의 어깻죽지에 머리를 묻고 잠들고 싶어도
근육과 뼈가 쇠약해진 우주인과 같이
둥둥 떠다니며 우리는 두통을 앓고
밥을 먹고 함께 보았던 노을과 희미하게 사라지는 두 손을 가방에
구겨 넣고는 곧 이 밤의 터널을 지날 것이다
어딘가로 날아갈 수밖에 없는 새들의 영혼처럼

누구도 알아채지 못하는 지구의 속도처럼
조용히 멀미를 앓으며
저마다의 속도로 식어 가는 별빛이 될 것이다

한국일보 [별, 시를 만나다] 2009년 4월

김지녀
1978년 경기도 양평에서 출생. 제1회 《세계의 문학》으로 등단.

바벨도서관*

김 지 순

육모방에는 말하는 나무가** 자라고 있어 지독한 난청을 앓고 있는 그가 보여 눈에 지등을 켜고 활자 위를 붕붕 날고 있어 자모의 무작위 조합이 낭창낭창 흔들리고 있어 솔깃한 사서들의 귓바퀴를 지나 순례자의 묵음을 더듬고 있어 사악한 손이 한 페이지 두 페이지 검푸른 시간을 탕진하고 있어

싱그런 햇귀 하나 없는 숲속 방이야 방울방울 공기방울 쌓은 물거미 집은 허공을 몰라 당신 허공의 먼 빛으로 자라는 어린나무를 몰라 긴가민가 귀는 자꾸만 예민해지고 있어 수없이 걸린 검열자에게서 당신을 꺼내 입어 보았어 당신을 만나면 죽여야만 한다고 당신은 계통수로 말하나 봐

자모의 독이 환상의 방을 채우고 있어 거울은 박쥐와 독거미를 무한정 복제하고 있어 늑대는 지붕의 달을 뜯고 있어 수만 개의 붉은 피와 푸른 잉크가 살이 되어 아이를 낳고 있어 줄지어 높이와 너비를 알 수 없는 바빌론 언덕을 오르고 있어 당신은 나를 읽으며 시취 냄새를 맡고 있었나 봐

궐련 한 대 피우다 사라지는 아침이야 싱싱한 바람을 따다가 바람의 창세기를 들춰 보았어 은은한 의문 속으로 자꾸 내가 사라지고 있어 아이비리그의 담장에는 끝없이 늘어진 담쟁이가 있어 햇귀를 잡다 귓바퀴 속을 비쳐보고 있어 육모방에는 말하는 나무가 있어 뱀파이어 같은, 시들지 않는

* 보르헤스의 작품
** 김백겸의 시 제목

계간 『시에』 2009년 가을호

김지순
1960년 전북 익산에서 출생. 2007년 《시에》로 등단

하모니카
- 외도

김 지 유

　나는 땅의 불, 그대는 하늘의 얼음; 깊은 안개가 품은 하룻밤 날 위해 이불 펴고 귓불 가득 바람 불어넣던 그대는 하늘 몰래 내려온 초승달, 입술 녹여 음악을 만들던 관능의 하모니카 헐떡헐떡 얼음에서 불씨가 깜박이고 불꽃 속 얼음이 숨통을 이어붙이는 백발의 새벽, 한 자락 소스라침이 꺼낸 심장 가득 꽂히는 얼음비늘, 마른 가지처럼 부러지는 내 외마디 비명에 움찔, 화상 입은 등 돌려 휘청휘청 어둔 계단 오르는; 그대는 눈물 많은 하늘의 여자, 이 몸은 척박한 땅의 사내

　월간 『현대시』 2009년 8월호

김지유
1973년 서울에서 출생. 2006년 《시와 반시》로 등단.

귀신 씨나락 까먹는 소리

김 찬 옥

숙이네 시집와서 이태까정 물꺾정 떠날 날이 없었지라 한해 농사 태풍 것 이기가 망칠 때보다 남자가 쏟아내는 물 땜시 더 속을 썩었 지라 논바닥이 갈라지고 무시 배추가 다 꼬실라져도 그 놈의 아랫 도리에 차는 물은 가무는 법 이 없었지라 뱀대가리 같은 고것이 화 냥년들을 만나 지랄염병을 떨 때마다 숙이네 흰코빡신 방죽에 뜨기 도 허고 농약병이 정지바닥에서 뒹굴기도 혔지라 새끼 맴에 눈물 맹그는 일은 목숨 끊는 일보다 힘들어 참을 인자가 살강 밑에 수북 허게 쌓였지라 남자의 거시기에 차는 물은 고름처럼 생겨먹었는지 바같으로 짜내지 않으믄 열이 펄펄 끌어 올랐지라 절 문간에도 가 본 적 없는 여편내가 서방의 물을 낭궈먹다 본께 저절로 보살이 되 었지라 그 물건 읍내 다방에다 술집에다 기생집에다 물장시가 쏠쏠 혔지라 조상이 냉겨준 텃논 열두어마지기가 물장사 뒷돈으로 다 나 갔지라 숙이네 속창시가 다 썩었는지 낮짝에 기미가 시꺼먼 깜밥처 럼 앉었지라 물 한 방울 낭궈먹는 일도 보시하는 일이라고 보따리 싸들고 친정 온 딸년 붙들고 귀신 씨나락 까먹는 소리 혀쌌지라 지 금이 어떤 시상이라고 에미가 딸년한티 씨도 안 먹힐 소리 허고 앉 었지라

시집 『물의 지붕』 (종려나무, 2009)

김찬옥
전북 부안에서 출생. 1996년 《현대시학》으로 등단. 시집으로 『가끔은 몸살을 앓고 싶다』 등이 있음.

금동 약사불 입상*

김 추 인

어허 답답도다
행선지가 어디인 것이냐
싣려 놓으소서 두 시간만 날면 되오니
염려를 말라니 구출이라도 되는 것이냐

　내 이리 묶이고 휘감겨 나무박스에 실린 몸이거늘 그 옛날의 보쌈
납치를 당한 후 영어의 몸, 한 신들 반 신들 내 어찌 잊었겠느냐
　그때 왼손가락들 잃고 눈 퉁퉁 붓도록 삭힐 수 없는 세월이 얼마인
데…

네 목소리 듣자하니 조선놈이로다
그러하옵니다 마음 푹 놓으시오소서
시끄럽다 옛날 나를 팔아넘긴 놈도 조선놈이었으니
이번엔 어디로 또 팔려가는 것이냐
아- 아니옵니다 기쁘게도 조국나들이 옵니다
나들이라니 내 나라 내가 가는데 이리 동여맨것 하며 영구 귀국은
아니더란 말이냐
네.네. 그것이 저-
이미 옛날 팔리신 옥체신지라 주인이 다르다는 말씀이옵니다만
허허 고이얀 것들
그럼 영영 입양신세더란 것이냐 문은 없는 것이냐
아 네. 아직 나라가 다 크지 못해 송구할 따름이옵니다

내 본시 우리 해동 중생들의 병질을 구완할 몸이나 이미 약든 손을
다 잃고 돌팔이가 되었으니 어찌한다?
　잠시의 왕진길이다 그리 아오시고 마음병 깊은 나라의 정객들이
며 배고파 엇나간 중생들 대침 한 대씩으로 마음구제 하시고
　돌아 가시오소서

　애통하도다 너희가 내 슬픈 눈을 들여다 본다만
　나를 못 보고 문화재만 보는도다

*일본서 잠시 돌아온 통일 신라 불상으로 강점기 다케노스케가 수집, 반출한 약사여
래상

격월간 『시를 사랑하는 사람들』 2009년 1~2월호

김추인
1947년 경상남도 함양에서 출생. 1986년 《현대시학》으로 등단. 시집으로 『온몸
을 흔들어 넋을 깨우고』 외 다수 있음.

내 고양이는 지금 어느 골목에 있을까

김충규

몇 해 전, 비 오는 어슬어슬 겨울 골목에서
몸은 떨고 있었으나 눈빛은 전혀 흔들리지 않던
그 고양이,
나는 몸은 안 떨었으나 눈빛은 흔들렸다

—너, 내 고양이 할래?
내가 했던 혼잣말,
사는 일에 좀 지쳐 있었던 내게
사람이 아닌 벗이 필요했는지도…

사람을 지치게 하는 것은 사람이다;
고양이는 그러지 않을 것이다;
손으로 등을 어루만지기만 해도
제 혀로 내 손등을 부드럽고 미세하게 핥아줄 것이다;
달팽이의 젖은 혀 같을 느낌,

—너, 내 고양이 할래?
내가 흔들리는 눈빛을 간신히 수습하며 바라볼 때
고양이가 흔들리지 않는 눈빛으로 빤히 나를 바라보았다
너, 내 사람 할래?
그 눈빛에 그런 메시지가 들어 있다고 착각하고 싶었던,
내 앞에서 그 어떤 소리도 내지 않았던,
그 고양이,

우리는 비에 젖어서
마를 사이도 없이 젖어서

(둘이… 각자의 생활 영역을 벗어나 멀리 멀리 걸어가고 싶었다. 물
론 고양이도 원한다면)

너는 네 혀로 내 손등을 핥든 안 핥든
나는 내 혀로 네 발등을 핥든 안 핥든
그리 한 번쯤 서로의 곁이 되어보고 싶었던,

지금, 어디 있니? 내 고양이

계간『시향』2009년 봄호

김충규
1965년 경남 진주에서 출생. 1998년《문학동네》로 등단. 시집으로『낙타는 발자
국을 남기지 않는다』외 다수 있음.

내 뱃속의 항하사恒河沙

김 해 자

며칠 전에는 쌀을 안치다 머리가 갑자기 환해지면서

금강경 열 번 넘게 읽어도 감 잡지 못하겠던 항하사,라는 단어의
비유와 상징을 이해하게 되었습니다
　항하恒河는 인도의 갠지스강을 말하는데, 항하사수恒河沙數라고도
한답니다
　경전에서도 현실에서도 셀 수 없이 많다는 것에 비유할 때 쓰이지
요.
　항하사는 부처가 나신 곳이고 다닌 곳이고 제자가 나타난 곳이며,
　복덕이 있는 강으로 이곳에 몸을 씻게 되면 죄와 허물이 모두 없어
진다고 해요
　이런 까닭에 많은 사람들이 항하사를 공경하게 되었지요

　붓다: 수부티여, 동서남북 그 상하 그 사잇 방향 시방세계의 공간
의 크기를 헤아릴 수 있겠는가?
　수부티여, 삼천대천 세계의 낱낱의 땅의 티끌의 숫자는 많다고 하
겠는가?
　수부티여, 만약 많은 큰 강 항하의 모래알 만큼의 갠지즈강이 있다
면 그 가운데 모래알도 또한 많겠는가?
　수부티: 그 갠지스 강도 많겠습니다.
　하물며 그 갠지스 강들에 있는 모래는 말해 무엇하겠습니까
　붓다: 한 여자나 남자가 날마다 갠지스 강에 있는 모래알만큼의 자
신을 보시하고

이처럼 갠지스 강의 모래알을 세는 횟수만큼의 무한의 시간을 그 자신의 몸을 보시하는 것보다

누군가가 이 법문으로부터 넷 귀의 시라도 받아서 다른 사람들에게 가르치고 설명하면

그것을 인연으로 헤아릴 수 없이 셀 수 없는 더욱 많은 공덕취를 낳을 것이다

〈금강경〉의 일부인데 이 항하사라는 셀 수 없는 무한의 경지를 수십 번 반복하는데,

사실 저는 그 숫자라는 게 많다는 건 알겠는데 구체적인 실감과 이해가 잘 안갔거든요

인도가 땅덩어리가 커서인지 뻥이 좀 세다 싶기도 하구요

그랬는데요, 며칠 전 쌀과 보리 현미 콩 수수 조 등을 씻다가

불현듯, 이 곡물의 숫자가 무한대로 많다 싶으면서,

제가 46년 6개월 동안 날마다 먹은 곡물 하나하나가 다 씨알인데…

그것이 땅에 심어졌으면 다 자라서 각자가 또 수백의 씨알을 낳았을 텐데…

그것들을 다 쌓으면 항하사의 모래알만큼 될 것 같고…

이곳에 태어나기 전에 살았을지도 모를 수번의 전생 동안 내가 먹은 거를 생각하자니

모래알만큼의 갠지스 강가에 모래알만큼 되지 않겠는가, 하는 생각이 퍼뜩 드는 거에요

무한대를 대충 감잡고 나서 생각하니,
산골에서 사는 내 친구도 무한대에 둘러싸여 있어요
나무 밑 흙 밑 공중 어디랄 것도 없이 모두 다 무한대에요
개미 나비 하루살이 심지어 모기까지 지천으로 피고 지는 잡초까지
봄에 산속에서 집에 가져온 냉이와 쑥 등을 화분에 심었더니
글쎄, 냉이 한촉에서 잔 줄기가 여덟 방향으로 뻗어 한 줄기에
수백의 씨방이 가득차더군요 그러니 몇 평 밭뙤기를 일구면
당연히 무한대의 씨알과 생명 속에 거하는 거지요
8자 뉘여 놓은 무한대분의 1인 내가,(수학에서 이 숫자는 0?)
한평생 이렇게 내 뱃속에 귀한 생명을 날마다 퍼 담으면서 연명해
왔는데
새삼 참 잘 살아야겠단 생각도 들어요

어쨌든 금강경의 핵심은, 보시고 공덕을 쌓는 것도 중요하지만
그것은 가르침을 주는 공덕에 비하면 천억분의 일에도 미치지 못
한다고 하네요
붓다는 과거세에 헤아릴 수 없는 세월 전에 이렇게 오신,
나로 인해 기뻐하고 흡족해하고,
나를 싫어하지 않은 팔만사천만억 부처님들을 기억한다고,
그들 거룩한 부처님들이 나로 인해 기뻐하고 흡족해하고 나를 싫
어하지 않는다면
그리고 미래의 마지막 시간에 마지막 시대에 올바른 가르침이 무
너질 때에

이 경전을 지니고 기억하고 독송하고 숙달하여 남에게 자세히 설명하면
보시와 공덕의 천 억배에 미친다고 하는데
그 가르침의 핵심이, 제가 제대로 이해했는지는 모르지만
한다는 생각없이 행하는 것, 나라는 생각 없이 행하는 것,
즉 집착 없이 무쟁, 싸우지 않는 삼매 속에서 가르침을 주는 것, 이 아닌가
지금 수준에서는 이 정도로 정리하게 됩니다

그러니 나라는 생각 없이 하려면, 아무래도 이번 생엔
불가능할 듯 싶은 경지가 아닌가 하는 결론에 다다르면서도
어쨌든 내 주위에 있는 무한대의 생명들이 별들이 사람들이 존재들이
바다에 모여 있는 물방울들이 다 팔만사천만억 부처님들로 보이기는 하니
까닭 없는 감사와 환희로 그들을 바라보게 되는 순간들이 퍼뜩 있으니
몇 번 더 구르다 보면 그 경지도 이해되는 날이 오긴 하겠지요?

매미소리 쟁쟁한 한여름입니다
가난한 사람일수록 덥고 일하기 힘들고 고된 여름
팔만사천만억의 생명을 담고 귀한 생명을 영위해 오신 무한대의 붓다들이여
숟가락을 놓지 마십시오 즐거이 함께 밥을 나눠먹읍시다

고귀한 팔만사천만억 중에 만나고 사랑한 귀한 인연의 내 친구들여,
굶고 있는 붓다여 55일째 곡기를 넣지 못한…
살아남읍시다 고귀하게 살아서…

계간 『신생』 2009년 여름호

김해자
1961년 전남 목포에서 출생. 1998년 《내일을 여는 작가》로 등단. 제8회 전태일문
학상, 2008년 백석문학상 수상.

유령 간호사

김 행 숙

랄랄라 나는 너만 보호하네, 너는 천사의 그런 속삭임을 듣고 싶다.
너는 지금 무척 아프고 헛것을 보고 있으니까. 헛소리를 하며 공
중에 손을 휘휘 젓고 있으니까. 너는 계속 무언가를 부정하고 있는
것 같다.

너는 적대자들에게 둘러싸여 있는 것 같다. 꿈속에서도 그렇군.

오늘 새벽에 나는 네 꿈의 표면에서 땀을 닦아주는 천사야. 그것
은 오래 전부터 해보고 싶었던 일이야. 땀이나 눈물 같은 것으로 손
수건을 흥건하게 적시는 그런 일들.

그런 손수건을 쥐고 있으면 절대 외롭지 않을 것 같아. 너의 땀. 그
리고 너의 눈물. 참 신기하게도 내 것과 똑같은 맛이 난다.

얼음주머니를 너의 뜨거운 이마 위에 올려놓고 나는 소곤거린다.
그렇게 작은 목소리는 네가 아주 가까운 데 있다는 걸 뜻한다. 듣는
사람이 없으니까 들을 수 없는 사람도 없겠지만 그래도 나는 조심
하고 싶다.

잠든 사람들을 깨우지 않으려고 조심하는 발걸음 같은 것이 나의
마음이다. 그런 마음으로 나는 너만 보호하네.

나는 보일 듯 말 듯, 들릴 듯 말 듯. 나는 티를 내지 않는다.

너는 축 늘어졌구나. 그것은 쉬기에 좋은 자세야. 다시는 서서 걸
어다니지 않을 것처럼. 다시는 노동을 구하지 않을 것처럼. 너는 달
콤해진다. 설탕물이 끓듯이.

왜 너의 쉬는 시간은 검은 사탕이 될 때까지 펄펄 끓어야 하는지.
나는 젖은 손수건을 쥐고서 검은 사탕은 총알을 닮았군, 그런 생각
을 했다. 이유를 생각하면 항상 이상해진다.

그래도 나는 날개를 접고 생각한다. 이크, 이렇게 오래 머물다간
날개가 쓸모없어져버리겠군.

계간 『한국문학』 2009년 여름호

김행숙
1970년 서울에서 출생. 1999년 《현대문학》으로 등단. 시집으로 『사춘기』 등이 있
음.

붉은 신호등이 켜지기 전

김 현 서

또 가고 있다 갈비뼈 사이로 터벅터벅

토요일 나는 벽에 박힌 햇살을 세고 그녀는 낑낑거리며 화분을 옮긴다

일요일 나는 그녀가 옮겨놓은 화분에 사료를 던져주고 그녀는 긴 혀로 의자와 나를 엮어놓는다 나는 오른손을 흔들어주고

월요일 아침이면 그녀는 시계의 배를 가르고 홍수에 휘말린 수백 종류의 꽃을 꺼내 햇빛에 말린다 밤이 되자 꽃의 배란이 시작되고 나는 담장을 기어오르려는 장미를 으깨고

화요일 나는 내 자신에게 쫓기고 그녀는 828번 출근버스에 쫓기고

목요일 저녁 사채업자가 방문했을 때 그녀는 제 몸을 뜯어 지불하고 나는 뼈만 남은 그녀를 곰솥에 집어넣는다

금요일 육수가 된 그녀와 육수를 들이키는 나

또 가고 있다 갈비뼈 사이로 터벅터벅

격월간 『정신과표현』 2008년 9~10월호

김현서
1968년 강원도 홍천에서 출생. 1996년 《현대시사상》으로 등단. 시집으로 『코르셋을 입은 거울』이 있음.

독주 毒酒

김 현 식

연한 포도주 빛을 띤 독주가 예쁜 병에 들어 있다
곁에는 사랑의 참술이라 씌여 있고 매우 독성이 강하기 때문에
음용에 주의를 요한다는 경고문이 붙어 있다 그러나 아무도
그것에 관심을 보이는 사람은 없다 오로지
사랑이라는 단어만 보일 다름이다 미끼는 먹음직스럽고
매혹적이다 물고기가 그냥 미끼를 낚아챈다
이 술을 마신다 얼큰한 정도가 되면 이미 치사량을 마신 것이다
해독약이 없어 종종 죽음으로 떨어지고 회복이 되더라도
신체적으로나 정신적으로 심한 후유증을 남기는 경우가 많다
드물게는 아주 극소량으로 죽음의 병에서
기사회생하기도 한다 독주는 이로한 경우에만 유익하다
그 달콤함에 조금이라도 더 마시게 되면
회생의 효과는 사라지고 다시 독이 된다
유효량과 치사량 사이의 간격이 매우 좁다

시집 『나무늘보』 (종려나무, 2009)

김현식
광주광역시에서 출생. 2006년 《애지》로 등단. 시집으로 『나무늘보』가 있음.

인플루엔자

김 혜 순

새라고 발음하면
내 몸에서 바람만 남고
물도 불도 흙도 다 사라지는 듯
그 이름 새는 새라는 이름의 질병인가
새는 종유석 같은 내 뼈에서 바람 소리가 나게 한다

날지 못하는 새들은 다 죽이라는 명령이 떨어졌다
죽일 새도 없으니 산 채로 자루에 넣어
구덩이에 파묻으라는 명령이 떨어졌다

나 시집와서 며칠 후 도마 위에 병아리를 올리고
그 털 벗은 것에 칼을 들어 내리치려 할 때
갓 낳은 아기의 다리를 잡고 있던 기분
그 털 벗은 것이 바들바들 떠는 것 같아
강보에 싸서 안아주고 싶었다

제 가슴을 베개 삼아 머릴 드리우고 잠들던 그것

정말 우리는 끝 가까이 다 온 걸까?
악몽의 막이 찢기고 그 속에서 죽음이 탄생하고 있다

내 심장이 한 마리 바람처럼 박자 맞춰 떤다

우리 마을엔 이제 날개 달린 것이 없다
다 땅 속에 넣고 소독약을 뿌렸다
큰엄마는 기르던 거위를 포대기에 싸서
들쳐 업으려다 방독면에 들켰다

내가 지금 새의 시를 쓰는 것은
새를 앓는다는 것
쇳골 위에 새 한 마리 올려놓고
부리로 쪼이고 있다는 것
사람이 죽으면 바람에 드는 것이라는데
나는 시방 새의 바람 속으로 든다

세상 모든 연실이 다 엉켜
하늘 높이 쌓인 듯
흰 깃털 산이 바람에 힐끗거리고
그 속에 3개월짜리 6개월짜리 조그만 눈알들이
첩첩이 쌓여 있다
구덩이에 쏟아져 들어가기 몇 시간 전
눈 뜨고 떨고 있다.

계간 『문학동네』 2009년 봄호

김혜순
1955년 경북 울진에서 출생. 《문학과지성》으로 등단. 시집으로 『또 다른 별에서』
외 다수 있음. 1997년 김수영문학상, 2000년 현대시 작품상 수상.

파라다이스

김 혜 영

축제가 시작되었다.
삐거덕거리는 강의실 문이 열리고
우리는 햄릿의 집Hamlet House으로 달려갔다.
햄릿을 읊조리던 청춘들이 막걸리를 마셨다. 매캐한 최루탄
냄새가 유령처럼 미리내 골짜기에 흘러 다녔다.
회색빛 우울이 번지던 1980년대
오필리어처럼 자살을 꿈꾸기도 했다.

불꽃이 피어올랐다. 예순 살이 된 소녀와 소년들
워즈워드, 바이런, 셸리, 키츠가 지은 책의 숲에서
블록놀이에 열중하고 있다. 끝이 없는 길에서
만난 우리들은 서로 꼬옥 안아주었다.

리어왕 복장을 한 교수님이 우수에 젖은 목소리로
셰익스피어의 외설스러운 말장난을 흉내 내었다.
구멍을 파는 자여, 무덤을 파는 자여

촘스키의 통사론을 열강하시는 교수님의 입술에서
하얀 꽃이 튀어나왔다. 어깨에 묻은 분필 가루
그는 나뭇가지를 칠판에 그렸다. 학생들은 노트에
그린 나뭇가지를 연애편지에 그려 넣었다.

폭풍의 언덕으로 질주하던 소녀와 소년들의 머리에
희끗희끗 풀잎이 돋아났다. 환하게 열린 봄 바다였다.

고도를 기다리는 과거와 미래의 청춘들
효원 광장에 앉아 베게트와 버지니아 울프와 실비아 플래스가
만든 블록으로 푸른 숲을 만든다. 긴 복도와 콰이강의 다리와
미리내 계곡 너머 별이 춤추는 파라다이스

웹진 『시인광장』 2009년 여름호

김혜영
경남 고성에서 출생. 1997년 《현대시》로 등단. 시집으로 『거울은 천 개의 귀를 연
다』가 있음.

노란 집*과 엘로우 하우스**

김 희 업

1
열매 노랗게 시들어버린
저 집들,
언제 부터 갉아 먹혔기에
저토록 짓무른 고름의 밤을
뜬눈으로 맞이하나
젖은 그늘을 말리는 팬티
나란히 바람에 입맛 다시고
검은 창 너머로
어린 신음소리
젖은 거리 지나간 수많은 아들과
아버지의 아버지들
그들 불쑥 자라서
아버지란 위장偽装의 수염을 달았다
푸석푸석한 해바라기 얼굴을 한 앳된 소녀가
가물가물 손을 흔들 때
포주의 검은 눈빛
어둠에 더 빛나
까마귀처럼 골목을 펄펄 난다

2
바람부는 9월
이런 날이면

귀가 간지러워, 미치도록 귀가 간지러워
성감대를 아는 듯
하염없이 귓불 핥던 크리스틴***
유난히 생각나게 하는데,
잘린 귀에선 노란 피가 흐르더니
자기를 죽이는 살의의 눈빛이 태어나서
성기 모양의 권총 겨눌 자세
하늘은 새파랗게 질려있고
역세권을 알리며 뒤편으로
검은 기차가 담배를 피우며 느릿느릿
좋다, 이것이 생의 마지막 그림이 될지언정
멈추어라, 광기狂氣
총성은 펑펑 밤하늘의 별로 피고 지고
동공엔 노란 물감이 번져
천국의 노란 집이 보이고

　* 고흐의 그림 1888년 9월作
　** 인천 소재의 집창촌
　*** 고흐와 동거하던 창녀

시집 『칼 회고전』 (천년의시작, 2009) 중에서

김 희업
서울에서 출생. 1998년 《현대문학》으로 등단. 시집으로 『칼 회고전』이 있음.

쇠라의 점묘화

나 희 덕

언제부턴가 선이 무서워졌어요 거침없이 달리며 형태와 색채를 뿜어내는 선에서 도망치고 싶었어요 사물에 대한 의심이 많아졌다고 할까요 아니면 빛에 대한 난해한 사랑이 생겼다고 할까요 선들이 내지르는 굉음을 더는 견딜 수가 없어요 일요일 오후 양산을 쓰고 걸어가는 여자도 강둑에서 몸을 말리는 남자도 나팔을 부는 소년도 의자에 기대 앉은 노인도 처음엔 완강한 선 속에 갇혀 있었지요 그들을 꺼내기 위해 내가 할 수 있는 것은 선을 빼고 또 빼는 일뿐이었어요 아침에 문밖에서 길어온 이미지를 불에 달군 쇠막대기처럼 망치로 종일 두드려요 저녁 무렵에야 뜨거워지지요 빛은 가루가 되어 다른 빛과 몸을 섞어요 그림자는 다른 그림자에 스며들어요 검은 개는 더 이상 검은 개가 아니에요 개의 털빛과 그 위에 내리는 빛이 만나 어룽거려요 희미해진 개와 고양이와 사람 들은 햇빛속을 한가롭게 거닐지요 하지만 가까이 갈수록 나는 그들을 알아볼수 없어요 서로를 삼키고 비추는 점들의 환영, 그 한 폭의 기이한 평화 앞에서 내 눈은 점점 어두워져요

시집 『야생사과』 (창비, 2009)

나 희 덕
1966년 충남 논산에서 출생. 1989년 《중앙일보》 신춘문예로 등단. 시집으로 『야생사과』 외 다수 있음. 김수영문학상, 김달진문학상, 현대문학상 등을 수상.

帝江을 생각함

이곳의 어떤 신은 그 형상이 누런 자루 같은
데 붉기가 빨간 불꽃 같고 여섯 개의 다리와
네 개의 날개를 갖고 있으며 얼굴이 전연 없
다. 歌舞를 이해할 줄 아는 이신이 바로 帝江
이다. -「山海經」에서

남 진 우

너희가 歌舞를 아느냐

바라보면
붉은 화염 이는 강 건너 마른 땅에 帝江이 있다
가죽나무에 목매 죽은 시신들 바람에 흔들거리며 삭아가고
부러진 창과 칼 흙에 파묻힌 채 녹슬어가는 곳
여기저기 말라붙은 핏자국에 파리떼 몰려들고
그늘 한 점 없는 사방
햇살은 쟁쟁쟁 쇠 부딪치는 소이를 내며 내리쬔다
산짐승 들짐승 다 떠나버린 뒤
눈먼 사내들 바람난 계집들 네 발 짐승되어 기어다니는 그곳
목을 축일 물 한 방울 없는 마른 땅에도
낚시대 드리우고 앉아
무언가 걸리기만 기다리고 있는 이도 있다
帝江이 가슴에 안은 악기의 현을 퉁기자
강물 위의 화염은 더욱 붉게 타오르고
갈라진 땅 여기저기서 누런 연기가 새어나온다

남 진 우 1960년 전북 전주에서 출생. 1981년 《동아일보》신춘문예로 등단. 시집
으로『죽은 자를 위한 기도』외 다수 있음. 대한민국문학상, 김달진문학상, 소천비
평문학상, 현대문학상 등을 수상.

여기 이르러 저 보이지 않는 춤 들리지 않는 가락에
그만 넋을 놓아버린 사람은
죽고 죽이는 싸움 끝없이 이어져도
마른 땅 휘날리는 먼지 속에 彈奏는 계속된다

帝江은 말한다
진정코 너희가 내 얼굴을 본 적이 있느냐

월간 『현대시』 2008년 1월호

도종환
1954년 충북 청주에서 출생. 1984년 《분단시대》를 통해 작품활동 시작. 시집으
로 『당신은 누구십니까』 외 다수 있음. 1997년 제7회 민족예술상 수상.

황홀한 결별

도 종 환

이 세상에서 가장 샛노란 잎 한 장씩 내려 지붕의 반쪽을 덮고 나
머지 반은 당신 가실 길에 깔아놓고 있는 은행나무를 향해 누가 바
이올린 소리를 들려주면 좋겠어요 은행잎이 떨어지면서 긋는 음표
의 곡선들을 모아 오선지에 오려 붙이며 당신을 생각했지요 가장
황홀할 때 결별하는 은행나무 밑에서 이 음악이 완성되면 어긋나는
우리의 운명도 아름다운 풍경이 될 것 같아서요

떡갈나무 잎 떨어져 날리는 동안 바람은 몸을 부벼 첼로의 낮은 음
을 만들고 나는 그 소리에 내 비애의 키를 한 옥타브 내려 맞추었어
요 내 슬픔은 비명소리보다 낮은 음에 더 잘 어울리거든요

오늘은 내 슬픔보다 더 많은 산벚나무 팽나무 갈참나무 작은 잎들
이 결별하는 날 오후 내내 리끼다소나무 잎들이 금빛 실비를 지상
에 뿌리며 흐느껴 우는 날 나는 비처럼 내리는 초독楚毒을 향해 은
빛 금관악기를 불었어요 내 어깨 내 손등을 바늘 끝으로 찌르며 쏟
아지는 아픈 모음들

그러나 나는 파멸보다 먼저 가을이 찾아오고 노을이 아직도 내 한
쪽을 불태우고 있을 때 이 산의 나무들과 내게 이별이 찾아온 걸 고
맙게 생각했어요 이렇게 서서 이별의 끝을 향해 걸어가는 그대를
향해 경배하는 오늘은 이 산의 모든 나무들이 나뭇잎을 떠나보내는
마지막 날

계간 『시와 시학』 2009년 봄호

처녀들의 램프

- 성(性)

류 인 서

그 램프는 세상의 동쪽 끝방이라는 이상한 이름을 가졌다
세상은 그때 주변의 익숙한 사물과 함께 램프의 부드러운 빛 속에
있었다

누군가 혹, 뜨거운 입김을 불어 그것의 불꽃을 꺼뜨린다
빛들은 홀연히 램프의 어둠 속으로 사라지고
사라진 모든 것들이 그 이상한 동쪽 끝방에 갇혀 있으리라 믿는 처
녀들
끝없이 램프의 캄캄한 구멍 속을 훔쳐본다
얼룩수염을 가진 램프의 거인은
처녀들의 엷은 분홍 눈꺼풀을 덮고 잠들어 있다
동쪽 맨 끝방을 여는 오래된 열쇠는 거인의 헝클어진 수염 끝에 단
단히 묶여 있다

호기심 많은 처녀들 램프의 작은 방을 찾아
하나둘 금지된 밤의 계단을 내려간다
라, 라, 라, 저 깊고 깊은 동쪽 끝방의 열쇠는 세상 몬든 방들의열
쇠
노래 부르며 가도가도 제자리인 그 계단을 내려가는 처녀들

다시는 돌아오지 않는다

어느 아침
램프는 울컥, 삼켰던 모든 것들을 제 그늘 안에 쏟아놓는다
거인은 사라지고 동강난 열쇠와 녹슨 정조대, 부러진 새들의 발목
호호백발 백년 전의 처녀들만 햇빛 아래 소복하다

그 램프는 깨지지 않는 처녀들의 작은 성채
세상 동쪽 끝방이라는 이상한 이름을 가졌다

시집 『여우』 (문학동네, 2009)

류 인 서
대구에서 출생. 2001년 계간 《시와 시학》으로 등단. 시집으로 『여우』 등이 있음.

호두까기

마 종 기

어제 내가 당신을 간절히 안았듯
오늘은 당신이 안아주세요.

딱딱한 껍질은 언제나
근엄하고 정확하지만
일상의 화장을 벗어버리면
당신이 얼마나 아름답고 부드러운지
얼마나 자유롭고 풍요로운지.

역사의 주름살은 도도하게 어둡고
시간은 피와 살을 빠르게 지나갈 뿐,
타성을 깨는 아픔을 참아내는 것만이
당신과 나 사이의 우주입니다.

겨울 그림자는 늘 수상하고
두렵고 길고 춥기만 합니다.
오늘은 당신이 나를 안아주세요.
내일은 내가 두 무릎 꿇겠습니다.

『시, 사랑에 빠지다』(현대문학) 2008년 12월

마 종 기 1939년 일본 동경에서 출생. 1959년 《현대문학》 추천으로 등단. 시집으로 『새들의 꿈에서는 나무 냄새가 난다』 외 다수 있음. 한국문학작가상, 편운문학상, 이산문학상 수상.

주식을 해봐
- 연극「고교동창회」중에서

맹 문 재

과학기술부 공무원 기상청이 엉터리야. 예보에 없었는데 비가 오
잖아. 아직 과학 정신이 부족해.

펀드 매니저 건설주가 약해지겠네. 건설경기가 죽어 있는데 비까지
내리니.

시인 고마운 비지. 더 와야 해. 물이 부족하잖아.

과학기술부 공무원 빨리 바닷물을 개발해야 돼. 염분만 빼면 물로 쓸
수 있잖아.

펀드 매니저 그럴 때 건설주를 사는 거야. 미리 사둘 수도 있겠지.

시인 안 되지. 바닷물을 먹기 시작하면 지구의 종말은 시간문제야.

과학기술부 공무원 (다소 신기한 표정으로) 시인은 정말 다르구나.

펀드 매니저 (다소 한심하다는 표정으로) 그래서 뒤처지는 거야.

시인 (주저하는 표정으로) 그런가?

펀드 매니저 주식을 해봐. 자본을 알아야 시를 제대로 쓸 수 있지.

과학기술부 공무원 맞는 말이네.

시인 그런가?

격월간 『시를 사랑하는 사람들』 2009년 7~8월호

명문재
1963년 충북 단양에서 출생. 1991년 《문학정신》으로 등단. 시집으로 『물고기에게 배우다』 외 다수 있음.

감나무에 대한 기억

문 무 학

감나무, 감나무 떠나온 집 늙은 감나무
할배같고 아비같이 푸근하고 넉넉했지
잎 피워 그늘 내리고 곶 피우고 감을 달던,
감꽃이 필 무렵엔 소쩍새가 울었지
이산 소적 저산 소쩍 골골마다 소쩍소쩍
소쩍새 울어 떨군 꽃, 그 꽃 주워 먹었지.
비바람 이기느라, 버티다가 악을 쓰던
오기로 속 살 채운 풋감의 막무가내
사는 건 그런거라고 요량없이 믿었지.
너른 잎 떨어져서 '할말 많다' 버석댈 때
청명한 하늘 이고 뉘우치듯 익던 홍시
한 세월 삭히고 삭힌 체념으로 읽었지.
떨구고 버리고 다 주고 난 겨울날엔
하늘을 생채기 내는 무수한 잔 가지들
눈물로 건너야하는 그 길인걸 알았지.

월간 『현대시학』 2009년 8월호

문 무 학 1949년 경북 고령에서 출생. 제38회 《월간문학》 시조로 등단. 시조집 『가을 거문고』 외 다수 있음. 제11회 현대시조문학상, 제17회 대구문학상, 제1회 유동문학상 수상.

나무

문 신

나무에게도 그리움이 있다는 걸 안다
그렇지 않고서야
배인 자리에 저렇듯 너울이 일어
겹겹이 바깥으로 밀려나가는 둥근 물결이 있으랴

그렇게 어디로도 가지 못하는 그리움들이 기어코 제 살 가죽을 찢
어내
허공에 뼈를 세우듯
한 가지 두 가지 사방으로 뻗어나간다

새 한 마리
바람 한 타래에 실어 보낸
그리움의 정령을 따라
다 저물녘에 숲에 든다

멀리까지 벋어나갔던 나뭇가지들이
비밀 결사대처럼 은밀하게 심장으로 모여들어
또 하나의 너울을 일으키는 동안

움찔, 내 몸에서도
살가죽을 찢고 나오려는 그리움들이 뼈마디를 곧추세운다
새 한 마리 훌쩍 날아오른다

시집 『물가죽 북』 (애지, 2008)

문신
1973년 전남 여수에서 출생. 2004년 《세계일보》 신춘문예 〈작은 손〉으로 등단.
시집으로 『물가죽 북』이 있음.

장미란

문인수

장미란 뭉툭한 찰나다.
다시는 불러 모을 수 없는 힘, 이마가 부었다.
하늘은 이때 징이다. 이 파장을 나는 향기라 부른다. 장미란,
가장 깊은 땅심을 악물고,
악물고 빨아들인 질긴, 긴 소리다, 소리의 꼭대기에다 울컥, 토한
한
뭉텅이 겹겹 파안이다. 그
목구멍 넘어가는 궁륭을,
궁륭 아래 깜깜한 바닥을 보았다.

장미란!

어마어마하게 웅크린 아름다운 뿌리가,
움트는 몸이 만발,
밀어올린 직후가 붉다.

계간 『창작과 비평』 2009년 여름호

 문인수 1945년 경북 성주에서 출생. 1985년 《심상》으로 등단. 시집으로 『배꼽』 외 다수 있음. 1996년 제14회 대구문학상, 2000년 제11회 김달진문학상, 2003년 제3회 노작문학상, 2007년 제7회 미당문학상 등을 수상.

누

문 정 영

　내 안에는 반골의 기질이 없어 어느 반골 시인의 반의 반이라도
닮았으면 하는 데, 그것이 풀의 테두리에 갇혀 살아온 결과가 아닌
지 조심스럽게 나를 뒤져보는 데, 나 살면서 누구에게도 반항의 '누'
끼치지 못해, 온순한 '누'가 되어 1,600키로 습지를 건너다 쉽게 악
어의 떼밥이 되어 버린 것은 아닌지

　내가 만약 반골이라면 내 주우에 반골만 모이겠지. 서로 티격태격
하면서 어깨동무하고 술이나 마시겠지 그리고 뒤돌아서 흉은 보지
말아야 할 것인데, 나보다 센 뿔 가진 놈에게 한 방 먹일 준비는 아예
말아야하는 데,
　'누'에게도 뿔이 있으나 '누'는 '누' 끼리 누를 끼치지 않는다 달
빛은 그 따뜻한 광경 비추어줄 뿐이다.
　누가 죽어 수 천의 누 떼가 강을 건넌다는 데,

계간 『시선』 2008년 봄호

문정영
1959년 전남 장흥에서 출생. 1997년 2월 《월간문학》으로 등단. 시집으로 『낯선
금요일』 등이 있음.

내가 입술을 가진 이래

문 정 희

내가 입술을 가진 이래 처음으로
사랑한다는 말을 한 적이 있다면
그것은 아마 해가 질 때였을 것이다
해가 지는 것을 바라보며
숨죽여 홀로 운 것도 아마 그때였을 것이다

해가 다시 떠오르지 않을지도 몰라
해가 다시 떠오르지 않으면
당신을 다시 만나지 못할지도 몰라
입술을 열어
사랑한다고 사랑한다고
마지막처럼 고백한 적이 있다면…

한 존재가 흔적도 없이 사라지고 말 것을 두려워하며
꽃 속에 박힌 까아만 죽음을
비로소 알며
지는 해를 바라보며
나의 심장이 뛰는 것을
당신께 고백한 적이 있다면…

내가 입술을 가진 이래 처음으로
절박하게 허공을 두드리며
사랑한다는 말을 한적이 있다면

그것은 아마 해가 질 때였을 것이다

계간 『실천문학』 2008년 겨울호

문 정 희
1947년 전남 보성에서 출생. 1969년 《월간문학》으로 등단. 시집으로 『찔레』 외
다수 있음. 현대문학상과 소월시문학상 수상.

百年

문 태 준

　와병 중인 당신을 두고 어두운 술집에 와 빈 의자처럼 쓸쓸히 술을
마셨네

　내가 그대에게 하는 말은 다 건네지 못한 후략의 말

　그제는 하얀 앵두꽃이 와 내 곁에서 지고
　오늘은 왕버들이 한 이랑 한 이랑의 새잎을 들고 푸르게 공중을 흔
들어 보였네

　단골 술집에 와 오늘 우연히 시렁에 쌓인 베개들을 올려보았네
　연지처럼 붉은 실로 꼼꼼하게 바느질해놓은 百年이라는 글씨

　저 百年을 함께 베고 살다 간 사랑은 누구였을까
　병이 오고, 끙끙 앓고, 붉은 알몸으로도 뜨겁게 껴안자던 百年

　등을 대고 나란히 눕던, 당신의 등을 쓰다듬던 그 百年이라는 말
　강물처럼 누워 서로서로 흘러가자던 百年이라는 말

　와병 중인 당신을 두고 어두운 술집에 와 하루를 울었네

시집 『그늘의 발달』 (문학과지성사, 2008) 중

문 태 준
1970년 경북 김천에서 출생. 1994년 《문예중앙》으로 등단. 시집으로 『수런거리
는 뒤란』 외 다수 있음.

철새의 장례식

문혜진

타인의 육즙을 달여 해탈한 사람들은
섹스 후 폭풍처럼 울지
타인의 체액에서 여과된
진짜 자기 냄새를 찾고
날갯죽지에 얼굴을 묻은 채
그 냄새에 한번 더 울지
일생을 대륙과 바다 위를 오고가는 철새들
대륙이 갈라지기 전
그 바다 위를 찾아
원을 그리며 흥분하다
마지막 순간 바다로 달려든다지
바다의 이력과 대지의 시선
흙 속 광물의 세계에서 끌어올린 벼랑 끝
암흑 속에서 빛의 수면으로 떠오르기까지
물길을 가르고 스며들어
날개에 흐르는
청동과 무쇠의 잠재성을,
새들이 마지막에 도달하는
바다를 이해할 수 있지

두 발 짐승만이
죽는 순간 혼자이기 싫어

전생을 통틀어 재의 도서관*을 짓지
그들의 몸은 얼음호수에 불시착한
비행기 동체 같았어
빛의 식민지에서 지상의 광합성을 끝내는 시간
화성 북극 하얀 얼음 모자를 쓰고
비밀의 불길 속으로
시간의 정수리에 도끼자루를 던지지
철새의 역사는 기록이 없는 역사,
더 가벼워 지려 하지 않고
가까운 해안을 묻지 않지
거북껍질 돼지의 발
들소 꼬리 표범 골반 뼈
물수리 날개
나투프 샤먼의 유골이 묻힌
돌무덤을 지나
걷기와 달리기로 다다를 수 없는
해안을 향해
무저항의 깃털들이 눈꽃으로 쏟아지면
눈의 무게를 이기지 못한
땅위의 신탁들이 무너져 내리지
이름 없는 자들의 무덤과
세계의 고통 위를 날다

그들만의 북극항로를 따라
거대한 땅덩이가 쪼개지기 전
가장 시린 바다 한 가운데 덜커덕,
잿빛 새떼가 날 선 파도에 뇌관을 꽂는다

  * 미술가 레베카 호른의 글에서 인용.

계간 『문학동네』 2008년 겨울호

문혜진
1976년 경북 김천에서 출생. 1998년 《문학사상》으로 등단. 시집으로 『검은 표범
여인』 외 다수 있음. 2007년 제26회 김수영문학상 수상.

움직이는 달

민 구

달이 먼저 나를 물기도 한다

줄을 풀고 창문으로 너머 들어온 달이 구석에 나를 몰고 어금니를
드러낸다

오줌발이 얼마나 센지 사방 벽으로 튀어 잘 지워지지 않는다

달을 나무를 잘 탄다

어두운 강을 곧잘 건넌다

물결에 비벼도 지워지지 않는 저 온순한 발자국은 한겨울
빙판을 내리치는 커다란 해머
수천수만의 얼음조각들이 밤하늘에 박혀 있다

순식간에 하늘을 나는 박새에 오른 달, 민첩하다

고양이 꼬리를 물다가 돌아보는 순간, 지붕 위를 걸어나가며 케케
케 웃고 있다

멀쩡한 사내를 부축하는 달, 문지방에 걸터앉은 달, 작두로 깍은
발톱이 거기로 튀었나?
굶주린 소가 여물통을 바라본다

물에 뜬 시체를 가만히 덮고 있는 담요여

상갓집 늦은 조문객이 맨 근사한 타이여

공중에 집 한 채 놓고 숨죽여 울던 검은 짐승은

지금 해와 교미 중이다

월간 『현대문학』 2009년 4월호

민구
1983년 인천에서 출생. 2009년 《조선일보》 신춘문예로 등단

이불 속의 마적단

박 강

오오, 돌진하자꾸나, 우리에겐 방패도 투석도 없어, 국경을 무너뜨리라는데, 무한한 전리품을 획득하라는데, 전사여, 달려보자꾸나, 상사의 심부름으로 무기처럼 커피를 들고

제발 가르쳐 주세요, 적진은 어디에 있습니까, 보이지 않는 손이 정말 시장을 지배합니까, 발 닳도록 커피 나르며, 책상 밑 유령 같은 손으로 토익 책을 훔쳐보며, 세계는 넓고 할 일은 없습니까, 사막에 플랜트를 세우겠습니다, 제게 불가능은 없습니다, 뽑아만 주신다면

사무실 곳곳에 왈칵 쏟겠습니다, 저의 패기를, 열정을, 오오, 뜨거운 커피를, 상사의 바지가 젖었습니다, 이제 집에서 눈물 젖은 사전을 베고 잠들어야 하나요

이불 뒤집어쓰고 사막을 펌프질 하는 꿈, 탁 탁 타 타 탁, 원자재값 상승에 맞춰 내 몸값 올릴 때까지, 이제 난 웅크린 자세로 화석이 되렵니다, 성기에서 석유가 뿜어져 나올 때까지

계간 『시작』 2009년 여름호

박 강
1973년 인천에서 출생. 2007년 《문학사상》으로 등단.

그 집에는 베트남 며느리가 없다

박 구 경

이런 시어머니가 있었다더라
베트남 며느리면 어떻고 연변에서 데려오면 어때
또 왔다 갈 건데
실한 일꾼 들인 셈 치면 되고 되게 부려먹으면 되지!

이런 시어머니가 있었다더라
그리하여 제 땅에선 마누라 구하기가 힘들어
빚 갚아주고 베트남에서 네 번째로 마누라를 사 들이니
죽어라 일만 시키고 일 하는 데 또 일 하라 하고
찬 방에서 자라고 아들에게서 떼 내어 한데로 내치고
헝클어트린 머리채를 다시 잡아채
찢어진 옷 모두 찢어 알몸으로 내쫓는 시어머니가 있었다더라

이런 며느리가 있었다더라
말도 잘 통하지 않는 말로 마을 사람들과 웃고 인사하고
전부인의 애도 제 자식처럼 잘 보살피고
하루 종일 일도 열심히 하고 눈치도 열심히 보고
서방이 몰래 사다 준 과자 몇 개에 눈물 자꾸 흘리던
베트남에서 팔려온 키 작은 며느리가 있었다고 하더라
그런 시어머니가 있어서 더 이상 함께 살 수가 없다며
제 나라 베트남으로 떠난 며느리가 있었다 하더라

그런 시어머니가 있었다더라
밥도 못 먹게 하고 라면만 먹어라 해놓고
라면 끓여 먹고 있으면 머리통을 때리는 시어머니
우리나라 베트남에도 라면 있어요! 하며 며느리가 울먹이면
그만 먹으라고 또 때리는 시어머니가 있었다고 하더라

이런 전쟁이 있었다더라
저희가 전쟁을 시작해 놓고 저 나라 젊은이들을 끌어다
기름진 시레이션과 각종 신무기로 무장시켜
정글로 마을로 논으로 내몰아
네 째로 왔다간 며느리의 나라를 쑥밭으로 만들고
갓난아이며 어린이와 처녀 노인들 할 것 없이
모조리 베트공이니 사살하도록
저 나라 젊은이들을 사서 살육의 전장에 내팽개친 나라가 있다더라
그런 과거가 있었다더라

계간 『경남작가』 2008년 겨울호

박구경
1956년 경남 산청에서 출생. 1996년 〈하동포구 기행〉 등 5편이 당선되어 등단. 시집으로 『진료소가 있는 풍경』 외 다수 있음.

사랑

박 균 수

언젠가 당신의 사랑도 지치겠지
더 이상 어둠 속 거울 앞에 앉아
얼굴을 감싸 쥐지 않겠지
정돈된 넓은 방안을 천천히 거닐다
실눈으로 창문 쪽을 바라보다
출입문으로 걸어가
처음으로 손잡이 쪽으로 손을 뻗겠지
채 손이 닿기도 전에
쇼핑센터의 자동문처럼 문이 열리고
잠깐 산책을 가듯 방을 나서겠지
등 뒤에서 닫힌 문이 사라지는 줄도 모르고
마른 꽃들 아래
나비들의 무덤을 지나
빛바랜 천 조각들 주렁주렁 열린
죽은 나무들의 숲을 지나
손길에 닦여 반질해진 검은 바위에 앉아
말라버린 샘에 발을 첨벙거리고
구름 한 점 없는 바람 한 점 없는
검붉은 하늘을 올려다보겠지
피와 살점이 말라붙은 가시덩굴
옷깃만 스쳐도 후두둑 부러지고
작은 짐승들의 옛집
잊혀진 구멍들을 지나

시멘트로 메워진 벼락 맞은 고사목 아래로
풀벌레들 날뛰던 풀밭 자리 너머
물길 끊어진 개울 징검다리 건너
샛노란 보도블록이 깔린 넓은 길을 따라
나의 거대한 자연사 박물관
철골만 남은 건물들의 도시 안으로
음악이 흐르던 상점들
아직도 웃음소리가 묻어있는 스피커
아무도 없는 광장
발끝에서 익숙한 스텝이 되살아나
잿빛 허공의 손을 잡고 춤을 추겠지
입맞춤의 기억이 드러나는 줄도 모르고
긴 잠에서 깨어난 먼지들
귀찮은 듯 날아오르겠지
빈 골목들
빈 집들
어느 가슴 서늘한 집
손가락이 알고 있던 번호를 누르고
삐걱거리며 삭은 문이 열리겠지
식탁에 앉아
무표정하게 손에 든 것을 바라보고 있는
낯익은 형체를 보게 되겠지
빛바랜 사진

아무리 소리쳐 불러도 미동도 하지 않겠지
앙상한 어깨에 손을 올려놓으면
마침내 내 사랑은
조금씩 몸을 허물어뜨려 바닥에 쌓이겠지
언젠가 내 사랑도 지치겠지
당신의 사랑도
서서히 무너져 내 사랑 위에 쌓였다가
창이 열리고 바람이 불어
흔적도 없이 흩어지겠지

웹진 『시인광장』 2009년 가을호

박균수
1968년 경남 울산에서 출생. 1997년 《조선일보》 신춘문예로 등단.

그 꽃병

박 남 희

그 병에 꽃이 있어야 된다는 것은 관념이다 꽃병과 꽃은 별개이다
다만 그들이 우연히 만날 뿐이다 그 꽃병을 나는 여자라고 바꾸어
말해본다 꽃병이 갑자기 누드로 보인다 사실 꽃병은 늘 누드를 꿈
꾸지만 실제로는 누드가 아니다 누드의 조건은 육체에 이목구비가
있어야 한다 꽃병은 단지 이목구비 아래의 허방일 뿐이다 꽃병과
꽃이 만나야 이목구비를 갖게된다

꽃 밑에 뿌리가 있어야 한다는 것도 관념이다 꽃병이 있으면 된다
꽃병은 뿌리이다 때로는 분리도 가능한 조립식 뿌리이다 요즘 세상
엔 조립식이 편리 하다 신혼부부도 요즘은 결혼을 하고도 혼인신고
를 하지 않는 다 조립식 신혼을 꿈꾼다 조립식은 이동이 편리하다
분해가 가능한 만큼 그 속을 속속들이 알 수 있다 꽃병의 속내는 그
냥 캄캄한 것 같지만 사실 좀 음흉하다 때로는 죽은 꽃들도 오래 방
치해둔다 종종 꽃과의 이혼을 꿈꾼다

나는 그 꽃병의 정체가 궁금하다 꽃병이 나비를 위한 것인지 세상
의 눈(目)을 위한 것인지 궁금하다 꽃병에 꽃이 없을 때도 꽃병인
지가 너무나 궁금하다 그래서 나는 꽃병에게 물어 보았다 너는 꽃
이 없을 때도 꽃병이냐고, 근데 꽃병은 아무런 대답이 없다 그냥 뾰
루퉁하다 그러다 갑자기 꽃병은 히히힝거리며 날개 달린 말이 되어

천마도 속으로 사라진다 세상의 움직이는 것들이 모두 꽃병으로 보이기 시작한다 여기저기 꽃들이 웅성거리고 있다

계간 『시로 여는 세상』 2009년 여름호

박 남 희
1996년 《경인일보》, 1997년 《서울신문》 신춘문예로 등단. 시집으로 『페차장 근처』 등이 있음.

박리연박미산박상ㄴ
박ㅇ라박이화ㅣ일환
박제영박주택박지웅
박현우박ㅣ기서대ㄱ
서윤후서효인성ㄱ저
손택ㅂ손현숙송ㅇ동
송종규송천ㅎ신경ㄹ
신용목신현락신ㅓㄹ
인ㅇ아안시아안정연
여태천예현연ㅇ세웅
구식위서황유미애ㅓ

박서영박순원박연순
박장호박재도박정타
ㅏ진성박 철
서규정서인
성기완성ㅁ
ㅐ반달송승
ㅏ동옥신ㅁㅏㅣ선ㅎㅕㅣ
ㅣ보선심언주안도현
ㅏ현미안효희엄원타
ㅡ은오정국우대식윈
ㅏ진유정이윤성택유

101
↓
200

나의 가장 오래된 어처구니와 감히

박 라 연

불의 밥으로 태어나
만물에게 하루치의 양식으로 서서히
전사하는 저 태양 속에 숨어서

뜨겁게 바칠 몸을
다시 받으려고 12시간 만에 운행되는
저 윤회 속에 끼어서

만상의 호르몬으로 방울
방울 구르는
저 단추 구멍 속에 끼어서

잠글 수도
열 수도 없는 저 비밀 속에 숨어서

어김없이 동명동체同名同體로 윤회하는
저 빛 속으로
나,
사라지는 것

계간 『리토피아』 2009년 가을호

박 라 연
전남 보성에서 출생. 1990년 《동아일보》 신춘문예에 〈서울에 사는 평강공주〉로
등단. 시집으로 『생밤 까주는 사람』 등이 있음.

너와집

박 미 산

갈비뼈가 하나씩 부서져 내리네요
아침마다 바삭해진 창틀을 만져보아요
지난 계절보다 쇄골뼈가 툭 불거졌네요
어느 새 처마 끝에 빈틈이 생기기 시작했나 봐요
칠만삼천 일을 기다리고 나서야
내 몸속에 살갑게 뿌리내렸지요, 당신은
문풍지 사이로 흘러나오던
따뜻한 온기가 사라지고
푸른 송진 냄새
가시기 전에 떠났어요, 당신은
눅눅한 시간이 마루에 쌓여 있어요
웃자란 바람이, 안개가, 구름이
허물어진 담장과 내몸을 골라 밟네요
하얀 달이 자라는 언덕에서
무작정 기다리지 않을거예요, 나는
화티에 불씨를 다시 묻어놓고
단단하게 잠근 쇠빗장부터 열 겁니다
나와 누워 자던 솔향기 가득한
한 시절, 당신
그립지 않는가요?

시집 『루낭의 지도 (서정시학, 2008)

박 미 산
1954년 인천에서 출생. 2008년 《세계일보》 신춘문에에 〈너와집〉으로 등단. 시집
으로 『루낭의 지도』가 있음.

꽃 핀 편도나무, 지하 13구역의 여름

박 상 순

나의 지나는 생각한다. 내가 뛰어가는 모습을
느릿느릿 걷다가 나는, 뛰기 시작한다.

- 맨발의 여름 하늘이 산맥을 넘는다.

나의 지나는 생각한다. 내가 그녀의 침실에서
늙고 병들어 죽어가는 모습을,
죽어가는 내 어깨에서 솟아난
작은 날개가 퍼덕이는 모습을.

- 늙은 콘트라베이스 연주가자 맨발의 하늘을
지하로 밀고 내려온다.

나의 지나는 생각한다. 내가 죽어서, 뛰어가는,
모습을. 내 작은 날개가, 퍼덕이는, 모습을.

- 무대위의 콘트라베이스는
고개숙인 나의 지나가 침묵하는 모습을
기나긴 여름 산맥처럼 오랫동안 연주한다.

나는 생각한다. 나의 지나가 뛰어가는 모습을
느릿느릿 걷다가 맨발의 여름 하늘 위로
달려가는 모습을.

지하 13구역의 여름. 한 여자가 생각하고
한 남자가 행동하고, 한 남자가 생각하고
한 여자가 침묵하고, 한 여자가 생각하고
한 남자가 말하고, 한 여자가 생각하고
한 남자가 돌아서고, 한 여자가 생각하고

- 맨 발의 여름 하늘이 꽃 피는 산맥을 밀고
지하로 내려온다

계간 『시와 사상』 2009년 여름호

박상순 서울에서 출생. 1991년 계간 《작가 세계》에 〈빵공장으로 통하는 철도〉
외 8편의 시로 등단. 시집으로 『6은 나무, 7은 돌고래』 등이 있음. 1996년 현대동
인상 수상.

목

박 서 영

마지막이라는 생각으로 당신의 목덜미를 만졌다
당신의 얼굴은 한때 아름다운 장화를 신었고
장화는 점점 주름살이 늘어나 밑창부터 늘어지기 시작했다

경주박물관 뒤편 목 잘린 불상들 앞에서 이렇게 속삭인 적 있다
얼굴이 장화를 신고 어딘가 가버렸다고,
갑작스레 달려온 햇빛이 당황해 꿀처럼 목둘레에 엉겨 붙어 있었다
사람들이 기도하는 심정으로 꿀을 한 숟갈씩 퍼갔다

마지막이라는 생각으로 당신의 목덜미를 만졌다
관棺 뚜껑이 닫히기 전에 내가 마지막에 해야 할 일
목 뒤 감췄던 주름살과 약점들
지상의 눈꺼풀 속으로 침몰해버린 사랑들
지상을 떠나야만 맛볼 수 있는 안락함들

심장이 목을 통과해 얼굴에 당도할 때 낯빛으로 알 수 있었던 것들
얼굴에서 본 심장의 빛깔!
긴 목을 통과해서 별, 꽃, 나무, 달이 뜬다는 것을 알았을 때
그것들이 어느 날 사라져버렸다는 것을 알게 되었을 때
몸의 지옥을 견디는 가느다란 목
얼굴이 피 묻은 장화를 신고 어딘가 가버렸다

월간 『현대시』 2009년 9월호

박서영
1968년 경남 고성에서 출생. 1995년 《현대시학》을 통해 등단. 시집으로 『붉은 태양이 거미를 문다』가 있음.

질량보존의 법칙

박 순 원

살을 오 킬로 뺐다 빠진 나의 살은 어디로 갔나 어디에 보존되어 있나 내 살들은 어디로부터 온 것인가 어디로부터 와서 나에게 보존되어 있는가

그러게 말입니다 이 세상에 입 밖으로 나온 말들은 모두 보존되어 있지요 부처님 말씀처럼 성경 말씀처럼 내가 입 밖으로 밀어낸 공기의 파장들은 나비효과가 되어 이 세상을 떠돌죠

나는 나비효과의 결과인가 나비의 날갯짓이 개미의 무심한 발자국이 왜 이런 결과를 가져왔는가

누차 말씀드립니다 지구는 둥급니다 앞으로 앞으로 자꾸 걸어나가면 온 세상 어린이를 다 만나고 온답니다 베리 디피컬트하지만 임파서블은 아니죠 오해하지 마세요 각진 우리말보다는 매끄러운 영어가 더 부드럽고 깊은 파장을 만드니까요

나는 할아버지 묘에 대고 절을 한다 할아버지 어디 계세요 어디에 보존되어 있으세요 제가 하나의 차일드에 불과했을 때 제게 삼국지를 꼭 읽어야 한다고 말씀하셨잖아요 왜 그런 말씀을 하셨나요 다미리 예측하신 나비효과였나요

이미 파장이 되신 할아버지 우리들 꿈속에 상반신만으로도 눈동자만으로도 존재하실 수 있는 할아버지 삼국지를 읽으라는 말씀만으로도 존재하실 수 있는 할아버지

나는 밥과 김치와 고기와 햄과 버터와 식빵과 쨈과 커피와 라면이 주류와 안주류와 식사류가 골고루 빚어낸 내가 의무적으로 보존하고 있는 이 질량이 그리고

　초중고를 거치면서 무엇보다도 인간이 되라고 우리말로 그리고 영어로 때로는 수식으로 가르쳐주신 말씀들이 부담스러워 조금이라도 덜어내고 싶은데

월간 『현대시』 2009년 2월호

박순원
충북 청주에서 출생. 2005년 《서정시학》에 〈장례식장 가는 길〉외 4편으로 등단. 시집으로 『주먹이 운다』가 있음.

내 사과는 빨갛다 돌이킬 수 없이 빨갛다

박 연 준

바알세불*
딱딱한 의자를 유혹하고 싶어
네가 내 사과를 베어 물었니?
하루살이들이 자살한 절벽 아래서
보라색 피들이 깨어나고 있어
물결, 물결,
그들의 아우성이 뱀을 몰고 올까?
바알세불 내 목을 따 줘
난 언제나 저녁이야
시무룩하게 어둡지
내가 파 놓은 무덤 자린
순백의 토끼들을 위한 거였어
그곳에 사정射精해
토끼들과 어울려 봄을 피워 봐
내 손가락 끝에서 느릿느릿
떨어지는 시간을 주워 먹어 봐
즙이 된 축축한 기억들을 마셔 봐
못생긴 사과를 먹고 단잠 잤더니
나무의 거대한 직립,
굳게 일어선 사랑의 윤곽이
너무 강렬해
부끄러워

가지 끝에 매달린 열매들
불그스름하게 뭉개진 달
그의 성기 끝에 매달린 내가
휘청휘청 저물고 있어

* 바알세불: 신약성서에서 사탄의 별명. 귀신의 왕.

계간 『너머』 2008년 봄호

박연준
1980년 서울에서 출생. 2004년 《중앙신인문학상》으로 등단. 시집으로 『속눈썹이 지르는 비명』이 있음.

외도

박 완 호

  그리움의 거처는 언제나 바깥이다 너에게 쓴 편지는 섬 둘레를
돌다 지워지는 파도처럼 그리로 가 닿지 못한다

  저마다 한 줌씩의 글자를 물고 날아드는 갈매기들,
문장들을 내려놓지 못하고 바깥을 떠돌다 지워지는 저녁,
문득 나도 누군가의 섬일 성싶다

  뫼비우스의 길을 간다 네게 가닿기 위해 나섰지만
끝내 다다른 곳은 너 아닌, 나의 바깥이었다

  네가 나의 바깥이듯 나도 누군가의 바깥이었으므로,
마음의 뿌리는 늘 젖은 채로 내 속에 젖어 있다

  그리운 이여, 너는 항상 내 안에 있다

웹진 『문장』 2009년 가을호

박 완 호
충북 진천에서 출생. 1991년 계간 《동서문학》으로 등단. 시집으로 『염소의 허기
가 세상을 흔든다』 등이 있음.

나무편지

박 유 라

들판에 선 나무는 주소지를 찾아
영원히 가고 있는 편지라고 하면 어떨까

어린 나무 한그루가 대문 앞에 서 있는
오월이었네
막 타오르기 시작한 푸른 불꽃 그때 나는
길을 찾아 나선 연둣빛 편지 한통,
젊은 아버지가 웃으며 햇빛 속에
손을 흔들고 있었네

길을 걷고 들을 지나
어둠 속 눈부신 조명아래 배달된
한 통의 봉인 된 꿈이었다가
빗소리 오래 들리는
아픈 여자의 잠속을 지나
바다가 보이는 사원에서
푸른 물고기를 기다리는 일주문이기도 했던

어떤 투명함에 대한 상상
알 수 없네 지금은
황사 가득한 낮과 밤
낯선 문 앞을 지나가는 중이네
아버지는 보이지 않고

잔가지만 무성해진 나무 한그루 나는
아직 주소지에 닿지 못한 편지
바람 불면 펄럭 펄럭
봉인해 두었던 그리움만 쏟아낸다네

격월간 『정신과 표현』 2009년 5~6월호

박 유 라
1957년 부산에서 출생. 1987년 《시문학》을 통해 등단. 시집으로 『야간병동』 등
이 있음.

짐승들

박 이 화

여러 날 동안
있는 듯 없는 듯
꽃대 속에 가만히 웅크리고 있던 국화향기가
오늘 문득 어스름 속에서
누런 이빨 드러낸 채 내 뒷덜미를 커엉 덮쳐왔다

갑자기, 느닷없는,
이 기습적인 향기에 화들짝 돌아보니
저녁 화단 한 켠에 터질듯 풍만한 꽃들,
발정 난 짐승처럼 컹컹 맹렬한 향기를 풍기고 있다

누가 가르쳐주지 않아도
꽃들도 사랑 할 때를 아는구나
벌 나비는 꽃들의 전희였구나

그러고 보니
암수 있는 것들은 저렇듯 그리움 또한 필사적이어서
그 어떤 꽃도 짐승 아닌 꽃이 없고
그 어떤 짐승도 꽃 아닌 짐승은 없는 거구나*
그래서 꽃이 상처였구나

그렇다면
사향 냄새보다 독하디독한 마음을 가진,

한 날 한시도
굶주린 짐승 아니었던 마음을 가진 적 없는 나는?

  * 송재학의 시, '어떤 꽃은 차라리 짐승이고 또 어떤 벌레는 차라리 꽃에 가깝다'
    인용

계간 『미네르바』 2009년 여름호

박이화
1960년 경북 의성에서 출생. 1998년《현대시학》으로 등단. 시집으로 『그리운 연
어』가 있음.

날아라, 닭

박 일 환

누가 냅다 걷어찰 때만
푸드득 날갯짓 시늉을 하는
저 닭들을 보면 알 수 있지
진화는 퇴행의 과정이기도 하다는 걸

하여 바람을 피운다고
닭날개를 먹지 못하게 하는 속신俗信 따위
믿을 바가 못 되지만
날아라, 닭
날아라, 닭
정작 날아볼 꿈조차 꾸지 않는 자들이
애꿎은 가금家禽만 놀려대는 가학성에 대해
나는 오늘 슬퍼지는 것인가

세월은 그냥 흘러가기만 하는 것이 아니어서
화석처럼 때로는 몽고반점처럼
지울 수 없는 흔적을 남기는 법인데
저 닭들은 지금
기억은 하고 있는 걸까
그 옛날 화려했던 시절을 꿈속에서나마
만나고는 있는 걸까

생각하면
우리 모두 빛나던 한 시절이 있었거니
푸르른 청춘의 날들은 가고
퇴행성관절염이나 걱정하는
무리들에 섞여 바쁘게 흘러가다
날아라, 닭
날아라, 닭
우리들 또한 누군가에게 냅다 걷어차인다면
그제서야 소스라칠 것인가

지상의 삶은 여전히 소란하고
날갯죽지 가려운 날들
아직 끝나지 않았는데

웹진 『시인광장』 2009년 봄호

박일환
1997년 〈내일을 여는 작가〉의 추천으로 등단. 시집으로 『푸른 삼각뿔』이 있음.

레슬러 잭의 은퇴선언

박 장 호

나는 죽음을 탐미하는 것이 아니다. 단지 사는 게 지겨울 뿐이다. 나는 거짓말쟁이가 아니다. 단지 진실을 말할 수 없을 뿐이다. 레슬링은 쇼다. 당신들은 알고 있다. 당신들은 내가 얻어터지는 것을 동정하지 않는다. 환호한다. 모든 경기가 각본 있는 드라마다. 각본 없는 예상 밖의 경기는 당신들을 지루하게 할 뿐이다.

오늘의 드라마에 대해서 말해 줄까? 나는 오늘 26피트 높이의 철창에서 링 바닥을 뚫고 패대기쳐지기로 되어 있다. 구사일생으로 링에 올라와서 상대 선수의 필살기를 맞고 바닥에 뿌려진 수백 개의 압정 위에 얼굴이 처박히기로 되어 있다. 일명 데드매치. 즉 죽음의 경기. 재미있지 않은가? 죽음의 각본이란.

상대 선수의 손이 올라가고 경기가 끝나면 나는 들것에 실려 나갈 것이다. 나는 안다. 당신들은 다 죽어 가는 나의 패배에 더 열광한다는 거. 다음 경기에서 더 처절하게 죽어 가는 내 연기를 기대한다는 거.

모든 게 각본이지만 위험은 진실이다. 절반이나 씹어버린 내 혀와 부러진 앞니, 마모된 양쪽 귀, 진단서 없는 골병이 내 진실의 이력이다. 부상은 당신들을 위한 적절한 배반이다. 예기치 못한 부상은 각본을 위장한다. 당신들은 내 연기의 리얼함에 감동하겠지만 나는 오늘 내장이 파열될 수도 있고 눈알이 깨질 수도 있다.

모든 경기가 각본이지만 나는 각본대로 사는 게 싫어서 각본을 가끔씩 배반하는 데드매치를 한다. 15년의 경력. 매번 죽기 직전까지만 얻어 터졌다. 부상 입는 장면에서 어김없이 터지는 당신들의 환호성. 진실은 거짓의 내출혈일 뿐. 내 러시아 친구 빅토르는 말했다. 거짓을 말하기는 싫어. 하지만 이젠 진실도 지겨워. 그는 진짜로 실려 나갔다. 오직 죽은 자들만 링 밖으로 실려 나갈 수 있다. 반창고를 마시고 활명수를 붙여왔던 내 뒤틀린 인생. 오늘은 진짜 데드매치를 하고 싶다. 이젠 레슬링도 지겹다.

시집 『나는 맛있다』 (랜덤하우스, 2008)

박장호
1975년 서울에서 출생. 2003년 《시와 세계》로 등단. 시집으로 『나는 맛있다』가 있음.

이중섭

박 재 도

마음아
너의 고향은 쓸쓸한 바닷가
물고기 세 마리와
배고픔 네 마리가
어떻게 하면 함께 누울 수가 있을까

노을이 좋아
그리운 날
파도조차 몸져누우면
마음은 거품처럼 바람을 타고
하염없이 날아
게가 좋아, 삶은
게의 거품처럼 속절없어서 좋아

물고기는 바보
위로조차 필요 없는 바보
파도에 순순히 떠밀려 와서
내 곁에 누운
착한 물고기가 좋아
세상이 좋아

계간 『신생』 2009년 봄호

박 재 도
경남 고성에서 출생. 1996년 《국제신문》 신춘문예에 시 부문에 당선되어 등단. 시집
으로 『직립을 위하여』 등이 있음.

슬라브식 연애

박 정 대

흑맥주를 마시는 캄캄한 밤, 강원도 내륙 산간 지방에 내려진 폭설 주의보

바람이 컴컴한 하늘을 끌고 내려와 민박집 처마 끝에 당도했을 때 나는 나타샤의 살결처럼 하얗게 피어날 폭설의 밤을 생각한다, 슬 라브식 연애를 생각한다

나는 연애지상주의자, 지상에서 밤새도록 펼쳐질 슬라브식 연애 를 생각한다

그러니까 폭설은 사흘 밤낮을 퍼부어야 하는 것이다

그러니까 내가 묵고 있는 민박집의 아리따운 그녀는 세상이 더러 워 세상을 버리고 산골로 들어온 고독한 여인이어야 하는 것이다

흑흑, 흑맥주를 마시는 밤은 아주 캄캄하고 추워

지금 내 마음의 내륙에 내려진 폭설주의보

그러니까 그녀와 나는 폭설에 의해 고립되어야 하는 것이다

너무나 추워 서로의 체온이 간절해져야 하는 것이다

아무 말 없이 체온만으로도 사랑을 느낄 수 있어야 하는 것이다

태양의 반대편으로 우리는 밤새 걸어가는 것이다

그 끝에서 우리가 태양이 되는 것이다

인생은 한바탕의 꿈이라 했으니, 그녀와 나는 끝끝내 꿈속에서 깨어나지 말아야 하는 것이다

함께 흑맥주를 마시며 캄캄하게 계속 따스해져야하는 것이다, 천일 밤낮을 폭설이 내리든 말든 그녀와 나는 계속 밤이어야 하는 것이다

그녀와 내가 스스로 태양을 피워 올릴 때까지, 그녀와 내가 스스로 진정한 사랑의 방식을 터득할 때까지, 그녀와 내가 스스로 슬라브식 연애를 완성시킬 때까지

태양의 반대편으로 우리는 밤새 걸어가는 것이다

그리고 그 끝에서 우리가 태양이 되는 것이다

격월간 『유심』 2009년 1~2월호

박정대
1965년 강원도 정선에서 출생. 1990년 《문학사상》에 〈촛불의 미학〉으로 등단. 시집으로 『단편들』 외 다수 있음. 김달진문학상, 소월시문학상 등을 수상.

안개의 기원

박 제 영

춘천 춘천 나지막이 춘천을 부르면 출렁출렁 안개가 새어 나옵니다 아니 정확히 안개인지는 모르겠습니다 춘천이라는 말, 그 말에 한 번이라도 닿은 것들은 마침내 안개가 됩니다 아니 호수에 비친 얼굴이 안개처럼 흐려졌다는 말일 수도 있습니다 어쩌면 단지 떠도는 소문일지도 모릅니다

어제는 횃불을 들고
안개 자욱한 공지천변을 따라 고슴도치 섬까지 걸어갔더랬습니다
춘천의 정현우 시인이 그랬거든요

고슴도치 섬에는 안개공장이 있대
퇴출된 詩노동자들이 섬 밖으로 안개를 나르고 있대*

과연 그러했습니다 늙은 난쟁이들과 맹인들이, 물론 그들은 퇴출된 습지의 시인들입니다, 섬 밖으로 안개를 나르고 있었습니다 그들에게 물었습니다 여기가 안개의 기원인가요? 아니라고 더 깊은 곳까지 가보라고 자기들도 그곳에서 온 물과 바람과 나무와 풀로, 고양이의 울음과 쥐의 눈물과 도마뱀의 오줌으로 안개를 만들고 있을 뿐이라고

안개 속에서 더 깊은 안개 속으로 그렇게 한참을 걸어 들어갔더랬습니다
사람도, 나무도, 강물도 안개가 되어버린 그 속에서
과연 나는 무엇을 보았을까요?

아무 것도 없습니다
춘천에서 안개의 가장 안쪽을 아주 오래 걸어보았는데
마침내 아무 것도, 안개도 없습니다

* 정현우 시인의 「소문」이라는 시 본문 전체를 인용한다.

계간 『문학마당』 2009 가을호

박 제 영
강원도 춘천에서 출생. 1992년 《시문학》으로 등단. 시집으로 『소통을 위한, 나와
당신의』 등이 있음. 1990년 고대문화상 시부문 수상.

미궁

박 주 택

언제나 미궁은 있지
길을 찾다 길에 갇히는 것처럼 비 그친 저편
소문을 헤쳐 또 다른 소문을 만들지, 집은 살아 있는 사람들을
하나씩 집 밖으로 추방하지, 그래서
집의 기록은 이별만큼 따분하고
별은 빛나면서 버림받은 자를 조롱하지
환하게 볕 좋은 꽃핀 고속도로
잘 꾸며진 무덤 스치듯 보았네, 정자까지 세웠으니
적적하면 정자에도 앉아보시라는 뜻
무덤에도 등급이 있다면 죽는 것도 쉽지 않으이

언제나 미궁은 있지
낮을 위해 있는 날개가 눈을 활짝 열어 솟아오를 때
진리를 모방하는 싸움의 공장인 말
손닿지 않는 잠 너머의 꽃, 잠 너머의 꽃
죽은 자들은 어디에 모여 밥을 먹는가?
죄는 왜 저녁의 혀를 놓아주지 않는가?
불빛을 저주하는 어둠은 왜 깃털을 미소에 던지고 있는가?

계간 『시와 사상』 2009년 봄호

박 주 택 1959년 충남 서산에서 출생. 1986년 《경향신문》 신춘문예로 등단. 시
집으로 『꿈의 이동건축』 등이 있음. 2004년 제5회 현대시 작품상, 2005년 제20회
소월시문학상 대상 수상.

너의 반은 꽃이다

박 지 웅

몸이 북쪽을 보고 잠든다
저 북쪽은 예부터 귀신이 다니는 길
가위눌림이었다 벽에 얼굴을 넣고
내내 깨어 있었다, 그때
반은 묻혔고 반은 꿈틀거렸다
반은 누워 있고 반은 쓰러져 있었다
벽에 갇힌 저 몸이 궁금하다
몸에 세운 저 벽이 난감하다
벽에 손을 넣어본다
쓰러져 있는 그 손을 잡는다
맞쥔 저 두 손의 반은 안개였고
반은 허방을 짚는 수척한 뿌리였다
깨어나 익숙한 쪽으로 돌아눕는다
편하다, 몸이 풀밭처럼 편하다
허나 반쪽의 안착은 어딘가 불안하다
몸이 한쪽으로 쏠린다
가위눌림보다 독한 눌림, 몸의 편차
몸이 벽 너머 몸에게 말을 건다
너의 반은 꽃이다

너의 반은 귀신이다

그러면 편히 잠들라, 그리운 쪽이여

시집 『너의 반은 꽃이다』 (문학동네, 2007)

박지웅
1969년 부산에서 출생. 2004년 계간 《시와 사상》 신인상, 2005년 《문화일보》 신
춘문예로 등단. 시집으로 『너의 반은 꽃이다』가 있음.

연못의 나라

박 진 성

온 몸이 눈알이어서 네가 바라만 봐도 사랑이다 연꽃은 내가 키운 속눈썹이니 물고기들 죄다 열반이다

비 내리면 타닥타닥 공중으로 길을 만드니 쏟아지는 길이 온통 혈관이고

아픈 사람 눈빛 건네 오면 아파서 일렁이며 음악이다

실뿌릴 내게로 밀고 있는 나무들 아라리로 아라리로 키우고 있으니

그래, 온 몸이 눈이어서 숨도 눈으로 쉬고 있으니 눈숨 목숨이 다 숨결이다

내게로 뛰어들어 넋도 못 건진 뼈들 녹여내느라 썩어가는 역사이고 필사적으로 눈동잘 땅 속으로 밀어 내 몸 버티고 네 마음 응시하고 있으니, 파문은 껌뻑임이고 수초들은 수줍음이니

네가 바라만 봐도 나는, 사랑이다

계간 『서정시학』 2008년 겨울호

박진성
1978년 충남 연기에서 출생. 2001년 《현대시》로 등단. 시집으로 『목숨』 등이 있음.

참외향기

박 철

늙으신 어머니가 깎아온 참외 한 접시
늙으신 어머니 참외 한쪽 들어 내미네
맑은 속살 흰 눈썹 받아들고 머뭇거리자
늙으신 어머니 어서 먹으라 말하네
늙으신 어머니 이제 잊었나
아주 오래전 더위가 뼛속까지 번지던 날
장맛비로 쓸고 간 인간사 이후
나 참외를 먹지 못하네
그때 그랬지
논길을 걸어 들길을 걸어
가다 가다 쉬던 곳 땡볕 속의 푸른 참외밭
이별을 앞둔 두 사람
낮은 원두막에 앉아 참외옷을 벗겼지
더위를 끌고 코끝에 번지던 참외향
사랑은 훗날 달콤한 향기로 남고
나는 더 이상 참외를 먹지 못하네
오늘도 다시 풋풋하게 살아오는 사람
며느리 삼으면 좋겠다던 그 여자를
늙으신 어머니는 벌써 잊으신 모양이네
어서 한점 들어봐라
늙으신 어머니 고운 손으로
그 여자 잊으라 참외 한쪽 코끝에 디미네
언젠가 내 가슴속을 떠나는 날

어머니도 늙고 나도 늙고 그 여자도 늙어
세상은 달콤한 참외향만 남겠네

계간 『창작과 비평』 2009년 봄호

박 철
1960년 서울에서 출생. 1987년 《창작과 비평》에 〈김포〉외 14편의 시를 발표하며
작품활동 시작. 시집으로 『김포행 막차』외 다수 있음.

자살하는 악기

박 해 람

꽃들이 다 창밖을 내다보고 있다
花色이 가득한 창문은 열두 달을 열고 닫을 수 없으니
떨어진 꽃잎들이 제 방향을 서로 교환하고 있는 사이 가을이 한 장
다 날아가고
나뭇가지들이 창문을 다 닫아 걸고 있다

나무의 自殺은
그 木管 속에 미세한 길이 생겼기 때문일 것이고
흠은 미세한 고통이고
날개에 분가루가 있는 것들에게는 소리가 없듯
자살한 나무로 만든 악기에는
죽은 것들의 후렴을 잡아둘 수 있는 木의 棺이 있다

열두 달을 거느린 달 밖의 달
서른세 줄을 조율하는 달의 날들
一年 밖의 일 년이 흔들리는 곳, 휘어진 현이 펴지는 저 쪽
음악은 그곳에서 서서 쉰다.

접은 옷소매에 음이 끼여 있군요. 밤을 지나왔군요. 악몽을 지나
왔군요. 철사처럼 굽어 있는 밤, 팔을 몇 번이나 흔들어 허공을 지휘
했나요? 금했어요. 아팠군요. 나무들은 손가락을 두드리고 있군요.
손이 맵군요, 귀가 빨개지도록. 주머니에는 긁을 수 없는 간지럼이
가득하군요.

음들은 주머니에서 오래 만져질수록 더 싱싱해 지고, 머리통은
아직 건기를 생각하며 썩어가고 있다
긴 무늬의 현들은 다 휘어져 있다.
어린 음들은 아직 첫 달에도 못 들고 있으니
바람의 인이 한참은 더 박혀야 하리

마주 등을 댄 창문은 꼭 안쪽만 눈물을 흘린다.
일월에서 십이월까지 가려면 안 울고는 못가지

계간 『시와 세계』 2009년 여름호

박해람
1968년 강원도 강릉에서 출생. 1998년 《문학사상》으로 등단. 시집으로 『낡은 침
대가 되어가는 사내』가 있음.

숲의 적의가 가득하다

박 현 수

한때 어느 숲의 부드러운
가지였을지도 모를,
아침햇살 받으며 이슬에 촉촉이 젖던
푸른 잎사귀였을지도 모를,
저 가냘픈 종이가
날카로운 적의를 품고 돌아왔다
책장이 손끝을 스치자
별똥별 지는 모양으로 피가 맺힌다
쓰러진 숲이
칼날이 되어 돌아온 것일까
이제 책은
수백 장의 면도칼에 불과하다
문명의 페이지마다
얼마나 많은
전복의 칼날들이 감춰져 있을까
식민지의 숲을 베고 세운
이 제국에서
책은 오랠수록 악취가 난다

모든 책은 숲의 원혼이다

격월간 『유심』 2009년 5~6월호

박현수
1966년 경북 봉화에서 출생. 1992년 《한국일보》 신춘문예 당선으로 등단. 시집으로 『위험한 독서』 등이 있음. 2007년 제39회 한국시협회상 젊은 시인상 수상.

무덤 사이에서

박 형 준

내가 들판의 꽃을 찾으러 나갔을 때는
첫서리가 내렸고, 아직 인간의 언어를 몰랐을 때였다.
추수 끝난 들녘의 목울음이
하늘에서 먼 기러기의 항해로 이어지고 있었고
서리에 얼어붙은 니삭들 그늘 밑에서
별 가득한 하늘 풍경보다 더 반짝이는 경이가
상처에 떨리며 부드러운 잠을 자고 있었다.
나는 거기서 내가 날려 보낸 생의 화살들을 줍곤 했었다.
내가 인간의 언어를 몰랐을 때
영혼의 풍경들은 심연조차도 푸르게 살아서
우물의 지하수에 떠 있는 별빛 같았다.
청춘의 불빛들로 이루어진 은하수를 건지러
자주 우물 밑바닥으로 내려가곤 하였다.
겨울이 되면, 얼어붙은 우물의 얼음 속으로 내려갈수록 피는 뜨거
워졌다.
땅 속 깊은 어둠 속에서 뿌리들이
잠에서 깨어나듯이, 얼음 속의 피는
신성함의 꽃다발을 엮을 정신의 꽃씨들로 실핏줄과 같이 흘렀다.
지금 나는 그 정표를 찾기 위해
벌거벗은 들판을 걷고 있다.
논과 밭 사이에 있는 우리나라 무덤들은 매혹적이다.
죽음을 격기시키지 않고 삶을 껴안고 있기에,
둥글고 따스하게 노동에 지친 사람들의 영혼을 껴안고 있다.

그렇기에 우리나라 봉분들은 밥그릇을 닮았다.
조상들은 죽어서 산사람들을 먹여 살릴 밥을 한상 차려놓은 것인가.
내가 찾아 헤매다니는 꽃과 같이 무덤이 있는 들녘,
산 자와 죽은 자가 연결되어 있는
밥공기와 같은 삶의 정신,
푸르고 푸른 무덤이 저 들판에 나 있다.
찬 서리가 내릴수록 그 속에서 잎사귀들이 더 푸르듯이,
내가 아직 인간의 언어를 모랐을 때 나를 감싸던 신성함이
밭 가운데 숨 쉬고 있다.
어린아이들 부산을 떨며 물가와 같은 기슭에서 놀고
농부들이 밭에서 일하다가 새참을 먹으며
죽은 조상들과 후손의 이야기를 나누던 저 무덤,
그들과 같이 노래하고 탄식하던 그 자취를 따라
내 생이 제 스스로를 삼키는 이 심연 속으로 천천히 걸어 내려간다.
겨울이 되면, 저 밭가의 무덤 사이에 누워
봉분들 사이로 얼마나 밝은 잠이 흘러가는지
아늑한 그 추위들을 엮어 정신의 꽃다발을
무한한 꽃다발에 바치리라.
나는 심연들을 환하게 밝히는 한순간의 정적 속에서
수많은 영혼들로 이루어진 은하수를 보게 될 것이다.
내가 아직 어린아이였을 때 내려다보명 지하수의 푸른빛을,

추위 속에서 딴딴해진 그 꽃을 캐서
나는 집으로 돌아가리라.

월간 『문학사상』 2009년 2월호

박 형 준
1966년 전북 정읍에서 출생. 1991년 《한국일보》 신춘문예로 등단. 시집으로 『물
속까지 잎사귀가 피어 있다』 외 다수 있음. 2009년 소월시문학상 대상 등을 수상.

사랑의 물리학
- 상대성 원리

박 후 기

나는 정류장에 서 있고
정작 내가
떠나보내지 못한 것은
내 마음이었다
안녕이라고 말하던
당신의 일 분이
내겐 한 시간 같았다고
말하고 싶지 않았다
생의 어느 지점에서 다시
만나게 되더라도 당신은
날 알아볼 수 없으리라
늙고 지친 사랑
이 빠진 턱 우물거리며
폐지 같은 기억들
차곡차곡 저녁 살강에
모으고 있을 것이다
하필,
지구라는 정류장에서 만나
사랑을 하고
한 시절
지지 않는 얼룩처럼
불편하게 살다가

어느 순간
내가 울게 되었듯이,
밤의 정전 같은
이별은 그렇게
느닷없이 찾아온다

시집 『내 귀는 거짓말을 사랑한다』 (창비, 2009)

박후기 경기도 평택에서 출생. 2003년 《작가세계》 신인상에 〈내 마음의 무늬〉
외 6편의 작품으로 등단. 시집으로 『종이는 나무의 유전자를 갖고 있다』 등이 있
음. 2006년 제24회 신동엽창작상 수상.

세인트 페테르부르크의 여름

서 대 경

내 할머니의 영혼은 다락방에 머물고 있다. 내가 혼자 저녁을 먹고 설거지를 마친 후 창가에 팔꿈치를 괴고 앉아 있노라면 그것은 쥐가 돌아다닐 때처럼 바스락거리는 소리를 낸다. 사실 할머니의 영혼은 쥐를 닮긴 했다. 사람들은 왠지 영혼이라 하면 밝거나 투명한 어떤 빛의 덩어리 같은 걸 떠올리는 것 같다. 나도 그렇게 생각했다. 그런데 할머니의 영혼은 검고 앙상하고 털이 나 있다. 피터 아저씨는 그건 그냥 쥐일 뿐이라고 말한다. 하지만 할머니가 마지막 숨을 거두는 순간 할머니가 누운 침대 밑으로 그것이 나오는 걸 나는 보았다. 그것은 나를 바라보았고 나는 알 수 있었다. 그러니까 그것은 쥐가 아니다. 더구나 할머니가 숨을 거둘 때, 할머니의 눈동자가 천천히 뒤로, 얼굴의 내부로, 돌아갈 때, 나는 할머니의 죽음이 일으키는 소리를 듣고 있었다. 무언가가 뒷걸음치는 소리, 무언가 하얀… 그것은 할머니의 내부에서 섬광처럼 하얗게 빛나다가 곧 어두워졌고, 그것은 곧 뒷걸음질치기 시작했다. 나는 듣고 있었다. 하지만 피터 아저씨는 말없이 시트를 끌어올려 할머니의 얼굴을 덮어버렸다.

창밖으로 서커스 공연을 알리는 북소리가 들려온다. 골목을 달려나가는 아이들의 웃음소리. 나는 탁자 위에 놓인 구겨진 지폐 몇 장을 바라본다. 피터 아저씨는 이걸로는 부족하다고 말했다. 피터 아저씨는 가끔씩 날 때리지만 내가 미워서 그러는 건 아니다. 아저씨는 술에 취해 하얗게 분칠한 내 얼굴을 오랫동안 물끄러미 바라보곤 한다. 그리고는 아이처럼 울음을 터뜨리는 것이다. 북소리가 멀어져간다. 문 밖 계단에서 소리가 나는 것 같다. 나는 문을 열어본다.

계단은 어둠에 잠겨 있다. 어둠의 가장자리가 희게 빛난다.

그는 어제 저녁 우리 집으로 올라오는 가파른 계단의 어둠 속에 앉아 있었다. 피터 아저씨? 하고 물었지만 나는 아니란 걸 알고 있었다. 그의 몸은 어두워져 가는 백야의 하늘 속에 잠겨 있었다. 천천히 고개를 드는 그의 눈은 푸르렀다. 그것이 나를 향했을 때 나는 알 수 있었다. 자고 갈 거예요? 하고 물었지만 아니란 걸 알았다. 저녁의 열기가 잘디잔 물방울이 되어 계단 위를 뿌옇게 뒤덮고 있었다. 나는 그의 이마에 입을 맞췄다. 내가 왜 그랬을까? 하지만 그는 이해했다. 그는 꼽추 광대였지만 그는 아름다웠다. 나는 알았다. 나는 창녀지만, 내가 창녀가 아니란 걸 그가 이해한 것처럼. 안나― 안나 ― 안나― 그가 내게 말했다. 내 가슴속에 머리를 파묻은 채, 그는 안나― 안나― 안나― 하고 속삭였다.

할머니의 영혼은 비밀스러운 고독에 잠겨 홀로 돌아다닌다. 할머니는 나를 보러 내려오지 않는다. 하지만 나는 그것이 할머니의 방식이란 걸 안다. 나는 창가에 팔꿈치를 괴고 어둑어둑해지는 백야의 길거리를 내려다본다. 그가 다시 나를 찾아와줄까? 세상엔 내가 이해할 수 없는 것들이 있다. 그리고 나는 사람이란 이해할 수 없는 것만을 진정으로 이해할 수 있다는 사실을 알고 있다. 내가 왜 이럴까? 오늘따라 내 방은 왜 이리도 끝없이 슬퍼 보일까? 오늘밤에도 그는 광대 모자를 쓰고 눈가에 붉은 물감을 칠한 채 어느 어두운 밤거리의 축축한 열기 속을 걷고 있을 것이다. 커다란 북을 둥둥 울리며, 안나― 안나― 안나― 속으로 속삭이면서. 나도 눈을 감고 안나

― 안나― 내가 모르는 그녀의 이름을 불러본다. 다락방에서 바스락거리는 소리가 들려온다. 물건들이 쓰러지는 소리. 다락방 창문이 깨지는 소리. 깨진 틈으로 백야의 열기가 밀려드는 소리. 할머니의 영혼이 헐떡이는 소리. 안나― 안나― 안나― 할머니의 영혼이 속삭이는 소리.

월간 「현대시」 2009년 2월호

서대경
2004년 『시와 세계』로 등단. 시집으로 『2006 젊은 시』가 있음.

접속
- 무왕의 또 다른 사랑 노래

서 규 정

물새 앉았다 뜨기 바쁜, 적막과 타는 각막을 좀 보시려는가
연꽃 위에 세워진 일곱 빛깔의 가시 왕관
선화, 그런데 나는 또 편두통이다
궁남지를 차고 오르는 물보라도 물보라라지만
들꽃 잔란한 꿈의 궁전에서 또 다른 사랑 노래 들어볼래
여기서 찬밥 한술 저기서 한뎃잠 자며 떠돌던 서동으로
한 가랑잎 마다않던 마른 잎 시절
흙탕물에 반쯤 젖어 팔랑이던 숨결이 그리워도 너무 그립기가
서라벌 모퉁이를 돌던 등 굽은 모습이 스스로도 애처롭기가,
더더구나 우물도 마른 가뭄에 마을로 들어가
아무나 보고 실실 웃던 헤픈 미친 놈으로
시키지도 않은 남의 허드렛일 뼈 빠지게 해주고
감자 하나 얻어 헛간 보릿단 속에 죽은 듯이 잠든 틈에
깊은 북은 울림조차 밖으로 새질 않는지
나를 북채로 알고 하얀 궁둥일 북처럼 높이 들어 주중 둥둥
밤새 두들겨 패던 그 청상과부를, 잊을 만큼 잊고서도
영영 지워지지 않는 그림이 각막을 태워
일곱 빛깔의 가시 왕관조차 무겁고 무거워 내내 편두통이다

계간 『시와 정신』 2008년 겨울호

서규정
1949년 전북 완주에서 출생. 1991년 《경향신문》 신춘문예로 등단. 시집으로 『겨울 수선화』 외 다수 있음.

김소월의 먼 후일을 읽는 밤

서 안 나

여자와 남자는 차례로 시들었다 눈동자와 심장에서 썩은 냄새가 났다 사라진 몸 쪽으로 피가 쏠렸다 세상의 연인들은 없는 손으로 편지를 쓰고 없는 입술로 사랑을 고백했다

사랑이 무리져 지나갔다 당신은 무엇을 알고 나는 무엇을 아는가 질문들이 흔들렸다 흔들릴수록 물결이 되고 여자와 남자가 뒤섞이고 가슴과 가슴이 마주쳤다 파문이 되었다 서로의 입술을 훔칠 듯 말듯 스치는 이마와 이마가 캄캄하다 그리움은 뿌리가 쉽게 상했다

가슴을 찢어 상한 진흙 손가락을 슬며시 내미는 사람 혼돈이 눈알을 파고든 뒤에야 읽을 수 있는 문장이 되었다 사랑은 그렇게 기록되거나 첨가되었다

계간 『시에』 2009년 가을호

 서 안 나 1965년 제주에서 출생. 1990년 《문학과 비평》 겨울호로 등단. 1991년 《제주한라일보》 신춘문예 소설부문 가작으로 당선. 시집으로 『푸른 수첩을 찢다』 등이 있음.

숲새

서 영 처

I
새는 나무가 꾸는 꿈
새를 품은 나무는 지저귄다
수만 개 부리로 지저귄다

새는 나무의 영혼
나무는 새들이 잠드는 푸른 봉분
나무는 훨훨 날아오른다

흰 새들이 나무 위에 피어있다
새는 나무가 낳은 아이들
소란하게 떠들며 몰려다닌다

II
새벽 숲에 들어서자 나무들
몸 깊숙이 부리를 묻고 외다리로 줄지어 서 있다
나무들은 진작 조류로 분류되어야 했다
다리 묶인 새
땅에 매인 새

태양이 내부를 비추자
나무는 푸드덕거리며 깨어난다
쫑긋거리는 귀, 지저귀는 부리, 반짝거리는 눈

숲이 들썩거린다
소란한 고요와 섬광 같은 순간,
새들은 날아오른다
수천 마리이며 한 마리인 새,

계간 『詩로 여는 세상』 2008년 겨울호

서영처
1964년 경북 영천에서 출생. 2003년 계간 《문학.판》에 〈돌멩이에 날개가 달려있
다〉로 등단. 시집으로 『피아노 악어』가 있음.

파파라치

서 윤 후

　나는 주치의의 진찰로만 끝날 줄 알았다 식도 속으로 들어가는 6mm의 원심력에 속는 순간이었다 너무 많은 것을 속이고, 삭히고, 게워냈던 것이 탄로가 날까 봐 숨은그림찾기처럼 당신을 숨겨놓았다 충치 먹은 이빨도 삼키면서 당신을 삼켰을 때처럼 숨을 잔뜩 오물거렸다 석양을 깨문 흔적으로 구름을 솜처럼 씹는 하늘이 커튼 사이로 보였다 내가 가지고 있는 틈이란 틈은 다 출력해내는 저 파파라치, 아마 당신과 관계가 있었던 것일까? 포상금 걸린 짧은 수면은 좀처럼 깨어날 수 없었다 붉게 부어오른 여자의 가슴들이 출렁거리는 게 보였다 파파라치는 당신을 찍기 위해 필름을 아끼지 않았다 인화된 당신을 포획하기 위해 포상금은 날이 갈수록 뚱뚱해져 갔다 주치의가 깊숙한 곳으로 휘저을 때마다 손톱 끝을 반달 모양으로 물어뜯었던가, 혹은 짤막한 유서 앞에서 거울을 보았던가, 하는 소동들이 소등되어 어두웠다 나를 다 찍은 후에도 당신이 포획되지 않는다면 누군가 짜놓은 관 속에 들어가 암흑의 인화작업을 할지도 모른다는 생각에, 잠은 너무나 고요해 깨울 수가 없었다 실밥 자국이 너덜너덜하게 흔들리는 심장을 보고 깜짝 놀랐을 파파라치의 표정은 당신을 참 닮았다 닮아서 행복했을 거야, 렌즈에 묻은 피는 셔터를 움직이는 윤활유가 되었다 찰칵찰칵,찰,칵,사각사각, 사,각거리는 화면이 출력되었다 이젠 파파라치마저 삼켜버리면 내 속엔 누가 사나 지붕들은 다 허물고 없는데, 또 이불자락을 깨물었을지도 몰랐을 꿈과 꿍꿍이 암실을 뒤져도 나오지 않는 당신이 나를 깨웠다 주치의는 흰 가운을 펄럭이며 또다시 포상금을 부풀렸다

메스꺼운 내 속에 사는 당신은 태생에 흑백으로 태어났다는 것도 모른 채, 하얀 특종이다.

격월간 『시를 사랑하는 사람들』 2009년 7~8월호

서윤후
1990년 전북 정읍에서 출생. 2009년 《현대시》로 등단. 2009년 현대시 신인추천작 품상 수상

밀레니엄 송가
- 분노조절교실 초급반

서 효 인

그로부터

4시간 전, 우리는 음습한 중국집에 모였다. 바닥에는 잘린 나무젓가락이 불구로 나뒹굴었다 젖은 테이블 위에는 누군가 흘린 국물 자국이 굳은 채로 흘렀다 우리는 모두 굳어있었지만, 어쨌든 흘렀다.

친구는 묵시록처럼 탕수육을 씹으며 죽은 엄마에 관하여 쉽사리 떠들었다. 다른 친구의 아빠는 행방불명이었다. 곧 아빠가 죽을 거라 소리 낮춰 웃었다. 가서 죽은 엄마와 나눌 금칙에 대해 끌끌거렸다.

사랑과 전쟁이던 여러 개의 세기가 한꺼번에 지나가고 있었다. 우리는 빼갈을 삼키며 소리를 높이지 못했다.

5시간 전, 수화기 넘어 합격과 불합격의 갈림길을 들으며 조용히 폰섹스를 했다. 낮은 포복으로 우리는 흘렀다. 세월이 흐르면 오늘의 격렬한 포옹도 포복도 추억으로 남겠지만 우리에겐 세월이란 게 없었으므로 남아있을 추문이 없었다.

2시간 전, 곧이어 아무것도 변하지 않는다면 참 심심하겠지. 밀레니엄이라고 발음하면 아이돌 그룹처럼 명징한 새로움이 도래할 것만 같았다. 심심한 건 죄악, 턱 아래로 떨어지는 국물의 심심한 낙하, 아무도 닦아주지 않을 시간들이 죄악처럼 지나갔다.

10시간 전, 성당을 다니던 친구는 수녀를 지망하는 누나의 고운 종아리에 열심히 연애를 걸었다. 애 밴 고양이 같던 그녀의 종아리, 욕망과 희망의 난잡한 솜털이 붙어 떨어지지 않았다.

6시간 전, 누나가 희디 흰 허벅지 위로 치마를 걷어 올리자 무수한 솜털들이 민들레 씨앗처럼 산산이 벗겨져 성당 교리실 바닥에 뒹굴었다. 친구는 밀가루만 튀겨진 싸구려 탕수육처럼 갈라진 신음을 뱉었다. 교리실의 십자가가 비틀었다. 감추어진 모든 것이 무참히 드러나던 날, 그로부터

안녕, 바닥은 영원히 바닥이라 했던 누나의 천년 묵은 체위를 생각하며 우리는 엄마와 아빠를 놓아주었다 안녕, 아무 일도 일어나지 않았고 앞으로도 빌어먹을, 일어나질 않을 밀레니엄, 안녕, 이라 해 두었다

계간 『시와 사상』 2009년 봄호

서효인
1981년 전남 광주에서 출생. 2006년 『시인세계』로 등단.

붉은 소벌

성 기 각

벼락 내린 봄뫼처럼 타오르는 늪이 있다
아름다워서 서러운 목숨
그랬다 내 열 두 살 적이었던가
늪에는 온통 암내 무성하였다
밤꽃 냄새 견디지 못해 꿍꿍대던 과수댁
발밑이 늪이었으나
는개 뽀얗게 젖은 속살로
황홀한 지옥 한가운데 있었다
머슴이랑 배 맞아 도망한 여편네
미안타 미안타
인편으로도 안부 부치지 못했다
바람난 며느리 남세스러웠으나
두남두는 이웃 하나 없어
경운기 밧줄에 목매고 죽은 상촌할배
이제는 며느리밥풀꽃으로 피는데
늪을 돌아나가던 꽃상여가 봄햇살 받고
저리 붉었으랴
명당明堂자리라고 고래고래 고함지르며
천기누설天氣漏泄하는 물닭 쇠물닭
붉은 주둥이 둥지 찾는 저녁
과수댁 달거리 서답이 저리 붉었으랴
상복喪服 입은 배추흰나비도
노을에 붉게 젖어

꼴깍, 또 하루가 저물고 있다
백로 백로 날개짓 활활 붉다 못해
불타는 봄날
바싹 마른 갈비 긁어 불을 당기는
붉디붉은 소벌이 있다.

시집 『붉은 소벌』 (신생, 2009)

성 기 각
1960년 경남 창녕에서 출생. 1987년 《소설문학》으로 등단. 시집으로 『통일벼』 등
이 있음.

열린 사회의 럭키한 적들

성 기 완

창 쪽에 앉은 사람하고
복도 쪽에 앉은 나하고
티켓 값의 차이는 없다
미세한 불운에 관한 기억이
우리의 일상을 구성한다
딱 그만큼 열린사회는 불공평하다
최저 생계비는 보잘 것 없지만
곱하기 삼십년 하면 성가신 양이 된다
그런 것 때문에 사장님은 맘이 편치 않다
때로는 그 판돈을 걸고 소송을 할 수도 있다
운 좋은 고객이 창밖을 바라보는 동안
나는 코를 골기로 한다
이것은 헛기침처럼 작정에 가깝다
사람이 자연현상을 이용하는 것은
스스로도 자연현상이기 때문이다
어느 부위의 점막이든 간에
점막은 추억에 반응한다는 특징이 있다
눈을 감고 좋았던 때를 회상하다 보면
저절로 희망의 잔금이 지불된다
복도 쪽에 앉은 나하고
창가에 앉은 사람하고 얼추 평등해진다
곯아 떨어져 있는 동안 내가 누리는 돼지정신

열린 사회의 럭키한 적들

계간 『세계의 문학』 2008년 가을호

성기완
1967년 서울에서 출생. 1994년 《세계의 문학》 가을호로 등단. 시집으로 『쇼핑 갔다 오십니까?』 등이 있음.

새벽 두 시 종이 무덤 아래 잠들어 있는 건 누구

성미정

한 무더기의 종이를 무두질해도
문득 시가 떠오르지 않는 새벽 두 시
가난한 구두수선공에게만 찾아오던
착한 난쟁이처럼 모두가 잠든 시간
그녀를 찾아오던 시인이 무뚝뚝하다
그녀는 삼십 년 지기 시인을 버리려 한
적이 있지 쪽파를 다듬거나 변기를
반짝반짝 닦으며 뭐 이런 게 시
아니겠어 이런 거라면 나 혼자도
충분히 할 수 있어 생각했지 그걸
눈치 챘는지 그녀가 무두질한 종이
위에 한 땀 한 땀 시를 썼다
지웠다 하며 어김없이 한 편의
시를 선물하던 시인이 오지 않는다
새벽 두 시가 지났는데도
저 제대로 무두질하지도 못한
종이 무덤 위에 짧고 간략한
시라도 지어 비문처럼 세워 놓으련만
이제 새벽 두 시를 넘겨야 하는 걸까
도무지 알 수 없는 새벽 두 시
그녀의 손끝처럼 무딘 새벽 두 시
그러면 저 수북한 종이무덤

아래 누워있는 건 누구
그녀일까 아니면 시인일까

계간 『시와 사상』 2009년 봄호

성미정
1967년 강원도 정선에서 출생. 1995년 《현대시학》으로 등단. 시집으로 『사랑은 야채 같은 것』 등이 있음.

질투

손 진 은

세상 가장 맑은 눈을 가진 생물은
파리라지
수천 홑눈으로 짜 올린 겹눈
흰 천보다 순금보다 거울보다 맑게 빛나게
두 손으로 두 팔로
밤이고 낮이고 깎아낸다지
그렇게 깎인 눈 칠흑의 어둠도 탄환처럼 뚫을 수 있다지
꿀이 있는 꽃의 중심색이 더 짙어지는 걸 아는 것도
단숨에 그 깊고 가는 통로로 빨려드는
격렬한 정사情事도
다 그 눈 탓이라더군
공중을 날면서도 제자리 균형 잡아주는
불붙는 저 볼록거울!
세상에 절여진 눈 단내가 나도록 깎고 깎아야
자신이든 적이든 먹잇감이든 제대로 보이는 법
같은 태생이면서도 짐짓
잘못한 것도 없으면서 손 비빈다고
날마다 닦아야 할 죄가 무어 그리 많으냐는 뽀르퉁한 입들에게
폐일언하고
눈알부터 깎으라고
부신 햇살 떠받치며 용맹정진하는
파리 대왕, 파리 마마들

소리들이
천둥같이 쏟아진다

계간 『시와 반시』 2009년 봄호

손진은
1959년 경북 안강에서 출생. 1987년 《동아일보》 신춘문예에 〈돌〉로 등단. 시집
으로 『두 힘이 숲을 설레게 한다』 등이 있음.

굴참나무 술병

손 택 수

와인을 처음 마실 때 코르크 마개를 딸지 몰라 애를 먹은 일이 있다

촌놈 주제에 아내 앞에서 분위기 좀 잡으려다 식은땀을 흘린,

그때 뽑다 만 코르크 마개가 저 굴참나무다

얼마나 단단히 박아놓았는지 지난밤 태풍도 끙끙 힘만 쓰다 지나갔다

뽑혀나가지 않으려 땅을 움켜쥔 채 필사적으로 버틴 나무들

살짝 들려 있는 뿌리를 따라 땅거죽도 얼마쯤 불쑥 잡아당겨져 있다

펑 따면 꽉 틀어막은 구멍 너머로 몇 백년 묵은 술 향기 같은 것이 올라올 것 같은데

우르릉 쾅쾅 천둥 번개 치는 시간을 대지는 향그러운 알코올 속으로 끌어들였던 것

온 들판이 버티는 나무뿌리의 술병이 되게 했던 것

그러니 서두르지 말자, 나도 한 방울의 술이 되어 녹는 날이 올 테니

그때는 굴참나무 쪼록쪼록 술 익는 소리에 취해 천년을 더 기다려도 좋을 터

뿌리에 매달려 떠오를 듯 들썩이던 길과 잡아당기다 만 저 산봉우리와

엉덩이를 들었다 놓은 바위들이 이제 나의 벗이다

월간 『현대시』 2009년 6월호

손 택 수 1970년 전남 담양에서 출생. 1998년 한국일보 신춘문예에 〈언덕위의 붉은 벽돌집〉으로 등단. 시집으로 『목련전차』 등이 있음. 부산작가상, 현대시동인상, 제22회 신동엽창작상 수상.

블랙커피

손 현 숙

올해도 과꽃은 그냥, 피었어요 나는 배고프면 먹고 아프면 아이처럼 울어요 말할 때 한 자락씩 깔지 마세요 글쎄, 혹은 봐서, 라는 말 지겨워요 당신은 몸에 걸치는 슬립처럼 가벼워야 해요

천둥과 번개의 길이 다르듯 짜장면과 짬뽕 사이에서 갈등하는 거 흙산에 들면 돌산이 그립고, 가슴의 A컵과 B컵은 천지차이죠 한 생에 딱 한 목숨 몸뚱이 하나에 달랑 얼굴 하나, 해바라기는 장엄하기도 하죠

비개인 뒤 하늘은 말짱해요 당신이 나를 빙빙 돌 듯 지구 옆에는 화성, 그 옆에는 목성, 또 그 옆에는 토성 톱니바퀴처럼 서로 물고 물리면서 우리는 태양의 주위를 단순하게 돌아요

당신, 돌겠어요?

시간을 내 앞으로 쭉쭉 잡아당기다보면 올해도 과꽃은
　담담하게 질 것이고, 때로는 햇빛도 뒤집히면서 깨지기도 하지요

계간 『리토피아』 2009년 봄호

손 현 숙
1959년 서울에서 출생. 1999년 《현대시학》으로 등단. 국풍 사진공모 수상, 토지문학제 평사리문학상 수상.

오래된 여인숙에서

송 경 동

사랑을 잃고
가을바람에 날리는 거리의 검정 비닐처럼
길을 헤메다
하루 저녁
어느 낯선, 외등 하얀, 오래된 여인숙 명부에
가늘어진 이름 석 자
다소곳이 적어보지 않은 이는 모른다

생수 한 병 요쿠르트 하나 수건 한 장 받아들고 들어가
깨진 벽 유리처럼 구겨진 커튼처럼
녹슨 창살처럼 벽지무늬가 다른 네 벽 처럼
우두커니 섰다가, 한순간 무너져
때 탄 이불보로 입막고
흐느껴보지 않은 이는 모른다
씨팔년 더러운 년 나쁜 년 치사한 년 퉤퉤 하며
마지막 자위를 해보지 않은 이는 모른다

삶이 왜 잠깐
들렸다 가는 여인숙처럼 미련 없는 것이어야 하는지를
세상이 왜 무엇도 가져갈 것 없이 다만
잠시 쉬었다 가는 여인숙 같은 것이어야 하는지를
왜 또 저 하늘에는 저렇듯 많은 정거장들이 빛나고 있는지를
비루한 여인숙

가끔은 어느 절간이나 성당보다
더 갸륵하고 평온한
내 영혼의 안식처

월간 『현대시』 2009년 7월호

송경동
1967년 전남 벌교에서 출생. 2001년 《시로 여는 세상》과 《실천문학》으로 등단.
시집으로 『꿀잠』이 있음.

채석강의 의붓동생 이야기

송 반 달

그곳에 가자.
괜찮은 격포에 가자.
썩 괜찮은 채석강에 가면,
그 의붓동생 적벽강을 만나면
사랑 같고, 사랑 같고 사랑 같은 것이
한꺼번에 일어서서 붉은 손을 내민다.

하아 사랑하는 마음
붉어질대로 붉어져 강바닥까지 쌓이면
〈안〉에게 깊은 키스하고 싶어
그 강렬한 파도의 아가미로 강바닥 부비다
슬피 서 있는 적벽의 발부리에 쓸쓸한 입을 부비며
그렇게 또 한 세월 광기를 토할 일이다.

파도야, 파도야,
시인을 취하게 하는 몹쓸 채석강의 파도야,
〈안〉때문에 취하게 하는 몹쓸 적벽강의 파도야,
붉은 벽에 광기의 못을 쳐라.
그 힘으로〈안〉을 걸어두게
사랑에서 사랑까지 사랑으로 쳐라.
사랑이 사랑인 사랑의 힘이여,

사랑이 사랑인 사랑의 힘으로
내 안의 붉은 것 토하고 싶을 때
〈안〉으로 하여 생긴 내 안의 벽 붉게 토해버리고 싶을 때
적벽으로 오라, 적벽강으로 오라.

격포에 오면 만남이 있다. 아라리가 난다.

아리 아리 아라리 쉬지도 않고 새벽이면
아리 아리 아라리 막 해가 뜰 무렵
아리 아리 아라리 적벽강에 오면
붉은 비키니 수영복 입고 당신을 기다리고 서 있는
내 사랑 〈안〉을 닮은 , 야한 노을 공주가 있다.

그 붉은 강에 빠져! 살자.

월간 『현대시』 2008년 10월호

송반달
2002년 『현대시』로 등단. 시집으로 『야야, 바람이 분다』가 있음.

크레인

송 승 환

내 육체의 운전석에 앉은 그대여 내가 세워지는 곳은 언제나 폐허
다

철의 기둥
미지의 부름을 기다리는
언어의 피스톤

갑자기 내 팔이 공중으로 뻗는다

사물은 이동한다
이곳에서 저곳으로
국경 너머로

변경되는 사물의 이름
나는 내가 들어올리는 사물의 이름을 알지 못한다

그러나 나는 세계와 함께 있다

하얀 태양
붉은 대지의 나라

항구에 하역된 화물들이 쌓인다
업습한 안개 속으로
그대는 다시 사라진다

나는 비어있다
나를 작동시키는 힘의 원천

나는 안개 속에 떠 있는 창백한 얼굴을 향해 나아간다.

월간 『현대시학』 2009년 1월호.

송 승 환
2003년 《문학동네》 시부분 신인상으로 등단. 시집으로 『드라이아이스』가 있음.

만복사 저포기

송 재 학

異史氏*가 말한다, 모년모월 경북 영천 송생은 만복사 스님과 주사위판을 벌렸는데 노름이야 도깨비 살림이라지만 스님과 송생은 각기 종잣돈과 뒷돈을 앞장세워 시비를 가렸는데, 과연 스님을 아슬하게 이겨 목숨을 부지한 송아무개는 그날 억지로 경을 한 권 받아 유심히 살폈으니, 낡고 희미하지만 문장이 맑아 인간세상의 책이 아닌 듯 했다 두근거리며 진동걸음으로 경을 숨겨 돌아온 서생, 수백 번 읽고 외우고 찢고 태우며 공중에서 허궁의 소리가 들린 후에야 고향 땅 아무개산 츠렁바위 인근에 헛묘를 썼으니 마음은 걷잡을 수 없이 심란했더라

하 수상한 세월 지나 누군가 만복지보를 찾아 봉분을 파헤치면 책은 먼지처럼 바서러져도 보물은 고스란히 있을지니, 파묘자는 먼저 황장목관에서 깨끗하면서도 무늬 없는 상자를 볼 수 있을 터, 허나 상자를 열어보면 다시 상자이다 또 다시 열어보면 고대로 처음 본 민무늬이니 인내심으로 다시 열어볼 일이다 또 다시 상자와 상자라면 잠깐, 찬서리 홍낭자 신세인 파묘자는 화증이 솟아도 알아야겠지, 송아무개의 일생 또한 텅 빈 것들의 악연이었다고, 그의 헛묘와 생애를 가득 채운 건 의심투성이였다고, 파묘자는 송아무개가 그 경을 수 백 번 고쳐 읽고 골몰했지만 의심을 의문으로만 바꾸었다는걸 알았어야 했는데, 아마 만복사 저포기 이후 '宋生傳'의 이모저모도 그러했을거라, 문득 여기까지 궁리하다 다시 곰곰 앞뒤로 셈해보니 쥐뿔도 남기지 않았던 선문답 같은 송아무개가 분하여 파묘자는 기어이 서생의 주검을 찾아 해골의 눈알이라도 샅샅이 들여다보고 싶을 터, 경북 영천 낙백서생 송아무개가 읽은 경의 마지막

쪽은 죽은 뒤에도 눈 부릅뜨는 개안술에 대한 너덜너덜한 방법론이
었겠다

*포송령의『요재지이』의 화자

웹진『시인광장』 2009년 가을호

송 재 학
1955년 경북 영천에서 출생. 1986년 《세계의 문학》으로 등단. 시집으로『얼음시
집으로』외 다수 있음. 김달진문학상과 대구문학상 수상.

시계

송 종 규

언젠가 나는 네 아버지를 본 적이 있다 언젠가 나는 네 할아버지를
본적이 있다 언젠가 나는 네 할아버지의 할아버지를 본적이 있다
언젠가 나는 네 아버지의 손목을 비틀었고 네 할아버지의 얼굴에
더러운 물을 쏟아 부었다 언젠가 나는 네 할아버지의 할아버지에
게 연애편지를 썼던 듯하다, 분홍 글씨 자욱한 봄날이었다
더러 분홍빛 자욱한 내 안에
해일이 일기도 했지만

수많은 너와 수많은 아버지와
수많은 할아버지들로 강을 이룬 마을 어귀에는
순록의 뿔처럼 당당한
햇빛 시계가 걸려있다

그들 중 누군가 슬쩍
어깨를 스치며 지나간 것 같기도 하고 어디선가 내 뒤통수를 조준
하고 있을 것 같기도 하다 더러는 오토바이에 꽃다발을 매달아 보
내거나 손바닥 위에 때 묻은 동전을 던지기도 했을 것이다

당신이 나에 대해 어떤 확증도 없는 것처럼
사실 나는 당신을 알지 못 한다
 하모니카 소리나 벼랑, 그 봄날의 바람처럼
당신은 아마 내 곁을 스쳐갔을 것이다

계간 『시와 세계』 2009년 가을호

송종규
경북 안동에서 출생. 1989년 《심상》으로 등단. 시집으로 『녹슨 방』 외 다수 있음.
2005년 대구문학상 수상.

만년필

송 찬 호

이것으로 무엇을 이룰 수 있었을 것인가 만년필 끝 이렇게 작고 짧은 삽날을 나는 여지껏 본 적이 없다

한때, 이것으로 허공에 광두정을 박고 술 취한 넥타이나 구름을 걸어두었다 이것으로 경매에 나오는 죽은 말대가리 눈화장을 해주는 미용사 일도 하였다

또 한때, 이것으로 근엄한 장군의 수염을 그리거나 부유한 앵무새의 혓바닥 노릇을 한 적도 있다 그리고 지금은 이것으로 공원묘지에 일을 얻어 비명을 읽어주거나, 비로소 가끔씩 때늦은 후회의 글을 쓰기도 한다

그리하여 볕 좋은 어느 가을날 오후 나는 눈썹 까만 해바라기씨를 까먹으면서, 해바라기 그 황금 원반에 새겨진 '파카'니 '크리스탈'이니 하는 빛나는 만년필시대의 이름들을 추억해보는 것이다

그러면서 나는 오래된 만년필을 만지작거리며 지난날 습작의 삶을 돌이켜본다-만년필은 백지의 벽에 머리를 짓찧는다 만년필은 캄캄한 백지 속으로 들어가 오랜 불면의 밤을 밝힌다-이런 수사는 모두 고통스런 지난 일들이다!

하지만 나는 책상 서랍을 여닫을 때마다 혼자 뒹굴어다니는 이 잊혀진 필기구를 보면서 가끔은 이런 상념에 젖기도 하는 것이다-
거품 부글거리는 이 잉크의 늪에 한 마리 푸른 악어가 산다

시집 『고양이가 돌아오는 저녁』 (문학과지성사, 2009)

송찬호
1959년 충북 보은에서 출생. 1987년 《우리 시대의 문학》 6호로 등단. 시집으로
『고양이가 돌아오는 저녁』 외 다수 있음. 2008년 미당문학상 수상.

룩소르*의 달

신 경 림

조잡한 기념품을 내밀고 하얀 이를 드러내며 원 달러를 외는 검은 입술의 소년이 신이고, 느슨하게 총을 늘어뜨리고 그늘에 앉아 웃고 있는 관광경찰이 신이다. 마차를 모는 허리가 굽은 늙은이가 신이고, 신전을 어슬렁거리는 토실토실 살이 오른 주인 없는 개들이 신이다.

한식당 김가네서 된장국과 김치찌개를 날렵한 몸짓으로 나르는 소녀들의 신발이 신이고, 이 땅을 지배했을 나라에서 온 관광객들의 금빛 머리칼이 신이다. 미로의 뒷골목에 들어섰다가 길을 한 시간 헤맨 우리들의 뽀얗게 먼지 앉은 신발이 신이고, 거리와 골목을 메운 새카맣게 헐벗은 사람들의 반짝이는 사람들의 눈동자가 신이다. 반쯤 떨어져 나간 채 벽에 붙어 자비롭게 웃고 있는 무바라크*가 신이고 아버지를 호위하고 있는 그 아들이 신이다. 마침내

오벨리스크* 위로 높이 뜨는 달이 신이고
둥그런 하늘에 듬성듬성 박힌 별이 신이다.

*룩소르 : 나일 강변의 고도로 카르낙 신전, 룩소르 신전 등 수많은 유적이 있는 도시
*무바라크 : 이집의 현 대통령. 절대 권력의 독재자로 그 아들이 후계자로 내정되어 있다.
*오벨리스크 : 신전이 왕릉 밑에 세워진 돌기둥

계간 『시와 시학』 2008년 겨울호

신 경 림 1935년 충북 충주에서 출생. 1956년 《문학예술》에 〈갈대〉로 등단. 시집으로 『농무』 외 다수 있음. 만해문학상, 한국문학작가상, 이산문학상, 단재문학상, 공초문학상, 대산문학상 수상.

시나위

신 동 욱

이 빠진 사발에 더운 물을 가득 채우라. 그 한가운데 대나무 가지를 분질러 세우라. 그 가지 삽시간에 꽃피울 테다. 이 담벼락 속엣말은 영영 상스러울 테니, 삵이 곪아 죽은 창기娼妓가 마지막 노래를 부르며 날아오리니, 찢긴 북을 불탄 피리를 내오라, 열 손이 잘려 죽은 대장장이가 제 손톱을 기두어 오리니, 다시 쇳물에 식칼을 녹이라, 네 새끼 잡아먹은 찬 우물엔 시퍼런 구름이 내려 스미리니, 고기를 끊으라 배꼽을 전폐全廢하라, 네 입은 네 입이 아니고 네 밑은 네 밑이 아니리니, 내 한마디 한마디에 네 온 핏줄은 수은으로 들끓을 테다, 행여 더러운 몸이라면 즐겨 흘레붙으라, 내 너희의 접붙은 몹쓸 것들을 들러붙은 그대로 도려내 다디단 술을 담그리니, 자자손손 그 술을 마셔 악업을 씻고 나서야 비로소 너희는 습생濕生이다, 내 너희의 온 몸뚱이 넋 껍데기를 뭉치고 다져 묻으리니, 삼라만상을 덮고도 남을 염통 하나 억겁을 거슬러 구천을 건너라, 가라, 지금이라도 늦고, 지금이 아니라도 늦된 버러지들아, 붓대에 붉은 기를 매달고 피바람에 춤추는 서로의 이마에 새기라, 큰 박수소리 한 번에 잊히고 말 이 더늠, 더늠, 더늠을.

월간 『현대시』 2009년 6월호

신동욱
1977년 전남 도흥에서 출생. 2001년 《시와반시》신인상으로 등단. 시집으로 『악공, 아나키스트 기타』가 있음.

하얀 옷소매

신 미 나

한밤에 누가 내게 전하는 기별이길래
얼굴에 머리카락 한 올 내려앉는 기척으로
귀 울림이 왔다 가나

글 모르는 친척들의 뒤주 속 같은 먹눈과
첩의 몸으로만 떠도는 비천한 조상들이
문 밖에서 손이 곱아 이를 부딪고 서 있는데
엄지손가락에 첫 실을 감고

얼마나 오래 끝 모르는 이야기를 덧감아야
발 없는 저들의 그림자 한 벌 지어주나

언제쯤 내 귀의 동그란 품을 벗어나서
지문의 모양대로 회오리 일다 사라지나

웹진 『문장』 2009년 1월호

신 미 나
1978년 충남 청양에서 출생. 2007년 《경향신문》 신춘문예에 〈부레옥잠〉으로 등단.

발끝의 노래

신 영 배

바람이 문자를 가져간다
이것은 창가에 매달아놓은 육체 이야기

창문을 열면
귀에서 귀로 냄새가 퍼졌다

그 발바닥을 보려면
얼굴을 바닥에 붙여야 하지
아무도 공중에 뜬 자국을 보지 못한 때
문자가 내려와 땅을 디디려는데
바람이 그것을 가져갔단 말이지

구더기처럼 그림자가 떨어졌다

한 줄 남기고 다 버려 우리들의 문학 수업
시외로 가는 차량 근처에 너를 떼어버리고 오다
멀리멀리 가주렴 문장아, 내가 사랑했던 남자야

살갗 같았던 문장과 이별하고도
아름다운 시 한 편 쓰지 못하는 나는
목만 끊었다 붙였다

태양 아래 서서 혼자 부르는 노래
내 그림자 길이만큼 땅을 판다

내 그림자를 종이에 싼다
내 그림자를 땅에 묻는다
내 그림자 무덤에 두 번의 절
그리고 축문

오늘 나는 그림자 없이 일어선다
흰 눈동자의 날
빛이 들어오지 않는 방을 완성할 즈음
내 발목을 잡는 검은 손
어제 장례를 치른 그림자가 덜컥 붙는다
발끝을 내려다봐
끊은 목 아래
꿈틀거리는 애벌레들

이별은 계속된다
바람이 문자를 가져간다
이것은 창가에 매달아놓은 육체 이야기

붙이고 붙인 살덩이를 끊고 끊어
차분히 내려놓을게
공중에 뜬 발바닥 아래로
다 내려놓을 테니 다 가져가란 말이지

계간 『문학과 사회』 2009년 여름호

신 영 배
1972년 충남 태안에서 출생. 2001년 계간 《포에지》에 〈마른 피〉로 등단. 시집으로 『기억이동장치』 등이 있음.

꽃의 빙의

신 용 목

꽃이 허공에서 작두를 탄다

바람은 꽃의 법당이었다

봄 논 활대로 휘는 물살 법석에 저녁의 시위가 팽팽하다 몸 바꾸는
흰꽃, 붉은 꽃

오래 잊은 이의 품새를 닮았다
이승에 풀린 이승의 법계

저 춤사위 어디쯤, 촛대를 꽂고 판을 벌이고 싶다
징을 쳐주고 싶다

지구는 밤낮을 섞으며 돈다 배냇적 수술칼에 잘려난 버들치의 울
음을 들려다오! 이승으로 열린 저승의 입

기름불에 쫓기는 고라니의 비명을 전해다오!
이승으로 열린 저승의 귀,

낮밤을 섞어 꽃물 지는 노을이
오래 잊은 이의 낯빛을 닮아서

무논에 비친 애장터 가막골이 휘는 물살에 한 법 한 법을 흔들어
매는 저녁
개구리가 폴짝, 가막골을 넘는다

가막골 흰 꽃 건너 붉은 꽃

월간 『문학사상』 2008년 6월호

신용목
1974년 경남 거창에서 출생. 2000년 《작가세계》로 등단. 시집으로 『바람의 백만
번째 어금니』 등이 있음.

백년 후의 편지

신 현 락

무언가 흐르는 소리에 잠을 깼다
창밖을 보니 안개 강물이 흐른다
안개는 내 깊은 잠을 흘러와서
거리는 가로등마다 유등을 띄운다
나와 지상 사이에 흐르는 강물을 거슬러서
물고기가 올라왔다
입에 꽃잎 편지를 물고 있었다
나는 내 생을 조금씩 뜯어서 던져주었다
아가미가 열릴 때마다
불빛 한 방울씩 흘러나왔다
자욱한 안개를 흘러온 빛의 전언
마음 켜켜이 재어두었던 책갈피 사이에서
마른 비늘 같은 꽃잎이 떨어진다
백 년 후에 받아볼 편지에
글자마다 스며들었던 꽃물은 증발되고
바스러진 꽃비늘은 사락사락 흩어진다
안개는 시간의 강물을 떠다니는
꽃잎 물고기의 유골가루
햇빛에 닿으면 사라지고 마는 꿈이었구나
그때 물고기의 입술에 던져주었던
내가 가졌던 생이란 것은 무엇이었을까
창문마다 안개 강물이 범람한다
안개의 지느러미가 살랑일 때마다

누군가 잠을 깨고 불을 켰을 것이다
수취인불명의 편지를 띄웠을 것이다
책을 덮고 나는 잠에 든다
백 년 전의 일이다

시집 『풍경의 모서리, 혹은 그 옆』 (움, 2009)

신현락
1992년 《충청일보》 신춘문예로 등단. 시집으로 『따뜻한 물방울』 등이 있음.

슬픔도 7분만 씹고 버려

신 현 림

거긴 어두워
해님 몇 개 더 보내 줄까
슬픔도 괴로움도 7분만 씹고 버려
이 썩고 속 썩으니 7분만 앓고 버려

시간을 놓치지 마 시간을 벌어야 돼
슬프고 추운 시간을 줄이고
흙내음 같은 흐뭇한 미소를 지어야지
7년 안에 석유 위기가 온대
7년이 7분처럼 금세 갈 거야
있으나 없으나 맨날 돈 걱정
이러다 죽기 전에 우리는 언제 행복할까
생활은 배처럼 흔들려도 흔들리진 마
안전한 곳은 어디에도 없어
마음이 안전벨트가 되어야지
안전벨트가 될 신앙과 환상이 필요해

나는 회의주의자지만 삶은 아름다워
슬프고 가난할수록 꿈의 트럼펫을 불며 가야지
너무 늦었어, 너무 나이를 먹었어
쉽게 선을 긋는 말을 버려
감각의 종이란 종 다 울리고
좀 더 다르게 살기를 바라야지
배우고, 보고, 느낄 것들이 많아

거긴 캄캄해

해님 다섯 개 더 보내 줄까

슬픔도 괴로움도 7분만 씹고 버려

이 썩고 속 썩으니 7분만 앓고 버려

잃다 쓰러질 시간도 7분만

7분도 7년처럼

용광로같이 살고 사랑할

네가 그, 리, 워.

시집 『침대를 타고 달렸어』 (민음사, 2009)

신현림

1961년 경기도 의왕에서 출생. 1990년 《현대시학》으로 등단. 시집으로 『지루한 세상에 불타는 구두를 던져라』 외 다수 있음.

어느 여류작가에게 보내는 편지

심 보 선

당신이 쓴 글을 우연히 보았습니다. 나로 하여금 단번에 당신을 사랑하게 만든 그 매혹적인 글을. 영혼에 관한 글이었던가요? 세상의 모든 글은 영혼에 관한 글이라고 믿습니다. 당신과 나는 도서관이나 서점에서 우연히 마주친 적이 있었지요. 그러나 우리 둘이 가장 가까웠을 때도 우리의 그림자는 겹쳐본 적이 없었지요. 지금 우리 사이의 거리는 지금까지 우리 사이에 놓였던 거리 중에 가장 멉니다. 이곳은 하늘의 별빛이 사람의 눈빛을 닭 모이처럼 쿡쿡 쪼아먹는 땅이라는 기이한 이름을 가진 이국의 도시입니다. 이 가난한 나라의 아침도 여느 곳과 다름없이 하나의 위대함을 이룩한답니다. 정오까지 태양을 하늘의 가장 높은 곳에 올려놓기.당신 영혼의 아침은 가장 높은 곳에 무엇을 올려놓으셨나요? 오늘은 새벽부터 비가 내립니다. 때때로 비는 성부 성자 성신의 이름으로 내린다고 믿습니다. 잎사귀들은 믿음이 약한 순서대로 떨어지지요. 그러나 믿는 자에게도 파국은 온다는 것. 그것을 명심해야 합니다. 당신에게도 그러했듯이 말입니다.저 역시 당신처럼 신을 믿습니다.불가능한 일에 대해 묵상하는 것이 저의 취미랍니다. 이제 제가 왜 당신에게 편지쓰고 있는지 아시겠습니까? 당신은 오래전에 죽었으니까요. 당신의 육신은 흔적 없이 사라져 우리 사이에는 혼혈아도 고양이도 베고니아도 태어날 수 없습니다. 우리가 입을 맞출 수 없는 사실을 축복이라 믿어야 하나요? 지금 나는 당신이 담배를 물고 있는 흑백 사진 한 장을 바라보며 담배 한 대를 물어 봅니다. 탁자 위로 낯선 향유 냄새를 끝없이 피워 올리는 촛불로 담뱃불을 붙이고 나면 그 불로 마지막 문장 하나를 남긴 이 편지도 태울 것입니다. 그것이 이 편지가 그대에게 도달할 수 있는 유일한 길이라고 믿었으니까요,

계간 『시와 반시』 2009년 여름호

심보선
1970년 서울에서 출생. 1994년 《조선일보》 신춘문예에 〈풍경〉으로 등단. 시집으로 『슬픔이 없는 십오 초』가 있음.

까마귀가 난다

심 언 주

불탄 꽃처럼
나무꼭대기에 매달려
까마귀가 운다.
창문을 연다.
까마귀 울음이 방으로 들어온다.
창문을 닫는다. 울음이 잘린다.
잘린 울음이 바닥으로 떨어지고
창 밖에서 꺼억, 꺼억 까마귀가 우는데
검은 부리, 검은 가슴털의 까마귀가
조문객처럼 우는데
방 안에는
목이 비틀린 소리로
아득한 소리로 우는 까마귀.

식탁 위 까마귀를 쓰레기통에 던진다.
꽃병 속 까마귀를 쓰레기통에 던진다.
찢어지는 까마귀.
구겨지는 까마귀.
또 한 마리 까마귀가 손바닥에서 떨고 있다.
창문을 연다.
까마귀가 울음을 끌고 날아온다.
검정 벨벳 모자를 벗는다.
모자에 흙을 다져

머리카락을 심는다.

부드러운 화분을 창틀에 올려놓는다.

월간 『현대시학』 2009년 2월호

심 언 주
충남 아산에서 출생. 2004년 《현대시학》에 〈예감〉으로 등단. 시집으로 『4월아,
미안하다』가 있음.

직소폭포

안 도 현

저 속수무책, 속수무책 쏟아지는 물줄기를 바라보고 있으면 필시 뒤에서 물줄기를 훈련시키는 누군가의 손이 있지 않고서야 벼랑을 저렇게 뛰어내릴 리가 없다는 생각이 드오 물방울들의 연병장이 있지 않고서야 저럴 수가 없소

저 강성해진 물줄기로 채찍을 만들어 휘두르고 싶은 게 어찌 나 혼자만의 생각이겠소 채찍을 허공으로 치켜드는 순간, 채찍 끝에 닿은 하늘이 쩍 갈라지며 적어도 구천 마리의 말이 푸른 비명을 내지르며 폭포 아래로 몰려올 것 같소

그 중 제일 앞선 한 마리 말의 등에 올라타면 팔천구백구십구 마리 말의 갈기가 곤두서고, 허벅지에 핏줄이 불거지고, 엉덩이 근육이 꿈틀거리고, 급기야 앞발을 쳐들고 뒷발을 박차며 말들은 상승할 것이오 나는 그들을 몰고 내변산 골짜기를 폭우처럼 자욱하게 빠져나가는 중이오

삶은 그리하여 기나긴 비명이 되는 것이오 저물 무렵 말발굽소리가 서해에 닿을 것이니 나는 비명을 한 올 한 올 풀어 늘어뜨린 뒤에 뜨거운 노을의 숯불 다리미로 다려 주름을 지우고 수평선 위에 걸쳐 놓을 것이오 그때 천지간에 북소리가 들리는지 들리지 않는지 내기를 해도 좋소 나는 기꺼이 하늘에 걸어둔 하현달을 걸겠소

계간 『시안』 2009년 봄호

안 도 현 1961년 경북 예천에서 출생. 1984년 《동아일보》 신춘문예로 등단. 시집으로 『아무것도 아닌 것에 대하여』 외 다수 있음. 제1회 시와 시학 젊은 시인상, 제13회 소월시문학상, 2000년 원광문학상, 2002년 제1회 노작문학상 등을 수상.

8월의 디카포

안 수 아

I
끔찍이 좋아해
이름만 들어도 까무라치지
햇살은 일제사격을 날리고
능소화는 가곡을 노래히지
따끔거리는 눈꺼풀
되풀이되는 타령조에 귀를 묻고
툭, 떨어뜨리는 능소화

II
텅 빈 공원 고장 난 시소
바깥 세계로 가는 티켓이지
보이지 않는 반환점
붉은 혈관이 퍼진 맨드라미 혓바닥일까
너무 숨이 차
거북이 껍질을 뒤집어 쓴 채 갸우뚱
먼지 속 코맹맹이는 거북해

III
한숨은 말이 닿지 못하는 곳까지 다다르지
맥락이 끊긴 여러 가닥의 생각이
나 자신이면서 동시에 다른 사람으로
유배시키기도 해

잡으려는 순간
한쪽 길에서 벗어나고
주름과 의문투성이로 맴도는
비포장 도로

IV
잠, 잠, 온통 잠에 젖어 있어
소심증이 덜컹거리는
망각의 밀림지대
가려진다고 되는 건 아냐
뜨거운 피 냄새가 태양빛 속에 퍼져
마취제로 몰려오는 열기
번개는 부끄러운 줄 모르고
하늘의 지퍼를 열지
초록나무 아래 웃음 반, 불평 반
안절부절 달래곤 하지

V
능소화가 반짝, 하는 동안
타격을 가하는 달콤한 구름
팔월은 지쳤어
숨 막히는 열기와 먼지와 긴장감
꿈도 꾸지 못하게 퍼져가는,

엉덩이 밑에서 튕겨져 메아리치는 층계
윙 소리와 함께 미끄러졌지

계간 『시와 세계』 2009 여름호

안 수 아
1965년 전남 보성에서 출생. 2007년 《시와 세계》로 등단.

무덤

안 시 아

사람은 태어나 발목에 적응한다
시간의 관념을 정의하며
날씨에 대해 속내를 드러내기 시작한다
비극이라고 단정하는 대부분은
뒤돌아보았을 때 더 선명해진다

내가 숨기는 건 배꼽 말고도
꽃으로 말하는 방식,
한번도 지하를 꿈꾸지 않은 나뭇가지와
낯선 새가 우는 평범한 유형 아래
무게를 앉힌 사물들이 침묵한다

아찔하게 완성되는 의혹처럼
계단은 아래로만 뻗어 있다
나와 손톱자국 사이에서 놓친 리듬은
심장이 처음 익힌 박동

가장 죽기 좋은 방을 떠올린다
귀를 틀어막은 채 문을 열지 않는
손잡이의 그 방
일인칭이 연루된 출구들이 끝내
금지된 기록 안에 갇힌다

계간 『창작과 비평』 2008년 겨울호

안 시 아
1974년 서울에서 출생. 2003년 월간 《현대시학》으로 등단. 시집으로 『수상한 꽃』
이 있음.

상사화

안 정 옥

상사들이 뭉쳐 있네 그런 상사 몇 뿌리
잘라 왔네 무슨 꽃이든 첫 해는 머뭇대네
땅은 차가운 눈빛을 가졌지
뿌리들은 죽을 힘을 다해 땅속 머리까지
잔물결 치네 푸른 잎들을 지키지 못해
그 자리에 제 혀를 심네 뒤엉킴이 있었네
한참 후에 무자비한 장미 막간에 그를 향해
돌출하는 수십개의 꽃대인 나를 보네
오랫동안 상사한 담홍색의 내 혀들,
꽃과 잎이 등져 서로 바라볼 수 없는
피폐한 몸에서 나의 몫은 살아 있는 것뿐
상사는 블랙홀인 것을, 중력이 무한대인
빛도 빠져나올 수 없어 통신도 전혀 안 되네
그곳에서 나는 밝으며 작은 흰색별 되어
끝을 맺으려 하네

월간 『현대시』 2008년 2월호

안 정 옥
서울에서 출생. 1990년 《세계의 문학》으로 등단. 시집으로 『붉은 구두를 신고 어
디로 갈까요』 등이 있음.

유령처럼 등장한 하루

안 현 미

그는 시간의 추종자 시간을 먹는 시간이라고 자신을 소개했다

촛불은 시간의 사용자 시간을 불살라 無에 다다를 수 있다 보여주
었다

사람은 저마다 자신만의 타임머신을 가지고 있다고 한다

그래서 그도 자신에게 도착할 수 없었을까

그녀는 시간의 발굴가 비행기를 집어 타고 날짜 변경선을 넘는다

유령처럼 등장한 하루로 망명하는 망명자라고 명명하며

멜콩델타* 가는 길 고무나무 농장에서 만난 열대의 아이들

1달러 1달러하며 그 아이들이 팔던 것도 시간이었을까

*멜콩델타를 흐르는 강물은 중국과 라오스, 태국, 캄보디아의 국경을 거쳐 베트남을
흘러 남중국해로 흘러간다. 여러 국경을 여행해 온 큰 강물을 만나러 가는 길은 몇
개의 生을 거듭 윤회한 나 자신을 만나러 가는 길 같았다.

월간 『현대시』 2008년 7월호

안 현 미
1972년 강원도 태백에서 출생. 2001년 《문학동네》로 등단. 시집으로 『곰곰』 등이
있음.

니체와 함께

안 효 희

백 년 전 니체와
사십 년 동안 헌 책방에서 니체의 먼지를 털어낸 주인과
1993년 10월 다 읽은 니체를 팔아넘긴 남자 김00 씨

나는 동시에 세 남자를 만났다

너무나 인간적이지 않는 부분마다
그가 굵은 연필로 밑줄을 그어 놓았다
창 밖을 보다 떨어뜨린 담뱃재로
말을 걸어왔다

오로지 걸어가기로 하자
단지 이곳에서 빠져나가자
아마 우리의 거동은 전진처럼 보이리라*

책을 만질 때마다 뱉어져 나오는
뒤섞인 숨소리
그와 그 주인과 그 남자

허리 굽은 헌책방 주인이 니체와의 동거를 주장했다
니체와 마주앉아 담배를 피웠다고 주장하는 김 모 씨
그들은 각자의 몫을 요구했다

누런 책장을 넘기자 눈이 내리고 비가 내렸다
작품이 입을 열 때 작가는 입을
다물고 있어야 한다는 니체의 말이 지나갔다
나는 나의 작품을 변명하기 위해 입을 다물었다

* 니체의《인간적인 너무나 인간적인》에서

계간 『신생』 2009년 여름호

안효희
1958년 부산에서 출생. 1999년 계간 《시와사상》으로 등단. 시집으로 『꽃잎 같은 새벽비』가 있음.

강, 깊어지는

엄 원 태

그리움 없이,
그곳으로 부서진 육신을 떠나보낼 수 있는가
불꽃의 시간, 타고 남은 재의 부스러짐과 바람에 흩어짐 없이
어찌 상처에 흙을, 뿌릴 수 있단 말인가

그리움조차 없이, 나는 불화살처럼 한 시위에 生을,
그 투명한 눈물 한 방울을 관통하고자 하였던 것이다

병은 깊어지고, 산천 연민으로 흐려질 때,
고통과 이 삶은 어떤 유대로 묶여 있는가를
겹겹 상처의 부스러기들 쓸어보며 확인하였다

이 길 피해가지 않겠다,
생각건대, 세상의 길 어느 하나 부서져 가지 않는 것 있는가
賢者께서 처음과 끝이 한 찰나에 묶여 있음을 가르쳤지만
그 찰나에, 십자가에 걸려 죽음을 기다리는 죄수처럼
쓰라린 회한과 고통의 순간들과, 벌어진 상처에,
형벌인 말의 고름과 피에,
입맞추며 흐느끼고 싶은 것이다

죽음을,
바닥없는 깊푸른 강물 너머 내가 건너야 할 피안을
만약 땅이신 어머니께서 보여주신다면
마지막 한 순간까지, 놓아버리지 않을 그리움으로,
서늘히 깊어진 강물에 여윈 두 발과 가슴을
담가 보리라

계간 『주변인과 시』 2008년 겨울호

엄원태
1955년 대구에서 출생. 1990년 《문학과 사회》에 〈나무는 왜 죽어서도 쓰러지지
않는가〉로 등단.

마감뉴스

여 태 천

오늘밤 내가 사는 이곳은 조용하다.
다시 돌아오지 않을 애인이
막차를 타고 올 것 같은 밤이다.
막 피어난 꽃
향기가 날 듯 말 듯 바람은 불어
그 바람에 가는 비가 조금 오고
내가 사는 이 작은 동네에 아주 조금은 비가 와서
버스는 제때 오지 않아
버스를 타지 않으리라고 굳게 마음먹는
그런 밤이다.
사실은 저 혼자서 떨어져 내린 명자꽃 때문이다.
먼저 간 이의 마음 같은
이름 때문이다.
사실은 아무 일도 없다는 오늘의 마감뉴스 때문이다.
먼 타지에 마음을 부려버린 남자처럼
오늘밤은 조용하다.
다른 이름을 생각할 수 없어
제발 저물지 말았으면 하는 밤이다.

계간 『시안』 2008년 여름호

여 태 천
1971년 경남 하동에서 출생. 2000년 《문학사상》으로 등단. 시집으로 『국외자들』
이 있음.

생환 生還

예 현 연

이른 봄의 꽃을 바라볼 때면 잠시

시공간이 어긋난다.

인간의 언어가 들리지 않는 곳,

이승도 저승도 아닌 곳에 무중력의 상태로 떠 있게 된다.

그 곳에선 짐승도 세월도 숨을 죽이고,

고요히 꽃을 들여다보는 나와

나를 바라보는 꽃만이 마주한다.

지나치게 아름다운 것을 볼 때 서글퍼지기까지 하는 이유.

나는 살아 있다고 악을 쓰듯 활짝 입 벌린 꽃과 마주칠 때마다

처음 마주치는 풍경인 것처럼 두근거리게 되는 이유.

꽃은 이 세계에 속한 것이 아니므로.

긴 겨울을 홀로 견디고 돌아와

삶과 죽음 사이에 피어 있는 외롭고 아픈 것이므로.

웹진 『시인광장』 2009년 봄호

예 현 연
1978년 경남 진주에서 출생. 2004년 《한국일보》 신춘문예 〈유적〉으로 등단.

너를 찾는다

오 세 영

바람이라 이름한다.
이미 사라지고 없는 것들,
무엇이라 호명呼名해도 다시는 대답하지 않을 것들을 향해
이제 바람이라 불러본다.
바람이여,
내 귀를 멀게 했던 그 가녀린 음성,
격정의 회오리로 몰아쳐와 내 가슴을 울게 했던 그
젖은 목소리는 지금 어디 있는가.
때로는 산들바람에, 때로는 돌개바람에, 아니
때로는 거친 폭풍에 실려
아득히 지평선을 타고 넘던 너의 적막한 뒷모습 그리고
애잔한 범종梵鐘소리, 낙엽소리, 내 귀를 난타하던 피아노 건반
그 광상곡狂想曲의 긴 여운.
어느 먼 변경 척박한 들녘에 뿌리내려
민들레, 쑥부쟁이, 개망초 아니면 씀바귀 꽃으로 피어났는가.
말해다오.
강물이라 이름한다.
이미 잊혀진 것들,
그래서 무엇이라 아예 호명조차 할 수 없는 것들을 향해
이제 강물이라 불러본다.
강물이여,
한 때 내 눈을 멀게 했던 네 뜨거운 시선,
열망의 타오르는 불꽃으로 내 육신을 황홀하게 달구던 그 눈빛은

지금 어디에 있는가.

때로는 여울에, 때로는 급류에, 아니 때로는

도도히 밀려가는 홍수에 실려

아득히 수평선을 가물가물 넘어가던 너의

쓸쓸한 이마. 그리고

어디선가 꽃잎이 지는 소리, 파도소리, 철썩이는 잔 물결의 여운.

어느 먼 외방의 썰렁한 갯벌에 떠밀려

뭍을 향해 언제나 귀를 쫑긋 열고 살아야만 하는가.

해파리, 민조개, 백합 아니

온종일 휘파람으로 울다 지친 소라

말해다오.

구름이라 이름한다.

이미 돌이킬 수 없는 것들,

무엇이라 호명해도 다시 이룰 수 없는 형상들을 향해 나는

이제 구름이라 불러본다.

구름이여,

한 때 내 맑은 영혼의 하늘에 푸른 그늘을 드리우던

오색 빛 채운彩雲

그 빛나던 무지개는 지금 어디 있는가.

때로는 별빛에 실려, 달빛, 아니 어스름한 어느 저녁 답,

스러지는 한 조각 노을에 실려

아득히 먼 허공으로 회부옇게 사라지던 너의 그

두 빈 어깨 그리고

어디선가 내리치는 마른번개, 스산하게 흔들리는 나뭇잎 소리
잔기침 소리
어느 먼 이역의 하늘로 불려가
흩뿌리는 싸락눈, 진눈깨비 아니
동토凍土에 떨어져 나뒹구는 우박이 되었는가.
말해다오.
너를 찾는다. 바람이라는 이름으로
강물이라는, 구름이라는 이름으로
너를 부른다.
해 저무는 가을 저녁
찰랑대는 강가의 시든 풀밭에 홀로
망연히 앉아.

시집 『바람의 그림자』 (천년의시작, 2009)

오세영
1942년 전남 영광에서 출생. 1965년 《현대문학》으로 등단. 시집으로 『시간의 뗏
목』 외 다수 있음.

섬

오 은

눈감고 네 발 전체를 섬이라고 상상해 봐 이를테면 열도 같은 거 사람들 사이에 섬이 있다는 말은 거짓이 되지 섬은 바로 네가 품고 있는 거니까 양말을 벗고 욕조 안으로 들어가 봐 물을 콸콸 틀어놓 고 슬그머니 발을 밀어 넣는 거야 섬에 비가 내리니? 폭포가 쏟아지 니? 차가워서 흠칫 놀란 모양이구나 네 발이 파닥파닥 튀고 있잖니 걱정 마 네 섬에는 물고기들이 살고 있는 거니까 푸른 등을 가진 물 고기들. 지금부터 일제히 솟구친다 알겠지?

그 섬에 가고 싶니? 굳이 누굴 찾아갈 필요는 없어 섬은 바로 네가 품고 있는 거니까 이제 네 손을 다리라고 상상해 봐 가만히 다가가 발을 고옥, 쥐는 거야 마른 손이 젖은 섬에 가는 길 마른 네가 젖은 네게 가는 길, 열리고 있니? 내가 뭐랬니 푸른 이끼들이 힘줄을 타 고 네 심장을 향해 달려오고 있잖아 너는 이렇게 푸르러, 푸르러, 푸 르르다구! 준비됐다면 눈을 떠도 좋아 자, 이제 건너갈 수 있지?

시집 『호텔 타셀의 돼지들』 (민음사, 2009)

오은
1982년 전북 정읍에서 출생. 2002년 《현대시》로 등단. 시집으로 『호텔 타셀의 돼
지들』이 있음.

진흙들
- 불러 나오지 못한 목소리

오 정 국

31

무거운 신발을 벗고 맨발로 내려가야 했던
곳, 진흙인 줄 알면서도 현기증으로 주저앉던

뒷걸음치기에도 이미 늦어버린
당신이란 이름의
붉은 진창길

묵묵히 입을 다문 진흙덩어리, 이것의 은유가
나는 좋은데, 나날의

황사바람, 눈 못 뜨고 당신을 사랑하였다

32

저 꽃빛은 어디에서 와서, 내가 이렇게
목이 마르고

봄날의 어지러웠던 꿈자리처럼
또 다시 물컹하게 밟히는 진흙

넉살좋게 달라붙어 시치미 떼는
진흙, 오목한 눈으로 실실 웃는
진흙, 거기
내가 당신을 사랑했던 죄값을 파묻었으니,
산빛이 저리 푸르고, 물컹거리는

진흙들, 언 발 녹이듯
발자국을 움직여
끌고가는 愛憎의
상피 붙은 몸뚱이들, 퍼 담을 수 없고
내버릴 수도 없어

매장시킨 진흙들, 거기
아직 불려나오지 못한 나의 목소리가 있다
묶인 발과 접힌 귀가 있다

월간 『현대시학』 2009년 8월호

오정국
1955년 경북 영양에서 출생. 1988년 《현대문학》으로 등단. 시집으로 『저녁이면 블랙홀 속으로』 외 다수 있음.

향연 饗宴

우 대 식

무우사無憂寺라는 절이 있다. 근심이 없다는 말, 좆같다. 늘 좆이 근심인 내게 그 절 이름은 근심을 더해 준 셈이다. 근심은 세리稅吏와 같다. 시인 심보선은 이를 신의 반열에 올라선 스트레스라 했다. 죽음이 신이라고 믿고 살아온 나 같은 놈은 한심하다. 신도 없는 죽음으로 떨어져 마땅하다. 근심 없는 한 세상을 살면서 무력한 자신의 사타구니를 몇 번이나 핥으리라. 케냐의 동물원 같은 곳에서 꼬리를 휘휘 저어 파리나 쫓는 일을 하리라. 근심 없는 세상에서 근심에게 근심을 던져주는 신이 되어, 단독자가 되어 향연을 베풀고 싶다. 아무도 초대하지 않는 근심의 향연.

계간 『리토피아』 2008년 가을호

우 대 식
1965년 강원도 원주에서 출생. 1999년 《현대시학》으로 등단. 시집으로 『단검』
등이 있음.

전갈

원 구 식

참을 수 있다면 유혹이 아니다.
저주받은 이 피의 계보는
물처럼 흐르되
결코 증발되지 않는 모래의 집적 속에 있다.
시간의 문지기인 모래는
오래 전에 아주 오래 전에
땅의 내장을 야금야금
봉인된 시간 속에 넣어버렸다.
그날 이후 시간의 지렁이들은
모두 죽어버렸다. 0.01초도 안 걸렸다.
비를 뿌리는 한 떼의 구름이
죽을힘을 다해 겨우 빠져나간 뒤,
사막은 정지된 풍경이다.
그러니까, 굳어버린 시간의 독이다.
이 시간은
모습도 없고, 소리도 없고
시작도 끝도 없고, 위도 아래도 없고
볼 수도 만질 수도 없다, 그러나
매우 생리적이다. 보라, 자신의 하초를
치명적인 독으로
봉인해 버린, 저 미물을!

격월간 『유심』 2009년 7~8월호

원구식
1955년 경기도 연천에서 출생. 1979년 《동아일보》 신춘문예로 등단. 시집으로
『먼지와의 싸움은 끝이 없다』 등이 있음.

폭설

위 선 환

몸속에 가시뼈를 키우는 물고기가 자라나는 가시뼈에 속살이 찔리는 첫째 풍경 속에서는

몸속에 두 귀를 묻어버린 물고기의 몸속보다 깊은 적막을, 적막하므로 무한한 그 깊이를

누가 내 이름이라 지어 불렀다. 대답하는 목소리가 떨렸다.

눈 뜨고 처음 내다본 앞바다에 희끗희끗 눈발이 날리는 둘째 풍경 속에서는

야윈 손이 반음씩 낮은 음을 짚어가는 저녁 무렵에 어둑하게 어스름이 깔리는 音調를

새들은 어둔 하늘로 날고 살 속에서는 신열을 앓는 뼈가 사뭇 떠는 오한을

누가 내 이름이라 지어 불렀다. 대답하는 목소리가 떨렸다.

잠깐씩 돌아다본 들판에 돌아다볼 때마다 눈발이 굵어지는 셋째 풍경 속에서는

눈꺼풀에 점점이 점 찍힌 점무늬 아래로 한없이 떨어져 내리는 반점들의 하염없는 나부낌을

아득하게 깊어진 눈구멍 속에서 속날개를 털며 자잘하게 날갯짓도 하는 설렘을

누가 내 이름이라 지어 불렀다. 대답하는 목소리가 떨렸다.

물굽이와 들판과 나를 덮고 묻는 눈발이 자욱하게 쏟아지는 마지막 풍경 속에서는

천 마리씩 떨어지는 여러 무리 새떼들이 바짝 마른 가슴팍을 땅바닥에 부딪치며 몸 부수는 저것이

폭설인 것을

내리 꽂고 혹은 치솟는 만 마리 물고기들은 물고기들끼리 부딪쳐서 산산조각 나는 것 또한

폭설인 것을

따로 이름 지어 부르지 않았다. 깜깜하게 쏟아지는 눈발 속에서, 누구인가 그가!

내 이름이라 지어 불렀다. 대답하는 목소리가 떨렸다.

월간 『현대시학』 2009년 4월호

위선환
1941년 전남 장흥에서 출생. 2001년 월간 《현대시》로 등단. 시집으로 『나무들이 강을 건너갔다』 외 다수 있음.

장미수 만드는 집

유 미 애

옛집 감샤르*가 신기루처럼 떠 있던 시절
나는 새의 저녁을 훔친 죄로 형틀에 묶여 있었던 것
고하노니
나는 저녁에 우는 새와 비린 복숭아 뼈를 가진 장미나무일 뿐
이 성의 오래된 발작과 고열을 지켜온 건
병사들 몰래 피어난 처녀들과 순수한 혈통 덕분
장미의 이름으로 할미는 꽃의 목을 잘라 솥에 던지고
어미는 초록의 문자들로 불을 피워 즙액을 짰던 것
고하노니
한 잔의 피를 홀짝이며 나는 장미의 경전을 넘겼던 것
처녀들의 이름을 거두며 노래를 불렀던 것
위대한 꽃말이 새어나가지 않도록
온 몸의 레이스를 깁는 동안 한 생이 흘러갔던 것
고하노니
마루메존**의 가마솥은 저녁 새와 할미마저 삼켰던 것
나는 사막의 붉은 시간에게 몸을 맡겼던 것
천천히 오아시스의 아침과 복숭아 향 체취를 잊어갔던 것
장미의 칼날이 쇄골 뼈에 박혀 와도 내겐 더 이상
신성한 사냥감과 흘릴 피가 모자라 레이스를 벗기면
마지막 책장을 열고, 끼룩끼룩 뱀 한 마리 울었던 것
고하노니
나는 어느새 유혈목이보다
슬프고 유려한 꽃의 문장을 읊고 있었던 것

* 장미수 만드는 것으로 유명한 이란의 마을.
** 나폴레옹 왕비 조세핀이 머무르던 궁. 조세핀은 장미 수집광이었다고 함.

계간 『다충』 2009년 봄호

유 미 애
경북 문경에서 출생. 2004년《시인세계》신인상 수상작〈고강동의 태양〉으로 등
단.

이상적인 연인들

유 안 진

이세계씨는 누구와도 코드가 맞지 않지만

그의 오감은 이 세상離 世上과 주파수가 잘 맞아서 혼자 살아도 행복하다

그가 콧노래를 부르거나 휘파람을 불면 누가 들어도 괴상하지만, 오직 그 혼자만 유쾌하고 상쾌해지고, 이런 자기를 알 수 있는 아무도 없다는 사실에 통쾌해지곤 한다

그를 안다는 사람들은 그를 모르는 사람들이어, 그는 독신 같지만 독신이 아니다

그는 이 미지異 未知양과 자주 교신하며 그들 식의 사랑을 나눈다

그들은 언제가는 만나서 결혼도 할 수 있지만 둘 다 이런 사랑을 더 좋아한다

이미지양과 이세계씨 관계는 이상적異常的이어서 더할 수 없이 이상적理想的이다.

계간 『시와 사상』 2009년 여름호

유 안 진
1941년 경북 안동에서 출생. 1965년 박목월 시인의 추천으로 《현대문학》등단. 시집으로 『달하』 외 다수 있음. 이형기 문학상 등을 수상.

부엌을 주세요

유 정 이

온화한 앞치마에
젖은 손을 씻으며
드디어 여자들의 연주는 시작된다
콩 튀고 팥 튀고
오늘은 정어리가 하나 더
눈 밝은 양파가 호드득 병아리를 깐다
곰치국은 멀리 속초항 뱃고동 위에 끓어 넘친다
통통배 멀리 나가 돌아오지 않는 날은
쓰윽쓰윽 수평선을 갈아 알레그레토 모데라토
허밍은 되도록 잘게 썰어 둔다
알레그로 프레스토 구불구불 붉은 골목을
콩 튀고 팥 튀고 오늘은 정어리가 하나 더
양파가 호드득 까놓은 병아리 금세라도 비둘기알 슬어놓는
있지도 않은 부엌의 엉덩이 되게 흔들린다
없는 농담 가늘게 찢어 걸쳐 놓은
며느리밥풀 한 끼 빈 그릇 소리 호되게 요란하다

온화한 앞치마에
젖은 손을 씻으며 리타르단도 라르고
다시 리타르단도 라르고

월간 『현대시학』 2008년 12월호

유 정 이
1963년 충남 천안에서 출생. 1993년 월간 《현대시학》으로 등단.

평면의 내력

윤 성 택

시선에 걸린 은빛이 파르르 떨린다
거리는 직선이 이어져 축이 된다
사각의 아파트와 간판과 상가가 있고
한낮 소음은 그 표면들의 절감이다
두꺼운 일일달력을 뚫고 지나가듯
배경 끝으로 밀려가는 생각이
눅눅하고 평평한 오후에 박힌다
무수한 시침판처럼 햇빛에 고정되어 있다
아무 것도 없는 테두리에
덧바른 나의 몸은 평면이다
살아온 날들이 압착되어 무늬를 이루고
끈질지게 자라는 금 위로
추억이 추억을 포스터처럼 붙여간다

월간 『현대시학』 2008년 4월호

윤 성 택
충남 보령에서 출생. 2001년 《문학사상》에 〈수배전단〉으로 등단. 시집으로 『리
트머스』가 있음.

저녁 7시, 笑劇

윤 예 영

1.
남자가 문을 열고 들어선다
구두를 벗는다
눅신한 피곤을 벗어 버린다
셔츠를 벗는다
미열이 번진다
빌딩옥상에서 내려다보던 풍경이 흩날린다
짧은 치마를 입은 여자, 리어카를 끄는 노인, 길에서 허기를 달래
는 사람들 그리고 나무
나무, 나무, 버즘처럼 껍질이 벗겨지는 나무
허리띠를 푼다
바지가 흘러내린다
비늘 같은 오후가 등치를 타고 흘러내린다
남자, 거울 앞에 선다
거울 속에 마른 짐승 한 마리가 제 샅을 핥고 있다
남자, 거울에 한 쪽 발을 담근다
불쌍한 짐승이 슬그머니 꼬리를 감춘다

2.
여자가 남자의 구두에 발을 넣어 본다
하루 종일 무엇을 밟고 다녀 이리 말랑해졌는가
그리고 남자의 흔적을 줍는다
남자의 바지를 입고,
셔츠를 입고,

넥타이와 허리띠를 맨다
여자, 거울 위에 손을 얹는다
잔물결이 인다

나무가 가지를 흔든다 푸른 그늘이 춤을 춘다 만화경처럼 빙글빙
글 춤춘다 혈관 속에서 풋내나는 수액이 비명을 지른다 사람들 속
을 걷는다 땀냄새, 오줌냄새, 바람냄새를 헤친다 걷는다 뛴다 뛴다
먼지를 쓰고, 햇살을 젖히고, 질긴 불안으로 목을 조르고, 조르고,
조르고, 달콤씁쓸, 달콤씁쓸, 달콤씁쓸한
여자, 검지로 거울을 겨눈다

3.
여자, 첨탑 위에 걸린 태양을 그린다
사랑해서
남자, 나리꽃 한 다발을 그린다
사랑해서
여자, 깨진 질그릇을 그린다
사랑해서
남자, 나리꽃 한 바구니를 그린다
사랑해서
여자, 쓰러지는 숲을 그린다
부질없어
남자, 쓰러지는 숲 위로 날아오르는 새떼를 그린다
사랑해서
여자, 남자를 그린다

절망해서
남자, 여자를 그린다
부끄러워
여자가 거울을 닦는다
거울아 거울아 꽃아 돌멩이야 염통아
남자가 거울을 닦는다
여자야 여자야 여자야

4.
방아쇠를 당긴다
포말이 인다
남자가 흩어진다
여자가 합장을 한다
남자가 흩어진다
여자가 합장을 한다
남자가 흩어진다
여자가 숙이고 또 숙인다
잘게 부서지는 은칠 위로 사람을 닮은 허물이 떠오른다

계간 『세계의 문학』 2008년 겨울호

윤예영
1977년 서울에서 출생. 1998년 《현대문학》에 〈동그라미 변주곡〉으로 등단. 시집
으로 『해바라기 연대기』가 있음.

물 위에 새긴 약속

윤은경

칠흙 강물 위에 달 떠 있다
강 건너 간다 다시 보니, 물결 위에 급히 찍고 간 발자국이다 수억
년 매만지고 궁굴린
말 맨 발자국 다만 묶음인 이 긴 밤에는 또렷하다

물 위에 새긴 약속이여
다시 오마던 그 말
당신, 가고 없어도 아마빛 둥근 말이 고요하니 떠 있다

강가에는 샛노란 달맞이꽃
고요를 잡아 비트니 꽃잎이 젖어 있다

계간 『화요문학』 2008년 가을호

윤은경
1962년 충남 공주에서 출생. 1996년 《시와 시학》으로 등단. 시집으로 『벙어리구름』 등이 있음.

구름의 율법

윤 의 섭

파헤쳐 보면 슬픔이 근원이다

주어진 자유는 오직 부유浮遊

지상으로도 대기권 너머로도 이탈하지 못하는 궤도를 질주하다

끝없는 변신으로 지친 몸에 달콤한 휴식의 기억은 없다

석양의 붉은 해안을 거닐 때면 저주의 혈통에 대해 생각해 본다

언제 가라앉지 않는 생을 달라고 구걸한 적 있던가

산마루에 핀 꽃향기와

계곡을 가로지르는 산새의 지저귐으로 때로 물들지만

비릿한 물내음 뒤틀린 천둥소리의 본성은 바뀌지 않는다

다만 묵묵히 나아갈 뿐이다

한 떼의 무리가 텅 빈 초원을 찾아 떠나간 뒤

홀로 남겨진 자들은 뿔뿔이 흩어져

혹은 태양에 맞서다 죽어가고 혹은

잊어버린 지상에서의 한 때를 더듬다 희미한 미소를 지으며 사라

져간다

현생은 차라리 구천이라 하고

너무 무거워도 너무 가벼워도 살지 못하는 중천이라 여기고

부박한 영혼의 뿌리엔 오늘도 별빛이 잠든다

이번 여행은 오래 전 예언된 것이다

사지死地를 찾아간 코끼리처럼

서녘으로 떠난 무리가 어디 깃들었는지는 아무도 모른다
성소는 길 끝에 놓여 있다

월간 『현대시』 2009년 2월호

윤 의 섭
1968년 경기도 시흥에서 출생. 1992년 《경인일보》 신춘문예와 1994년 《문학과
사회》로 등단. 시집으로 『말괄량이 삐삐의 죽음』 등이 있음.

시를 베다

윤 종 영

캄캄한 밤의 모가지에
잘 벼린 한 칼 긋는다
떨어지는 별들의 붉은 잔해
언어의 조각들이 도로에 머리를 박는다
질주하는 자동차가 밀고간다 쏜살같이
시는 베어졌다 그러므로 창백하게 아침이 올 것이다
시인이여 기침을 하자고 김수영이 가래침을 뱉으며 기어 나올 것
이다
현실은 풍자다 도적들이 신문의 활자마다 웃고 있다
자살하지 못하는 시는 그래서 베어져야 한다
목잘린 시들은 아파트 주차장 사이 빌딩의 엘리베이터 안을
배회해야 한다 기침을 하던 시인이 다시 기어 나오고
베어진 시는 떠돌아야 한다
흩날리는 자음과 모음들 찢긴
살점들 저 붉은
피붙이들

계간 『시와 정신』 2008년 봄호

윤종영
1968년 대전에서 출생. 1992년 《문학과 비평》으로 등단. 시집으로 『별들의 마을』
등이 있음.

저 골목이 수상하다

윤 진 화

후암동 재건축 추진위원회 플래카드가 수배전단처럼 펄럭인다.
명랑이발소가 저 골목에서 살해되어
뼈 조각으로 발견된 지 며칠 안 되어 생긴 일이었다.
하얀 깃발 펄럭이던 칠십 먹은 선녀보살 굿판도 예수천당 불신지옥도
벽에 아무렇게나 그어댄 소변금지도 저 골목에서 살해됐다.
그 옆집 푸른 미용실도 마찬가지다.
일제시대 총독부 딸의 다다미집은 주인이 떠난 뒤,
그 자리에서 뜨내기들을 받느라 온 몸이 망신창이가 됐다.
살이 녹은 해골처럼 창문들마다 횅한 바람소리, 피리소리를 냈다.
고관대작을 모셨던 평수 넓은 빨간 벽돌집도 마찬가지.
터줏대감인 입시학원 뒤, 목조주택이 말했다.
-우리도 명랑이발소처럼 언젠가는 철골을 드러낼 것이다.
이제 이곳도 자본이라는 범죄가 뒤늦게 흐르는 것이다,
터줏대감은 접근금지, 붕괴위험 이라는 폴리스 라인이 둘러있었다,
저쪽 끝에서부터 몰아치는 포크레인이 내린 일종의 가택연금이었다.
낯선 건물들이 이리저리 세워지고 재건축 플래카드는 찢겨 나부낀다.
건물 속살 깊이 새겨두었던 뼈들이 드러난다.
현장 검식반이 몰아쳐 다른 골목으로 뛰어간다.
저 골목이 수상하다.
범인을 알고도 잡지 못한다.

심증과 물증 모두 완벽한 범인이
이 골목 저 골목으로 신출귀몰한다.
백주대낮에도 밖으로 나가기 두렵다.

월간 『현대시』 2009년 3월호

윤진화
1974년 전남 나주에서 출생. 2005년 《세계일보》 신춘문예에 시 〈母女의 저녁식사〉
로 등단.

카페트를 짜는 밤

이 경 교

거미가 예술가로 등재된 건 중세 훨씬 전이다
수메르인들의 쐐기문자나 페르시안 카페트 역사 이전부터
거미는 온몸으로 글자를 쓰고 문양을 찍어 왔으니
아름다운 건 왜 두려운지, 치명적인 것일수록 눈이 부신
까닭을 설명할 순 없지만

저 거미집이 제 살을 헐어 짠 카페트라면
허공에 매달린 글씨라면, 누군가 그걸 읽어줄 때까지
거미의 죽음도 그만큼 미루어졌으리라
아랍어 문자 속에선 이따금 거미가 꿈틀거린다
별과 달이 떴다가 지고, 은실의 카페트가 펼쳐진다
어느 신비주의자는 거미가 자신이라고 우긴 적 있지만
내 몸에서도 은실 타래 술술 풀리거나
까닭없이 툭툭 끊어질 때 있으니, 보아라
저문 바다, 안개 낀 부두를 지나가는 나귀
나귀는 등이 휘고, 거미는 지금 몸이 결린다

내가 늦은 밤 글씨를 쓰는 동안
거미는 꽝꽝, 허공에 인장을 찍고 있다
달무리를 건너와 종이 카페트 위에 그 무늬 박힌다
펜을 쥔 내 손마디 아라비아해 쪽으로 휘어지고

왼쪽 어깨가 몹시 결린다

월간 『현대시』 2009년 8월호

이경교
1958년 충남 서산에서 출생. 1986년 《월간문학》 신인상으로 등단. 시집으로 『이
용 평전』 등이 있음.

푸른 호랑이 이야기

이 경 림

설렁탕과 곰탕 사이에는 푸른 호랑이 한 마리가 산다

어떤 생의 무릎과 혓바닥 사이에는
어떤 생의 머리뼈와 어떤 생의 허벅지 살 사이에는

형언할 수 없이 슬픈 눈과 사나운 관능을 가진 푸른 호랑이 한 마
리가 산다

저 높은 굴뚝을 천천히 빠져 나가는 푸른 연기와
사라지는 뼈
사라지는 살들 사이에는

낡은 의자에 앉아 곰탕을 먹는 노신사와
그 앞에서 설렁탕을 먹는 시든 다알리아 같은 아내 사이에는

그것들의 배경인 더러운 유리창과
산발을 하고 흔들리는 수양버들 사이에는

날개를 빳빳이 펴고 태양 속으로 질주하는 새
반원을 그리며 느리게 불려가는 바람 사이에는, 그래!

미친 듯 포효하는
푸른 호랑이 한 마리가 산다

월간 『현대시학』 2009년 9월호

이 경 림
1947년 경북 문경에서 출생. 1989년 계간 《문학과 비평》을 통해 〈굴욕의 땅에서〉
로 등단. 시집으로 『상자들』 외 다수 있음.

축제

이 경 임

눈이 상투적으로 내린다
고요하게
눈이 전위적으로 내린다
징소리처럼
그렇게 눈이 내린다
그렇게 살아간다

갓난아기 울음소리처럼
영안실 향 피우는 냄새처럼
눈이 낡아 간다
나도 눈처럼 낡아 너덜너덜 해진다
남루한 눈이 나의 눈을 찌른다
날카로운 새처럼
뜨거운 불꽃처럼

눈이 머는 줄도 모르고
나는 하염없이 눈을 바라본다

내리는 눈마저 보이지 않을 때까지
내리는 눈마저 들리지 않을 때까지

웹진 『시인광장』 2009년 가을호

이 경 임
1963년 서울에서 출생. 1997년 《동아일보》 신춘문예 〈부드러운 감옥〉으로 등단.
시집으로 『부드러운 감옥』이 있음.

변두리

이 규 리

신호등은 이제 점멸신호로 바뀌었다
그냥 알아서 하면 되는 시간이 온 것이다
종일 꼭 쥐고 있던 객관을 내려놓는다

죽어도 평범하기 싫었던 때가 있었다
자살한 젊은 여자를 부러워도 했고
그 여자가 낳은 딸을 생각하기도 했다

저 두 눈은 이제 양쪽으로 말하고 있다
떠나라는 건지 있으라는 건지 애매하게 말했던 한 때처럼
그 눈을 보고 가는 다른 눈들
잠시 아뜩하게 제 생을 점멸하고 싶지 않을까

길가 쑥부쟁이들도 따라서 깜, 빡,
손눈썹을 무섭게 열었다 닫는 동안
참 쓸쓸한 주관.
이제 정말 알아서 해야 하는 시간이 온 것이다

터널을 빠져나오면 다시 먼 터널, 가던 방향을 바꾼들
길에서 벗어날 수 있을까

이들의 절반만을 보며 우리는 변두리에서 울었고
그 울음 말갛게 떠서
점하고 멸하며 저기 걸려 있다

월간 『현대시학』 2009년 9월호

이규리
1955년 경북 문경에서 출생. 1994년 《현대시학》으로 등단. 시집으로 『앤디 워홀의 생각』 등이 있음.

단추

이근화

몇 개의 단추로
몸을 가릴 수 있는 건 고마운 일
단추를 채우면 따뜻하고
덜 부끄럽고
자신감이 솟아오른다

단추는 단단하고
단추는 부드러워
열에 맞추어 매달려 있는 것이 목숨 같네
간신히 매달려 있는 것 같지만
뜯어내지 않아도 좋다

차례대로 단추를 끄르거나
성급히 단추를 채울 때
부끄럽고 무안하고
자꾸만 작아지는 단추가
손끝에서 미끄러진다
차라리 눈물을 흘렸으면 좋겠지만

후드득 바닥에 떨어진 단추를 집어올릴 때
반으로 쪼개진 단추를 볼 때
단추는 가엾구나
단추는 없구나
누가 나를 지키나

단추는 나를 놀리고

나의 눈을 바닥에 깔고

나의 손가락을 농락한다

단추를 매달 때는 여유를 주어야 한다

실을 돌돌 감아 단추의 목을 만들어주어야 한다

단추를 이길 수는 없다

계간 『문학과 사회』 2008년 겨울호

이근화

1976년 서울에서 출생. 2004년 《현대문학》에 〈칸트의 동물원〉 외 4편의 시를 발
표하며 등단. 시집으로 『우리들의 진화』가 있음.

솜사탕 얘기

이 기 성

솜사탕, 얘기를 해볼까
한 꺼풀씩 벗겨지는 살에 대해서
달콤한 손가락과 이빨 끝에서 녹는 얼굴에 대해서
한밤중에 우리는 서로를 가리키며 웃을 수도 있지
그러나 오늘은 커다란 겨울의 무쇠솥
깊이 없는 밑바닥에서
단단한 혀는 검은 죽처럼 흐르고
사내는 두꺼운 외투를 입고 돌아와
얼어붙은 밤의 피부를 휘젓는다
희고 커다랗게 부풀어 오른 솜사탕,
차가운 잠의 목구멍에 걸린 그것
방 안 가득 흩날린다
박쥐의 날카로운 이빨에 찢겨진
먼지투성이 한숨들
십년 전에 쏟아놓은 울음처럼
공책 속으로 번지는 검은 글자들
침대 위에서 어지럽게 자라는 꿈의 허연 짐승들
자줏빛으로 칠해진 입술의 노래
눈보라 속에서 재의 신발을 잃어버린
아이처럼 달디단 손가락 빨면서
사내는 천천히 굳어간다
너의 머리 위에 덮이는 저것은,
광활한 어둠의 무쇠 뚜껑

하염없이 부풀어 오른 오늘의 솜사탕이
사내의 목구멍을 틀어막는다
그러니 이제 흰 솜사탕 얘기를 해볼까

계간 『열린시학』 2008년 겨울호

이기성
1966년 서울에서 출생. 1998년 《문학과사회》에 〈지하도 입구에서〉로 등단. 시집으로 『불쑥 내민 손』이 있음.

상자의 시간

이 기 인

골판지 지붕 위로 빗방울이 하나 둘 떨어지기 시작하였을 때
그는 그의 집이 불에 타버리는 심정이었으므로 허공을 휘저었다

그는 한 줌 재를 손에 쥔 채로 상자 밖으로 꺼내져 나왔다
곧 그의 얼굴은 노숙자가 아니라 불 속에서 살아남은 자의 표정이
었다

창틀이 뒤틀리고 별똥별이 수없이 지붕 위로 떨어지는 줄 알았다
한낮에 창문에 앉았던 나비는 날아가 버리고 하늘은 검은 먹빛이
었다

슬픈 집의 네 모서리가 타다닥 타다닥 울다가 곧 녹아서 없어지는
것을
길바닥을 함께 뒹굴던 시선들이 방울방울 모여서 걱정하다 사라
졌다

길을 잃은 그는 데인 사람처럼 꾸물꾸물 걸음을 데리고 주인 없는
처마를 찾아서 돌아다녔다
검은 나뭇가지에 앉은 달빛을 스쳐서 지나가기도 하였다

비가 멎고 젖은 골판지 지붕을 쓸어내던 청소부는
주저앉은 집에서 아직 깨지지 않은 소주병의 울음소리를 하나 덩
그러니 깨웠다

초췌한 얼굴로 모인 담배꽁초가 그 속에 갇혀서 쿨룩쿨룩,
상자의 시간을 쫓아다니는 그를 찾고 있었다

계간 『문학나무』 2008년 겨울호

이 기 인
1967년 인천에서 출생. 2000년 《경향신문》 신춘문예 〈ㅎ방직공장의 소녀들〉로
등단. 시집으로 『알쏭달쏭 소녀백과사전』이 있음.

심금의 무늬

이 기 철

심금의 선홍 무늬가 연애라 해도
누가 누란의 꽃을 딸 수 있는가
마취의 열락이 나를 끌고 백척간두의 절벽으로 갈 때
몸의 양식을 쪼개 그대의 오지에 독배를 붓는 사람은 누구인가
또 꽃 피는 마음에 오늘은 낯선 해후에 닿고 싶어
치사량의 연애를 마신다
닿은 곳이 아름다워 생의 뒤켠을 돌아보고
혹사와 회한에 무릎 꿇어 그의 부침浮沈을 찬탄하느니
독약의 시간에 깃들이지 않으면 생의 무료가 노도가 되리

또 염열이 흉금에 번져
화염에 맛들인 상처의 조각을 촉수로 헤느니
정염은 나를 끌고 가는 극약의 처방
한 연애가 생을 지필 때
나는 새 신 신은 유년의 발로 신성한 풀숲을 밟고 간다

절벽을 헤매던 날들이어
나는 독약처럼 무성한 시간을 꺾어
한 가지에 피어나는 이종異種의 꽃을 맞고 싶다
해금의 아침을 끌고 오는 고혹의 음악처럼
심금의 무늬는 독이毒栮로 피어

다시 오는 생을 끊기지 않는
피혁으로 포박하노니

월간 『현대시』 2008년 7월호

이 기 철
1943년 경남 거창에서 출생. 1972년 《현대문학》으로 등단. 시집으로 『열하를 향
하여』 등이 있음.

사계리 발자국 화석

이 대 흠

다녀가셨군요 당신

당신이 오지 않는다고
달만 보며 지낸 밤이 얼마였는데
당신이 다녀간 흔적이
이렇게 선명히 남아있다니요

물방울이 바위에 닿듯
당신은 투명한 마음 발자국을 남기었으니
그 발자국 몇 번이나 찍혔기에
화석이 되었을까요

다녀갈 때마다 당신은 또 얼마나 울었을까요
아파서 말을 잃은 당신
눈이 멀도록 그저 바라다보기만 하였을 당신
몹쓸 바람 모슬포 바람에 당신 귀는
또 얼마나 쇠었을까요

사랑이 깊어지면 말을 잃는 법이라고
마음 벼랑에 우두커니 서 있던 나를 데려와
당신의 발자국 위에 세워봅니다

소금 간 들어 썩지 않을 그리움
입 잃고 눈 먼 사랑 하나
당신이 남긴 발자국에 새겨봅니다

다녀가셨군요 당신

웹진 『시인광장』 2009년 여름호

이 대 흠
1968년 전남 장흥에서 출생. 1994년 《창작과 비평》 봄호 〈제암산을 본다〉로 등
단. 시집으로 『눈물 속에는 고래가 산다』 등이 있음.

끙게질

이 덕 규

황소가 한겨울 먹고 놀면 사람이 생쥐 만하게 보인다는데요 무엇이든 그냥 닥치는 대로

꾹, 밟고 싶어진다는데요 아-흐, 몸이 근지러워

말뚝에 치대고 들이받고 비비는 놈을 바로 논밭으로 밀어 넣으면 씨근덕 불끈덕 삐뚤빼뚤 갈지자로 갈아대기 일쑤인데요

이른 봄 아버지는 통나무 썰매 위에 일 마력짜리 발동기만한 돌멩이를 턱 올리고

먼지 뽀얗게 날리며 들판 몇 바퀴 뺑뺑이 돌리는데요 이른바 바 끙개질이라고 하는데요

맷돌 같은 어금니를 뿌드득 뿌득 갈아대며 메기수염 같은 끈끈한 침을 흘리며 등짝엔 시루떡을 쪄 얹은 듯 김이 무럭무럭 피오르는데요

반나절쯤 돌리고 마당에 들어서면

어라, 발굽 아래 기던 사람들이 저보다 더 크게 보여서 눈망울이 화등잔만해진다는데요

거짓말처럼 유순해져서 휘어진 논은 휘어지게 곧은 논은 곧게 다 그치지 않아도 제가 알아서 가고 서고 하는데요

쟁기질 써래질로 몸이 천 근 만 근이 되어 머리를 땅에 끌고 돌아오는 날이면 또 캄캄해져서 아무 것도 보이지 않는다는데요

서리태 듬뿍 섞은 여물 한 구유 정신없이 먹고 나면 그 크다란 눈동자속엔

모종하고 비 맞은 수숫대처럼 웃자란 어린 주인이 우뚝 서있었는데요

머지않아 세상 갈지자로 마구 갈아엎고 다닐 그 껑충한 황송아지 이마에도 검지만한 뿔이 돋느라고 개굴개굴 되게 가려운 저녁이었는데요

월간 『현대시학』 2009년 7월호

이덕규
1961년 경기도 화성에서 출생. 1998년 《현대시학》에 〈揚水機〉로 등단. 시집으로 『밥그릇 경전』 등이 있음.

말과 돌

이 면 우

　너무 느리거나 빠른 고백은 돌이 되어 강물에 가라앉습니다 여울목 자갈들이 가만가만 울고 그걸 가슴에 담는 밤 여럿 지나왔습니다 때론, 말 거는 날도 있어 도란도란 알아듣는 귀도 생겨났습니다 … 지금 당신은 끝내 말이 되지 못한 돌 몇 개나 가슴에 품고 가는 중입니까 주머니 속 호두알이 손바닥처럼 따스해지듯, 돌 하나에 이름 하나씩 오래오래 불러보셨습니까 너무 느리거나 빠른 고백은 돌이 되어 가슴에 가라앉습니다 여울목 자갈들이 제 몸에 산, 강, 달 같은 무늬 새겨 넣듯, 말이 되지 못한 돌의 슬픔은 끝없이 제 몸을 어루만져줍니다.

　그렇게, 당신의 돌들은 지금 충분히 둥글어졌습니까.

계간 『시와 사상』 2008년 가을호

이 면 우
1951년 대전에서 출생. 1991년 첫 시집 『저 석양』으로 등단. 시집으로 『아무도 울지 않는 밤은 없다』 등이 있음. 2002년 제2회 노작문학상 수상.

뿌레땅뿌르국

이 명 윤

닭에게 벼슬을 내리는 그는
이 나라의 존엄한 대통령입니다
그는 또한 지휘봉을 든 검찰총장이자
돼지국밥을 먹는 서민이며
인상을 쓰는 폭력배이자 상냥한 목사입니다
눈이 동그래진 당신,
먹고 사시느라 코미디프로에 관심 없으시군요
두 팔을 들고 다함께 외쳐요
오, 뿌레땅뿌르국,
그는 또한 법무부 장관이며 정치부 기자이자
방송국 사장이며 인기소설가…
손을 뿌리치는 당신,
당신 나라로 돌아갈 배는 없지만
티켓을 살 돈은 빌려줍니다
그래요, 자비로운 그는
이 나라의 대통령이자 희대의 사기꾼이며
공정거래위원장이자 악덕 사채업자입니다
위대한 꿈의 나라, 뿌레땅뿌르국,
입법과 사법과 행정
세 사람이 다 해먹는 나라
서로를 임명하고 깔깔깔 웃는 나라
그들은 아침마다 서로의 오른쪽 엉덩이를 차며
즐겁게 인사를 하거나

노을이 지는 저녁
왼쪽 가슴에 손을 얹고 엄숙한 목소리로
소녀시대의 Gee를 부릅니다
당신이 상상하는 나라 그 이상의 나라
서로의 배꼽을 잡고 우는 나라
뿌레땅뿌르국,
일요일 저녁,
시청자이자 제작자이며 노예이자 주인이며
웃음이자 눈물인 당신을 찾아갑니다.

* 뿌레땅뿌르국 : KBS방송국 주말 코미디프로그램 개그콘서트의 한 코너

웹진 『시인광장』 2009년 가을호

이 명 윤
1968년 경남 통영에서 출생. 2007년 《시안》으로 등단. 시집으로 『수화기 속의 여자』가 있음. 2006년 제15회 전태일문학상 수상.

쇄골절흔
- 소유란 구체화된 자유이다*

이 미 산

행위를 끝낸 사내가 여자의 쇄골절흔을 가리킨다
이곳은 내 것이요**
사내의 검지 끝에 힘이 실린다 간절해진다 내 것!
따끈하다 말랑말랑하다 나와 내 것 사이
가까울수록 좋다 만져보고 찔러보고 냄새 맡는
다가갈수록 그러나 멀어진다 멀리서 웃는다
검지에 자꾸 힘이 실린다 따끈따끈한 말랑말랑한
숨 쉬는 것, 관계의 중심, 나란히 누운
두 개의 몸뚱어리, 말이 없는 내 몸 네 몸
내 마음 네 마음, 내 것은 식을 줄 모르는
신념이다 간절하고 간절하여 가늠할 수 없는
깊이다 팔딱거리는 현실이다
네 안에 숨 쉬는 검지마디 만큼의 수많은 내 것들,
복사빛 볼에 멈추어있는 설렘
연고를 묻혀 상처를 문지를 때 전신을 관통하던 그 지점
저기, 저어기, 불확실한 운명을 향해가던 언덕길, 그때 주고받은
가쁜 호흡의 동맹
수백 개의 바늘에 평생을 찔리며 한 방울 피 맛에 중독되어가는
그 작고 여린 흔들림, 지루한 울음 마비시키는 지독한 향기
검지 끝에 와 닿는 따끈따끈한, 부분이며 전체인
이상한 그림자 두렵고 두려운
그러니 울타리를 쳐야지 작은 문패라도 달아야지

이곳만은 내 것이오, 그래 부디
내 것, 한없이 사소한

* 헨리밀러 〈북회귀선〉에서
** 영화 '잉글리쉬페이션트' 중 대사

월간 『현대시』 2009년 1월호

이 미 산
1959년 경북 문경에서 출생. 2006년《현대시》로 등단.

천문학자는 과거를 쇼핑한다

이 민 하

눈앞에 있는 별은 아주 오래 전의 별이지요.
수년 전의 별부터 수만 년 전의 별들을 보고 있는 거라며
그는 걸음에 잠깐 쉼표를 찍고
나는 아아아 하품을 한다.

우리가 죽은 후에나 당도하는 별빛의 현재 따위는 산책로 옆으로
치우며
우린 나란히 꼬르륵거리며 걷고 있네.
한 번씩 부딪칠 때마다 이미
사라진 눈. 사라진 어둠.

골목 입구에 차린 구름약국의 아이들이 전신주에 걸터앉아 전화
선을 물어뜯기 시작하자
너무 멀리 떨어져 빛이 닿지 못하는 별처럼
아스라한 허기로 잠시 이사를 고민할 즈음

그가 문을 열었고, 난 벼룩시장을 접었다.
물컹물컹 천체망원경으로 짓무른 그의 눈알에 연고를 다 발랐을
때
그가 손짓한 지상으로의 저녁 초대.
어제 낯설게 소매를 스쳤던 마트에서
오늘은 함께 새로운 메뉴를 고른다.

다 안다는 듯 관심 없다는 듯 고향 대신
나의 취향을 당신이 물어보는 사이 나는 똑 딱 똑 딱

빛이 30만 킬로를 달리는 1초.
소리가 340킬로를 달리는 1초.
그리고 기억이 수십 년을 달리는 1초만큼씩 멀어진다.

당신은 이미 사라진 빛 속에 남아
사라진 내 목소리를 듣고 있네.
사라진 이빨, 사라진 키스,
볕 좋은 치과에 모여 쌍둥이 뻐꾸기 새끼처럼 입을 벌리고

전속력으로 관측되기 위해
수명을 다해 부풀어 오르다가 폭발한 초신성의 잔해들, 오천광년
을 걸어 잠시 들른 이 별에서
끝없는 불꽃놀이로 꺼지지 못하는 사람들, 믿지 못 하겠니, 우리는
잠들지 않는 냉동 수정란처럼 둥둥 탯줄을 끄는 해파리성운.

밤하늘에 목을 맨 모빌이 되어 수수만년
우리는 부치지 못할 편지를 쓰고
편지를 수거해 간 우편배달부는 버즈 두바이*에서 밤마다 참수당
하고
진열대에는 저녁에 쓰일 햇반 같은 활자만 남아
쇼핑할 수 없는 엄마가 하나 둘 지나간다.
나는 쇼핑 카트에 잠들어 있네.

* 버즈 두바이 : 세계 최초의 인공구조물

이민하
1967년 전북 전주에서 출생. 2000년 《현대시》로 등단. 시집으로 『환상수족』 등이
있음.

봉지밥

이 병 률

봉지밥을 싸던 시절이 있었지요
담을 데가 없던 시절이지요
주머니에도 가방에도 넣고
가슴팍에도 품었지만
어떻게든 식는 밥이었지요

남몰래 먹느라 까실했으나
잘 뭉쳐 당당히 먹으면 힘도 되는 밥이었지요

고파서 손이 가는 것이 있지요
사랑이지요
담을 데가 없어 봉지에 담지요
담아도 종일 불안을 들고 다니는 것 같지요

눌리면 터지고
비우지 않으면 시금시금 식어버리는
이래저래 안쓰러운 감정의 형편이지요

다 비운 봉지를 뒤집어
밥풀을 떼어먹느라 봉지 안쪽을 받치고 있는 손바닥은
사랑을 다 발라낸 뼈처럼
도무지 알 길 없다는 표정으로 말갛지요

정해진 봉지에
더 비우거나 채워야 할 부피는 무엇인지요
눈발이 닥치더라도 고프게 받아
잘 뭉쳐놓으라는 이 요구는 무엇인지요

바람이 봉지를 채간다고
사랑 하나를 치웠다 할 수 있는지요

봉지를 끌고 가는
이 바람의 방향을 외면하는 것으로
사랑 하나 비웠다 할 수 있는지요

『시, 사랑에 빠지다』 (현대문학) 2009년 1월

이 병 률
1967년 충북 제천에서 출생. 1995년 《한국일보》 신춘문예로 등단. 시집으로 『당신은 어딘가로 가려한다』 등이 있음.

올랭피아*

이 병 일

이 영롱한 꽃병은 침대 위에서 저 혼자 고요하고 저 혼자 아름답다
육체의 투명한 골격과 핏줄 그리고 신경까지 모조리 노출하였으니

저 벌거숭이 꽃병을 바라볼 때면
두루 슬프고 두루 부끄럽고 두루 거룩하다
손목에 찬 팔찌와 한쪽 발에 걸친 실내화엔
一己의 약속인 듯한 부끄러움을 모르는 치욕과
비참한 황홀과 그리고 반짝이는 비애가 숨어있다

온 마음을 다하여
일광욕을 즐기며 비스듬히 누워있는 꽃병아
끝없이 환한 알몸이 능청스럽게 빛날 때
내 생각은 꽃잎처럼 떠서 그 아름다운 원형을
네 발 밑에서 푸른 눈망울을 켜든 고양이처럼
열렬하게 음미할 거다

내 눈으로 밝게 와서 빛으로 몸을 씻는 꽃병아
나는 귀밑머리부터 다리까지 흐르는 강줄기를 본다
더러 나무도 새도 바람도 구름도 그 속에 뻗쳐있구나
생기와 신중함을 한 몸에 지니고 있어
스스로가 깊어지는 自然이자 宇宙인 꽃병아
저절로 눈부시게 벙글어가는 목련 꽃송이처럼
탱글탱글한 위엄이 젖가슴에 저절로 피어있구나

오늘 나는 무서운 방탕도 해탈도 아닌 끝없는 열림처럼
한없이 어여쁜 풍채를 만개한 꽃병을 읽고 말았으니
순간 몸도 마음도 넉넉해지고 세상도 넉넉해질 듯하다
새벽빛 나는 알몸의 고요한 숨결소리가 들리는 듯하다

*올랭피아 : 마네의 그림 1863.

계간 『문학나무』 2009년 가을호

이병일
1981년 전북 진안에서 출생. 2004년 《평화신문》 신춘문예 〈곰팡이〉로 등단.

짧고도 길어야 할

이 선 영

그대와 내가 늘 처음처럼 사랑하려 애쓰지 않아도 된다는 사실은
사랑한다는 말을 지루하도록 되풀이하지 않아도 된다는 사실은
마침내 낯익어서 낯설어져 버린 서로의 얼굴이 마주치는 순간을
맞이하지 않아도 된다는 것은
무엇보다 그대와 내가 거문고의 여러 개 줄 가운데 딱 두 개 줄처럼
끝끝내 묶음으로 울려 왔음을 들키지 않아도 된다는 것은
흙 속에 바람 속에 뼛가루로 재로 영영 묻혀 버리면 그만이라는 것은
이쯤에서 추억이 되었으면 하고 바랄 때
사랑의 박제를 만들어 가질 수 있다는 것은
그대 앞에서 내가, 내 앞에서 그대가 늙어가서는 안 되겠기에
사랑과 시는 늙어서는 안 되겠기에
사랑과 시를 위해서는 짧았으면 싶지만
생활과 핏줄을 위해서는 질기게도 길어야 할,
당길 수도 늘릴 수도 없는 이
인생이라는 것

시집 『포도알이 남기는 미래』(창비, 2009)

이선영
1964년 서울에서 출생. 1990년 《현대시학》에 〈한여름 오후를 장의차가 지나간
다〉로 등단. 시집으로 『오, 가엾은 비눗갑들』외 다수 있음.

기나긴 이별

이 성 렬

그는 이별주를 마시며 기다렸다, 시간이 투명하게 변하는 순간을
Guess who's coming to dinner(1)
초대받지 않은 손님 역에 신물이 난 배우는 재산을 털어
해변 호텔에서 파티를 열기로 결심, 정성스런 편지를 보냈다
친애하는… 사물들이여… 매혹이여…
(언제 비가 올지, 해가 뜰지 알 수 없으므로)
선글라스와 레인코트를 함께 걸치고 다니는(2), 옛 애인을 닮은 여
자,
가장 건조한 사막 아타카마에서 바다안개를 먹고 사는 선인장과,
다리에 침을 발라 체온을 식히는 캥거루 등등
(그러나 쓸쓸한 것들은 오지 않았다)
그는 누구와도 인사하지 않은 채, 커튼에 비치는 그림자들을 주시
했다
(좌석을 지정하여 초대하였으나, 손님들은 제멋대로 배열했다)
성난 군중으로부터 멀리(3) 떨어져 나온 우편배달부 마리오(4)는
죽음을 예견하고 카메라 앞에서 뜨거운 눈물을 흘렸으나
슬프지 않았다, 그의 평생은 소도구였으므로
깔루아 블랙러시안, 데낄라, 멋진 술 이름을 흠모하는 댄디는
노발리스의 시를 도발적인 포즈로 낭송했고
이상한 나라 근처에 가보지 못한 여자시인은
장소에 집착하는 게으른 짐승을 걷어찬 후
앨리스와 무척 친한 척 했으며
〈나라는 건 없다〉라고 설파하던 고승은 치통 때문에 환속했다

물병자리에서 찾아 온 변종 인어가 노출된 부레를 떼어낸 후
육지에서 살기로 결심하며 훈제연어를 뜯을 때
에너자이저로부터 끊임없이 영감을 얻는
긴 귀와 거대한 앞니를 가진 짐승은
광기 어린 눈으로 양철북을 두들기며 외쳤다(5)

Pigs eat their own flesh!(6)

구부정한 어깨와 낡은 모자로 어둠 속에 떠오른 사내를 그는 알아
보았다
돈을 댄 인물들을 전면으로 뚜렷하게 처리하지 않은(7) 죄 때문에
만년에 형편없이 고생한 화가를…
비웃으며 세계의 가벼움을 논하는 철학교수는
뜨거운 눈길을 엘리베이터걸에게 보냈다
(그녀는 되물었다, 거액의 빚을 갚지 않으면 반드시 찾아오지 않
던가요)

All those moments will be lost in time like tears in rain. Time to
die … (8)

벽에 스며든 그림자들을 모두 돌려보낸 후
졸다가 무릎 위에서 떨어지는 술잔을 공중에서 낚아챘을 때
저격수의 사선 끝에서 모든 별자리를 삼키며
초신성으로 폭발하는 뇌수 깊은 곳에서 그는
점액질 시간의 잔등이 진실로 투명하게 빛나는 순간을 맞았다

(1) 영화「초대받지 않은 손님」의 원제
(2) 영화「중경삼림」의 한 장면
(3) 영화「Far from the maddening crowd」에서 가져옴
(4) 영화「Il Postino」의 주인공
(5) 에너자이저 건전지 광고
(6) 히틀러가 괴링의 육식에 대하여 언급함
(7) 렘브란트,「야경」
(8) 영화「Blade runner」의 대사

계간『미네르바』2008년 겨울호

이 성 렬
1955년 서울에서 출생. 2002년《서정시학》으로 등단. 시집으로『여행지에서 얻은
몇 개의 단서』등이 있음.

손

- 來如哀反多羅 4

이 성 복

불어오게 두어라
이 바람도,
이 바람의 바람기도

지금 네 입술에
내 입술이 닿으면
옥잠화가 꽃을 꺼낼까

하지만 우리
이렇게만 가자
잡은 손에서 송사리떼가 잠들 때까지

보아라,
우리 손이 저녁을 건너간다
서산 헛디딘 노을이 비명을 질러도

보아라,
네 손이 내 손을 업고 간다
죽은 거미 입에 문 개미가 집 찾아 간다

오늘이 내일이라도 좋은 날
걸으며 꾸는 꿈은
壽衣처럼 찢어진다

계간 『시와 사상』 2008년 가을호

이 성 복
1952년 경북 상주에서 출생. 1977년 계간 《문학과 지성》으로 등단. 시집으로 『뒹
구는 돌은 언제 잠깨는가』 외 다수 있음. 대산문학상 등을 수상.

공간의 이해

이 수 명

둥근 각도를 쏟으며
각목들이 무너져 내린다.
흘러 다니는 각도들에
발을 담근다.
칠이 벗겨진 태양은 어느 쪽에서 오는가
낭하에서 홀로 소리치는 광선을 상상한다.
붙잡힐 때
나는 돌발적으로
내가 있는 곳이 된다.
인근의 나라에 따라 들어간다.
어깨를 파먹는 철근 골조를 옮긴다.
내가 소리친
엉겨붙는
구분할 수 없는 자세들을 발굴하기 위해
나는 반복해서 나의 자세를 매장한다.
푸른 핏줄들이 터진다.
나는 내가 보고 있는 것을 발생시키며
발생한 것은 찾지 못한다.
나는 잎사귀들을 펼치고 펼치지만
모든 각도가 싸우며 혼미해져

다른 공간 속으로 이동한다.
오늘 내가 들어가지 못하는

계간 『시작』 2009년 여름호

이 수 명
1965년 서울에서 출생. 1994년 《작가세계》 신인상으로 등단. 시집으로 『왜가리는
왜가리놀이를 한다』 외 다수 있음. 2001년 박인환 문학상 수상.

처음으로 사랑을 들었다

이 수 익

한 여성은
드디어 고막이 터져버렸다네, 깊고 캄캄하게,
너그러운 휴식을 맞이했다네, 아무렇게나 들을 수 없는
편안함이 그의 몸속으로 흘러들면서, 오래 오래,

처음으로 그는 세상의 소리를 들을 수
있었다네, 처음으로 그 세상의 남자가
여자를 만나서 온몸과 마음을 울리며 하던 말,
참으로 눈부신 열애의 고통을 떨어뜨리며
울부짖던 말, 한없이 숨 가쁜 사랑의 묘약이
백년이고 이백년, 삼백년을 거듭 견디며 내뱉던 말,
황홀한 눈물 없이는 차마 못 들을 그런 말, 말, 말,

강렬한 입맞춤은 귀의 내이 사이에서 공기압력에
불균형을 가져와 고막이 터져버린다는 것인데,
그런 '푸'하는 소리와 함께 세상의 모든 소리들은
꺼지고 사라지고 말아, 그럼으로써 한 여성은 참으로
세상에서 들을 수 없는 소리를 들을 수 있게 되었다네,

오래 오래 무너져 내려야 할
거대한
사랑의 지옥 같은 것!

격월간 『유심』 2009년 3~4월호

이수익
1942년 경남 함안에서 출생. 1963년 《서울신문》 신춘문예로 등단. 시집으로 『야
간 열차』 외 다수 있음. 한국시인협회상, 현대문학상, 정지용문학상 등을 수상.

내 어머니가 죽어가고 있을 때

이 승 하

이 세상에 꽃은 많고 많지만
피어나는 꽃과 시들어가는 꽃
단 두 종류만 있을 뿐
이 세상에 사람은 많고 많지만
태어나는 목숨과 죽어가는 목숨
단 두 부류만 있을 뿐

아침이 옴을 저주하는 밤의 자식들아
매음하고 있을 때 그대 곁에는
부처가 흐느끼고 있지 않았는가
강간하고 있을 때 그대 곁에는
예수가 부르짖고 있지 않았는가

사춘기 이후에나
어머니 곁을 떠나려고 줄곧 발버둥을 쳤다
어머니 가슴에 몇 개의 대못을 박았고
임종은 지키지 못했다 그때도 헤메었다
나, 말없이 죽어가고 있었을 뿐

돌아다녀도 천국은 어디에도 없었다
아니, 천국 비슷한 것을 맛보기도 했지만
깨어나면 길고긴 지옥이었다
해는 눈뜨고 바라볼 수가 없었고
날은 언제나 싸늘하게 식어 있었다

이 세상에 자식은 많고 많지만
어머니 앞서 죽는 자식과 뒤에 죽는 자식
단 두 종류만 있을 뿐
이 세상에 사람은 많고 많지만
집이 있는 자와 집을 떠나 있는 자
단 두 부류만 있을 뿐

계간 『애지』 2008년 여름호

이승하 1960년 경북 의성에서 출생. 1984년 《중앙일보》 신춘문예에 시로 등단. 시집으로 『사랑의 탐구』 외 다수 있음. 대한민국문학상 신인상, 서라벌문학상 신인상, 지훈문학상 등을 수상.

春畵 춘화

이 영 광

이 늙은이가 이렇게까지 불행해졌던 적은 없었다
그림쟁이, 옛날의 그는 잠든 고목을 발기시켜
하늘을 찌를 듯한 근력 끝에 회춘 꽃구름을 점묘하고
봄 천지를 외설로 적시고도 비린내 내친 적 없었지만,
지금은 덜덜거리고 쿵쾅거리는 개발 지구에 늙어서 나타났다
그의 주제는 사람 사랑 짐승 사랑, 꽃 벌 나비의 사랑
누리가 달아오르고 엉겨 붙고 젖어 흐르면 붓을 쉬고
神韻을 드리워 놓고 길 잃은 사랑들 찾아다니곤 했지만
천지사방에서 봄을 불붙이던 그도 이젠 외로운 퇴역전선,
폐자재 콘크리트 더미 망연한 공터에 앉아 있다
너무나 많은 봄이 살해당한 곳에서
직각으로 끊어진 벼랑과 내장을 끌고 다니는 기슭을
파 뒤집고 깎고 뭉개는 기계들의 전성시절을 본다
이 독무대에 색정을 불어넣어야 한다 녹색이
더 깊은 바탕색임을 덜덜덜, 입증해야 한다
찢긴 화폭, 그가 공사판을 앙상한 가슴 높이에 맨다
그의 손이 우선 갈필을 휘둘러 흙을 깔고 철근, 돌무더기
스티로폼 조각들을 만지고 훔친다 멍 풀듯 개고 이긴다
부지런한 마른 손이 누비면서 벽돌들은 풀어져
흙에 파이고 섞여든다 그의 보이지 않는 붓이 한나절
하늘의 비를 불러오자, 젖다가 데워져서 끈적대는
타액들이, 용접하고 착색하며 공터를 흘러갔다 한 사나흘
그의 또 안 보이는 붓이 해를 불러 쬐고 다시 비 뿌리는 동안

일손 놓고 마르다 젖는 포크레인들 컨테이너 막사에서
불그레 먼 산 보는 인부들, 이유 없이 후끈 달아 있다
그가 녹색을 찾아내는 순간이다 별안간 뒤섞이다
불끈거리다 꿰뚫고 내밀며 초경 같은 혈색이 돈다
象外의 이물들이 화폭에 젖어든다 번지면서 자라는 풀빛
잡동사니를 그냥 잡동사니라 치고 푸르게 어우러지는 것들
쑥부쟁이 민들레 냉이꽃들 향긋한 회음부로 섰다 난리다
배후엔 원근 무시하고 산벚꽃, 목련 병풍을 벌써 두어 획
그어두었다 그의 세필이 먼 하늘, 땅 밑에서 벌 나비들을
불러온다 점, 점, 점, 날아내린다 노랑나비 팔랑나비
호랑나비들, 붕붕거리고 끈적거리는 화염이 주둥이에
꽁무니에 몰려 있다 창피도 피임도 모르는 혈떡임이다
눈 뜨고 볼 수 없을 만큼 음란하다 공사는 시들해져
젊은 축은 술집으로 늙은 축은 아예 벌개서 집으로 갔나보다
사랑은 만지고 핥고 녹다가 끝내는 사라져버리는 것
춘화란 만지고 핥고 녹여버리는 정욕의 역동적 정지
그러므로, 이 그림은 꿈틀대며 노래하는 동영상이다
홍분하여 아득해지고 제자리에서 치솟고 사방으로 전파하는 것
갔다간 어느 새 花冠들의 발돋움에 맴돌아 다시 떨어지는 것
하릴없이 조금은 비릿하다 바탕색이려니 한다
비 뿌리다 갠 오후, 산벚나무 그늘이 자꾸 그림자를 늘여와
땀 씻어준다 丹靑를 새기면서 덩굴손이 올라간 뒤
지친 꿀벌들이 돌에 누워 자고 노랑나비 꽃 속에 숨고

콘크리트 검은 먹빛이 들썩인다 자꾸 욱신거리나 보다
아무리 요란한 섹스로도 이 폐허 다 가릴 순 없었나 보다
흙인가 천인가 녹색인가, 필력보다 화구가 미흡했다
살려내지 못한 것들은 희미한 여백에 여여히 묻어두마
덧대고 꿰맨 글썽이는 누더기다 참 낡은 천의무봉이다
나는 철없는 노골을 가려 주기 위해 그가 데려온 어스름에,
노쇠한 그의 팔뚝에 자꾸 눈이 간다 쓰리다 그러나 안다
이 폐허는 이렇게 또 한 번 이러한 자연이 되었지만
이 늙은이가 이렇게까지 최선을 다했던 적은 없었다

월간 『현대시학』 2008년 12월호

이영광
1967년 경북 의성에서 출생. 1998년 《문예중앙》 신인문학상에 시 〈빙폭〉으로 등
단. 시집으로 『직선 위에서 떨다』 외 다수 있음.

상자는 상상 밖에 있다

이 영 식

상자는 상상 이상이다
상자 뚜껑이 열리기 전까지 내부는 4차원이다
상자는 하룻밤 사이에 이승과 저승을 오갈 수도 있다
상자 속에 누워 포장이사 가는 당신의 마지막 밤을 생각해 보라
상자는 뚜껑 하나로 명료하게 빛과 어둠을 나눈다
상자는 태어날 때부터 몇 개의 못을 박아 넣고 면죄부를 받았다
상자 속에는 예수와 부처가 기대거나 포개 눕기도 한다
상자는 밖이 궁금하지 않다, 조바심은?인간 몫이다
상자 안의 세계가 소원이라면 열어라
상자 모두가 판도라의 마술을 부리지는 않는다
상자 바닥에 빛 한 부스러기 없을 때 그 허무를 어쩔 것인가
상자 한 개쯤은 품고 살자, 열쇠를 무덤까지 갖고 가더라도
상자는 희망이라는 이름으로 당신을 위무할 것이다
상자는 저를 세우지 않는다
상자 속에 돌이 담겨있으면 돌 상자이지만
상자 속에 진주가 들어앉으면 보석함이다
상자는 힘이 세다
상자가 악어이빨을 숨기고 있다는 소문이 있다
상자가 문제인가 소문이 문제인가
상자는 침묵의 요새, 수천 년도 입 다물고 간다
상자 속의 성배를 찾으려 마라
상자는 자물쇠 고리가 걸려있을 때 깊어진다
상자를 허튼 꿈으로 엿보았다가 사막의 죄*를 짓지 마라

상자는 쌓여 빌딩이 되고 직장이 되고 밥을 퍼 나른다

상자를 향해 발기하는 동안 또 다른 상자가 살을 붙여온다

상자를 구워먹자, 상자는 늘 상상 밖이다

상자 속에는 흑암의 태양이 새똥 같은 별자리를 낳는다

상자에게는 상자의 문법이 있고 계율이 있다

상자는 매일 쌓이고 매일 무너진다

箱子, 깨지고 부서져 화목으로 던져지는 저 聖者에게 경의를—

* 사막에서 오아시스를 발견하고도 남에게 말하지 않는 죄

계간 『애지』 2008년 여름호

이 영 식
경기도 이천에서 출생. 2000년 《문학사상》 신인상에 〈공갈빵이 먹고 싶다〉로 등
단. 시집으로 『희망온도』 등이 있음.

전소 全燒

이 영 옥

나는 어느새 화염이 소용돌이치는 쪼개진 면이 되었구나

같은 곳을 가게 될 장작개비는 어깨를 포개며 다시 한 몸이 되고

나를 다녀간 기억들은 한 방향을 잡아 하얗게 말라 가는 중이구나

내가 잠시 재의 몸으로 풀썩 거린 것도 無에 이르기 위해서였구나

한 순간에 타올라 영원히 꺼지지 않는 것이 불멸이라면

화르륵 全燒 할 수 있도록 이제 눈물 거두어야 겠구나

나는 너울거리는 꽃불이 되어 가난한 옛집으로 돌아가리라

입 다물지 못한 저 쭈글쭈글한 상처위에 그믐의 촛농처럼 뜨겁게
흘러

어두웠던 한 생을 아련한 흰빛으로 굳혀 두리라

나는 내가 불 지른 공터에 마지막으로 떠나는 티끌이구나

나를 밀어올린 바람을 거스르지 않고 어둑한 이 저녁을 견뎌야 겠
구나

이 세상에 먼지의 몸이라도 내리지 말고 나를 태워

바깥을 꿈꾸는 일 다시는 없게

웹진 『문장』 2009년 7월호

이영욱
1960년 경북 경주에서 출생. 2005년 《동아일보》 신춘문예로 등단. 시집으로 『사라진 입들』이 있음.

연인

이 용 임

반쪽은 무덤
동참할 수 없는 눈보라
나는 반쪽부터 짙어진다
뼈만 남은 손목으로 날개를 저으며
고치를 찢고 나비가 난다
반쪽은 잠
내가 볼 수 없는 꿈
나는 반쪽부터 무거워진다
닫힌 문을 두드리는 손마디
여보세요 여보세요
반쪽은 키스
그대에게 열리는 하나의 표정
온몸을 흘러내리는 웅달
나는 반쪽부터 흩날린다
서로의 눈 속을 더듬는 손가락
발 꿈치의 속삭임
반쪽은 밤
나는 반쪽부터 아프다
연주되지 않는 음악이 울리는
마른 살갗을 미끄러지는 혀
포개어 죽기에는 너무 먼
지구 반대편의 계절
나는 반쪽부터 여윈다

그대라는 병중病中에서 느리게 일어나
손가락 사이로 흘러내리는 시간을
다른 눈으로 바란본다
나는 그대부터 잃는다

계간 『리토피아』 2009년 가을호

이용임
1976년 경남 마산에서 출생. 2006년 《한국일보》 신춘문예에 〈엘리펀트맨〉으로
등단.

당신의 왼쪽 뺨

이 원

해 지는 강변에서 당신을 기다렸어요
해는 하늘을 물들이고 강물을 물들이고
오른 쪽 어깨 너머로 순환선이 지나갔어요
나는 풀밭에 있었어요
몸안으로 뜨거운 것이 자꾸 밀려들었어요
새들이 날아갔어요
강물 소리를 들었어요
나는 당신을 기다렸어요
당신의 감추어진 손과 입술과 두 발과
목소리를 기다렸어요
당신의 손가락 끝에서
당신의 입술 가장자리에서
불타오르는 하늘 아래에서
출렁이는 강물의 끝에서 나는
당신의 손가락이 놓일 그 자리에서
당신의 두 발이 멈출
당신의 눈동자가 나타날 그 자리에서
당신을
내 왼쪽 뺨에 닿을 당신의 왼쪽 뺨을
기다렸어요
당신은 아직 오지 않고
밤이 되고 봄이 겨울이 되고 눈이 왔어요
허공 속에서 얼굴이 지워진 몸들이 자꾸 걸어나왔어요

풀밭은 점점 넓어지고
당신은 아직 오지 않고
그러니 당신은 여전히 내게 오는 중이고
퉁퉁 불어가는 몸으로
당신을 기다리고 있어

계간 『시평』 2009년 봄호

이 원
1968년 경기도 화성에서 출생. 1992년 《세계의문학》으로 등단. 시집으로 『그들이 지구를 지배했을 때』 외 다수 있음. 현대시학 작품상과 현대시 작품상 수상.

이은몽 이은심 이으체
이재훈 이정란 이정섭
이하석 이현
장석원 장석
기철 전가
우 정대구
을 그 정 알남
아 정한용 정호승 조
조용미 조원규 조유
진수미 진은영 차주
차수하 차양희 최

201
⋮
↓
300

내 가슴에서 지옥을 꺼내고보니

이 윤 설

내 가슴에서 지옥을 꺼내고 보니
네모난 작은 새장이어서
나는 앞발로 툭툭 쳐보며 굴려보며
베란다 철창에 쪼그려앉아 햇빛을 쪼이는데

지옥은 참 작기도 하구나

꺼내놓고 보니, 내가 삼킨 새들이 지은
전생이구나
나는 배가 쑥 꺼진 채로
무릎을 세우고 앉아서
점점 투명하여 밝게 비추는 이 봄

저 세상이 가깝게 보이는구나

평생을 소리없이 지옥의 내장 하나를 만들고
그것을 꺼내어보는 일
앞발로 굴려보며 공놀이처럼
무료하게 맑은 나이를 꺼내어보는 것
피 묻은 그것.

내가 살던 집에서 나와보는 것.

너무 밝구나 너무 밝구나 내가 지워지는구나

계간 『문학동네』 2009년 봄호

이 윤 설
1969년 경기도 이천에서 출생. 2004년 《동아일보》 신춘문예 희곡 당선. 2006년
《조선일보》 신춘문예, 《세계일보》 신춘문예로 등단.

퇴촌*

이 윤 학

미래가 과거가 되는 곳이 있다지요.

먼 강가에 앉아 인디언 음악을 들었지요.
배 위로만 울림이 올라왔지요.
물풀의 띠가 강을 덮어갔지요.

이제는 내 말에 귀 기울일 수밖에…
이제는 내 말을 따라 움직일 수밖에…

날개 밑에
석양에 강물을 축이고
나머지 강물을 걷어차고
날아오르는 오리떼에게도

지난 일들 모두가
전생의 기억이 될 때가 있겠지요.

　* 퇴촌 : 경기도 광주시 퇴촌

　계간 『창작과 비평』 2009년 봄호

이 윤 학
1965년 충남 홍성에서 출생. 1990년 《한국일보》 신춘문예로 등단. 시집으로 『붉은 열매를 가진 적이 있다』 외 다수 있음.

허공을 헤엄치는 물고기의 벼는 바람이다

이은규

닫힌 창을 배후로
나무 물고기 헤엄치고 있다. 허공을 열고
어느 물고기는 물고기만은 아닐 것
물살이기보다 허공이 알맞다는 말에 동의한다

때로 나무의 기억은 허공에서도 나이테를 키우지

흔들린다 말하는 순간
나무 물고기의 흡이 내부로 스민다, 없는 비늘을 감추고
닫힌 창을 배후로 한 바람은 환기할 기억이 없다
흔들릴 때마다 나이테로 감기는 몇 평 비린내

쪽동배 깍아
허공에 물고기를 매달아 놓은 손의 외출이 길고
배후가 되어가는 당신의 목소리만
나무 물고기로 흔들리고 있다 종종
한 點 까만 눈을 깜빡이는 것도 같은, 무언가 말하려는
없는 비늘이 반짝인다면 기억이 환기될까
잎 좋은 절기면
나무쪽으로 귀를 열어두던 당신의 외출이 길고
스스로 音樂인 물고기의 헤엄은 어느 허공의 귀에 닿을까
악기가 바람을 부리고 있을 뿐이다
나무 물고기를 허공에 매어둔 못처럼
당신을 침묵하다, 허공의 나이테에 구멍을 내는

출처 모를 音樂들은 바람이거나 나무의 소관이다

긴 외출을 배웅하고 돌아오던 날
없는 비늘을 후둑이며 허공을 헤엄치던 물고기
언젠가 바람이 토막 칠 기억이 저기 있음을 알지 못한다
스며있던 노을이 뚝뚝, 번질지도

계간 『서정시학』 2008년 겨울호

이은규
1978년 서울에서 출생. 2006년 《국제신문》 신춘문예, 2008년 《동아일보》로 등단.

수만리

이은봉

재잘재잘 지껄이는 개울물 따라
돌고 돌아 오르는 고갯길 끝이니 수만리이지
걷고 또 걸어 오르는 하늘길 끝이니 수만리이지
토끼들이 놀고
암탉들이 놀고
염소들이 산비탈 여기저기 음메에 우는 곳
새로난 포장도로 위로
신발도 벗고
양말도 벗고
타박타박 맨발로 걸어도 좋은 곳이지
가랑비가 내리면
가랑비 맞으며 걸어도 좋고
이슬비가 내리면
이슬비를 맞으며 걸어도 좋은 곳이지
민들레꽃이 피면
민들레꽃을 밟으며 걸어도 좋고
질경이꽃이 피면
질경이꽃을 밟으며 걸어도 좋은 곳이지
옛 애인을 생각하며
무진무진 걸어도 좋은 곳이지
맷새 똥이 구르면
맷새 똥을 밟고 걸어도 좋고
콩새 똥이 구르면

콩새 똥을 밟으며 걸어도 좋은 곳이지
오래 묵은 꿈들 떠올리며
그냥그냥 걸어도 좋은 곳이지
자잘한 다랑이 논을 지나
두렁콩 파랗게 익어가는 마을
여기저기 돌멩이들
돌부처로 흩어져 있는 마을
조잘조잘 지껄이는 개울물 따라
기엄기엄 기어 오르는 고갯길 끝이니 수만리지
톡톡 튀어 오르는 메뚜기들 데리고
고살고살 돌아 오르는 하늘길 끝이니 수만리지.

월간 『현대시학』 2009년 8월호

이은봉
1953년 충남 공주에서 출생. 1984년 《창작과 비평》으로 등단. 시집으로 『좋은 세상』 외 다수 있음.

항상 저 쪽이 환하다

이 은 심

꽃 피는 것과는 관계도 없는 일이
꽃 지는 것과는 관계도 없는 일이
두 마디째를 우는 새와도 관계없는 일이
내 사는 일이라고 생각했다

수저통의 수저들이 죄다 등을 보이고
서먹하게 이파리들이 다 뒤집어져 있어도
산 채로 꺾이는 일만 없다면
나무 한 그루만큼만 꿋꿋하게 살자 했다
그대만 깊숙이 옮겨심고 들판처럼 멀리 나가자 했다

내 쪽을 헐어서
내일 모레 조금씩 아프면 그만이었다

문 밖에 세워두어도 슬픔의 주인은 변하지 않는 것
쓰라린 꽃에도 나비 날아드는 꿈이
내 사는 일의 치명적 낭비였다

계간 『시와 인식』 2009년 봄호

이은심
대전에서 출생. 《대전일보》 신춘문예로 등단. 〈시와시학〉 신인상 수상.

그림일기

이 이 체

아버지의 도치된 먹구름들이 안방에서 흑백의 꽃잎처럼 흐드러졌다. 하늘은 잿빛으로 메마른 수레국화였다. 마룻바닥엔 처녀혈로 얼룩진 걸레가 있었고, 누나는 나오지 않는 물을 펌프질해서 끄집어냈다. 물방울 머금은 얼굴에서 이글이글 뿜어져 나오던, 그 차분하게 빛나는 향기. 나는 나를 사랑하므로 동정녀가 아니야. 그녀는 어리고 오래된 노랫말로 일기장을 잠그며 말했다. 주전자가 패랭이꽃 옆에 차갑게 앉아 누나를 보고 있었다. 부서진 기왓장들이 그녀의 나이만큼 쌓인 앞마당에선 나비들이 곡예를 했다. 더 많은 날개가 생기면 땅 속으로 기어들어가고 싶다 했던 나비들. 누나는 일기장을 안고 누리끼리한 송홧가루로 분칠한 처마 끝을 물끄러미 바라보고 있었다. 다홍빛으로 투명한 치맛자락이 나풀나풀 바람과 몸을 섞었다. 마당에서 그녀가 어릴 적 즐겨 부르던 동요들이 저마다의 후렴구를 쥔 채 귀신 들린 각시춤을 추었다. 다시 태어나지만 않는다면 언제나 나를 생각할 거야. 빨간 시집 같은 누나의 입술이 가지런하게 움직였다. 안방에 만발해 있던 먹구름 중 하나가 마루로 기어 나와 일기장에서 비문非文을 골라 밑줄을 그었다. 그 날 많은 동요들이 병을 앓았다

계간 『시와 문화』 2009년 여름호

이 이 체
1988년 충북 청주에서 출생. 2008년 《현대시》로 등단.

草蟲圖 초충도

이 인 주

풀잎 아래 몸을 누인다 뼈 없는 통증이 편안하다 난생의 벌레인 나는 늘 웅크린 자의 등을 기억한다 내게 익숙한 모든 것들은 주름진 마디로 다가왔다 아버지가 그랬고 애인이 그랬고 생각이, 말이 그랬다 직립을 꿈꾸었으나 접히지 않을 만큼 독하지 못했다 낙오자로 채색된 길을 굼실굼실 기는 종족, 수풀 아래 버려진 울음이 온밤을 적시도록 적막은 한지처럼 흔들렸다 캄캄한 먹물을 쏟아내어 울음을 그렸으나 여백 한 점 들키지 못했다 풀뿌리를 닮은 말들이 자꾸만 지하로 뻗어갔다 온몸으로 캄캄한 자에게 밝음이란 말은 상상화다

안에서 이슬방울로 맺히는 한 세계를 순백의 경험인 듯 바라보고 있었다 버려진 것들끼리 기댄 풍경이 진저리치도록 아름답게 익어갔다 아늘아늘 부푼 나는 그 작열 속에 나를 풀었다 그대로 한 마리의 벌레인 나, 어떤 앵속도 접근하지 못했다 껍질을 쓰고도 앉은뱅이 풀과 즐겁게 내통했다 잠자리며 산실인 그녀가 내게 산차조기와 사마귀의 붉고 푸른 비밀을 귀띔해 주었다 커다랗게 버려진 것들만이 건널 수 있는 강과 바람과 그 너머에 자리한 솔숲의 향기까지, 그때 처음 태어나는 말들이 흰빛으로 그려졌다 눈을 감고도 환한 세밀화였다

격월간 『정신과 표현』 2009년 5~6월호

이인주
경북 칠곡에서 출생. 2006년 《서정시학》으로 등단. 2002년 수주문학상, 2003년 신라문학대상, 2008년 평사리문학대상 수상.

잘 알지도 못하면서

이 장 욱

잘 알지도 못하면서
어둠이 무서워.
잘 알지도 못하면서
당신을 좋아합니다.

무명용사의 묘에도 시체는 묻혀 있을 것이다.
십자가와 뼈 사이에 어둠이 곱게 쌓일 것이다.
어둠 속에서 우리는 조금씩
미쳐갑니다.

그 정신병원에서는 환자들이 의사 가운을 입고 다닌대, 그러면
누구나 정확하게 병명을 알게 되는 것일까?
당신의 질병은 나의 질병입니까?

탕, 탕, 탕, 괴물들을 향해 총을 쏴대는 오후의 오락실
나는 너를 알고 있다 나는 너를 알고 있다 나는 너를 잘 알고 있다
괴물들은 언제나 그렇게 외치지

하지만 원한이 자기도 모르게 진리에 기여할 수 있을까요?
인류의 역사란 그런 것들의 총합입니까?
미친 새끼, 넌 죽었다 나도 사랑을 몰라.

우리의 대화는 그토록 영원한 것
그러니까 이제 무엇이든 얘기해보자.
그 이후는 두개골과 척추뼈에 맡기고.

잘 알지도 못하면서
묘역의 봄꽃은 환하게 피어나네.
무명용사들은 깨어나
나를 향해 몰려오네.
탕, 탕, 탕,
당신을 좋아해도 좋습니까?

월간 『현대시』 2009년 9월호

이장욱
1968년 서울에서 출생. 1994년 《현대문학》으로 등단. 시집으로 『정오의 희망곡』
외 다수 있음. 제3회 문학수첩작가상 수상.

웃음의 배후

이 재 무

웃음의 배후가 나를 웃게 만든다
자꾸 웃음이 나온다
밥 먹으면서 웃고 길 걸으며 웃는다
앉아서 웃고 서서 웃고 누워서 웃는다
수업 하다가 웃고 차 타면서 웃는다
잠자다 깨어 웃고
소리 내어 웃고 소리 죽여 웃는다
누가 보거나 말거나
몸에 난 사만팔천 개의 구멍을 열고
비어져 나오는 웃음의 가래떡
찡그리면서 웃고 이죽거리며 웃는다
웃는 내가 바보 같아 웃고
웃는 내가 한심해서 웃는다
이렇게 언제나 나는 가련한 놈
웃다가 웃다가 생활의 목에
웃음의 가시가 박힐 것이다

백지의 공포 앞에서 볼펜이 웃고
웃음의 인플루엔자에 전염된
꽃들이 웃고 새들이 웃고
애완견과 밤 고양이가 웃고
가로수가 웃고 도로가 웃고 육교가 웃고
지하철이 웃고 버스가 웃고 거리의

간판들이 웃고 티브이, 컴퓨터가 웃고
핸드폰, 다리미, 냉장고, 식탁,
강물, 들녘이 웃고 산과 하늘이 웃는다
동심원을 그리며 번져가는
웃음의 장판무늬들
그리다가 돌연 사방팔방 안팎에서
떼 지어 몰려와
두부 같은 삶 물었다 뱉는,

가공할 웃음의 저 허연 이빨들
웃음의 감옥에 갇혀 엉엉 웃는다
그 언제나 즐겁고 신나는
옛날 같은 새날이 와
눈치 보지 않고
눈물 콧물 흘리며 실컷 울 수 있을까

월간 『현대시학』 2009년 7월호

이재무
1958년 충남 부여에서 출생. 1983년 무크지 《삶의문학》과 계간 《문학과 사회》
등으로 등단. 시집으로 『섣달 그믐』 등이 있음.

월곡 그리고 산타크루즈

이 재 훈

산책길엔 언덕이 있다.
그날은 이상했다.
오르고 올라도 닿지 않는 거리를 헤맸다.
혼을 빼앗긴 것처럼.
늪에 빠진 것처럼.
뒷덜미를 놓아주지 않는 불빛이 있었다.
사위가 어둠에 둘러싸이면서
상점엔 불이 하나씩 켜졌다.
그날은 일요일이었다.
나는 근원을 바랐다.
기적을 구한 것은 아니었다.
어둠이 안겨주는 거대한 정적을,
위대한 침묵을
나는 알지 못했다.
상처받은 한 친구를 생각했고
갚아야 할 빚의 액수를 생각했다.
자꾸만 뒤를 돌아보며 바쁜 거리의 일들을 떠올렸다.
어쩌면 산책길엔 언덕이 없었을지도 모른다.
길목과 길목이 혀를 내밀어
내 몸을 떠받치고 있을 뿐.
타인의 인격을 규정하지 않기로 했다.
지혜로운 자가 되고 싶었다.
장 그르니에가 산타크루즈를 오르며 쥔

빛의 발자취를 따르고 싶었다.
아름다움을 느끼지 못하는,
환호하지도 분노하지도 못하는,
심장을 꺼내 거리에 내던지고 싶었다.
심장이 몸 밖으로 나오는 그 순간은,
그 짧은 시간만큼은 황홀하겠지.
언덕이 있는 곳은 월곡月谷,
달빛이 있는 골짜기다.
언덕을 오르고
또 한 언덕을 오르면
마치 기적처럼 달빛에 닿는,
존재의 비밀을 한순간에 깨칠
그런 순간이 올 수 있을까.
산타크루즈를 오르며 쬔
그 햇살의 순간처럼.

계간 『시인시각』 2008년 여름호

이재훈
1972년 강원도 영월에서 출생. 1998년 《현대시》 신인상으로 등단. 시집으로 『내 최초의 말이 사는 부족에 관한 보고서』가 있음.

너에게만 읽히는 블로그의 태그

이 정 란

애인아

두꺼운 전화번호부 두 권의 갈피갈피를 서로 맞물려 놓고 대형트럭이 양 쪽에서 아무리 당겨도 떨어지지 않는 걸 보았다. 쉽게 찢어질 낱장들의 허약함을 알지만,
애인아, 그 정도 자력은 있어야 사랑하지, 사랑이지

無名草

부두에서 잠 배를 놓치고 A4 종이못에서 낚시하고 있는데 풍당 소리가 난다. 살펴보니 머리카락 몇 가닥이 빠졌다. 저울에 올렸더니 바늘이 어느 결에 360도 돌고 나서 시치미 딱 떼고 O 가운데에 숨어 있다.
무명초가 이리도 무거워지는 새벽이란, 시간의 새 벽에 부딪쳐 느닷없이 안기는 오늘이라니.

수도적

꽉 잠겨 있던 수도꼭지를 힘주어 돌리자 사방으로 물이 튄다. 너무 오래 많은 걸 머금고 있었다. 글을 쓰다 수동적을 수도적이라고 잘못 쳤다.
스스로 분출할 수 없으니 수도가 수동적인 건 명백한 일. 녹물은 핏물과 다르지 않지.

믿음

유리 파편이 박힌 것처럼 발뒤꿈치가 아팠다. 며칠 견디다 작정하고 돋보기를 들이댔다. 머리카락이 박혀 있었다. 1밀리미터쯤 될까. 불신 한 가닥이 믿음의 몸체를 찔러 파열시키는 순간처럼 놀랍다.

조각

아기 손바닥만 한 조각을 들고 고고학자가 흥분해서 소리친다. 새로운 빗살무늬토기를 발견했습니다! 아무렴, 산산조각으로 깨졌어도 토기는 토기, 나는 나.
물방울은 강이 아니지.

계간 『시로 여는 세상』 2008년 겨울호

이 정 란
1959년 서울에서 출생. 1999년 《심상》 신인상으로 등단. 시집으로 『어둠·흑맥주가 있는 카페』 등이 있음.

그 나라

이 정 섭

구름 건들거리고 처음 아이를 잉태했을 때 이웃에서는 싸움이 한창이었다

보름달은 찌그러져 막 하현으로 전향하는 중이었다 미닫이가 박살나고 밥상이 공중 부양을 했다 신을 믿는 남자는 거룩한 신의 이름으로 여자의 머리채를 휘어잡았다

늦은 봄날이었을 거다

죄 있는 자 먼저 주먹을 들지어니 사랑을 외치는 자 스스로 몸 던질지어니

풀뿌리 뽑혀 나간 텃밭에는 자리공이 시절이었다

공중 부양한 밥상이 냄비와 밥그릇과 결별을 선언한 후 결별이 잉태한 달빛들이 텃밭 근처로 하얀 나신을 집어던졌다

아마 신선한 새벽이었을 거다

사랑으로 이룰 것 하나 없으니 주저 없이 칼을 뽑았다

눈 감은 하늘은 어둠으로 위장한 한낮의 뒤에서 바야흐로 절정에 이른 스펙타클을 관람하는 중이었다 첫 아이의 울음이 대문을 넘어 하늘의 머리맡을 지나 공동묘지로 날아가는 중이었다

웹진 『시인광장』 2009년 가을호

이정섭
1970년 대전에서 출생. 2005년 《문학마당》으로 등단. 시집으로 『유령들』이 있음.

밋딤

이 제 니

빛나는 것을 바라보듯 눈을 감았다. 거둘 수도 나아갈 수도 없는 마음으로 길쭉하게 진동하는 소립자의 호소처럼. 여기에 슬픔이 있고 여기에 틈이 있다. 당신은 왜 당신 자신의 얘기를 하지 않습니까. 나도 내 얘기를 해보려고 했습니다. 실은 이미 너무 많이 이야기해버렸지요. 우리에게 밋딤의 밤이 출현한다면 우리를 가로지르는 이 바람에 대해 질문하겠다. 너의 두 손은 제자리를 벗어나 있었고 까닭 없이 수줍고 돌연한 자세로 흔들렸다. 밋딤으로 다가가기 위해 밋딤으로부터 멀어지기 위해 나는 남몰래 마음속으로 양을 세었다. 양 한 마리 양 두 마리 양 세 마리 양 네 마리. 무한히 커지는 속삭임 한 번. 무한히 작아지는 속삭임 한 번. 흰색 다음엔 무슨 색이 오나요. 흰색 다음엔 흰색 아닌 색이 온다. 그리운 냄새가 피어올랐지만 언제나처럼 반대편 서랍은 열리지 않았다. 내가 그것을 원했으므로 내가 그것을 원치 않았으므로 나는 나에게조차 보이지 않는 사람이 되었다. 양 한 마리 양 두 마리 양 세 마리 양 네 마리. 오른쪽으로 두 발짝 걸어가자 눈물이 났습니다.

계간 『시와 세계』 2009년 가을호

이 제 니
1972년 부산에서 출생. 2008년 《경향신문》 신춘문예로 등단.

물국수 한 그릇

이 진 명

가을날 거둬들인 우주들판의
최고로 높이 쌓아올린 노적가리
고요히, 고스란히 불타오르던 노적가리
우주賞級으로 받은 우주심장

우주 환승역이 있는 종로 3가
혼잡하면서도 슬로우비디오 같은 뒷길의 뒷길
여인숙과 돼지껍데기볶음집 물국수집이 비좁게 붙은 골목
허름한 물국수집의 틀어진 문을 밀고 들어가
3천원짜리 물국수 한 그릇을 그가 사줬죠
3천원 물국수 맛은 4천원짜리 그 이상이 되고도 남을 만치
시원하고 뜨겁고 진하고 그러면서도
뭔지 이상한 금방 배고플 것 같은 맛으로
하여튼 그가 뭘 사줘 본 것은 그것이 처음이자 마지막이죠
내가 계산하려 했는데 웬일인지 그가 얼른 계산하데요
3만원짜리였으면 절대 그럴 리가 없었겠지요
물국수집을 나와 커피집에 들어가 탁자를 사이에 놓고
서로 커피잔을 만지작거리긴 했지만 생략하겠어요
결론은 대기권이 연기로 자욱한 우주 환승역 입구에서
서로 알 수 없는 채 길을 갈랐다는 것
그가 한번 힐끗 뒤돌아보았던가요

내가 한손을 맥없이 올렸다 내렸던가요
자옥한 환승역 입구에서 한 발짝도 옮기지 못하고 붙박혔죠
3천원짜리 물국수 한 그릇의 이상한 국물맛
묵어 쩐 국물멸치의
비리고 귀귀하고 덥덥하고 쓰겁고 한 멸치똥 맛
이상하게 시원하고 뜨겁고 진하면서도
금방 배고플 것 같은 묽은 국물맛이
세워진 것이 된 텅 빈 몸속을 타고 흘렀죠
묽은 국물맛이 빈 몸속을 통과하고 있을 때
그것의 정체가 영원한 이별인 것을
우주심장이 툭 떨어지는 걸로 분명히 알았죠

그동안 거둬들인 우주들판의
최고로 높이 쌓아올린 노적가리
우주상급으로 받은 우주심장을 떨어뜨린 죄를
무슨 말로 다할 수 있을까요

빈 몸을 끌고 지옥도를 발 없이 흘러 내려가
펼쳐지는 아비규환의 지옥철을 눈먼 눈으로 가늠하며
북으로 가는 지옥철로 가까스로 흘러들었죠
이 지옥철로나마 흘러들 수 없었다면 지옥에도 못 가
미아, 우주먼지로 부서져 두 번 다시
상급으로 받은 우주심장을 떨어뜨린 죄를

절대 빌 기회조차 없을 테니까요
우주 환승역이 있는 자옥한 종로 3가

떨어진 내 우주심장이
마지막 물국수 한 그릇의 인사를 어찌 잊을까요
마른 먼지 낙엽들에 뒤엉켜 11월의 가로에서
2천50년까지는 검게 구르고 있을 겁니다

웹진 『시인광장』 2009년 여름호

이진명
1990년 계간 《작가세계》로 등단. 시집으로 『밤에 용서라는 말을 들었다』 등이 있음. 제4회 일연문학상과 제2회 서정시학 작품상 수상.

산란기

이 태 관

강의 하구에는
어둠으로 몸 불리는 물고기가 산다
달빛 아래 잔비늘 반짝이며
제 몸에 꽃나무 심어 위장할 줄도 아는,
낯선 새 날아와 부리 비비면
간지럼에 몸 뒤척여
웃음소리도 강물에 풀어놓으며

바다를 거슬러 오르는 우어처럼
한번쯤 몸에 새겨진 물길을 바꾸어 보았다면
물살에 온 몸 찢겨 본 일 있다면
바람의 끝닿는 곳을 알리
몸 부풀린 놈, 물이 범람하면
제 알을 풀어놓으며 바다로 간다

가끔은 우리 마음에도 물결이 일어
긴 한숨 끝에 아이를 잉태키도 하지
떠밀리는 고단한 삶 위로 붉은 해 솟기도 하지
하지만 지금은 건기의 시간
철새 빈 몸으로 떠나고
가슴에서 자라난 몇 개의 욕지거리와
비밀과 사랑과 시를 강물의 끝자락에 풀어놓는 밤

메마른 바닥을 핥는 물소리
가슴을 친다

월간 『현대시 2008년 6월호』

이 태 관
1964년 대전에서 출생. 1990년 《대전일보》 신춘문예로 등단. 시집으로 『저리도
붉은 기억』이 있음.

빈집

이 하 석

먼지들이 들뜨면 곧장 바람을 탄다
문이 부서져 있어도 더 닫을 마음이 없다

축대 아래 마당은 바랜 기억이 빛들로 덮여 있다
축대의 돌들이 얽어짜고 있는 침묵의 구조는
바람만이 그늘진 표정으로 읽어낸다

축대 사이 캄캄한 속 내보이는 수구水口
그 비밀스러운 입구-또는 출구-가 착잡하게 열려 있다
뒤안의 우묵한 데 고인 물이 그리로 해서 빠져나갈 때는
늘 어둠이 물을 씻어놓아서 빛도 소리도 없었다

바깥이 내다보이는 문의 부서진 틈으로
아무도 들여다보지 않는다
집 안 구석구석 숨어 있는 어둠의 끈들로 묶인 틈들을
바람이 들컹대며 흔들어 보지만,
봉창부터 여미는 풀넝쿨들의 교묘한 그늘의 직조를
거미들이 재빠르게 마감해놓는다

계간 『시작』 2009년 봄호

이 하 석
1948년 경북 고령에서 출생. 1971년 《현대시학》으로 등단. 시집으로 『투명한 속』
외 다수 있음. 대구문학상, 김수영문학상, 김달진문학상, 대구시문화상 등을 수상.

대화의 기술

이 현 승

누군가에게 인질로 붙잡힌다면
우리는 그에게 부단히 말을 붙일 것이다
피륙을 짜듯 세헤라자데는
밤과 낮을 얼룩덜룩 이어붙일 것이다

어둠 속에서 빛을 감촉하는 곤충의 더듬이처럼
필사적으로 또 은밀하게 그의 역사를 완성하며
꺼질 듯한 촛불의 심지를 돋우듯
조심조심 생을 늘려 붙이리라

칼자루를 쥐고 있는 것은 우리가 아니므로
불같은 성미를 건드리지 않는 지혜로
사려 깊은 아내처럼,
불완전한 결혼으로부터 탈출하기 위해
총애를 구해야 하는 열세 번째 아내가 되어

기꺼이 그의 존재를 잊게 되리라 어쩌면
목숨밖에 더 줄 것이 없다는 사실을 안타까워하며
제 무릎을 베고 잠든 야수의 등을 쓸어내릴 때
야수의 등에서 돋아난 부드럽고 따뜻한 털을 만질 때
핏빛 아름다운, 천 하루의 퀼트가 완성된다

월간 『현대시』 2009년 5월호

이 현 승
1973년 전남 광양에서 출생. 1996년 《전남일보》 신춘문예, 2002년 《문예중앙》으
로 등단. 시집으로 『아이스크림과 늑대』가 있음.

이름, 너라는 이름의

이 현 호

누가 너 따윌 사랑하겠는가. 두 번 죽어도 잊을 수 없는 너라는 이름.

오늘밤도 차고, 무딘 바람은 전부 네 호주머니에 꼬리를 남긴다.

길 한복판에 우두커니 서서 궁리하는 세계는 네 입술로 가득하다.

조용히 너, 라고 발음해볼 때 진동하는 음원音源의 국경에서는

파란 목도리의 소년이 삐뚤빼뚤 글씨 연습을 하고 있다, 빈 교실.

언젠가 만든 적 있는 나뭇잎 책갈피는 너와 선생들 사이에서

잎 꼬리를 올린다. 구만 구천 권의 경전經典을 넘겨온 작은 손바닥.

그리고

창밖, 검은 물 밑에서 한 소년이 홀로 구르는 시소의 높이는

모든 존재의 극점이다. 네 이름은 폐타이어처럼 반쯤의 허리를 지하에 두고.

영원히 졸업을 앞둔 신神들은 모래밭에 모여 두꺼비집을 짓는다.

두껍아, 두껍아, 둥글게 침묵하는 집. 집을 짓지 않는 두꺼비들의 집.

인두겁을 쓰고 결코 살아 있으려고 하지 마라. 네티, 네티

아무도 널 사랑하지 않는다. 누군가 해파리의(물속에서만 투명한) 낯빛으로

눈(雪)을 뭉치듯 손을 꼭 잡으며 사랑해, 라고 말할 때

오래도록 하나의 그림을 그려온 별들은 스스로 잊어가는 길.

오늘밤도 차고, 한 난폭한 손길이 별들의 가계도家系圖를 찢길 바라는 시간.

가늘게 떠는 마천루의 유리창들이 교감하는 세계는 빈틈으로
그들먹하다.
네가 마지막 잉크로 꾹 너, 라고 적은 노트의 뒷면에서는
천 년 전 마야 소녀가 달력을 세고 있다. 검은 고양이를 무릎에 얹
고.
벙어리장갑을 낀 아이가 무심한 발길로 툭툭 굴려온 행성들을
맞수가 떠난 바둑판을 오래 내려다보는 노인처럼, 태양은 쏘아본
것이다.
밤과 낮이 부딪치는 경계에서 바둑돌같이 단단해진 구름들,
꽁초를 버리듯 던져버린 이름들. 촛불의 정수리가 가늘게 신음한
다. 후,
후, 허공에 길을 내는 연기들. 왼발 다음에 오른발이 오는 슬픔.
끝내 뒷모습을 보이지 말 것. 너는 악수하는 법을 모른다, 손을 떠
나서는.
여기저기 걸터앉는 지극히 사적私的인 그림자들의 야합.
너 따위를 누가 사랑하겠는가. 잊힌 책갈피처럼 한 페이지의 시간
만을 표지標識하는
너라는 무게.

계간 『시작』 2008년 겨울호

이현호
1983년 충남 연기에서 출생. 2007년 《현대시》로 등단.

만월, 애태타愛鮐它

이 혜 미

　애태타, 당신의 굽은 등으로 깃드는 밤

　당신은 낙타처럼 슬픈 사나이, 당신을 좇아 앞뒷면이 거울인 관 속에 누워 만월을 기다렸다 애태타, 허리가 부러져 죽은 꽃들의 영혼이 당신을 이 척박한 땅에 부려놓았는가 당신에게로 도망가는 나의 유령들이 부풀고 젖어 등이 시리다 당신을 두드리다, 두드리고 또 두드리다 그 굽은 등 속으로 내가 들어앉고야 만 밤 애태타, 당신을 폐허가 되도록 경애敬愛하여 이 밤을 덮은 모든 주름들이 나를 향한다

　사랑하는 나의 꼽추, 당신의 슬픈 잉여를 질투하며 세상의 모서리들이 다투어 쏟아졌고 어떠한 바깥도 거느리지 않은 채 달이 제 내부를 드러내곤 했었다 한 상 가득 병病을 차려둔 밥상에서 꿈과 뼈는 깊고 또 멀어, 내가 더럽힌 종이 위로 헛것들이 길게 누웠는데 애태타, 평생 당신의 시간만을 찾아 헤매다 죽은 여인도 있었다. 당신을 위해 등의 언어를 배우고 구부러진 것들만을 사랑한 남자도 있었다 잔인한 꼽추여. 다시 어떤 따스한 궁宮이 있어 활처럼 당겨진 그대 가슴으로 새벽의 등뼈가 깃들 수 있겠는가, 찬란한 그 속에서 나는 비로소 당신의 곤혹과 함께할 수 있겠는가 당신이 하나의 거대한 물음이었던 것처럼, 그리하여 비로소 오롯한 무덤이 되었던 것처럼

애태타, 당신의 무덤에 그 어떤 치요도 옮겨 심지 못해 울며 떠나
간 이들은, 쏟아져 내린 시간의 주검들을 등에 인 채 오래도록 어둠
속을 망명해야 했다네 그대 창백한 이마가 무릎에 온전히 닿을 때
까지, 그렇게 한없이 둥글어질 때까지

월간 『현대시』 2009년 3월호

이 혜 미
1987년 경기도 안양에서 출생. 2006년 《중앙신인문학상》으로 등단.

부서진 반가사유상

임 경 섭

　긴 뱀이 아침부터 용산을 감싸고 있어요 쉼 없이 혀를 날름거리며 시계를 거꾸로 돌리고 있어요 초침의 박동에 맞춰 한 칸씩 과거로 갈 때마다 시간은 한 뼘씩 흐른다지요 시간이 멈출 수 있다는 이론도 근거가 있네요 너무 이른 승천은 족적에 방해가 되나요 그렇게 발 없는 뱀은 그곳에서 시간을 멈추고 있기 시작했지요

　총면적 구만 삼천 평에 이르는 과거가 들어찬 몸
　개장과 동시에 사람들은 장사진을 이루어 내장을
　질근질근 밟아댔고 그럴 때마다 살갗이 유리비늘을 달고
　뱀은 점점 더 견고하게 빛났다

　황남대총 북분 출도 금관과 금제 허리띠 일괄품에 연신 터지는 플래시, 플래시는 안 됩니다 북한산 꼭대기에 있던 진흥왕순수비를 여기까지 가져왔는데 또 어디로 가져가시려고요 보세요 이미 과거는 과거에 멈춰있습니다 역사를 조금씩 떼내어 당신과 함께 멈추어 두는 것은 또다른 역사가 될 거라구요!

　말라비틀어진 껍질로 똬리를 틀고
　마른 살갗이 떨어져 나온 곳에선 투명한 실리카겔이 빛나고
　맥박이 남은 살점은 관습법에 따라 재배치되고
　아무것도 물지 못하는 투쓰
　시간의 구석을 갈고 있는

계간 『시에』 2009년 가을호

임경섭
강원도 원주에서 출생. 2008년 《중앙신문학상》에 〈진열장의 내력〉으로 등단.

인연이 아니라는 말

장 만 호

당신을 보내고
천 년을 살았다는 제주도 비자나무
상록의 활엽을 보네
잎잎마다 바라보는 향이 다르다지만
모두가 저렇게 푸르다면 분명 시간의 국경을 넘어온 천 년의 이파
리가
저 잎들 어딘가에서 나를 보고 있을지도 모르는 일

혼자서 바라보았을 천 년의 석양과
천년의 밤하늘과
천 겹의 적막을 생각하며

나라는 나라와
당신이라는 나라의 국경을 생각하며

인연이 아니라는 말은 얼마나 억울한가
우연에 기댄다는 말은
얼마나 쓸쓸한가

조용히 중얼거리며
과장없이 무너져 우는 그늘 속에서

천년의 이파리가 가만히 그 울음을 듣고 있네

계간 『시에』 2009년 가을호

장 만 호
1970년 전북 무주에서 출생. 2001년 《세계일보》 신춘문예로 등단. 시집으로 『무
서운 속도』가 있음.

사랑은 코카인보다

- DJ Ultra의 리믹스 : 김소월 「여자의 냄새」 + The Czar 「Drug」

장 석 원

나는 접붙이기에 성공했다
나와 당신 드디어 들러붙었다 홀레붙었다
잡종의 시대는 아름답고 혼혈 미인은 유혹적이다

나는 껴안았어요 우리는 사랑을 나누지요 우리는 용해될 거에요
혼합될 거에요 포화용액이 되면 아무도 우리의 사랑을 방해할 수
없어요 사랑이 우리를 증발시키는 순간도 오겠지요 어우러져 비끼
는 살의 아우성 속에서

사랑하는 당신이라는 말만, 형제도 없이 당신의 몸이 사라지고, 바
람의 입술 사이를 오가겠지요 내 욕망에 당신이 몸을 던진다면 생
고기의 바다의 냄새 가득한 늦은 봄의 하늘 아래에서 아기를 다루
듯이 나는 당신에게 사랑을 줄 거에요

당신의 쾌락은 내가 만들어요 손과 혀에 당신이 붙어 있어요 내게
모든 것을 허락한 비무장의 당신 그것이 사랑이겠지요 내가 없다면
당신의 사랑도 없어요 당신이 사라진다면 보드라운 그리운 어떤 목
숨은, 내 짧은 쾌락은 끝나겠지요

냄새 많은 그 몸이 좋습니다
사랑하는 혼혈 미인과 나는
비린내 번지는 뱃전에서 합체했어요
바다는 고요하고, 지켜보는 갈매기는 흥분하고
나는 통증도 없고 당신은 눈물도 모르고

도살장에 끌려간다 해도 사랑을 나눌 수 있다면
좋아요 사랑이 코카인보다 좋아요
당신의 사랑의 냄새는 위험하지 않아요

계간 『문학과 사회』 2008년 가을호

장석원
1969년 충북 청주에서 출생. 2002년 《대한매일》(현 서울신문) 신춘문예로 등단.
시집으로 『태양의 연대기』가 있음.

악공

장 석 주

누가 지금 내 인생을 탄주彈奏하는가.
황혼은 빈 밭에 깃털처럼 떨어지고
해는 어둠 속으로 하강하네.
봄빛을 따라 간 소년들은
어느덧 장년이 되었다는 소문이 파다했네.

하지 지난 뒤에
황국黃菊과 뱀들의 전성시대가 짧게 지나가고
유순한 그림자들이 여기저기 꽃봉오리를 여네.
곧 추분의 밤들이 얼음과 서리를 몰아오겠지.
일국 局은 끝났네, 승패는 덧없네.
중국 술이 없었다면 일국을 축하할 수도 없었겠지.
어젯밤 두부 두 모가 없었다면 기쁨도 줄었겠지.
그대는 바다에서 기다린다고 했네.
그대의 어깨에 이끼가 돋든 말든 상관하지 않으려네.

갈비뼈 아래에 숨은 소년아,
내가 깊이 취했으므로
너는 새의 소멸을 더듬던 손으로 악기를 연주하라.
네가 산양의 젖을 먹고 악기의 목을 비틀 때

중국 술은 빠르게 줄고
밤의 변경邊境들은 점점 멀어지네.

계간 『시작』 2008년 겨울호

장 석 주
1954년 충남 논산에서 출생. 1975년 《월간문학》 신인상 공모로 등단. 시집으로
『햇빛사냥』 외 다수 있음.

물결의 안팎
- 지하철에서 만난 여자2

장 승 리

역삼동을 가려면 이리로 가는 것이 맞나요
그렇다는 대답을 서너 차례 듣고서도
또다시 묻는 여자
역삼동을 가려면 이리로 가는 것이 맞나요
검은 뒤통수들이 뱉어 놓은 가래침이
여자 얼굴 위로 흥건하다
물결이 될 수 없어 아픈 여자
바람 한 다발 꺾어 그 품에 안겨 주고 싶은데
출렁이고 싶어
칼 한 자루 손에 쥐고
이리저리 제 몸을 헤집어도
붉은 빗방울 하나
제 목을 적시지 못하는 여자
고여 있는 제 몸 더러운 물도
양 손으로 떠올려 놓고 보면
투명한 것을
더러운 투명함만 헤아리고 또 헤아리다
결국 제 가슴에 강물을 포개 놓고
바느질을 시작하는 여자

안 땀, 겉 땀
흰 이빨 훤히 드러내며
강물 위로 번지는 백치의 웃음이
내 입술을 억지로 잡아당긴다

시집 『습관성 겨울』 (민음사, 2008) 중에서

장승리
1975년 서울에서 출생. 2002년 《중앙일보》 중앙신인문학상에 〈알리움〉이 당선되어 등단. 시집으로 『습관성 겨울』이 있음.

폭주족의 고백

장 승 진

속도를 높인다 달릴수록
얌전한 공기는 근육질의 사내가 된다
처음 그는, 아이의 자전거를
잡아채는 어른의 손길이더니
몸 풀린 복서처럼 매운 주먹 뿌려댄다
모터는 한숨짓지만 달리기를 포기한 적 없다
굉음의 칼날로 그의 굵어진 힘줄을 풀고
가속 페달 위, 마저 남은 공포심도
발끝이 떨리도록 밟아 주리라
얼굴로 향하던 그의 주먹은
빠른 속도 앞에서 속수무책 미끄러진다
피 묻은 듯 검은 레드존에
계기판의 바늘이 가 닿으면
땀구멍마다 숨통이 열린다
주먹도 시원한 바람이 된다
차선을 목숨처럼 지키는 승용차 사이
교차로 몇 개 신호를 위반하며 지난다
나의 일상이 가끔 선홍빛으로도 물들겠지만
그때는 내가 세상의 붉은 눈금을 밟고 가겠지만
속도의 꿈은 환상이다

아버지보다 더 아버지 같은 그에게
나를 이해시키는 험난한 길이다

시집 『통신두절』 (문학의전당, 2009)

장승진
1974년 전남 장흥에서 출생. 2002년 《시와 시학》으로 등단. 시집으로 『통신두절』
이 있음.

나는

장 이 엽

나는 은하수를 건너 온 처녀좌의 원숭이
나는 꼬투리 속에 갇힌 콩알
나는 가로등 밑 거미줄에 걸린 나방
나는 깊은 밤에 혼자 우는 귀뚜라미
나는 뿌리 없이 꺾어 심은 마른개나리
나는 과자부스러기를 물고 가는 배고픈 개미
나는 바비 인형의 벗겨진 신발 한 짝
나는 고흐의 파란 방에 놓인 귀 떨어진 컵
나는 억새풀의 반짝이는 은비늘
나는 사하라사막에 숨어있는 모래 늪
나는 빙하 속에 정박당한 낡은 어선
나는 황태덕장에 걸려있는 눈 뜬 명태
나는 사라진 명왕성의 먼지입자
나는 탱탱하게 몸을 조여 울리는 소가죽
나는 투망에 잡힌 물 뱀
나는 앙코르와트의 오래 된 사원
나는 악보 사이의 4분 쉼표
나는 티베트고지에서 펄럭이는 오색 깃발
나는 어항 속 수초 사이를 누비는 체리새우
나는 세렝케티 초원의 치타와 달리기를 하던 톰슨가젤
나는 개망초의 얼굴 위로 예고 없이 쏟아지던 소낙비

나는 징검다리 사이의 물보라
나는 이솝 동화 세상의 황금알을 낳는 거위
나는 한 발 한 발 으름넝쿨을 재며 걷는 어린 자벌레
나는 천축국을 찾아가는 근두운 탄 손오공

계간 『애지』 2009년 봄호

장이엽
1968년 전북 익산에서 출생. 2009년 《애지》로 등단.

고막이 터지는 때

장 철 문

사랑이여, 지금은 꽃이 미어져나오는 때
너와 나의 것이
막무가내로 삐져나오는구나
네 가슴이 소란으로 터지고
내가 겨울 건너온 가지처럼 피폐할 때
내가 믿지 않은 것이 비집고 나와서
잊혀진 지뢰처럼 터지는구나
이 폭발을 위하여
너와 내가 걸레쪽처럼 찌들어서
사냥개와 오소리처럼 물어뜯었구나
지금 피어나서
사라지는 수수백천만의 불꽃처럼
화염처럼
스러지고 또 피어나는구나
이 소란을 위하여
너와 내가
장다리처럼 말라 보트라지고 뿌리가 짓물렀구나
사랑이여,
지금은 검은 생강나무 가지에서
노란 꽃무리가
눌러 쟁인 울화처럼
열꽃처럼 터지는 때

마른 껍질 밑으로 물을 끌어올린

산버들 가지에서

새 새끼 주둥이 같은 잎사귀들이 삐져나와서

고막이 터지는 때

계간 『작가세계』 2009년 여름호

장철문
1966년 전북 장수에서 출생. 1994년 《창작과 비평》으로 등단. 시집으로 『바람의
서쪽』 외 다수 있음.

볼록거울

전 기 철

악마와 식사한 후
수식어가 가득한 나라에서 망명객으로 살아갈 수밖에 없다

밤의 혈관 속에서 도둑고양이의 지린내를 맡으며
독백으로 가득한 생을 낭비한다
외로울 때는 구구단 냄새가 쌓인 주택가를 떠돌다가
침묵의 회의를 열기도 하고
멀리 침뱉는 놀이에 빠지기도 한다

한번도 내 나나를 떠나본 적 없는 나는 망명객
설명서가 가득한 얼굴로
변두리에 장난감 병원을 찰려 놓고
멸종한 인간처럼 열심히 가계도를 그려보다가
그림자들의 소음을 따라 지껄이는 농담에
원시의 고향을 그리뒤 한다

무료해지면
수도꼭지를 틀어 물처럼 새어 나오는
비둘기뗴를 하늘로 날리기도 하고
빈 캔에 입술을 대고 '상투스'하고 속삭여 보기도 하다
그래도 할 일이 없으면
부적을 만지며 마녀의 동그라미* 안으로 들어간다

내 나라를 떠나지 못하지 못하는 나는 망명객
영혼을 팔 기회를 엿보며
악마와 함께 한 식사 때문에 죽은 마네킹에
인공호흡을 하자
뱃속에서 베토벤이 흘러나온다

* 괴테의 『파우스트』에서 인용

계간 『시와 반시』 2009년 가을호

전 기 철
1954년 전남 장흥에서 출생. 《심상》으로 등단. 시집으로 『나비의 침묵』 등이 있음.

오벨리스크

- 35. 자유에 대하여

전 기 웅

내가 자유를 거부했던가? 내 몸을 덮은 모래알들이 자유가 아니라면 육신의 분별없는 설레임은 허망할까? 모래알을 허공으로 치솟게 하는 에너지의 존재가 덧없다면, 공중에 떠도는 피라밋들은 무엇이라 불러야 할까. 내가 물질이 아니라면 사랑과 빛의 용서는 진실한가?

달팽이들이 저녁달 걸린 하늘을 한 조각씩 찢어내고 있었다. 그 어느 귀퉁이에 당신의 이름이 새겨져 있을 것이다. 세상 밖으로 영혼 하나가 슬그머니 흘러갔다. 하늘이 흔들리고 별들이 늑대처럼 울었다.

오벨리스크, 나는 자유로운가?

구리 빛 풍금소리가 달빛을 감싸며 끽끽거렸고, 코코넛 향기의 숨결이 따스한 광장의 사각 전돌 위로 억새풀의 그림자를 흔들어 댔다. 나는 숲으로 달려갔지만, 그건 내 실수였다. 나를 얽어드는 불빛들이 난간 위로 몰아치면서 창틀의 무늬를 짓눌렀다. 하늘에는 흰 새의 부리처럼 손바닥이 파리하게 빛났다. 나는 무엇으로부터 자유로웠던가?

평야는 산을 낳는다
오만한 돌기들이 긴장하며 아침햇살을 뿜어냈다
울먹이며 가라앉는 모래언덕
불꽃의 타고남은 재
삭아드는 뼈들이 뒤엉키며
고양이처럼 부풀어올랐다

억새풀의 숨결은 사막의 공기를 데우며
초승달의 예리한 슬픔을 뜯어냈다

시집 『오벨리스크』 (문학의 전당, 2008)

전 기 웅
시인, 역사학자, 사진작가. 시집으로 『세상의 모든 슬픔들에게』 등이 있음.

절

전 동 균

절을 올린다
오지 않는 잠을 청하기 위해
흰 벽을 마주 보고
땀 젖은 몸을 굽혔다 세우다 하다 보면
나는 나에게 절을 하고 있다는 생각이 든다
언젠가부터 나는
나를 믿지 못하고
이 세상을 믿지 못하고
내 영靈과 혼魂은 자꾸 나를 떠나려고 하니
내 속의 어떤 절을 향해 무릎 꿇고
공양을 올린다는 생각이 든다
그럴 때마다 나는
세상에서 내가 가장 서럽고
세상에서 내가 가장 두렵고
이미 죽은 자의 영혼이 그립고 그리워서
무릎이 잘 굽혀지지 않는데
찬 마룻바닥에 댄 이마가
잘 떼어지지 않는데
누구일까, 어느 새 내 곁에서
손과 발을 가지런히 모으고

나보다 더 공손하게 절을 올리는
저 사람은

시집 『거룩한 허기』 (랜덤하우스코리아, 2008)

전동균
1962년 경북 경주에서 출생. 1986년 《소설문학》으로 등단. 시집으로 『오래 비어
있는 길』이 있음.

포도밭이 있는 마을

전 명 숙

  원래 이 마을은 포도밭이었네. 포도밭을 갈아엎은 뒤 포도나무는
사라졌지만 뿌리의 기억은 지금도 살아 있네. 포도넝쿨은 틈만 나
면 집안을 헤집고 돌아다니네. 바닥으로 천장으로 기어나온 넝쿨
손 잡아당겨 노란 줄무늬 무당거미가 몇 겹의 덫을 놓네. 아무도 몰
래 피었다 지는 포도꽃이 소녀들의 가슴에 진초록 포도알을 슬어놓
네. 멍울져 아픈 젖가슴 때문에 소녀들이 골목을 뛰쳐나가네. 딸들
을 기다리며 엄마들은 항아리가 가득 차도록 검은 유두에서 포도즙
을 짜네. 이윽고 시큼했던 골목이 발효되기 시작하고 향긋한 포도
주 냄새가 멀리로 퍼져나가네. 진보라색 포도 내음에 이끌려 배가
불룩해진 소녀들이 집으로 돌아오네. 마을에는 눈이 까만 아이들이
주렁주렁 태어나네. 집집마다 아기들 울음소리 익어가네.

계간 『리토피아』 2009년 여름호

전명숙
부산에서 출생. 1999년 《시와사상》 겨울호로 등단. 시집으로 『염소좌 아래 잠들
다』가 있음.

바벨탑의 저주

정 겸

타워팰리스가 뜨렷이 보이는 행복한 교회 벽면
피터르 브리헐*의 명작 바벨탑이
처참하게 붕괴되어 도심의 심장을 짓누르고 있다

강남 구룡마을 재개발 단지에는
건너편 바벨탑에서 쏘아대는 불빛에
검정 비닐을 뒤집어 쓴 움막들이
서로의 몸을 부둥켜안고 긴장하고 있다

불도저의 굉음이
낮은 지붕위를 무참히 짓밟고 지나갔다
슬레이트 지붕 사이에 숨겨져 있던
아이들의 웃음소리가 흙더미 속으로 퇴작되어 갔다

또 하나의 바벨탑이
오만한 몸짓으로 하늘을 오르고 있다
땅바닥과 맞대어 살아왔던

일개미떼와 민달팽이들이
갈 곳을 잃은 채 땡볕에 나뒹굴고 있다

판자촌을 감싸고 있던 조팝나무꽃잎들이
힘에 겨운 듯 고개를 떨어뜨리며 백기를 나걸고 있다
바벨탑의 저주는 이미 시작 되었다

비행기 한 대
이상 기류에 휘말려 떨어졌다

*16C 네덜란드의 화가

격월간 『시를 사랑하는 사람들』 2009년 5~6월호

정 겸
경기도 화성에서 출생. 2003년 격월간 《시를 사랑하는 사람들》로 등단.

세상의 등뼈

정 끝 별

누군가는 내게 품을 대주고
누군가는 내게 돈을 대주고
누군가는 내게 입술을 대주고
누군가는 내게 어깨를 대주고

대준다는 것, 그것은
무작정 내 전부를 들이밀며
무주공산 떨고 있는 너의 가지 끝을 어루만져
더 높은 곳으로 너를 올려준다는 것
혈혈단신 땅에 묻힌 너의 뿌리 끝을 일깨우며
배를 대고 내려앉아 너를 기다려준다는 것

논에 물을 대주듯
상처에 눈물을 대주듯
끝모를 바닥에 밑을 대주듯
한생을 뿌리고 거두어
벌린 입에
거룩한 밥이 되어준다는 것, 그것은

사랑한다는 말 대신

시집 『와락』 (창비, 2008)

정끝별
1964년 전남 나주에서 출생. 1988년 《문학사상》으로 등단. 시집으로 『자작나무 내 인생』 외 다수 있음.

칼

정 다 운

내 몸속을 지나간 것들은 온전하지 않다
당신이 나를 뒤덮었던 깜깜한 점차 희붉어지듯
내 몸속엔 오직 더운 아침들
불어나는 살점이 있고 그 켜켜마다 무수한 알들이 살고 있다
지나간 것은 늙고 푸른 곰팡처럼 들러붙고
알들은 곰팡이를 뜯어먹고 자란다
나는 알들을 기르기 위해 살고 있을 뿐
사람이 한 사람을 지나가면서 뿌리는 것은 다른 무엇도 아니다
알들은 쇳독처럼 오르고 짓질린 얼굴과 얼굴이
나의 이마를 짚어주면서 살아내게 하지만
어떤 알들은 뜨거운 모루 위에서 그만
터지고 녹아버린다 무엇을 죽였는지도
모르게 살고 있는, 출렁이는 몸통의 당신을 위해
당신의 기억속엔 당신이 아는 나도 질서도 없다
그것은 한때 평화로웠던 지나간 것들일 뿐
내 알들을 쇠처럼 푸르게 담금질해서
당신의 배 속에 꽂아 비트는 것, 그것만이
당신이 알게 될 우리의 밤이다 그때까지
곧 붉은 기억을 쏟으며 입 벌릴 당신을 생각하며
오늘 죽은 어린것의 이름까지도 긁어모아

더 크고 뾰족한 칼을 만든다
내가 모르는 곳에서 웃어대는 당신을 위로하면서

계간 『실천문학』 2008년 가을호

정다운
2005년 《문예중앙》으로 등단.

너가 바로 나로구나

정 대 구

저 예쁜 여인과 팔짱을 끼고 다정하게 수작을 걸며 오솔길을 걷고 있는 숫기 좋은 너가 바로 나구나

그날 저녁 노래방에 가서 밤새도록 수십 곡씩이나 목이 터져라 줄기차게 불러대던 너가 바로 나로구나

탱고면 탱고 왈츠면 왈츠 고전무용이면 고전무용 막춤이면 막춤 못추는 춤이 없는 너가 바로 나로구나

어느 회식 모임에 나가 품위 있게 음식을 들며 능란한 화술로 좌중을 휘어잡는 너가 바로 나로구나

저것 좀 봐 또 저것 좀 봐 모두가 어울려 확 풀어져 거침없이 노는데도 역시 멋진 너가 바로 나로구나

아무리 술이 떡이 되어 돌아와도 마누라의 푸근한 품에 따듯이 안기는 대접을 받는 너가 바로 나로구나

오 어제도 오늘도 내일도 지금 나에게는 없는 너 내가 부러워하는 너의 못난 짝퉁 나가 바로 나로구나

계간 『미네르바』 2009년 가을호

정 대 구
1936년 경기도 화성에서 출생. 1972년 《대한일보》 신춘문예로 등단. 시집으로 『나의 친구 우철동 씨』 외 다수 있음.

집중의 힘

정 용 화

 알고 보면, 꽃은 계절이 불러 모은 허공이다. 지상을 향한 땅의 집중이다. 흩어지는 것이 거부의 형식이라면 피워내는 것은 모서리를 견뎌낸 침묵의 힘이다. 폭우가 쏟아지고 바람이 세차게 부는 날이면 나무는 땅 속을 움켜쥐고 있는 뿌리에 집중한다. 상처가 있던 자리마다 꽃이 피어난다. 꽃은 어둠 속에서 별이 떨어뜨린 혁명이다. 꽃으로 피어 있는 시간, 나뭇가지에 앉아 있던 새들이 하늘로 날아오를 때 날개에 집중한다. 나무는 얼마나 많은 새들의 울음을 간직하고 있을까, 온 몸이 귀가 되어 집중할 때 그 소리를 들을 수 있다. 때로는 어긋난 대답처럼 꽃 진자리마다 잎새 뒤에 숨어서 가을은 열매에 집중한다. 알고 보면, 열매는 화려한 기억들을 끌어 모아 가을을 짧게 요약한다

 세상에서 집중없이 피어난 꽃은 없다고
 너는 우주의 집중으로 피워낸 꽃이다

월간 『현대시』 2009년 8월호

정용화
충북 충주에서 출생. 2001년 월간 《시문학》, 2006년 《대전일보》 신춘문예로 등단. 시집으로 『흔들리는 것은 바람보다 약하다』가 있음.

해변의 카프카*가 밀레나에게 보내는 편지

정 원 숙

밀레나, 나의 밀레나,

이곳의 바람엔 비릿한 아카시아 냄새가 배어 있다오. 빗방울 떨어지는 해변의 묘지에는 포도나무 일가 —家 당신의 종아리처럼 말라가고 있소. 이곳 수도원은 황혼의 물결 사붓사붓 풀어지고 수평선 끝자락에서 빛나는 먼 고장의 발전소 불빛들, 당신께로 향하는 내 사랑의 발전기를 힘차게 돌리고 있다오. 그리하여 저 붉은 황혼은 새들이 당신의 나라로 실어나르는 내 피인 것이오.

뱃고동 울릴 때마다 맨발로 달려나가 선착장에 서면 내 눈동자 속에서 부서지며 사라지는 하얀 포말들. 이 편지지 위의 얼룩들은 내가 흘린 눈물이 아니라 당신께로 달려가는 긴 호흡들이라오. 막막한 눈동자들이라오. 이 순간에도 새들은 어느 식물의 팔을 베고 잠들어 있소? 이곳 사람들의 눈빛에 일렁이는 낯선 적의는 어느 바다에서 건져올린 그늘의 무게란 말이오?

이 비 그치면 바닷길 너그럽게 품을 펼쳐주고 구름을 거느린 빗방울 식솔들 먼 국경 너머로 잠행할 것이오. 당신이 수용소 차가운 바닥에서 웅크리고 잠든 지금, 내가 자정의 해변을 불침번 서고 있는 까닭은 당신의 열정으로 내 죽음의 시간을 끝없이 유보하기 때문이오. 물결이 물결을 밀고 오는 이 그리움의 시간 우리의 사랑은 황혼기를 맞아 클클거리고 지금 물의 결이 목선을 흔드는 것은 연약한 당신의 영혼을 잠재우기 위해 자장자장 흥얼거리는 바다의 음악들이오.

간혹 폭풍을 앞세워 불어오는 북쪽의 전갈에 촉각을 곤두세우고 있소. 우리가 함께 바라보았던 세계의 창들은 빛을 잃어가지만 이 빗줄기 뚫고 이 폭풍 건너 바다 속으로 걸어들어가면 우리의 전부였던 자유가 기필코 펼쳐질 것이오. 밀레나, 이제 새벽이 오면 수평선 위로 붉은 피를 뿜어대는 태양이 되고 싶소. 불멸로 다가가기 위해 나의 죽음도 당신의 죽음도 바다로 모두 흘려보낼 것이오. 치욕처럼

* 무라카미 하루키 소설

월간 『현대시』 2009년 3월호

정원숙
충남 금산에서 출생. 2004년 《현대시》로 등단. 시집으로 『바람의 서(書)』가 있음.

십만 년의 사랑

정 윤 천

1
너에게 닿기까지 십만 년이 걸렸다
십만 번의 해가 오르고
십만 번의 달이 이울고
십만 년의 강물이 흘러갔다

사람의 손과 머리를 빌어서는
아무래도 잘 헤아려지지 않았을 지독한
고독의 시간
십만 번의 노을이 스러져야 했다

2
어쩌면, 십만 년 전에 우리와 함께 출발했을지도 모를
山頂의 별빛 아래
우리는 이제 막 도착하여 숨을 고른다

地上의 사람들이
하나 둘 어두움 속으로 문을 걸어 잠그기 시작하였다

하필이면 우리는 이런 비탈진 저녁 산정 위에 이르러서야
가까스로 서로를 알아보게 되었는가
여기까지 오는데 문득 십만 년이 걸렸다

잠들어 가는 지상의 일처럼 우리는 이제 그만 잠겨져도 된다
더 이상 빛을 따라 나서야 할 모든 까닭이 사라졌다

3
천 번쯤 나는 매미로 울다 왔고
천 번쯤 뱀으로 허물을 벗고
천 번쯤 개의 발바닥으로 거리를 쏘다니기도 했으리라

한번은 소나기로 태어났다가
한번은 무지개로 저물기도 하였으리라

4
너에게로 닿기까지 십만 년이 걸렸다
물방울 같은 십만 년이
물방울 마냥 둥글게 소멸되고 난 뒤에서야
서로에게 닿기까지엔 십만 년이 걸렸다.

계간 『시와 사람』 2008년 가을호

정윤천
1960년 전남 화순에서 출생. 1990년 《무등일보》 신춘문예로 등단. 시집으로 『생각만 들어도 따숩던 마을의 이름』 외 다수 있음.

두터운 입술, 툭 까진 입술

정 익 진

사라 장, 반가워요 귀국연주회는 잘 되어가나요
당신의 두터운 입술과 **졸리嬢**의 툭 까진 입술을
토마토라고 생각했어요, 터져버린… 오우, 마이, 갓,
사라 장, **안젤리나 졸리嬢**과는 초면이신가요
만난 기념으로 키스 한 번 하시죠
저는 호흡이 짧아서요 하지만 툭 까진 **졸리嬢** 당신의
입술에 대고 밤새도록 호흡하고 싶군요
역시, 입술 관리에 신경을 많이 쓰시는군요
남자의 이마를 핥아봐요 달콤한 인생이 시작되겠죠
사라 장, 버스 옆구리에 부착된
당신의 립스틱 광고는 보셨나요
한 달에 립스틱은 몇 개나, 무슨 색깔을 선호하시나요
졸리嬢, 당신의 아이스크림 옥외광고는 봤나요
아이스크림과 당신의 입술은 잘 어울리죠,
당신의 영화 속에서 인간의 권리와 모자의 권력를
낭독하는 당신의 툭 까진 입술이 고귀해 보였어요
당신처럼 예쁘게 툭 까지려면 얼마나 드나요
옛날엔 툭 까진 입술이 놀림감이었지요
사라 장, 당신의 두툼한 입술로 만든 소파 위에 누워
당신 입술모양 쿠션을 베고 잠들고 싶어요
졸리嬢, **사라 장**의 콜로세움 연주회에 같이 가요
당신 입술이 가끔은 불편해 보이기는 해요

툭 까진 입술이 얼굴 전체를
뒤집어 씌울까봐 걱정되네요, 오우, 조심하세요
입술이 없어 말 못하는 여자들에 관한 기사 보셨나요
며느리 밥풀꽃, 버들피리나 이슬 머금은 여자들보다
당신처럼 배짱 두툼하고 심정 툭 터진
여자들이 짱이예요, 오우 유아 쏘우 섹쉬,
정말 충격적인 입술이네요

계간 『시와 반시』 2009년 가을호

정익진
1957년 부산에서 출생. 1997년 계간 《시와 사상》으로 등단. 시집으로 『구멍의 크
기』 등이 있음.

너를 사랑하기 위해

정 일 근

때로는 침묵이 가장 아름다운 말이듯
때로는 두 눈을 감는 것이 가장 뜨겁게 보는 일이듯

너를 사랑하기 위해
혀를 잘라버린다
두 눈을 뽑아버린다

한 알 콩알이 썩어
줄기를 밀어올리고
잎을 달아
콩 꽃 수북수북 일듯이

너를 꽃피우기 위해
나를 땅 속 깊이 묻는다

계간 『현대시학』 2009년 9월호

정일근
1958년 경남 진해에서 출생. 1985년《한국일보》신춘문예로 등단. 시집으로 『바다가 보이는 교실』 등이 있음. 시와 시학 젊은 시인상 수상, 소월시문학상 수상.

무궁화

정 일 남

나무의 몸이 할 말이 있어 꽃을 밖으로 내보냈다
한 송이의 꽃이 상징하는 의미가 여러 겹이다
많은 말의 봉오리가 매달려
어제 피었던 아침이
오늘 여전히 날빛으로 피어난다
저것이 유구한 대물림이다
자기가 맡은 분야에서 피흘리며 책임을 다한 뒤에
떨어진 목숨은 제 추한 모습을 보이지 않으려고
우산 말아접듯 곱게 몸을 오므려 마지막을 장식한다
죽은 뒷모습이 아름다운 혼례 같다
어떤 종말이 저런 흉내 낼 수 있을까
꽃 핀 아침보다 떨어진 고요의 저녁이 눈부시다
가장 약한 존재를 문장처럼 표현하는 것
꽃 피고 꽃 지는 하루가 유정하고 무궁하다
너무 많은 것을 함축하고 있으니까
오늘 해가 떨어져도 내일 다시 필
봉오리의 힘이 터질듯 팽팽하다

계간 『시와 정신』 2008년 겨울호

정일남
강원도 삼척에서 출생. 1970년 《강원일보》 신춘문예로 등단. 시집으로 『어느 갱
속에서』 등이 있음.

반도네온이 쏟아낸 블루

정 재 학

항구의 여름, 반도네온이 파란 바람을 흘리고 있었다 홍수에 떠내
려간 길을 찾는다 길이 있던 곳에는 버드나무 하나 푸른 선율에 흔
들리며 서 있었다 버들을 안자 가늘고 어여쁜 가지들이 나를 감싼
다 그녀의 이빨들이 출렁이다가 내 두 눈에 녹아 흐른다 내 몸에서
가장 하얗게 빛나는 그곳에 母音들이 쏟아진다 어린 버드나무인 줄
알았는데 이렇게 깊은 바다였다니… 나는 그녀의 어디쯤 잠기고 있
는 것일까 깊이를 알 수 없이 짙은 코발트 블루, 수많은 글자들이 가
득한 바다, 나는 한번에 모든 子音이 될 순 없었다 부끄러웠다 죽어
서도 그녀의 밑바닥에 다다르지 못한 채 유랑할 것이다 그녀의 목
소리가 반도네온의 풍성한 화음처럼 퍼지면서 겹쳐진다 파란 바람
이 불었다 파란 냄새가 난다 버드나무 한 그루 내 이마를 쓰다듬고
있었다

계간 『시와 반시』 2008년 겨울호

정 재 학
1974년 서울에서 출생. 1996년 《작가세계》로 등단. 시집으로 『어머니가 촛불로
밥을 지으신다』 등이 있음.

잔혹한 연애사

정 진 경

치유하지 않는 상처 틈 사이로 귀신이 입주한다

노숙하는 혼(魂), 주파수에 감전된 여자 심장에는 두 개의 텔레파시가 접속되고, 존재의 벨이 울릴 때마다 여자는 곤혹스런 표정을 짓는다 일상으로는 열리지 않는 궁륭, 영혼이 가진 중량 2그램도 없는 귀신과의 동거를 한다 일상을 철컥 채우는 자동잠금장치에 장대가 부르르 떨리고, 인간이 가진 감정 한 방울까지 귀신에게 준 여자의 표정은 여자가 아닌 듯 낯설다

귀신을 공수하는 여자 몸에서 쏟아지는
혼과의 연애 조건

존재의 결합 형태 : 일부다처제(남녀노소, 연령, 숫자 제한 없음)
주소지 : 이승도 저승도 아닌 그 사이
신혼집 : 여자의 몸
새 직업 : 시, 춤, 무가(巫歌)까지 자유자재로 다룰 줄 아는 종합예술인
결혼예물 : 저승으로 사업을 확장할 수 있는 디지털 심미안

공수를 그치며 여자가 말하길

닫는 것이 여는 것이고, 종말이 있어야 천지가 개벽하지만 문어 빨판처럼 내 몸에 붙은 귀신 네가 스토커지 사랑이냐고 한다 온갖 귀신 입이 되어 지껄이는 내 팔자가, 숨도 쉬지 않는 불도화가 왜 꽃이냐고 반문한다
중량이 사라진 종이무구 세간살이에 들앉은 인간의 집착

귀신 씻나락 품에 안은 여자가 점괘를 얼레고 있다

계간 『시와 사상』 2009년 봄호

정진경
1962년 부산에서 출생. 2000년 《부산일보》 신춘문예로 등단. 시집으로 『알타미라 벽화』가 있음.

알집들
- 천묘를 하고나서

정 진 규

주검도 알이다 죽음을 낳았으니 죽음의 알이다 알은 無縫으로 둥글다

낳는 모든 것들은 둥글다 작은 청어알들마저 동글동글 목구멍까지 가득 차오른 작은 것들의 결사의 알집을 보신 적 있지 密集을 보신 적 있지 그렇다 모든 알들은 둥글다 無縫으로 둥글다 주검의 집도 둥글다 알집이므로 둥글다 결사적으로 둥글다 그런 알집들을 내가 한꺼번에 깨뜨렸다 한 墓도 아니고 여러 墓를 파헤쳤다 여러 개의 둥근 알들을 거듭 패대기쳐 깨뜨렸던 것이다 천묘를 하느라고 그랬다 죽음의 속살들 낱낱이 훔쳐보았다 불경스럽게도 포크레인으로 一擧에 그렇게 했다 주검을 죽음들을 들었다 놓았다 요즈음식은 이렇다 천묘를 하느라고 그랬다 주검에 죽음에 다가가면서 불경스럽게 그렇게 해치우면서 나는 둥근 알들의 알집들의 둥근 비탈을 둥글게 기어오르고 둥글게 자꾸 미끄러졌다 알들의 벼랑이 아득했다 황홀했다 살아 있는 주검들을 보고 또 보았다 이상한 향내가 났다 주검들 그렇게 잠시 擧風하고 다녀가셨지만 참 오래 걸렸다 불경스런 나의 황홀이여, 존재의 알집들, 내가 패대기친 알들로 터진 존재의 노른자들, 낭자하던 주검들 내 길목마다 즐비했다 다른 알집들도 낭자하게 열어주었다 결사적으로 둥근 내 시의 알집들 내가 쓴 무덤들, 매장품들 어지러웠다 덕분에 나의 알집들 되돌아보았다 낱낱이 성묘했다 내가 게걸스럽게 떠먹던 영혼의 녹슨 숟가락들, 황홀해라 내가 욕망만으로 사랑을 색칠한 거짓 사랑아, 여자의 주검들 건드린 맨몸들, 내가 시의 호명으로 불러내 변질시킨 사물들, 고

양이가 햇볕 말을 타고 느티나무 한 그루가 수많은 꽃들을 달고 다
닥다닥 허공에 모로 누워 흐르고 있다 사시나무 떨듯 꽃잎들 털어
내고 있다 별난 것 다 있다 시의 허락된 폭력들, 내 사후에 포크레
인으로 파헤쳐 들통날 것들, 쏟아져나올 것들 즐비하다 주검의 항
렬들은 서로 끌어당긴다 시의 무덤들이 시의 알집들이 내 안에 다
닥다닥 목구멍까지 차오르고 있다 지금도 땀흘려 염하고 있는 것들
밤 새워 묻고 있는 내 삽질 소리, 내 들숨 날숨으로 안개 자옥히 밀
리는 새벽 바닷가 이 언덕으로 와서 보시라 무덤들 알집들 無縫으
로 무더기로 보시라

월간 『현대시학』 2009년 3월호

정진규 1939년 경기도 안성에서 출생. 1960년 《동아일보》 신춘문예로 등단. 시
집으로 『마른 수수깡의 평화』 외 다수 있음. 한국시인협회상, 월탄문학상, 현대시
학작품상 수상.

겸허한 닭백숙

정 철 훈

솥단지를 들여다본다
거기 웅크린 채 젖어 있는 닭 한 마리
자신이 자신을 얼마나 껴안아야
이토록 하얗게 발가벗은 닭이 될까

그때 내가 살아가는 삶의 방향이 바뀌었다는 걸
눈치챈다는 건 하나의 경이다
심각한 언어장애를 앓으며 살아왔다는 내 전생이
한눈에 들어온다는 것
게다가 닭살이 돋는다는 말이 있지 않은가

전신이 자기 자신의 존재감으로 소름이 돋아 있는
저 모양새가 과연 우리 살아 있는 밀도란 말인가
평생을 두 발로 걸어왔을 하나의 생애가
국물에 푹 젖어 있다

벼슬도 대가리도 제거된 채
살아 있을 때 세상과 접촉했던 모든 기관은 없어지고
죽은 몸이 죽은 몸을 힘껏 껴안고 있는
이 장렬한 생애를 우리는 닭백숙이라고 부른다

머리 쪽도 다리 쪽도 방위가 없다
아무 방향도 없이 누워 있는
이 하얀 물체를 나는 백색의 공포라고 명명한다
우리가 사는 이유는 이 공포를 얻기 위해서다
궁극은 아니지만 궁극에 가까운 삶의 포즈

지금 내가 들여다보고 있는 솥단지 속 닭백숙의 자세가
또 하나의 겸허다
겸허한 반성이자 겸허한 완성이다
닭백숙을 들여다보며 내 삶의 방향이 바뀌었다

월간 『현대시』 2008년 12월호

정철훈
1959년 전남 광주에서 출생. 1977년 『창작과비평』으로 등단. 시집으로 『살고싶은
아침』 외 다수 있음.

그렇지만 우리는 언젠가 모두 천사였을거야

정 한 아

우리는 때로 사람이 아냐
시각을 모르고 위도와 경도를 모르고
입을 맞추고 눈꺼풀을 핥고 우주선처럼 도킹하고 어깨를 깨물고
피를 흘리고 그 피를 얼굴에 바르고 입에서 모래와 독충을 쏟고 서
로의 심장을 꺼내어
소매 끝에 대롱대롱 달고

이전의 것은 전혀 사랑이 아냐
아니, 모든 사랑은 언제나 처음
하루와 천 년을 헷갈리며 천국과 지옥 사이 달랑달랑 매달린
재투성이 심장은 여러 번 굴렀지

우리 심장은 생명나무와 잡종 교배한 슈퍼 선악과
질문의 수액은 여지없이 떨어져 자꾸만 바닥을 녹여 가령,
우리는 몇 시입니까?
우리는 어디입니까?
우리는 부끄럽습니까?

외로워 죽거나 지겨워 죽거나
지금 에덴에는 뱀과 하느님뿐
그 외 나머지인 우리는

입을 맞추고 눈꺼풀을 핥고 우주선처럼 도킹하고 어깨를 깨물고
피를 흘리고 그 피를 얼굴에 바르고 입에서 모래와 독충을 쏟고 서
로의 심장을 꺼내어
소매 끝에 대롱대롱 달고

재투성이 심장으로 탁구라도 치면서 위대한 죄나 지을 수밖에
뱀마저 자기도 모르게 하느님과 연애한다는데

계간 『시작』 2008년 겨울호

정 한 아
2006년 《현대시》로 등단.

밍크코트 만드는 법

북미대륙 대서양 연안에 '해변밍크'가 살았다. 신대륙에 정착한 유럽인들은 그 작고 귀엽고 붉은 털을 가진 동물에 환장했다. 그들은 밍크를 잡아 만들거나 가죽을 수출해 큰 돈을 벌었다. 결국 1880년대 '해변밍크'는 멸종됐다. 자, 그러니 최고 품질의 밍크코트를 얻기는 이제 글렀다. 좋은 밍크코트 만드는 법, 그 차선책을 소개하겠다.

정 한 용

밍크농장에 간다
녀석들이 쥐굴 같은 통발 속에서 옴짝달싹못한 채 사육되고 있을 것이다
2~3년생 된 것이 털이 가장 예쁘다
가죽이 부드럽다
눈을 들여다보고 눈빛이 맑은 놈으로 골라낸다

가죽을 벗긴다
죽으면 가죽이 뻣뻣해지므로 살아 있을 때 벗긴다
먼저 머리를 잡고 땅에 패대기친다
좌로 다섯 번 우로 다섯 번 적당히 힘을 주어야 한다
밍크가 기절하면 정육점 고기처럼 산채로 매달고 네 다리를 자른다
허공에서 부르르 떨 때 옷을 벗기듯 조금씩 두 손으로 가죽을 잡아당긴다
아주 죽지는 않게 살살 다룬다
때로는 날렵하고 과감하게 털옷을 벗긴다
밍크가 붉은 몸통을 비틀며 경련을 일으킬 것이다

붉은 몸통이 마지막 저항의 숨을 쉴 것이다
붉은 몸통이 조용해질 것이다
이때쯤 담배를 한 개비 피워 물어도 좋다

다음 밍크를 데려온다
요령은 같다, 밍크코트 한 벌을 만드는 데는 70마리가 필요하다
벗긴다 (담배를 핀다)
벗긴다 (담배를 핀다)
벗긴다 (담배를 핀다)

옷이 완성되면
당신은 당신의 가죽을 모두 벗고 밍크를 입는다
당신이 예쁜 밍크가 된다

월간 『현대시』 2009년 5월호

정한용
충북 충주에서 출생. 1985년 《시운동》으로 등단. 시집으로 『얼굴 없는 사람과의 약속』이 있음.

나의 방명록

정 호 승

나의 방명록에 기록된
인간의 이름은 이제 다 바람에 날려갔다
기역자는 기역자대로 시옷자는 시옷자대로
바람에 다 날려가
실크로드를 헤매거나 사하라 사막의
모래 언덕에 파묻혔다
어떤 애증의 이름은 파묻혀 미라가 되었거나
이젠 잊어라
이름이 무슨 사랑이더냐
눈물 없는 이름이 무슨 운명이더냐
겨울이 지나간 나의 방명록엔
이제 새들이 날아와 눈물을 흘린다
남의 허물에서 나의 허물이 보일 때
나의 방명록엔
백목련 꽃잎들이 떨어져 눈부시다

계간 『문학들』 2009년 여름호

정호승 1950년 대구에서 출생. 1972년 《한국일보》 신춘문예에 동시 〈석굴암을 오르는 영희〉가 당선. 시집으로 『슬픔이 기쁨에게』 등 다수 있음. 소월시문학상, 동서문학상, 정지용문학상, 편운문학상 등을 수상.

풀밭 위의 식사

조 동 범

소풍을 가야지
단풍이 뚝뚝 떨어지는 날
떨어지는 단풍처럼 뚝뚝 눈물을 흘리며
더러운 신파로 가득한 날들을 지나쳐
소풍을 가야지

샌드위치를 싸고
신선한 오렌지 주스와 과일도 몇 조각
즐겁고 행복하게
즐겁고 행복하게
소풍을 가야지

진지한 날들을 위해
건조한 휴일과 무의미한 예배의 날들을 위해
소풍을 가야지
굶주린 식욕을 창백하게 들고서
성스럽고 경건하게
텅 빈 몸과 다리를 끌고
어둡고 깊은 발자국을 따라
가고 또 가야지

굳게 다문 입술과
흉기처럼 도사린 혀를 감추고
가야지
풀밭 위의 식사를 위해
다만 화창하게 웃으며
소풍을 가야지

한 손엔 솜사탕
한 손엔 즐거운 카메라를 들고
우걱우걱 김밥을 먹으며
눈물을 뚝뚝 흘리며
가고 또 가야지

소풍을 가야지
고독한 질주와 아이들의 붉은 눈물을 위해
진지한 슬픔과 돌이킬 수 없는 날들을 위해
가야지
소풍을 가야지
절뚝이는 맨발을 끌고
맨발의 빛나는 상처를 흘리며
가고 또가야지

웹진 『문장』 2008년 12월호

조동범
1970년 경기도 안양에서 출생. 2002년 《문학동네》로 등단.

나무

조 말 선

나는 최초의 나로부터 도주하고 있다
최초의 나를 연장하기 위해
나는 최초의 나의 의심에 의심을 달고 있다
환멸에 환멸을 더하고 눈물에 눈물을 더하고
깔깔깔 웃음에 웃음을 더하면
뻔한 정오가 천 개의 빛으로 넘쳤다
했던 말을 반복하고 반복하는 것이
최초의 나를 연장하기 위해서라면
맨 처음 가계도를 그리던 날부터
나는 까마득히 도주하는 삶을
살고 있다는 것을
도주하는 것이 이토록 아름답다는 것을
연장하는 것이 이토록 감동이라는 것을
알기는 알았을 테지만
모르고도 나는 도주를 수단으로 살아왔다
치를 떨 때마다
내게 달린 잎사귀들이 새파랗게 질리고
나는 미덕의 반대편을 선호했으니
그것의 내 도주로의 필수 코스였으니

최초의 나로 무성하기 위해
나는 최후의 나를 지연시키고 있다

계간 『문학수첩』 2009년 봄호

조말선
1965년 김해에서 출생. 1998년 《현대시학》으로 등단. 시집으로 『매우 가벼운 담론』 등이 있음. 제7회 현대시 동인상 수상.

석유야 석유야

조 명

백악기 양치류 숲속 호수에 몸을 던진 한 여자
물들지 않는 사랑의 약속 그냥 믿었던 여자
불덩이의 마음 숯덩이의 마음 쩍쩍 갈라져
썩지 못할 쓸쓸함으로 죽어 견딘 그 여자
백만 번째 보름달 떠올라 백만 번째 쓸쓸한 저녁
한 그림자 찾아와 떨구고 간 눈물 한 방울로
억년 방전된 사랑의 메세지들 다 살아났던 여자
그제야 젖무덤 뱃구릉 동굴 속 아기집 환하게 무너져내린 그 여자
나는 호수 아래 진흙 아래 암석층 그 아래
끝내 재가 될 수 없었던 먹벙어리 심장 묻어줘야지
아교 같은 눈물과 상한 심장이 뒤엉긴 흑흑색 유동체
(몰래하는 사랑을 배반한 연인에 대한 애증의 핵?)
공기로 덮고 암석으로 덮고 진흙으로 덮고 입 다물어야지
사랑이 부차물이었던 중생대 백악기 가여운 당신
그 여자 되살려 매수하고 싶고 매매하고 싶은 바로 당신
모래 수풀 헤치고 굴착기로 관정을 박아 펌프질 하네
구름을 밀치고 하늘을 들이받으며 솟구치는 여자!
오뉴월 서릿발로 포성을 울리며 타오르는 그 여자!
재앙의 붉은 강물 흐르는 사막, 사랑과 분노와 후회의 별
붉은 심장 붉은 심장 붉디붉은 심장들 시커멓게 타네
내일은 당신의 유골단지 불암산에 묻어주고 침묵해야지
돌무덤에 석류꽃 피어나 석류알 홍단지 다시 열리리라는 말

태양은 금구렁이 풀어 밤별은 은실뱀 풀어 종일 전하네
나는 마치 백악기 사랑의 환타지를 노래하는 것 같네

웹진 『시인광장』 2009년 여름호

조 명
대전 유성에서 출생. 2003년 계간 《시평》으로 등단. 시집으로 『여왕코끼리의 힘』
이 있음.

나의 육종

조 연 호

권태는 튀어나오려는 아이들의 결후로부터 태양을 한 바퀴 돌린
다

새에게 박수를 쳐주는 것, 미지근한 근해의 표류자가 되는 것, 필
경사가 되는 것
이 내륙풍들을 들으며 한 가지 계량計量에만 몰두할 수 있도록
발밑의 겨울의 온도 아래로 내려가고
자살의 기교에는 순화가 필요하다고 믿는다

한 아이가 나의 작은 대답을 원한다
어렴풋이, 나도 너처럼 그것이 무엇인지 몰랐으니
그것은 늦게 온 손님의 자세로 신발을 벗고
자신의 색맹에 지쳐 더 이상 숲을 세지 않는다

슬픔의 수준은 예능의 수준과 비슷해진다

아줌마는 이제 본격적으로 사랑방에 돗자리를 까시고
아줌마가 아저씨의 콧잔등을 치는 순간
니네들 안이랬잖아
나는 술 취해 현금지급기랑 싸우고
최고의 묵종黙從으로 숲 밖을 걸어나온다
아름다운 계절이 자기의 부력만으로 이곳까지 떠올랐지만
그것은 차라리 집어던져졌다고 말하는 게 더 어울렸다

아주 불편하게 눈물의 촌수가 하루와 가까워졌다
하지만 하녀의 다리 사이에 있다는 생각은 매우 깨끗한 생각

공은 떨어지면서 거만해지고
어떻게 움츠린 손발을 엄격 이전으로 되돌릴 것인가를
튀어오르는 공은 다시 괴로워한다

점점 자라나는 구름에서 점점 줄어드는 뇌 주름 바깥까지
오래도록 사람이 등장하지 않는 이야기에 대한 나의 선호
처음엔 비슷했던 생식기와 뇌의 양극兩極 사이를
나는 또 내 꼬리에 털양말을 신기고 걷는다
이것이 나의 육종育種

자기 집이 불타고 있다고 기도를 올리는 사람이 있었다
그는 얼굴이 없는 사람
교리敎理적 의미에서 이미 죽은 사람
상처 입은 동물을 돌봤고 그들의 피를 좋아하게 되었다
그는 유일해진 사람
병리적 의미에서 꿈을 소진한 사람

속날개에 가까운 모국어를 등 뒤로 꺼내며 늦밤의 풍데이와 긴 얘기를 나눈다
  그의 더듬이가 나를 찌르고 나를 톱반으로 채운다면
  나는 태어나고 내게로 온다

  투명해질 때까지 주의사항을 읽고
  임계온도까지 시약병을 가열한다

월간 『현대시학』 2008년 4월호

조연호
충남 천안에서 출생. 1994년 《한국일보》 신춘문예로 등단. 시집으로 『죽음에 이르는 계절』 등이 있음. 제5회 수주문학상 우수상 수상.

분홍을 기리다

조용미

산그늘 한쪽이 맑고 그윽하여 들었더니 거기 키 큰 철쭉 한 그루 기다리고 있었습니다 엷은 분홍빛 다섯 장의 통꽃들 환하여 그 아래 잠시 마음을 내려놓게 되었지요

그들의 이마를 어루만지니 열꽃이 살며시 번졌습니다

이른 봄꽃들 지나간 봄 숲을 먼 등불처럼 어른어른 밝히고 있는 그 여린 분홍빛에 내 근심을 슬쩍 올려놓고 바라보아요

실타래처럼 쏟아져 나온 열 가닥 꽃술은 바람이 없는데도 긴 속눈썹을 가늘게 떨고 있어요 떨어진 분홍빛들은 가만히 그 자리에서 빛을 다하고 있습니다

그 아래 애기나리들이 연둣빛 솜 방석을 깔고, 내려온 분홍빛들을 받쳐주고 있습니다 나는 애기나리들의 낮은 데 있는 그 마음을 받쳐줄까 하여 오래 고개 숙였지요

내 앉은 나무 아래 분홍빛은 모여들어 봄은 또 이곳에 잠시 머뭇거립니다

가까운 개울물 소리도, 산비둘기 울음도, 쓰러져 누워 푸릇푸릇 이끼를 껴입은 벚나무 푸석한 가지들도 모두 저 꽃의 분홍을 기리기 위해 이 숲에 온 듯합니다

저 고요한 분홍이, 숲의 물소리를 낮추고 있었다는 걸 한참 후에 알게 되었어요 그 분홍빛 아래서 당신은 또 한나절 나를 견뎠겠습니다

계간 『문학수첩』 2009년 가을호

조용미
1962년 경북 고령에서 출생. 1990년 《한길문학》으로 등단. 시집으로 『불안은 영혼을 잠식한다』가 있음. 2005년 16회 김달진문학상 수상.

난간

조 원 규

난간이란 것에는
아득한 두근거림이 배어 있다
밤과 낮 쉼 없이

바깥이 흘러오고 부딪고
또 밖을 속삭이기 때문이다

온 세상의 난간들을 만져보려고
나는 무슨 말도 못 하면서
적막해져 왔다 그러던 어느 날

온 세상과 사람이 난간인 것을 안다
난간 너머엔 부는 바람결 속에
난간 너머로 손을 뻗는 사람이 있다

격월간 『시를 사랑하는 사람들』 7~8월호

조 원 규
1963년 서울에서 출생. 1985년 《문학사상》으로 등단. 시집으로 『노박씨의 사랑
이야기』 외 다수 있음.

시크릿 가든

조 유 리

#1)

빈 백지를 마주하고 앉으면, 나를 벗어 내보여야 한다는 울렁증이 인다. 울렁증을 재우기 위해 손가락 닿는 대로 잉크를 찍어 발라본다. 음지에 엎질러지는 입자들이 불그죽죽하다. 이것은 겨드랑이에 돋는 지느러미에 관한 이야기, 라며 잉크 한 줄 엎지르는 사이 먼 데서부터 불어온 바람이 곱은 손가락으로 페이지를 넘기기 시작한다. 지문이 삭아 읽을 수 없는 행간 속에 엎드려 있는 꽃들. 사각의 문장 밖으로 한 번도 문을 밀고 나간 적 없어 하나의 장르만이 잠식한 저 비밀스런 영토에서 가끔은 꽃잎 같은 은유들이 쏟아지기도 하였으리라. 우격다짐으로 꽃 피운 몸엔 그러나, 헐겁게 구겨진 활자들 뿐. 나는 바람이 밑줄 쳐 준 문맥들을 어쩔 도리 없이 받아 적는다. 한 때의 꿈 같기도 바람의 주술 같기도 한 씨앗들은 어디로 이식되어 갔을까? 꽃대가 주저앉은 산당화, 붉은 무늬 짜던 문장들이 화기를 못 견뎌 확확 피어오르는 살 냄새를 삼키고 있다. 붉은 낱알 몇 개 구르는 어느 어귀, 제 상처를 육필 할 수 없어 잡풀 숲으로나 늙어가고 있는,

여기는, 바람이 色을 쓸어가 버린 꽃의 정원이다.

#2)

닫힌 창틈 새로 예의 불그죽죽한 바람이 함부로 새어 들어오는 밤이 있다. 그 밤은 손톱 길이나 발 문수를 재어보거나, 개불과 산낙지를 즐겨 먹는 생식성에 관해서 중얼거리기에 제격이다. 백 년이나 한 이 백년 쯤 전 전생에, 가슴팍을 뚫고 들어온 총구멍 속을 들여다

보는 일 또한, 마음 가 닿는 자리마다 통금이 해지된 꽃밭을 노니는 기분을 슬게 해 준다. 때가 익어 까무러칠 것 같은 화기가 살기의 다른 키워드임을 죽었다 다시 태어났을 즈음에나 깨달은 일이긴 하지만, 꽃밭은 내 몸에 칠해진 색의 사유방식일 뿐 트라우마의 대안 요법이 아니란 걸 안다. 그저 가끔 울적하다, 직직 갈겨쓰고는 내가 나 자신을 아는 체 하는 짓 따위를 통해 천일야화쯤 되는 꽃대들을 길들여 왔을 뿐이다. 그러나, 이런 패턴의 취향이 오자나 탈자 없이 온전히 나를 변론해 줄 것인가, 따져보는 순간 또다시 울렁증이 도진다. 옆구리라도 터서 우겨넣고 싶은 전망을 손바닥으로 쓱쓱 문질러 닦고 나면 현장에 고스란히 남아있는 얼룩들. 저 얼룩 속에 끓고 있는 기미가 철마다 신었다 벗은, 즐겨 입맛 다신, 쉼 없이 입술을 타고 흘러내린 꽃의 색기라 단정할 수 있을까?

이것은, 목젖을 빨다 간 바람을 향한 질문이다.

#3)

이제, 꽃밭을 뭉갠 무늬들에 관한 얘기를 해 볼까 한다. 발음도 불분명한 뱃가죽을 밀어 꽃술을 살처분 한 인플루엔자에 관해서, 의미도 익기 전 몸을 따먹은 열매들에 관해서, 소낙비에 젖지 않는 당신을 수천 번 모른다 하였는데도 독을 쏘아붙인 느낌표에 관해서, 난간에 관해서, 편두통에 관해서, 푸르딩딩한 불그죽죽한 마려움에 관해서, 지금이라도 따지고 덤벼들어 볼까 한다. 하지만 내게 있는 연장은 지느러미 두 장과 찢어진 목젖과 진물 뚝뚝 흘리고 있는 분절음들뿐. 소요하는 상처란 제 살갗을 벗겨 거죽째 울어보지 못한 자들의 엄살에 불과하다, 라고 썼다가 북북 찢어버린 밤이 있다.

이후로 내 정원엔 날개가 참혹하게 찢겨진 좀벌레나 잠자리들이
뭘 모르고 찾아왔다가 칼집 난 상처에 화들짝 놀라 도망질쳐 갔다.
관계의 폭력성이란 꺾거나 꺾이기 이전, 동물성 농담으로부터 시작
되지 않았던가!

이것은, 찢어진 볼기짝과 그리움과의 관계다.

#4)

불그죽죽, 푸르딩딩한, 이라 쓰고 잠시 쉼표를 눌러 놓고 들여다본
다. 이쪽에서 보면 위독하고 저쪽에서 보면 발화하는 컬러다. 손목
을 긋기 위해 풀어놓았던 시계 시침에 불려나간 밤은 위독했으나,
많은 피를 흘리지 않고도 대신 울어준 꽃들이 있었으므로 상처란
단지, 저 꽃들이 살다 간 자국일 뿐이다. 꽃잎 한 장에 묻어 있는 얼
룩을 추억하느라 내 손목은 여린 순들만 골라 모가지를 똑똑 분질
러 창가에 걸쳐두었다.
칼집 난 목줄기마다 송글 거리며 맺힌 꽃 멍울들!
이상은, 비등점을 관통한 화농에 관한 소회다.

무크지 『시에티카』 2009년 창간호

조유리
1967년 서울에서 출생. 2008년 상반기 《문학 · 선》 신인상으로 등단. 15회 시산맥
상 수상.

256

야훼 'יהוה

조 인 호

포클레인이 폐사한 가축들을 한가득 코에 담고 떠나던 날 밤. 사육사 아저씨는 술에 취해 있었네. 오오, 가엾은 우리의 술주정뱅이 붉은 코 사육사 아저씨 어둠을 틈타 축사에 불을 질렀네. 바보 같은 건초더미에 불이 붙은 찰나! 이런 제기랄, 하늘에서 비가 내렸지. 재수 옴 붙은 붉은 코 사육사 아저씨의 코털 한 가닥 삐죽, 빠져나와 비바람에 흔들리고 있었네. 우리의 붉은 코 사육사 아저씨는 임금님처럼 벌거벗기 시작했네. 고약한 유기농 생화학무기 고무장화를! 타임캡슐에 처박힐 초록색 새마을 모자를! 어버버버 … 덜 떨어진 아홉 살 소년 같은 멜빵바지를! 모두 모두 홀라당! 벗어던졌네. 섹시하게 그리고 리드미컬하게. 죽은 새끼 쥐 같은 까만 성기를 달랑거리며, 뇌에 스펀지마냥 숭숭 구멍 뚫린 미친소처럼 축사 안을 이리저리 뛰어다녔네. 오오 가엾어라, 완전 미친 우리의 붉은 코 사육사 아저씨, 텅 빈 구유 속에 핏덩어리 신생아 같은 똥도 누었네. 두루마리 화장지도 없이. 그러다 문득 붉은 코 사육사 아저씨는 보았네! 축사 지하로 연결된 작은 해치 뚜껑을! 오랄라, 신의 장난 같은 해치 뚜껑을 열고, 붉은 코 사육사 아저씨는 지하 깊은 곳으로 내려갔지. 놀랍게도 지하실엔 야훼가 살고 있었다네. 천장에서 희미하게 흔들리는 갓을 쓴 알전구 아래, 야훼는 할인매장 냉동식품 코너에 진열된 세계에서 가장 먹음직스러운 핑크빛 고기덩어리 같았네. 지하실로 배달된 족발보쌈인 양 야훼의 발목엔 상추 같은 푸른 녹이 낀 오래된 청동족쇄가 채워져 있었지. 그 옆엔 또 다른 청동열쇠가 아귀餓鬼처럼 푸르스름하게 놓여 있었네. 유레카! 헐리우드식 블랙유머 앞에 맞닥뜨린 우리의 붉은 코 사육사 아저씨는 멍청하게도 호기심

이 많았지. 열쇠를 주워들고 족쇄에 뚫린 구멍을 열심히 찾기 시작했네. 아귀가 맞지 않는 열쇠는 자꾸만 구멍으로부터 튕겨 나왔네. 십자군남편을 기다리던 그녀의 녹슨 정조대처럼. 아니네. 그녀가 우리의 어리석은 십자군남편을 속였던 게지. 성지聖地는 동방의 예루살렘이 아니었지. 그녀가 정조대 속에 젖과 꿀이 흐르는 땅을 남편 몰래 숨겨놓았던 거지. 그러다 마침내 맞물린 자물쇠가 찰칵, 돌아갔을 때 야훼는 아귀처럼 거대한 붉은 입술을 열기 시작했네. 우우우 … 벌어진 틈 사이로 지하계단이 순식간에 빨려 들어갔네. 뾰족한 지하실 모서리마저 둥근 공처럼 데굴데굴 틈 속으로 굴러 들어갔네. 야훼는 모자이크처럼 봉인된 사타구니를 활짝 열었지. 뚜껑 열린 틈 속으로 지하실을 빠르게 흡수하기 시작했네. 겁에 질린 붉은 코 사육사 아저씨는 야훼로부터 달아났지. 지하계단도 갓을 쓴 알전구도 모서리도 없는 무無 속을, 붉은 코 사육사 아저씨는 달리고 또 달렸네. 야훼는 웅웅웅 성능 좋은 후버진공청소기처럼 붉은 코 사육사 아저씨를 뒤쫓았지. 홀라홀라, 세상에서 가장 빠른 인디언처럼 달리던 우리의 붉은 코 사육사 아저씨. 순간. 무,언가에 걸려 철퍼덕 넘어졌네. 그것은 무속에서 불쑥 창조된 돌부리! 돌부리로 진화한 조선무! 같은 생명이었네. 하얗게 질린 무 같은 표정으로 우리의 붉은 코 사육사 아저씨 "지저스 크라이스트!" 소리칠 틈도 없이. 야훼는 붉은 코 사육사 아저씨를 삼켜 버렸네. 그렇게 젤라틴처럼 부드러운 야훼의 육질 속으로 붉은 코 사육사 아저씨는 미끄러져 들어갔네. 미끌미끌한 점액질과 뒤엉켜 꿈틀거릴수록 붉은 코 사육사 아저씨는 조금 더 … 조금 더 깊이 … 삽입돼갔네. 오싹했겠지.

피가 거꾸로 솟는 기분이었겠지. 자꾸만 **빳빳해졌겠지.** 우리의 붉은 코 사육사 아저씨는 팽창하는 우주를 오롯이 체험했네. 섹시하게. 리드미컬하게. 최후의 붉은 코를 삐죽내민 채. 틈 안으로 점점 빨려들어가던 사육사 아저씨는 무속에서 우연히 돌부리와 마주쳤네. 그것은 미켈란젤로가 천지창조를 완성하던 날 밤. 손가락을 밀어 넣은 그녀의 구멍 속에서, 낯선 누군가의 또 다른 손가락을 마주친 경이로운 충돌 같았지. 그렇게 붉은 코와 돌부리 사이. 사육사와 야훼 사이. 자유무역협정 신화가 마침내 체결되었네. 별들이 찬란히 흩뿌려진 밤하늘 저편 휘어져 흐르는 은하수여! 펄럭이는 성조기여! 아멘*

* 아멘 : 신의 장난대로 이루어졌나이다

월간 『현대시』 2009년 3월호

조인호
1981년 충남 논산에서 출생. 2006년 《문학동네》로 등단.

책앤북스

비뚜로 가지 않고
너그러게 성공하는
40가지

현재의 모습에 역전하지 않고 무한한 미래의 가능성을 향해 마음을 열고 기다릴 줄 아는 당신,
자신이 하고 싶은 말을 하기보다는 다른 사람의 이야기에 조용히 귀 기울일 줄 아는 당신,
성공한 사람들의 화려함에 취하지 않고 진정한 최후의 승리자가 되기 위해 오직 지 목묵히 한 길을 걸어가는 당신,
다른 이들의 실패를 타산지석으로 삼을 줄 아는 당신,

당신은 진정 지혜로운 사람입니다.

그리고 이름다운 세상, 아름다운 사람인 야앤북스가 함께 합니다.

웅진씽크빅

ㅁ 어ㅣ 신에
해로운 행동습관 40가지를 비우는 방법

자신의 삶에

나에게

2010

1 Jan
일	월	화	수	목	금	토
					1	2
3	4	5	6	7	8	9
10	11	12	13	14	15	16
17	18	19	20	21	22	23
24	25	26	27	28	29	30
31						

2 Feb
일	월	화	수	목	금	토
	1	2	3	4	5	6
7	8	9	10	11	12	13
14	15	16	17	18	19	20
21	22	23	24	25	26	27
28						

3 Mar
일	월	화	수	목	금	토
	1	2	3	4	5	6
7	8	9	10	11	12	13
14	15	16	17	18	19	20
21	22	23	24	25	26	27
28	29	30	31			

4 Apr
일	월	화	수	목	금	토
				1	2	3
4	5	6	7	8	9	10
11	12	13	14	15	16	17
18	19	20	21	22	23	24
25	26	27	28	29	30	

5 May
일	월	화	수	목	금	토
						1
2	3	4	5	6	7	8
9	10	11	12	13	14	15
16	17	18	19	20	21	22
23	24	25	26	27	28	29
30	31					

6 Jun
일	월	화	수	목	금	토
		1	2	3	4	5
6	7	8	9	10	11	12
13	14	15	16	17	18	19
20	21	22	23	24	25	26
27	28	29	30			

7 Jul
일	월	화	수	목	금	토
				1	2	3
4	5	6	7	8	9	10
11	12	13	14	15	16	17
18	19	20	21	22	23	24
25	26	27	28	29	30	31

8 Aug
일	월	화	수	목	금	토
1	2	3	4	5	6	7
8	9	10	11	12	13	14
15	16	17	18	19	20	21
22	23	24	25	26	27	28
29	30	31				

9 Sep
일	월	화	수	목	금	토
			1	2	3	4
5	6	7	8	9	10	11
12	13	14	15	16	17	18
19	20	21	22	23	24	25
26	27	28	29	30		

10 Oct
일	월	화	수	목	금	토
					1	2
3	4	5	6	7	8	9
10	11	12	13	14	15	16
17	18	19	20	21	22	23
24	25	26	27	28	29	30
31						

11 Nov
일	월	화	수	목	금	토
	1	2	3	4	5	6
7	8	9	10	11	12	13
14	15	16	17	18	19	20
21	22	23	24	25	26	27
28	29	30				

12 Dec
일	월	화	수	목	금	토
			1	2	3	4
5	6	7	8	9	10	11
12	13	14	15	16	17	18
19	20	21	22	23	24	25
26	27	28	29	30	31	

오늘의 식사는 내일로 미루지 않으면서 오늘 할 일은 내일로 미루는 사람이 됐다. C. 힐티

257

자정 너머 주검 노래

조 정 권

내 잠의 궁전에는 단도들이 숨어 있다.
나는 나의 잠이 두렵다.
내 옆에서 잠든 내가 무섭다.
나는 잠 속에서 날아오는 화살이 두렵다.
하프는 꺼져 있다. 악기들은 꺼져 있다.
나는 한밤 내 꺼진 횃불을 들고 까마귀의 검정 깃이 날아다니는
미궁의 숲을 헤매다가
닭울음소리에 쫓겨 들어온다.
핏물 흘리는 말대가리가 천정에서 나를 내려다보고 있다.
마구간에서는 늘 말이 살해된다.
악기들은 모두 꺼져 있다.
나는 두렵다.
내 잠의 궁전에서는 식기들이 모조리 살해된다.
나는 자정 너머 망자들이 벌이는 만찬이 두렵다.
붉은 주단이 깔린 원탁에 모여
박쥐 깃을 두른 남자들의 성찬이 두렵다.
새의 심장이 들어 있는 따뜻한 빵과
굶주린 하인들의 혓바닥을 훈제시켜 목 안으로 삼키는
포크와 스푼과
동물의 내장 기관을 자르는 나이프와
인간을 기둥마다 묶어 놓고 투창하는 왕들과
십자가의 핏물로 꽃무늬를 그려 넣은 접시와
포도송이마다 칠해 놓은 자색 유약과

책갈피마다 무색투명하게 발라 놓은 독이 무섭다.

지하의 매장물도 두렵다.

벽에서 저절로 굴러 떨어지는 성화도 두렵다.

나는 깬다.

깨어 있다.

유리창을 밟고 달려오는 말발굽 소리

축축한 시간으로 굴러 떨어지는 몸뚱이 없는 얼굴

쟁반에 담겨 나오는 눈 감은 내 얼굴이.

나는 두렵다,

내가 제일 쉽게 할 수 있는 일이.

네가 능히 할 수 있는 일이.

동이 트기 전

내가 능히 할 수 있는 일은

아직 어둠이 세상에 남아 있을 때 어둠 속으로 저 들판의 양들을
집 안으로 끌고 오는 일.

햇빛이 저들을 살해하기 전에

햇빛이 저들을 찾아내기 전에 햇빛을 피해.

해가 먹어 삼키는 黑暗은 이렇게 생겼다.

어린아이의 눈이 달린 미끌미끌한 짐승의 내장, 바다의 입술과 히
야신스의 유방을 가진 억센 허리, 뱃가죽에서 뻗치는 힘, 굵은 다리,
청동관 같은 뼈대, 무쇠 빗장 같은 갈비뼈, 겹겹으로 입은 쇠 갑옷,
동굴벽 같은 턱과 이빨, 돌짝으로 봉인한 등, 맷돌 같은 힘 도사려
있는 목덜미.

햇빛은 칼로 찔러도 박히지 않고
아무리 활을 쏘아도 물러날 생각이 없다.
다리를 가로막은 채 버티고 선
해를 향해 내 어두운 마음이 선봉을 서면
햇빛은 일제히 앞발 세우고 말갈기를 휘날린다.
내가 어둠의 기둥을 뽑아 들고 내려치면
토사광란을 일으키며 자빠지는 저 햇빛
이제 곧 동이 트기 전
너는 두려움 옆에 거하라.
두려움은 귀머거리에게 내내 고함을 지르신다.
비바람, 천둥소리, 놋쇠 소리 같이
말발굽 소리같이
둘러싸고 있다.

계간 『너머』 2008년 봄호

조정권 1949년 서울에서 출생. 1970년 《현대시학》으로 등단. 시집으로 『비를 바라보는 일곱 가지 마음의 형태』 외 다수 있음. 녹원문학상, 한국시인협회상, 김수영문학상, 소월시문학상, 현대문학상 등을 수상.

소리를 듣는 몇가지 방식

조 정 인

편지 가득 우기입니다

폭우가 쏟아지며 사위가 급격히 저물었습니다 저녁이 큰물에 쓸리는 짐승처럼 한쪽으로 기웁니다 창문이 파랗게 켜졌습니다 뇌성과 동시에 왼쪽 어깨뼈가 덜컹, 커다랗게 놀랍니다 귀보다 먼저 뼈에 소리가 부딪힌 것입니다

집 앞에 고양이가 죽어 있습니다 신발짝처럼 흘려져 깜깜한 고양이는 물이 차서 먹먹했습니다 자정 너머 극한의 사랑을 몰고 와 종족의 피를 일시에 교란시키던, 놈의 날카로운 발정은 아름다웠습니다

연푸른 오이나 풋사과를 깎는 사각대는 소릴 먼저 듣는 건 손목을 타고 오르는 솜털이거나 푸른 정맥일 테죠 푸른 정맥의 파동으로 가득한 이 유리 항아리는 얼마나 많은 소리를 물고 다니는 개미들이 곳곳 미로를 밝혀 두었겠습니까

여름 저녁 어스름을 바라보는 눈 속에 자귀꽃 지는 소리 가만가만 쌓여갑니다
귀의 어떤 부분은 스무 해도 넘게 한 사람의 음성만 감았다가 재생시키는 일을 되풀이하는데요 음절과 음절 사이 파도 소리 높고요 오래 전 돛폭 찢기는 소리도 섞여듭니다

계간 『시와 정신』 2008년 겨울호

조 정 인
서울에서 출생. 1998년 《창작과 비평》으로 등단. 시집으로 『그리움이라는 짐승이 사는 움막』이 있음. 제2회 토지문학제 시부문 대상 수상.

우울한 베란다

- 모그y의 설계 음악

진 수 미

두 번째
세계의 모든 두 번째
눈이 내린다

당신이 펼친 생계도에 베란다는 없고
식물처럼 자라는 베란다
추방당한 정원의 눈같이
서서
보았지

잠옷 입은 아이들이
창틀에서 베란다로
베란다에서 소파의 용수철로 뛰어오르고
눈발은 건물 편으로 돌아선다

우리도 게임을 시작할 거야
두 번째 세계의
모든 막장을 어루만지는
빛

쉰여섯의 마틸다 고모가 조카에게 연정을 품고
일곱 살 베이브가 영화같이 안아주요

속삭일 때

사랑이라 착각하면 지는
발렌타인 연인의 러브 어페어

게임의 완성은 룰의 환상이겠지만
승패를 나누기 직전
신호등 앞에 선
설계회의는 자꾸 우스워지려 한다

눈발이 사랑하는 베란다
당신의 베란다
발코니가 언급 안 될 순 없겠지
그이와 내가 결정적으로 다른 게 뭐죠?
격한 고뇌가 임신하는

두 번째
세계의 모든 두 번째
미래를 딛는 음표를 달고
눈이 내린다

하얀 보자기처럼
악보처럼
베란다의 생애를 덮으며

격월간 『시를 사랑하는 사람들』 2009년 7~8월호

진수미
1970년 경남 진해에서 출생. 1997년 《문학동네》에 〈Vaginal Flower〉로 등단. 시
집으로 『달의 코르크 마개가 열릴 때까지』가 있음.

물속에서

진은영

가만히 어둠 속에서 누군가를 기다리는 일
내가 모르는 일이 흘러와서 내가 아는 일들로 흘러갈 때까지
잠시 떨고 있는 일
나는 잠시 떨고 있을 뿐
물살의 흐름은 바뀌지 않는 일
물속에서 누군가를 기다리는 일
푸르던 것이 흘러와서 다시 푸르른 것으로 흘러갈 때까지
잠시 투명해져 나를 비출 뿐
물의 색은 바뀌지 않는 일
(그런 일이 너무 춥고 지루할 때
내 몸에 구멍이 났다고 상상해볼까?)
모르는 일들이 흘러와서 조금씩 젖어드는 일
내 안의 딱딱한 활자들이 젖어가며 점점 부드러워지게
점점 부풀어오르게
잠이 잠처럼 풀리고
집이 집만큼 커지고 바다가 바다처럼 깊어지는 일
내가 모르는 일들이 흘러와서
내 안의 붉은 물감 풀어놓고 흘러가는 일
그 물빛에 나도 잠시 따스해지는
그런 상상 속에서 물속에 있는 걸 잠시 잊어버리는 일

시집 『우리는 매일매일』 (문학과지성사, 2008)

진은영
1970년 대전에서 출생. 2000년 계간 《문학과사회》로 등단. 시집으로 『일곱 개의 단어로 된 사전』 등이 있음.

눈의 궤적

차 주 일

눈은 지표에 가까워지면서 늙은이 걸음처럼 흔들린다
성역 앞에서 자세 곧추는 사람처럼 머무적거린다
눈은 보여주지 않는 궤적을
먼저 다다른 눈송이와 눈송이 사이에 끼워 맞춘다
평평함에 귀의해 멈춘 눈의 궤적은 점 하나이다
눈송이는 대목이 공들여 짠 사개로 이루어져 있다
단 한 점의 사개가 헐겁기라도 했다면
어찌 수만 평의 얼음을 축조할 수 있었겠는가
호수는 알처럼 두꺼운 껍질로 얼어 있고
물은 세포를 증식하는 수정란처럼 분주하다
얼음호수를 품는 겨울, 어느 체온처럼 포근하기에
물은 어느새 부리를 만들어 껍질을 쪼는 것인가
물과 봄볕이 줄탁하는 소리 들으며 군열을 바라본다
군열을 힘줄로 이식하는 물이 퍼덕거린다
저쪽 끝에서 밀려온 파랑이 이쪽 둑에 부딪힌다
물은 파랑의 날갯짓으로 둑을 넘는다
물길은 눈의 궤적을 음각하는 것이어서
구름과 수면의 세로는 수면과 지표의 가로와 같다
구름이 눈을 낳듯 물길은 물방울을 방생한다
물방울은 궤적을 지우며 스민다
땅은 한 물방울의 착상도 놓치지 않는 모태여서
젖는 땅은 자궁이다

젖은 땅에서 깨나는 것들은 물길을 양각한다
뿌리와 줄기와 가지가 땅의 탯줄임을 어떻게 알았을까
눈송이는 비로소 꽃으로 멈춘다
사람은 늙어갈수록 꽃에 자주 다가간다
꽃에서 눈의 유채색을 보고 눈의 냄새를 맡는 날
육신의 사개 속에 감추어 둔 균열이 드러난다
시신은 핏줄을 지워 흙 알갱이 하나로 멈춘다
사람은 단 하루 신이 된다

계간 『시평』 2009년 여름호

차주일
1961년 전북 무주에서 출생. 2003년 《현대문학》으로 등단.

부드러운 가시

차 창 룡

미리 이별을 노래했지만
목이 쉬었을 뿐

그대와 왔던 길은 꿈이었고
우리 가는 길에는 꿈이 없네

건더기만 둥둥 떠 있는 하늘의 국물에
나는 눈물 한 방울 떨구어
하늘을 바다로 만든다

어디로 갈 줄 모르는 한 척의 배 위에
그대가 선물한 선인장 귀면각군생

제 몸을 뚫고 나온 여린 가시가
단단해지기를 기다리고 기다리다 보면
당신도 단단해질 거야

부드러운 솜털을 쓰다듬어도
내 손바닥에선 피가 난다

계간 『시인세계』 2008년 겨울호

차창룡
1966년 전남 곡성에서 출생. 1989년 《문학과 사회》로 등단. 시집으로 『해가 지지 않는 쟁기질』 등이 있음. 제13회 김수영 문학상 수상.

숨소리의 문장

채 호 기

긴 호흡기관의 층계를 올라오는 숨소리
닫힐 듯 간신히 열리는 소리
정체 모를 타인의 숨소리
와 합쳐지고 좀 전의 숨소리
와 아득한 기억의 숨소리
가 뒤섞여 숨소리의 문장을 이룬다

어떤 단어는 들판의 풀잎에 돋아나
차가운 이슬방울로 모래 위에
떨어져 천천히 스며든다.
어떤 단어는 이마의 땀구멍을 비집고
올라와 미간을 거쳐 코와 눈
사이의 계곡을 천천히 흘러내린다.

어떤 단어는 바람이 되어 창틀의 소리를 내다가
멀리 황량한 들판의 소리를 낸다.
어떤 단어는 끈적끈적한 어둠으로
덩어리가 되어 눈꺼풀을 무겁게 짓누른다.
어떤 단어는 안개가 되어 공기를
포옹하고 연인의 심장을 포옹한다.

아! **사랑**이란 단어
백사장 위의 하얀 조가비
주머니에 들어 손가락에 만져지는 글자.

나! **바다**, **파도** 라는 단어와 한 문장을 이루어
밤하늘의 별자리 같은 아름다운
음악을 들려주는 사랑.

사랑이란 단어를 듣기 위해
책장을 여는 순간 무거운
관 뚜껑이 열린다. 책이 관이라니!
긴 호흡기관의 층계를 올라오는
숨소리. 정체 모를 타인의 숨소리와 뒤섞인
숨소리의 문장이 들린다.

시집 『손가락이 뜨겁다』 (문학과지성사, 2009)

채 호 기
1957년 대구에서 출생. 1988년 《창작과 비평》으로 등단. 시집으로 『손가락이 뜨겁다』 외 다수 있음.

행성관측 2
- 원룸

천 서 봉

  B102호, B103호… , 혹성의 이름 같은, 홀씨들이 벽마다 실금 긋는 방이다. 생의 캄캄한 산문散文을 위하여 아침은 햇살을 끌어다 담장 너머로 던져주는 집배원의 말간 손가락 같다. 밤새 누군가 유리창에 쓰고 간 선명한 무늬들, 남루겠지. 서로 기대지 못한 것들은 모두가 궤도였네.

  깊고 천박하여 내 잠은 알지 못했네. 밤이 어디로부터 와서 열병 앓는지. 서늘한 아궁이 속, 하얀 운석의 사리들을 긁어 대문 밖에 내다놓는다. 푸른 쓰레기차를 보낸다. 저 빛을 따라가고 싶어, 벽마다 뿌리가 자라는 방이라면 금 너머 어딘가 숲이 있었다는 뜻일까. 메아리 깊은 방, 하나를 말하면 하나가 벌거벗고 돌아오는 방.

  카타콤 같은, 기억은 쉽게 땅 위로 떠오르지 못한다. 그러나 길을 잃지는 않을 것이다 문門은 하나이나까 …, 중얼거리는 방. 두 개인 것 없는 방. 미라처럼 햇살이 쓸쓸함을 깊이 감아도는 방. 아무도 깨워주지 않는 방. 〈잠만 잘 분〉 그렇게 구한 방. 자고 일어나 또다시 잠만 자는, 홀로 자전하는 방.

계간 『미네르바』 2009년 여름호

천 서 봉
1971년 서울에서 출생. 2005년 《작가세계》 신인상으로 등단.

가마우지 바다

천 수 호

짧고 어두운 순간이 휙, 지나갔다
가마우지 그림자다

내 머리 위를 스쳐 그의 머리 위로 날아가는 동안,
새는 내 그림자 한쪽을 찢어다가
그의 머리 위에 툭 떨어뜨린다

쭈뼛 솟구치는 머리카락,
가마우지를 올려다보는 그의 얼굴이
금새 캄캄해진다

다시 새는 그의 몸 안쪽에서
그림자 한 조각을 꺼내 물고 난바다로 날아간다
모래바닥에 끌리는 찢어진 그의 그림자,
그 자력이 끈끈하다

(새와 그림자 사이,
자석을 들이댄 책받침처럼
빳빳한 수평선!)

수평선을 가운데 놓고
나는 사진을 찍는다
검은 바다 한 장이 호치키스처럼
가마우지를 찰칵, 깨문다

부리까지도 깜깜한 지독한 그늘이다

시집 『아주 붉은 현기증』(민음사, 2009)

천 수 호
1964년 경북 영천에서 출생. 2003년 《조선일보》 신춘문예로 등단. 시집으로 『아주 붉은 현기증』이 있음.

사라진 계절

천양희

사자별자리 자취를 감추자 봄이 갔다
꽃이 피었다고 웃을 수만은 없는 그런 날이었다
쾅 문을 닫는 순간 내 안의 무엇인가 쾅, 하고 닫혔다
고통이란 자기를 둘러싼 이해의 껍질이 깨지는 것이었다
전갈자리별 자취를 감추자 여름이 갔다
초록 나무에도 그늘이 짙은 그런 날이었다
종이 위에 생각을 올려놓는 순간 말할 수 없어 나는 침묵을 썼다
외로움은 내 존재가 필할 수 없이 품은 그늘이었다
노랑발도요새가 자취를 감추자 가을이 갔다
고독이 지쳐 뼈아프게 단풍드는 그런 날이었다
잃다가 잊다가 같은 말이란 걸 아는 순간 내 속에 피가 졌다
아무것도 없다는 것 그것이 내가 살아남은 유일한 이유였다
흰꼬리딱새가 자취를 감추자 겨울이 갔다
몸이 있어서 추운 그런 날이었다
안다고 끝나는 게 세상일이 아니란 걸 깨닫는 순간 내 안의 어둠이
쏟아졌다
이 세상에 와서 내가 없는 계절은 없을 것이었다

격월간 『유심』 2009년 7~8월호

천양희
1942년 부산에서 출생. 1965년 《현대문학》으로 등단. 시집으로 『마음의 수수밭』
외 다수 있음. 소월시문학상, 현대문학상, 박두진문학상, 공초문학상 등 수상.

거미양의 유서

최 금 진

그 거미가 독신이었다는 사실이 인터넷 뉴스에 그물처럼 뻗어나
갔다
 단풍잎을 머리에 꽂은 깨진 보도블록 씨의 증언에 따르면
 그 거미는 시체애호증이 있었다고 했지만
 파먹고 버린 추억 속에서
 수박 같은 머리통들이 굴러다니는 것은 놀라운 일이 아니다
 죽음과 기꺼이 동침하고 껴안는 자세야말로 이 시대 종교인의 모
범이 아니겠냐며
 다소 황당한 진술의 대머리 목회자 잠자리 씨는
 감격에 겨운 목소리로 자꾸 부르르 날개를 떨었다
 불법으로 관절 치료를 하는 골목길 안마사 노래기 씨에 따르면
 그 거미는 항상 운동 부족이었으며 자신의 틀에 박힌 우울한 사고
가
 마침내 오늘의 끔찍한 결과를 가져왔다고…
 그 거미가 베란다에 목을 매고 죽은 채 발견된 건 어제 저녁의 일
 빈방에 혼자 앉아 마지막까지 정규방송을 시청했을 거미의 유서
는 다음과 같다
 매일 그물을 깁는 어부를 생각했어요. 바다로 가라앉을 낡은 배에
게도
 여행의 자유는 있지 않겠어요. 어부의 불행이 어부의 성실함 때문
은 아니잖아요.
 그래요, 그물을 늘 품에 넣고 다녔어요.

아직 건져 올릴 사랑이 제게 남아 있다면 이렇게 외로울 리가 없어요.

나를 향해 그물을 던질 시간이에요. 잘 있어요.

거미의 유서가 인터넷 웹사이트를 타고 거미줄처럼 뻗어나가자

이를 미리 차단하지 못한 일부 대형 포털사이트들은 서둘러 공개 성명서를 냈다

거미 양의 자살에 애도를 보내며…

거미 양 관련 기사는 일부 여행자들의 자살을 부추길 우려가 있어 차단키로…

계간 『시로여는세상』 2009년 가을호

최금진 1970년 충북 제천에서 출생. 1997년 《강원일보》 신춘문예로 등단. 시집으로 『새들의 역사』가 있음. 1998년 제4회 지용신인문학상과 2001년 창작과비평 신인시인상을 수상.

불꽃비단벌레

최동호

부싯돌에 잠들어 있던
내 사랑아!
푸른 사랑의 섬광
가슴에 지피고 불 속으로 날아가는
무정한 사랑아!

소용돌이 치는 어둠 속에서
탄생한 유성이
지구 저편 하늘을 후려쳐
다른 세상을 열어도
태초의 땅에 뿌리 박혀 침묵하는

서글픈 불의 사랑아!

유성이 유성의 꼬리를 잘라
번갯불 밝히는 밤
은하 반년을 날아서라도 나는
네 얼굴을 보고 싶다
영롱한 빛 불꽃가슴을 점화시켜다오
말안장에 새겨진
비단벌레 날개빛* 내 사랑아!

* 경주 황남패총에서 1970년대 초 출토된 5세기 신라시대 유물. 말 안장 뒷가리게에
는 비단벌레 날개가 장식으로 사용되었는데, 그 빛이 아름답기 그지없어 세계적으
로 주목받았다.

시집 『불꽃 비단벌레』 (서정시학, 2009)

최동호
1948년 수원에서 출생. 1979년 《중앙일보》 신춘문예에 평론 당선, 같은 해 《현
대문학》으로 등단. 시집으로 『공놀이 하는 달마』 외 다수 있음.

꽃 지는 소리

최 명 란

꽃만 피면 봄이냐
감흥 없는 사내도 품으면 님이냐
준비할 겨를도 없이 다가와서는
오래된 병처럼 나가지 않는 사내 가슴에 품고
여인은 벌거벗은 채 서 있다
가랑이와 겨드랑이와 가슴과 입술에서 동백꽃이 피어나
그만 고목의 동백이 되어버린 여인
가슴 도려내듯 서러운 날이면 입으로 동백꽃을 빨았다는
수많은 날들 소리 없이 울며울며 달짝한 꽃물을 우물우물 빨았다는
장승포에서 뱃길로 이십분 거리
동백섬 지심도 동백꽃 여인
육지를 버리고 부모 손에 이끌려 섬으로 와
시집살이 피멍든 여인의 가슴은 검붉은 동백기름이 되어버렸다
시든 것들이 오히려 더 질긴 법
꽃답게 피었다가 꽃답게 떨어지는 일 쉽지 않구나
지난밤 내린 비에 무참히 떨어진 동백여인의 시들한 몸이
밀물 때린 갯바위처럼 차다
가슴을 파고드는 파도의 냉기가 무리지어 달려와
또 한 번 매섭게 여인을 내리치고 뒷걸음질 친다
아하! 부러진 가지에도 꽃은 핀다
여인의 가랑이에 겨드랑이에 가슴에 입술에

다시 붉은 동백꽃이 핀다
꽃만 피면 봄이냐
붉기만 하면 꽃이냐

시집 『쓰러지는 법을 배운다』 (랜덤하우스, 2008)

최 명 란
1963년 경남 진주에서 출생. 2006년 《문화일보》 신춘문예로 등단. 시집으로 『쓰러지는 법을 배운다』가 있음.

부토투스 알티콜라*

최 문 자

당신은,

누우면
뼈가 아픈 침대
짙푸른 발을 가진 청가시 찔레와
너무 뾰족한 꼭짓점들
못 참고 일어난 등짝엔
크고 작은 검붉은 점 점 점.
점들이 아아, 입을 벌리고
한 번 더 누우면
끝없이 가시벌레를 낳는
오래된 신음이 들려야 사랑을 사정하는
당신은
일용할 통증
멸종되지 않는 푸른 독
너무 할 말이 많아서
아픈 침대 커버를 벗긴다.
아아, 이거였구나.
전갈 한 마리 길게 누워 있다.
유일한
고요의 형식으로
당신과 내 뼈가
부토투스 알티콜라를 추다가 쓰러진 전갈자리.

굳은 치즈처럼 조용하다.
전갈의 사랑은
그 위에 또 눕는 것.
같이.

* 부토투스 알티콜라 : 전갈이 수직으로 달린 꼬리로 추는 구애 춤.

월간 『현대문학』 2009년 5월호

최문자
1943년 서울 출생. 1982년 《현대문학》으로 등단. 시집으로 『귀 안에 슬픈 말 있네』 등이 있음. 2008년 제3회 혜산 박두진 문학상과 2009년 제1회 한송문학상 수상.

대한 大寒

최 서 림

더 이상, 이름이 이름이 아닐 때

찢어진 말과 말 사이, 눈발 몰아친다

어긋난 늑골 속 허허벌판을 빙빙 돌며

가시 걸린 목소리로 울고 있는 저 검은 새,

발을 붙이지 못하고 바람 속을 떠도는

가슴 속 다 토해내지 못해, 새까맣게 타버린 저 떠돌이 새,

모든 빛깔을 삼켜버린 빛깔로 캄캄하게 울고 있다

더 이상, 말이 말이 아닐 때

계간 『시현실』 2009년 봄호

최 서 림
1956년 경북 청도에서 출생. 1993년 《현대시》로 등단. 시집으로 『이서국으로 들어가다』 외 다수 있음.

그믐밤

최 승 호

시간이라는 섬
사방에서
영원이라는 바다가 출렁거린다

등대는
너의 안구
밤이면 걸림없는 한 줄기 빛이 무한으로 뻗어나간다

13월의 그믐밤이다
죽은 사람들이 뒤늦게
무덤에서 기어나와
팔다리도 없이 캄캄한 바다로 헤엄쳐간다

격월간 『유심』 2009년 7~8월호

최 승 호 1954년 강원도 춘천에서 출생. 1977년 《현대시학》으로 등단. 시집으로 『대설주의보』 외 다수 있음. 1982년 오늘의 작가상, 1985년 김수영문학상, 1990년 이산문학상, 2000년 대산문학상 수상.

사계절의 꿈

최 영 미

어떤 꿈은 나이를 먹지 않고
봄이 오는 창가에 엉겨붙는다
땅위에서든 바다에서든
그의 옆에서 달리고픈
나의 소망은 이루어지지 않았다

어떤 꿈은 멍청해서
봄이 가고 여름이 와도 겨울잠에서 깨어나지 못하지

어떤 꿈은 은밀해서
호주머니 밖으로 꺼내지도 못했는데
나른한 공기에 들떠 뛰쳐나온다
살 - 아 - 있 - 다 - 고,
어떤 꿈은 달콤해서
여름날의 아이스크림처럼
입에 대자마자 사르르 녹았지

어떤 꿈은 우리보다 빨리 늙어서,
가을바람이 불기도 전에
무엇을 포기했는지 나는 잊었다

어떤 꿈은 나약해서
담배연기처럼 타올랐다 금방 꺼졌지
겨울나무에 제 이름을 새기지도 못하고

이루지 못할 소원은 붙잡지도 않아
잠들기도 두렵고
깨어나기도 두렵지만,
계절이 바뀌면 아직도 가슴이 시려

봄날의 꿈을 가을에 고치지 못할지라도…

『시, 사랑에 빠지다』(현대문학) 2008년 12월

최영미
서울에서 출생. 1992년 《창작과 비평》으로 등단. 시집으로『서른, 잔치는 끝났다』
외 다수 있음. 2006년「돼지들에게」로 이수문학상 수상.

풍장

최 영 철

멀리 갈 것도 없이
그는 윗도리 하나를 척 걸쳐놓듯이
원룸 베란다 옷걸이에 자신의 몸을 걸었다
딩동 집달관이 초인종을 누르고
쾅쾅 빚쟁이가 문을 두드리다 갔다
그럴 때마다 문을 열어주려고 펄럭인
그의 손가락이 풍장되었다
하루 대여섯 번 전화기가 울었고
그걸 받으려고 펄럭인
그의 발가락이 풍장되었다
숨넘어가는 해를 바라보려고
창을 조금 열어두길 잘 했다
옷걸이에 걸린 그의 임종을
해가 그윽히 내려다보았고
채 감지 못한 눈을 바람이 달려와 닫아주었다
살아있을 때 이미 세상이 그를 묻었으므로
부패는 이미 상당히 진행된 상태였다
진물이 뚝뚝 흘러내릴 즈음
초인종도 전화벨도 더 이상 울리지 않았다
바닥에 떨어지는 눈물을
바람이 와서 부지런히 닦아주고 갔다
몸 안의 물이 다 빠져나갈 즈음
풍문은 잠잠해졌고

그의 생은 미라로 기소중지되었다
마침내 아무도 그립지 않았고
그보다 훨씬 먼저
세상이 그를 잊었다는 것도 알게 되었다
식아 희야 하고 나직이 불러보아도
눈물 같은 건 흐르지 않았다
바람만 간간이 입이 싱거울 때마다
짠물이 알맞게 배인 몸을 뜯어먹으러 왔다
자린고비 같은 일 년이 갔다
빵을 꿰었던 꼬챙이만 남아
그는 건들건들 세월아 네월아
껄렁한 폼으로 옷걸이에 걸려 있었다
경매에 넘어간 그를 누군가가 구매했고
쓰레기봉투에 쑤셔 넣기 전
쓸데없는 물건으로 분류된 뼈다귀 몇 개를
발로 한번 툭 걷어찼다

월간 『현대시학』 2009년 4월호

최영철
1956년 경남 창녕에서 출생. 1986년 《한국일보》 신춘문예로 등단. 시집으로 『개
망초가 쥐꼬리망초에게』 외 다수 있음. 제2회 백석문학상 수상.

신문지놀이

최 정 란

청춘이 일만 육천 번 째 아내를 맞이한다
사람들이 손에 푸른 사과를 쥐어준다
딛고 선 신문지가 절반으로 접힌 줄도 모르고
행간 깊숙이 망원경을 들이민다
생의 전반부, 전면광고의 지면 위에서 뛰고 논다

바이칼 호수를 퍼다 팔아 경제를 배우고
오늘을 담보로 내일의 별자리를 예약한다
술래 몰래 가끔 사회면 밖 먼 나라로 발을 내민다
샹그릴라를 향해 종이비행기를 접어 날리자
버뮤다 삼각해역에서 종이배가 사라진다
장마전선이 형성된 일기예보가 내린다

늑골까지 축축한 신문지를 접을 차례다
두 발이 간신히 들어갈 정도만 남은 지면
발위에 포개 얹힌 발의 무게가 무겁게 느껴지기 까지
그리 오랜 시간이 걸리지 않는다
사과꽃이 피고 지고, 또 피고 지는 사이
더 이상 사람들이 장래나 희망을 묻지 않는다

솎아낸 것들이 꽃과 풋열매 만이 아니다
등에 아이를 들쳐 업고 왼 팔에 아이를 안은 채
숨이 턱턱 막히는 폭염의 계단에 쭈그리고 앉아
타다 남은 오늘의 운세를 읽는다
사과껍질과 사과꼭지가 남은 접시를 치우고
불타오르는 신문지 위에 외발로 선다

날개옷을 찾아낸 아이들이 화염을 피해 달아난다
내일이 어제가 되고, 남은 오늘을 뭉친 신문지로
손자국이 묻은 창문을 문질러 닦는다
사람들이 꾸깃꾸깃한 약력을 펼쳐본다

사분의 일, 팔분의 일, 십육 분의 일, 그리고
순식간에 육십사 분의 일, 신문지 영토
제곱으로 면적이 줄어드는 시간의 은유,
해묵은 놀이에서 슬쩍 빠져나온 몸이
오래 전에 추방당한 꿈의 대기권으로 진입한다
네 귀를 팽팽하게 잡아 펼친 신문지 양탄자를 타고

부산역 이층 현금지급기 앞, 햇귀 몇줄
신문지를 깔고 누운 노숙자의
잠든 입가에 금빛 액체를 흘려 붓고 있다

계간 『문학수첩』 2009년 여름호

최정란
1961년 경북 상주에서 출생. 2003년 《국제신문》 신춘문예로 등단. 시집으로 『여우장갑』이 있음.

팔월에 펄펄

최 정 례

팔월인데 어쩌자고 흰눈이 펄펄 내렸던 걸까
어쩌자고 그런 터무니 없는 풍경 속에 들었던 걸까

창문마다 흰눈이 펄펄 휘날리도록
너무 오래 생각했나 보다
네가 세상의 모든 사람이 되도록
세상의 모든 사람 중에 하나가 되어 이젠
얼굴조차 뭉개지고
눈이며 입술이며 머리카락이며
먼지 속으로 흩어지고

비행기는 그 폭설을 뚫고
어떻게 떠오를 수 있었을까
소용도 없는 내 조바심
가 닿지도 않을 근심을 태우고

오늘은 자동차에 짐보따리를
밀어넣고 차문을 닫았는데 갑자기
열쇠가 없었다

생각이 나지 않았다.
망치 소리같은 게
철판을 자르는 새파란 불꽃같은 게
나를 치고 지나갔고

내가 무슨 짓을 한 것인지
길을 되짚어 다니면서 물었다

무엇이 할퀴고 지나간 다음에야
그것이 무엇이었는지 묻게 된다

달리는 오토바이가 굉음을 내면서
바람도 없는데 서 있던 나무는
갑자기 이파리를 부풀어 올리고

그때 어쩌자고 눈발은 유리창을 때리며 나부꼈나
세상에 열쇠라는 것은 없다
가방도 지갑도 머릿 속도 하얗게 칠해지면서

여름의 한 중천에서
흰눈이 펄펄 내리고 있었다

계간 『열린시학』 2008년 겨울호

최정례
1955년 경기도 화성에서 출생. 1990년 《현대시학》으로 등단. 시집으로 『내 귓속의 장대나무 숲』 등이 있음. 1999년 김달진문학상과 2003년 이수문학상 수상.

3월

최 준

목련이 피고

너의 기차가 탈선한다

햇빛 다시 투명해질 때

꼬리 긴 개가 빈 집 바라보며 컹컹, 짖을 때

먼 산에 그 투명한 햇빛 그 컹컹 소리

스며들어 눈시울 붉을 때

언젠가 지나간 적 있는 땀 젖은 길섶

목련 나뭇가지가 막 피워낸 제 잎을 견디며

오후를 버틸 때

황혼에서, 다시 황혼까지

태양이 흘러간 길은 남아 있지 않지만

달의 완성을 꿈꾸며 어둠을 한없이 파먹고 있는

60억 개의 붉은 심장들

동행이 죽기보다 지겨워진 지구 여행자들

너의 비행기가 추락한다

목련이 지고

계간 『시와 세계』 2009년 봄호

최준
1963년 강원도 정선에서 출생. 1984년 《월간문학》으로 등단. 시집으로 『개』가
있음.

나니오 시떼루

최 하 연

여름 햇살 사이로 장대비가 내리고 있었다

문장 하나가 고무공처럼 튀어 올랐다

공의 이마에 빗방울이 차례로 내려앉았다

공은 가래톳을 앓고 있었다

튀어 오를 때마다 공의 얼굴이 잠깐씩 찌그러졌다

빗방울은 위에서 아래로 떨어졌다

공이 다시 아래에서 위로 튀어 올랐다

공은 뻐근하고도 팽팽했다

나는 공이 아니고 공은 내가 아니다

문장과 문장을 이어 붙이는 사이

빗방을 하나가 공의 이마에 뿌리를 내렸다

저지 저 별과 저기 저 산 위의 탑 사이로 고무공꽃이 피어났다

여름 장대비는 점점 굵어졌다

꽃이 지자 빗방울마다 가래톳을 앓기 시작했다

고무공은 떠내려갔다

의자도 떠내려갔다

아메리카 젖소도 떠내려갔다

계간 『문학과 사회』 2008년 가을호

최하연
1971년 서울에서 출생. 2003년 《문학과 사회》 신인문학상으로 등단.

거인의 정원

최 형 심

나는 거인에 속해 있었다. 니체가 거인을 죽인 후, 20세기적 고통으로 더는 그를 정의하지 않는다.

칠월이 해바라기밭을 지날 즈음, 한 줌의 머리를 잘라 거인을 추억한다. 촉촉한 실비가 이른 새벽을 걸어가면 천장이 낮은 집 지붕 밑 그늘까지 하얗던 나날들. 잠자리가 그려 놓은 나른한 하늘 아래 초록거미의 여름이 엄지발가락에 닿곤 했다. 익명의 이별을 위하여 우리가 서로에게 간이역이었던 곳, 문득, 푸른 스카프를 두른 여장 사내가 기억을 놓친다.

겨울이 드나들던 자리에서 한여름 한기에 발이 젖는다. 샛노란 레몬 달이 뜨면 신물나는 세상을 뒤로 걷는 사람들, 온몸을 흔들어 제 안에 쌓인 고요를 휘젓는다. 허기의 무늬가 둥근 파문을 일으키면 지난 밤 만났던 꽃의 이름을 더는 묻지 않는 풀벌레들이 작은 귀를 떼어낸다. 밤이 한 방향으로 몰려오고

나는 내부로 들어가 공명한다. 너무 많은 사랑이 나를 죽였어. 콧등을 덮은 불빛에 얼굴을 잃었다. 살별을 벼리다 위험한 저녁이 내게 이르러서였다. 지금은 뼛속에 묻어둔 그 이름을 꺼내어 닦아야 할 때, 비망록을 꺼내 들며 타는 갈증으로 키 큰 해바라기 목을 친다. 꽃대롱이 떠받치던 하늘이 성큼, 비가 되어 쏟아진다. 어둠이 비에

쓸려 바닥에 고인다. 이제, 그 어둠을 찍어 거인에게 편지를 써야하
리. 나는 오랫동안 절망을 만졌으므로 조금도 절망하지 않겠다.

월간 『현대시』 2009년 9월

최형심
2008년 《현대시》로 등단.

춤추는 신데렐라

최 호 일

바퀴가 보이는 호박을 타고 가는 밤
명왕성 불빛이 켜지고 마차가 하늘 있는 쪽으로 달린다

제 몸이 어른처럼 싫어질 때
어떤 아이들은 달빛에 빠진 음악을 건져먹고 있다
달즙은 빨아먹을수록 어두워진다
신데렐라는 그곳에서 겨울 나비처럼 죽었고
나비는 죽음을 극복하는 방식으로 날아오르고 있다

어둠은 쉽게 깨져서 발을 찌르기 때문에
유리구두는 밤에 춤추기 적합한 신발
이름표를 바꾸어 달지 말아요 나는 동화 나라의 입주민
신하들은 사용이 금지된 구름을 띄우고
체계적이고 다양한 기쁨을 제조하기 시작한다

나는 유리창 같은 당신을 모른다
불빛은 어두운 부분을 골라서 바라보고 있지만
몸에서 빠져 나간 담배 연기처럼 당신의 화장은 관념적이고
밤은 독극물을 마신 것처럼 관능적이다

이제 춤을 몸 밖으로 내 보낼까요 당신
내 몸이 빠져 나오면 공주가 될 수 있나요
그대가 그대 몸을 잠시 바꿔 입고 나온 것처럼

계간 『시와 반시』 2009년 가을호

최호일
1958년 충남 서천에서 출생. 2009년 《현대시학》으로 등단.

타란텔라

최 현 수

망설일 필요가 있겠니 네 마음을 꽂아줘
퉁퉁 달아오른 고름의 기억을 뽑아줘
너의 사나운 점막이
붉은 점으로 새겨진 기억의 문신을 모두 빨아들일 때까지
무표정한 눈그늘이 낯설어질 때까지
백지처럼 하얀 여인이 될 때까지

나를 밟아 레몬처럼 짜내어줘
검은 터럭의 다리들과 스산한 앞니 틈새에서
시큼한 오물이 되어 젖은 대지로 사라질 때까지
련의 독이 한 방울도 남지 않을 때까지
노란 영혼이 백 조각 부스러기로 흩어질 때까지
온몸으로 나를 껴안아 비틀어줘

죽음 같은 앞가슴에 너를 꿰어달고
끝없는 환희와 절망의 세계로 걸어 들어왔으니
빨강구두를 신고 두 다리가 잘려도 좋을 테야
자, 어서 뜨거운 이빨을 들어
내 목덜미 위에 황홀한 상처를 고이 박아줘

월간 『현대시』 2008년 9월호

최현수
1977년 서울에서 출생. 2007년 월간 《현대시》로 등단.

말 달리자, 예수

하 린

씨팔, 나 더 이상 안해
예수가 멀미나는 십자가에서 내려온다
못은 이미 녹슬었고
피는 응고 되어 화석처럼 딱딱해진 지 오래다
이천년 동안 발가락만 보고 있자니 너무나 지루했다
제일 먼저 기쁨미용실에 들러
가시면류관을 벗고 락가수처럼 머리 모양을 바꾼다
찬양백화점에 가서는 오후 내내 쇼핑을 한다
보헤미안 스타일로 옷을 갈아입자
아무도 그가 예수인지 모른다
복음나이트 클럽에 기도로 취직한다
너무 차카게 굴어 월급도 못 받고 쫓겨난다

소망주점에 들러 포도주 대신
소주를 벌컥벌컥 들이킨다
잔뜩 취한 예수가 구원주유소에서
참사랑오토바이에 기름을 가득 채운다
오빠 달리는 거야 믿음소녀가 소리친다
그래, 골고다 언덕까지 달리자 달려!

죄 지은 자 모두 다 비켜, 빠라 바라 바라밤!

월간 『현대시학』 2009년 1월호

하 린
1971년 전남 영광에서 출생. 2008년 《시인세계》로 등단.

고요한 맨홀의 세계

하 재 연

어이, 내 목소리가 들려?
어둠 속에 넌
드레스와 파티의 날들.
지구에 맨홀들은 얼마나 되고
맨홀은 어디에나 존재하잖아.
맨홀의 오케스트라를 생각해.
거룩한 암흑의 편집중.
검고 팽팽하던 바퀴가 구르고 빠지고
페달은 빙빙 헛바퀴를 돌고 있었지
안장을 사랑하는 너의 안목에 대해
나는 존경하고 싶다.
우리는 지구가 멸망해도
자전거를 사랑할 거라고
나는 믿었어, 믿었지.
맨홀들은 지구의 타원형을
점차적으로 구멍 내지,
그건 그냥 동그란 어둠인데,
너는 거기서 끝없이 돌고 도는
발레리나 소녀같이
유령의 신부같이,
왜 아름다웠나?
자전거는 버려져서까지 유쾌하고
부러뜨린 발목들은 사라져서

우리는 턴,턴,턴,
맨홀들이 번쩍 눈을 뜨는
일요일 또 일요일에.

월간 『현대시』 2008년 7월호

하 재 연
1975년 서울에서 출생. 2002년 제1회 《문학과 사회》로 등단. 시집으로 『라디오 데
이즈』가 있음.

결혼의 가족사

하 종 오

우리 아버지 어머니는
중매결혼하여 자식들 낳았다
자식 밸 때마다 정말로 사랑했을까
자식 낳지 않을 때도
서로 더 사랑하기 위해
마음을 밀고 당기느라 큼, 큼, 거리며
품을 주었을까 등을 돌렸을까

우리 부부는
연애결혼하여 자식들 낳았다
자식 밸 때마다 정말로 사랑했다
자식 낳지 않을 때도
서로 더 사랑하면서
마음을 밀고 당기느라 후, 후, 거리며
손을 맞잡기도 했다 발을 포개기도 했다

우리 아들은 중매결혼할까
우리 딸은 연애결혼할까
혼인 적령기에 접어들면서도
아직 배내짓을 하며
어미하고 아비하고 깔깔, 깔깔, 거리면서
번갈아 마음을 밀고 당기는 아들 딸,

참사랑할 상대를 구하지 않는다
치사랑 내리사랑을 더 나누고 싶어서일까

『시, 사랑에 빠지다』 (현대문학) 2009년 1월

하종오
1954년 경북 의성에서 출생. 1975년 《현대문학》으로 등단. 시집으로 『쥐똥나무 울타리』 등이 있음.

복제된 꿈

한 석 호

푸른 동굴에서 꿈을 꾸고 있어요.
양들은 철책 안에 방치된 제 살을 뜯고 있고
바람은 사냥개의 두개골을 핥고 지나와
내가 먹은 검정소의 뿔 묻은 들판을 누비며
침 흘리고 있어요 그 넓적한 혀로
살아있는 것들의 비명을 음미하는 듯
풀들은 숨죽여 내면의 고요를 되새김질하고 있네요
저기, 자동차에 치여 죽은
페르시아산 암고양이, 샛노란 등불을 켜들고
아무 일 없다는 듯 뛰어와 내게 안겨요
저 어둠 속, 두 개의 구멍으로 내다보는
저 붉은 눈동자는
오래 전 멎은 한 남자의 심장이래요,
그가 내게 말을 걸어와요 내 손을 잡고
나긋이 속삭여요
나의 침실
거기 누워 킬킬대는 저 사내는 내가 아니에요
그러나 나의 아내도 아들도
충성스런 나의 삽살개도 짖지 않고
꼬릴 흔들어요
고로쇠나무 썩은 가지에 잎이 돋아요
그 잎새 위 신은 침묵하고 태양은 눈을 감아요
시들지 않는 꽃, 우린 우화偶話의 강에 살아요

핏빛 선연한 강,

동굴 밖의 나는 복제되고 격리되고,

백과사전에서 이젠

이별 죽음 슬픔 이런 단어들 찾을 수 없어요

시험관 뱀의 방울소리, 내가 아닌

나의 동굴에서 숱한 별들이 반짝여요

물고기 뼈 위로 물이 흐르고 그 위를 물고기가 걸어 다니고

세상은 너무 고요해서 눈이 내리고,

썩지 않는 손들은 자꾸 제 가슴을 쓸어 내려요

땅위를 걷는 빛, 빛의 공간을 흐르는 시간

나는 직립의 포유류, 눈 위를 나는 꿈을 꾸어요

복제된 나의 자연에서,

계간 『시인시각』 2009년 봄호

한석호
1958년 경남 산청에서 출생. 2007년 《문학사상》으로 등단.

오해의 기술

한 용 국

1.
돌은 웃지 않고, 나무는 걷지 않는다
모든 것은 오해에서 비롯된 일일 뿐이다
오늘도 의미없는 문장에서 시작해서
어두컴컴한 보도블록 사이에서 끝날테지
내 인생에 대해서 그냥 말하자면
사람은 웃었으나, 짐승처럼 우매했다
위의 문장에서 일어난 것은
편견에서 비롯된 일일 뿐이다
사실은, 속았다
약속한 날들은 오지 않았지만
안 온다는 고도는 도처에 와 있다
잘 살기 위해서는
반대로 말하고, 캄캄하게 웃어야 한다

2.
다리를 건넜을 뿐인데
말은 돌이 되어 미간에 박혔다
칼인가 했더니
둥글고 하얀 보석이었다
아무도 부러워하지 않았다
거기서 작은 코끼리들이
밤마다 태어나 울었다
세월이라는 게 지나가고

나는 코끼리 울음에 갇힌 존재가 되었다
사람을 만나러 가서 비스킷을 얻었다
모든 일은 술을 마시고
다리를 건넜기 때문에 일어난 일
코끼리 울음을 찢고 나오는데
세월이라는 게 또 지나가고
나는 모든 다리를 의심하는
이상한 표정을 가지게 되었다

3.
그냥 가고, 그냥 왔다
고인 물에서 다른 얼굴이 자랐다
모든 것은
사랑에서 비롯해서 오해로 끝난다
진리는 고슴도치처럼
나쁜 주인들에게 순종하고
나는 매일 밤 털을 가지런히 빗었다
내일도 의미없는 문장에서 지각하고
나뭇잎들 아래서 파랗게 질리게 될 것이다
내 인생에 대해서 다시 말하자면
나의 것이 아니었다고
다른 얼굴로 고백할 수 있다
모든 게 '내 탓'이 아니었다
우리는 코끼리처럼

말 안 하고 살 수가 없다
방법은,
캄캄하게 말하고 반대로 웃는 것이다

계간 『시에』 2009년 가을호

한용국
1971년 강원도 태백에서 출생. 2003년 《문학사상》으로 등단.

죽은 새를 위한 첼로 조곡

함 기 석

눈이 내린다
하얀 물고기들이 헤엄쳐 다니는 공중에서
아름답고 슬픈 선율이 들려온다
그는 걸음을 멈추고 귀를 세운다
회화나무 가지에 슬레이트집 둥지가 걸려 있다
창가에서 새가 첼로를 켜고 있다

그는 나무를 올라 슬레이트집 거실로 들어간다
창가에서 꽃들이 어두운 기침을 한다
파란 깃털의 새 한 마리 악기를 내려놓고
홀로 술을 마시고 있다 겨울 내내 지나온 허공의 길
길의 상처와 고독을 마시고 있다

창밖으로 반짝반짝 눈이 내린다
눈송이 사이로 등줄기가 아름다운 바람이 지나간다
그가 다가가 첼로를 만지는데
벽의 영정사진 속에서 어린 새가 환하게 웃는다
오빠! 새가 부른다
그는 깜짝 놀라 뒤돌아본다 그 순간

가지에 수북이 쌓여있던 눈이 얼굴을 덮친다
그는 정신이 번쩍 들어 주변을 둘러본다
어린 새도 술을 마시던 새도 보이지 않고

눈보라 속으로 사라지는 유년의 슬레이트집이 보인다
눈 덮인 회화나무 빈 가지 끝에
죽은 새의 눈을 닮은 열매 하나 얼어붙어 있다
그는 열매를 따 입에 넣고 나무를 내려온다

바람이 분다 툭!
가지 끝에 달린 마지막 이파리가 발아래로 떨어지고
그는 쓸쓸히 회화나무 흰 그늘을 떠난다
그가 혀로 언 열매를 녹이며 레테의 겨울마을을 도는 동안
하늘에서 어둠이 방울방울 떨어지고
어디선가 아름다운 첼로 선율이 계속 들려온다

계간 『딩하돌하』 2009 봄호

함기석
1966년 충북 청주에서 출생. 1992년 《작가세계》로 등단. 시집으로 『뿔랑 공원』 등
이 있음.

다시 봄편지

함 성 호

날이 많이 풀렸지요?
흰꽃 피워 그대에게 한 송이
보내고 싶은 정옵니다
꽃은 시들겠지만 하고, 이어서는
(영원한 것을 묶어 두는 문장이어야겠지만)
나의 아트만도 내일이면 시드니
그대가 오늘 이 꽃을 보면
우리의 생이 다하도록
―하겠습니다
다시 추위가 있을까요? 하는
질문은 가능하겠지 만은
그건 모르는 일이겠지요
종이꽃에 물을 주는 아이를 보세요
때로는 쇠락함이, 다시 그럴수 없는
영원을 보여주기도 합니다만
그것도 원래 나타나지 않았던듯
―하겠습니다
내가 그대를 사랑하는 꼴이 마음에 드나요?
아직 불러줄 노래도 많은데
짧게, 우리 서로의

눈속에 잠깐, 아름답게
―있었지요

웹진 『시인광장』 2009년 여름호

함성호
1963년 강원도 속초에서 출생. 1990년 계간 《문학과사회》로 등단. 시집으로 『꽃
타즈마할』 등이 있음.

바다의 문제

허 만 하

1.

물이 무게를 가진 그 때부터 물은 하얗게 부서지며 일어서는 짙푸른 의지가 되었다. 좌절을 사랑한 적 없는 정신은 무너진 몸을 무너지는 몸으로 짚고 일어서는 물의 높이를 모른다,

2.

설악산 자락 용대리 덕장에 매달려 있는 회갈색 동태는 벌써 탄력을 잃었지만, 바다는 물살을 가르는 다랑어처럼 싱싱하다. 힘의 방향을 바꾸는 관절이 없이 제자리에서 끊임없이 수축하거나 늘어지는 알몸으로 있는 물의 근육.

3.

삼천포 앞 바다에서 난류와 한류가 서로 부딪친다. 이 해역 물고기 살이 싱싱한 것은 성운처럼 소용돌이치는 물살을 헤치는 격렬한 운동량 때문이다. 기름기가 빠진 시의 문체를 지향하는 바다는 인식의 극한까지 뒤척인다.

4.

바다는 남몰래 조개 껍질 속 육질 안에 맺히는 진주의 아름다움을 낳지만, 사람은 속눈썹 그늘에서 반짝이는 물의 진주를 낳는다.

5.

물은 틈새를 허용하지 않는다. 바다에 균열이 생기면 둘레의 물은 빈자리를 향하여 맹수처럼 달려드는 너울이 된다. 형태가 없는 물은 눈 먼 몸으로 언제나 현재보다 낮은 자리를 찾는다. 정신도 물처럼 형태를 가지지 않지만 어김없이 눈부신 높이를 찾는다.

6.

세계의 밑바닥은 바다보다 깊다. 내일이 틀림없이 찾아온다면 시인은 정신보다 먼저 언어를 외롭게 사랑할 것이다. 새로운 관념을 낯익은 사물처럼 이름지어 부르며 언어의 가시에 조용히 상처 입을 것이다.

시집 『바다의 성분』 (솔, 2009)

허만하 1932년 대구에서 출생. 1957년 《문학예술》로 등단. 시집으로 『해조(海藻)』 외 다수 있음. 1999년 박용래 문학상, 2000년 한국시협상, 2003년 이산문학상, 2004년 청마문학상 등을 수상.

보리밭을 흔드는 바람*

허 연

형제는 같은 둥우리 안에서 어미 새의 사랑을 놓고 싸운다. 먼저 태어난 형은 큰 덩치로 둥우리를 장악한다. 엄마의 사랑을 가진 형에게 둥우리는 세계다. 보수주의자가 되는 것이다. 동생은 할 수 없이 진보주의자가 된다. 먼저 태어나 덩치가 큰 형에게 이기려면 녀석은 둥우리를 부정해야 한다. 둥우리를 긍정하는 건 죽음이다. 그래서 동생은 평등을 외친다. 진보는 늘 성공 아니면 죽음이다. 동생으로 태어난 새가 할 수 있는 건 혁명밖에 없다. 새로운 둥우리를 만들지 않는 이상 그에게 미래는 없다. 그런데 혁명의 성공확률은 낮아서 대부분 실패하고 모든 것은 유지된다. 둥우리 안에서 형은 눈물을 흘리며 동생을 밖으로 밀어낸다. 역사다.

보리밭에는 언제나 바람이 불었다.
보릿대가 쓰러졌고 시간은 흘렀다.
새들이 하늘을 난다.

*켄 로치 감독의 영화

계간 『시인시각』 2009 여름호

허 연
1966년 서울에서 출생. 1991년 《현대시세계》로 등단. 시집으로 『불온한 검은 피』 등이 있음.

하루살이

허 의 행

  암놈은 허공을 날아다니며 발버둥칩니다 딱 오늘 하루뿐인데
사랑을 모르는 수놈을 어떻게 유혹해야 하나, 언제 사랑을 연습해
서
  언제 어디로 데리고 가 사랑을 나누어야 하나, 처음인데 옷은
어떻게 벗겨야 하고 마주어야 할 입은 입술을 빨아야 하나, 날개는
접어야 하나, 앞다리는 오므려야하나, 뒷다리는 벌려야 하는지!

  얼마나 숨은 차 오를까 심장이 끓어올라 피가 솟아 넘치면
신음 소리는 어떻게 내야 되는지, 사랑을 느끼는 수놈은 어떻게
몸을 뒤틀까! 아무 말도 하지 말아야 하는지, 아무 말이건
속삭여야 되는지, 눈은 떠야 되는지, 꼭 감아버려야 되는지,
끝내는 둘이 미쳐버려도 할 수 없는지! 미쳐서 날뛰다 하루가 가
면
  끝나지 않아도 죽어야 하는지!

격월간 『정신과 표현』 2008년 3~4월호

허 의 행
충북 충주에서 출생. 1989년 《충청일보》 신춘문예로 등단. 시집으로 『달래 강 설
화』 외 다수 있음.

꽃무늬파자마가 있는 환승역

허 청 미

이쁜 꽃무늬파자마 한 번 입어 봐요

봐요! 수천 개 달이 떠 있는 배밭. 배꽃들이 자지러지잖아요. 그 위
로 물고기가 휙휙 나르고 연인들이 칸디루*처럼 입을 맞추고 있잖
아요 환상적이죠? 이렇게 한 백년쯤 살아보고 싶다구요? 그래요, 천
년이면 어때요. 꽃무늬 잠옷을 입고, 행복한 미라처럼 살아봐요
그렇게 가로막지 말고 오른쪽으로 좀 비켜주실래요?

시곗줄에 눌린 맥박이 초침처럼 뛴다

- 꽃무늬 파자마 한 벌에 5,000원 -

지하철 4호선과 7호선 환승 梨水역
꽃무늬파자마들이 자지러진다

* 칸디루 : 아마존에 서식하는 흡혈 물고기.

허 청 미
경기도 화성에서 출생. 2002년 계간 《리토피아》로 등단. 시집으로 『꽃무늬파자마
가 있는 환승역』이 있음.

눈 먼 사랑

허 형 만

한 방울 한 방울 물방울이 모여
강을 이룬 동굴이 있습니다
그 동굴에는
눈이 먼 사랑이 살고
그리움이 살고 아픔도 살고 있습니다
그리움은 눈 먼 사랑을 잡아먹고
아픔은 그리움을 잡아먹고 삽니다

눈 먼 사랑이여
한 방울 한 방울 물방울이 떨어질 때마다
그 파동으로 울음 우는
서러운 짐승이여

시집 『눈 먼 사랑』 (시와사람, 2008)

허 형 만
1945년 전남 순천에서 출생. 1973년 《월간문학》으로 등단. 시집으로 『청명』 외 다
수 있음. 전남 문화상, 우리문학작품상, 편운문학상 등을 수상.

오시리스의 배

허 혜 정

아직 불빛이 남아 있을까 창가에서 살펴보면
마지막 불빛 한 점 눈을 아프게 했다
늦도록 밤을 잊은 그는 누군지
그 어떤 고통의 자욱들을 지웠는지 아는 이는 없다
얼마나 기나긴 시간이 지나갔는가
오늘밤 나의 노트에는 나일강이 흐른다
아름다운 별빛의 강, 내 사랑의 간절한 고통이 올 때
낡아가는 말들로 빛의 관을 짠다
상실은 영원의 밤으로 출발하는 시작이니
아팠던 심장을 항아리에 봉하고
모든 시간의 이야기를 벽화로 새겼다
사랑하는 이여, 이제 그대는 먼지요 기억이요
이 한 줄의 문장보다 아무것도 아니다
말라가던 말들은 가슴 깊이 그림자로 새겨졌다
아팠던 펜을 내려놓고 침대로 돌아가면
손가락을 더듬는 바람의 창백함
피로한 몸은 한 줌의 잠을 목말라 하는데
가느다란 유골처럼 자그락이는 말들
침묵이여 다가와 나를 지우라
잠결에 뒤척이던 근심의 물결마저 잠잠해질 때
망각의 강 추억을 싣고 머나먼 우주를 항해하던 사람들
다시는 철석이는 물소리도 이름도 갈망도 없이
어떤 아픔도 손대지 않은 채 남겨두는 곳

수평선의 빛이여, 나를 축복하소서
나의 사랑은 끝났습니다

시집 『낭만을 철회한다』 젊은 시인들 5집

허혜정
1966년 경남 산청에서 출생. 1987년 《한국문학》으로 등단.

고양이와 냉장고의 연애

홍 일 표

집 주인의 양육법이 궁금하다
태생이 다른 농경과 유목의 혈통
방금 전 냉장고가 삼킨 것은
생선 몇 마리
그 중 한 마리가 고양이 입 속으로 들어간다
생선이나 육류를 좋아하는 식성이 닮았다
냉장고와 고양이는 아픈 기억 탓인지
긴 꼬리를 등 뒤에 감추고 산다
고양이는 주로 검정을 선호하고
냉장고는 주로 흰색을 선호한다
가끔은 서로 옷을 바꿔 입기도 하는 것이
그들의 습속이다
둘의 연애는 유구하다
본적과 취향의 차이에도 불구하고
주고받는 눈빛이 뜨겁고 깊은,
몸속에 환하게 불을 켜고 사는 그들은
24시간 소등하지 않고
푸른 눈빛으로 어둠 위에 군림한다
냉장고 옆에 애첩처럼 웅크리고 있는 고양이가
집 주인의 커다란 귓속을 밤새도록 들락거린다

계간 『시안』 2008년 겨울호

홍일표
1958년 출생. 1988년 《심상》으로 등단. 시집으로 『안개, 그 사랑법』 등이 있음.

톱 연주를 듣는 밤

황병승

타오르는 촛불 아래서 나는 약혼자에게 편지를 쓰다말고 신경쇠약에 시달리는 카프카가 되었습니다

쭉정이 같은 모습으로 늙어갔을 사내 그러나 그 누구도 손가락질할 수 없을 만큼 나는 재능 있고 병들고 고단한 사내입니다

참았던 숨을 길게 내쉬면 마음에 작고 따듯한 구멍이 생겨
톱 연주를 듣는 밤은 나의 초라한 모양이 싫지가 않습니다

숨가쁘게 살아온 지난날들에 대해 얘기해볼까요
작년 가을에는 꿈속에서 일곱명의 남자를 잔인하게 살해한 경력을 가지고 있습니다

나는 지금도 경찰에 쫓기는 몸이지만 사랑하는 약혼자와 노모 때문에 자수도 못하고 괴로워하는 꿈을 자주 꿉니다

사람들에게 변신을 내가 썼다고 말했습니다
안개와 어둠뿐인 성 주 변을 맴돌며 오늘도 심판을 기다리고 있다고 …
(누가 진실을 알고 있습니까 왜 아무도 나를 이곳에서 끌어내지 못합니까)
어머니는 민들레 잎을 먹으면 모든 일이 다 잘 될 거라 말하지만
외할머니도 위암으로 죽었고 어머니도 위암으로 죽어가고 나 역시 배를 움켜쥐고 죽게 될 것입니다

약혼자는 건강한 여성이어서 세상 모르고 잠을 자고 있겠지요

사랑하는 나의 피앙세, 그녀는 꿈에도 내가 카프카라는 사실을 모르겠지만
그녀와 내가 백발이 되도록 함께 심판을 받을 수만 있다면 나는 더 이상 바랄 것이 없습니다

내가 그녀의 여덟 번째 약혼자라는 사실도 내가 그녀의 마지막 남자가 될 수 없을 거라는 절망적인 충고도 그녀를 향한 나의 마음을 되돌리지는 못합니다

오래도록 숨을 참고 있으면 마음에 작은 구멍이 닫히고
나는 카프카도 그 어떤 누구도 아닌, 죽어가는 노모와 단 둘 뿐인 텅 빈 박제에 불과하지만

삶이 가능할 거라고 믿습니다 뻔뻔하게도

어머니의 어머니의 어머니의 뱃속에서부터 그녀를 사랑해왔고
두 번 다시 그녀의 아름다운 목소리를 들을 수 없게 된다면
나는 다시 무덤 속에서도 경찰에 쫓기는 신세가 될 것입니다
사슴처럼 뛰어다니는 그녀의 활기찬 육체는 어떻습니까
가죽을 벗겨서라도 그것을 가지겠습니다
독자들이여

이 모든 집착과 거짓을 누가 멈출 수 있겠습니까
오늘 밤은 그 어느 누구도 욕할 수 없어 나는 밟아도 꿈틀거리고
끊어져도 꿈틀거리고 죽어서도 꿈틀거리는 위대한 사내가 되어

변신을 내가 썼다고 말했습니다

성주변을 맴돌며 언제까지라도 심판을 기다리겠다고…

누가 진실을 알고 있습니까, 대가 되면 모든 안개와 어둠이 걷힐
거라고 어머니는 말하지만
외할머니도 민들레 잎을 먹으며 죽어갔고 어머니도 민들레 잎을
먹으며 죽어가고 나 역시 민드레 잎에 몸서리치며 죽게 될 것입니
다

약혼자는 겁이 많은 여성이어서 내가 보낸 편지를 읽어 내려가며
두려움에 떨고 있겠지요

참았던 숨을 길게 내쉬면 마음에 작은 구멍이 열리고
톱연주를 듣는 밤은 어둡고 추한 나의 모습이 싫지가 않습니다

계간 『시와 반시』 2009년 여름호

황병승
1970년 서울에서 출생. 2003년 《파라21》로 등단. 시집으로 『여장남자 시코쿠』
등이 있음.

후일담 사칭의 新유형

황 성 희

우울증에 의한 충동적 자살. 결국. 그렇게 됐어요. 너무 흔한 엔딩이죠. 특종은 무슨. 되려 보도자료 돌려야 할 판인데. 가뜩이나 연말이라 시선 끌기도 힘들고. 우리도 놀랐죠. 이렇다 할 핏자국 하나 없는 마지막 회라니. 유서라도 있었으면 어떻게 각색이라도 해보는 건데. 입버릇처럼 말했거든요. 한국문학사의 문제적 개인이 되겠다고. 혹시나 기대는 했었죠. 장래희망 치고는 허황했지만. 하긴 이제 와서 문제적 개인이라니. 데뷔전부터 촌스런 건 좀 있었어요. 트렌드를 보는 눈이랄까요. 나름대로 습작은 했겠지만. 노력한다고 다 베스트드레서가 된다면. 운이 없다고 봐야죠. 요즘 누가 반성을 합니까. 흉내라면 몰라도. 자세한 건. 글쎄요. 프로필에 가투이력을 위조한 것이 드러나 출연정지를 당한 것이 아무래도. 판문점 도보횡단 사건 때도 심적 충격이 컸고. 자기가 외운 회담만 해도 수십 개라는 거죠. 근데 뚜벅뚜벅 건너가 버렸다는 거예요. 말하기 좋아하는 사람들 수다긴 하지만. 정말 통일이라도 되면 어떡해야 하나. 우스개 소리처럼 하고 다녔다는군요. 정색을 하지는 못했어요. 시에서라면 몰라도 현실에서는 계란 하나 던질 용기도 없었거든요. 솔직히 의도보다는 우발적인 것으로 해석해야. 책꽂이에는 아직 교련 책이 꽂혀 있는 걸로 알고 있습니다만. 미국에 간다고. 이민 준비를 했던 것으로. 유행과는 확실히 거리가. 환경이 바뀌는 것을 못 견디는 사람이 있습니다. 그걸 갖다가 정체성의 문제라고 한다면 지나치게 추켜세우는 것이고. 안타까워요. 목숨보다 소중한 게 도대체 어디. 무시할 걸 무시해야. 사실 문제적 개인 같은 건. 카메오라면 모를까. 전관예우 수준에서 만족했다면. 내일 아침을 고민하는 하루살이 뭐라고 했는데. 마지막 날 읽은 비평 말입니다. 그러니까 리더가 됐어야죠. 변화무쌍한 시간 따위. 주눅 들지 말고. 종횡무진 누볐어야죠. 달랑 하루뿐이더라도. 주제 같은 건 제발 묻지 마세요. 이제부터 진짜 슬프고 괴로운 건 우리라고요. 이 지리멸렬한 사건을 도대체 어떻게 이슈로 만드느냐, 벌써부터 머리가 지끈거립니다.

월간 『현대문학』 2009년 1월호

황성희
1972년 경북 안동에서 출생. 2005년 《현대문학》으로 등단. 시집으로 『엘리스네 집』이 있음.

달아 달아 밝은 달아

황 인 숙

어디선가 옮겨 적은 메모 쪽지를 들여다본다

달은 세상의 우울한 간肝이다.
- 람프리아스(그리스 철학자)

그래서인가, 간 속에 달이 있네
중국인들은 대단해!

달은 세상의 우울한 간이고,
간은 달에 우울히 연루되고…
뭐야? 마주서 한없이 되비추는
거울 속의 거울 속의 거울 속의 거울…

그러고 보니 폐肺에도 달이 있고
장腸에도 달이 있네
쓸개膽에도 달이 있고…
몸뚱이 도처가 달이로구나!

간이, 부풀어, 오른다, 찌뿌둥,
달처럼, 우울하게,
달아, 사실은 너,
우울한 간 아니지?
이태백이 놀던 달아!

한국일보 [별, 시를 만나다] 2009년 5월

황 인 숙
1958년 서울에서 출생. 1984년 《경향신문》 신춘문예로 등단. 시집으로 『새는 하늘을 자유롭게 풀어놓고』가 있음. 1999년 제12회 동서문학상 수상.

불량한 시

황 정 산

시가 불량해 진다.
불온을 꿈꾸며 시를 써보지만
불량한 시만 자꾸 쓰게 된다.
시는 가치이고 의미이며 또한 가치 있는 의미라는
한 중견 시인의 한 마디에
내 시는 사상 불량한 시가 되고
시 쓰면 돈이 되냐는 집 사람의 딴죽에
품질 불량한 상품이 된다.
잘 빚어진 항아리처럼 존재로 아름답지 못하니
미학적 불량이고
나무를 키우거나 꽃을 피우지 못하니
생태적 불량이다.
칼과 불이 되지 못하고
민족이니 전통은 원래 내 시가 알 바 아니니
좌로도 우로도 정치적 불량이 되겠다.
말을 하면 짧은 바람이 되어 세상을 말리고
쓰인 글자는 모두 거친 모래가 되어 눈에 쓰리다.
그래도 아니 그래서 안다,
실현된 불온은 선량이 되고
희망 없이 꿈꾼 불온은 불량이 된다는 것을.

불량하고 불량해서 불량할 수밖에 없는
시를 쓴다,
불량하게.

『정표예술포럼』 2009년

황정산
1958년 전남 목포에서 출생. 2001년 《현대시문학》으로 시창작 활동 시작. 저서로
『작가론 김수영 총서』가 있음.

웅덩이의 성묘

황 학 주

비포장 길이 참나무 그늘을, 배추밭을, 비닐하우스를 스치자
거기 회색 웅덩이가 덜렁거립니다
당신을 잃었습니다
방금 누가 아버지라고 부르다 만 당신을

바람 부는 날
스무 잎 서른 잎으로 떨어져 내리는 웅덩이
나간 전구 하나 제 손으로 갈아 끼우려 하지 않던 가장이 무슨 사
후를 생각했을까마는
그 역시도 깊이 잠긴 삶이었는지 알 길 없는
조금 전까지도 당신을 그대로 잃었습니다

봉분을 한 웅덩이 위에 올라가보고
그 앞에 서보고 하기 전까지
나는 아무 생각이 없었습니다
그렇게 아픔을 삼키자 바람결에 출렁이며 돌아오는 것이 사람인
줄 알겠습니다

나와 함께 중얼거리며 사는 웅덩이
끝끝내 나를 돌려세우는 푸짐하게 썩은 웅덩이
그 슬픔을 들고 묵념은 시골길을 달립니다

지궁차궁한 하늘인들
오늘은 숯불 웅덩이를 띄울 수밖에 없습니다

계간 『문학과 사회』 2008년 가을호

황 학 주
1954년 전남 광주에서 출생. 1987년 시집 『사람』으로 등단. 시집으로 『내가 드디
어 하나님보다』 외 다수 있음.